Nina Maruhn

# Die Chroniken von Tydia



# Weltenreiter

*Für meine Familie,*
*weil ihr etwas ganz*
*Besonderes seid.*

# Prolog

Der Legende nach gibt es eine Parallelwelt. Ihre Wüsten sind größer als die Unendlichkeit, ihre Berge höher als der Himmel. Ihr Wald so groß, dass er fast das ganze Festland umwebt. Und der Nebel, der von dem weißen Meer über das Land zieht, hat alles erschaffen.

Tydia.

Der Ort, an dem es keine Zeit gibt, nur Tag und Nacht. Dort gibt es Wesen, die wir uns mit bloßer Fantasie nicht vorstellen können.

Zuhure.

Das Volk erzählt, dass einmal eine enge Beziehung zwischen Mensch und Tier existierte. Diese Wesen lebten Seite an Seite mit ihnen, und es gab keine Zeit der Trauer. Die Tiere waren Wesen der Göttin Zuhra, der Göttin der Weisheit, niemand wagte, ihnen etwas anzutun.

Doch als der erste Mensch auf den Rücken eines Zuhurs stieg, veränderte sich die Welt für immer. Er war der erste Weltenreiter, er konnte durch Welten reisen, die jedem anderen verborgen blieben. Er besaß die Macht des heiligen Tieres und er missbrauchte sie nicht. Er respektierte den Hengst, und sie kamen miteinander aus. Ganz Tydia lag ihnen zu Füßen, überall wurden sie geliebt.

Aber gerade, als der Frieden absolut ungefährdet schien, wurden Intrigen gegen diesen Menschen gesponnen, dessen Namen niemand kannte. Viele hatten versucht, sich den Zuhuren anzunähern, doch niemandem war es gelungen. Neid war aufgekommen, und jetzt wollten sie alle diesen Hengst.

Ein besonders aggressiver Clan sonderte sich von dem friedlichen Volk Jumias ab und jagte das Paar, bis er es in seine Gewalt gebracht hatte. Der Clan zerstritt sich mit den Jumias, als diese erfuhren, dass der Hengst von seinem Reiter getrennt wurde. Ein schrecklicher Krieg war die Folge, der große Opfer auf beiden Seiten forderte. Letztendlich gingen die Jumias als Sieger hervor, woraufhin der Clan den Reiter des Zuhurs aus Wut über die Niederlage tötete. Kurz danach schien der Hengst wie vom Erdboden verschluckt, und keiner konnte ihn finden.

Aus dem Clan entwickelte sich ein eigenes Volk. Sein Reich war das Schattengebirge im Norden Tydias, während die Jumias weiter über das ganze restliche Land herrschten. Die Oberhäupter des Clans gaben dem neuen Volk den Namen Tauruiten.

Als der erste König der Tauruiten gewählt wurde, wendete sich das Blatt. Sie gewannen an Macht und eines Tages begannen sie, die Zuhure einzufangen. Sie allein wollten Herrscher und Reiter der Zuhure sein. Sie sperrten sie aus ihrer Welt aus, brachen ihren Willen durch die lange Gefangenschaft und begannen, sie als Reittiere zu benutzen.

Doch zu einem konnten sie die Zuhure nicht zwingen: durch Welten reisen zu können. Es war nur denen möglich, die von den Tieren erwählt wurden. Trotzdem waren schon bald alle dieser gewaltigen Tiere gefangen.

Als zehn Jahre später der zweite Krieg geführt wurde, waren die Tauruiten mächtiger als die Jumias. Doch auch dieses Mal gewannen ihre Gegner. Aber die Kraft der Jumias ließ nach. Sie brauchten dringend eine Lösung, und eines Nachts beschwor die damalige Schamanin Nyma Neai die Schattengeister herauf.

Es gab nur eine Hoffnung: Diese Tierart musste aus Tydia verschwinden, um überleben zu können.

Sie beschwor die Geister, die Geburt eines Zuhurs nur in der ersten Vollmondnacht des Jahres in anderen Welten möglich zu machen, es war nicht sicher, ob und wie es funktionieren würde, doch es war die einzige Hoffnung.

Die Schatten wählten eine Welt aus.

Es war die unsere.

# Teil 1

# Lydia

*Im Nebel eines neuen Morgens,*
*die Macht, sie kehrt zurück.*
*Der Weltenreiter wird erkoren,*
*er verhindert das End,*
*ein Wunder wird geschehen im letzten Moment.*

# 1

Der Tag, an dem sich Kim Allans Leben veränderte, war ein Freitag.

Die Sonne hing zwischen den Wolken, sie warf einen klammen Schein über das Land, und die Kälte hing über der Stadt wie ein eiskaltes Netz, das die Häuser gefangen nahm. Die Welt erschien grau. Halbgeschmolzener, verdreckter Schnee lag an den Straßenrändern, kleine Eiszapfen hingen von den Dächern und kaum ein Sonnenstrahl schaffte es bis auf die Erde. Dazu wehte ein solch eisiger Wind durch die Straßen, dass er drohte, auch die letzten Personen zu verscheuchen, die sich nach draußen wagten.

Kim seufzte und zog sich die Kapuze tiefer ins Gesicht. Wie sie dieses Wetter verabscheute. Sie sah zu ihren Füßen hinunter, die in warmen Stiefeln steckten, und versuchte, die schrecklichen Kopfschmerzen zu unterdrücken, die in ihrer Schläfe brannten.

Das Mädchen, das neben ihr saß, tippte eifrig eine SMS auf ihrem Handy und hatte keinen Blick für ihre Freundin übrig.

Ein Auto fuhr schnell an der Bushaltestelle vorbei, und die Reifen spritzten das dreckige Wasser zu allen Seiten. Es war ungefähr das hundertste an diesem Tag.

Nur wenige Jugendliche warteten hier auf den Bus. Verständlich – denn bei diesem Wetter brachte der alte Unterstand aus dunklem, morschen Sperrholz nicht viel.

Es war nicht das erste Mal in diesem Jahr, das sich der Bus verspätete. Das geschah regelmäßig. Manchmal passierte es auch, dass er gar nicht kam. Aber es war der einzige Bus, der sich auch die Landstraßen der Berge hoch kämpfte, und somit die einzige Möglichkeit für Kim, nach der Schule nach Hause zu kommen.

Als sie sich zurücklehnte, knarzte das alte Holz des Wartehäuschens.

„Mary, meinst du, er kommt noch?“, fragte sie zu ihrer Nachbarin hinüber.

„Entspann dich. Der ist doch gestern schon zu spät gekommen. Das liegt am Wetter“, sagte Mary. Darauf steckte sie ihr Handy in die Hosentasche und stieß Kim mit dem Ellenbogen an. „Alles in Ordnung?“

Ihre Freundin versenkte den Kopf in den Händen. „Nein.“

Mary atmete geräuschvoll aus und stieß eine weiße Wolke in die Luft. „Komm schon. Wir haben Ferien. Was kann da bitte nicht in Ordnung sein?“

„Kopfschmerzen“, jammerte Kim leise. „Wahnsinnige Kopfschmerzen.“

Schon hielt der Bus vor ihnen an. Es war ein altes Fahrzeug, und gerade bei diesem Wetter fragte sich Kim, wie er es jeden Tag aufs Neue schaffte, sie die steilen Wege hinauf in die Dörfer in den Bergen zu bringen. Der Motor ratterte laut, als sich quietschend die Türen öffneten und die Passagiere entließen.

Sie selbst glaubte, dass das matschige Braun an den Wänden einmal Orange gewesen sein musste. Oder Rot. Der Zustand des Busses war miserabel. Innen stank es – auch wenn es zu Kims Erleichterung geheizt war – furchtbar modrig und verstaubt. Die Sitze waren häufig durchlöchert und mit Initialen von Schülern versehen, die ihren Namen unbedingt hatten hinterlassen müssen. Die Scheiben waren so dreckig, dass man den Fahrgästen kaum zumuten konnte, überhaupt durchzuschauen. Der Fahrer war launisch und sicher um vieles älter als der Bus.

Kim zeigte ihren Fahrschein und drückte sich dann weiter in den Bus, um nach einem Sitzplatz zu suchen. Viele Plätze waren nicht besetzt. Als sie sich in ihren üblichen Platz der siebten Reihe niederließ, rutschte sie gleich ans Fenster. Mary ließ auch nicht auf sich warten und setzte sich ohne jeglichen Kommentar neben sie.

Schließlich fuhr das alte Gefährt los.

„Hast du schon was genommen?“, fragte Mary, als sie Kims schmerzverzogenes Gesicht wahrnahm. Diese schüttelte aber nur den Kopf. „Wart mal. Ich guck mal nach, ob ich was da hab.“ Mit diesen Worten begann das Mädchen, in ihrer Tasche zu suchen.

Kim schloss die Augen. Diese Schmerzen ... wie tausend Messerstiche durchfuhren sie ihren Kopf, zertrümmerten die letzten Gedankenfetzen, an die sie sich in der letzten halben Stunde noch geklammert hatte, um den Schmerz zu überspielen. Es hatte schon vor einer guten Zeit angefangen, sich aber erst an der Bushaltestelle drastisch gesteigert. Jetzt fühlte es sich beinahe so an, als würden die Schmerzen ihren Kopf sprengen.

Triumphierend hielt Mary jetzt eine knisternde Packung hoch.

„Ich wusst’s doch“, verkündete sie grinsend. „Ich hab immer was dabei, für den Notfall.“

Kim sah auf und nahm, ohne zu zögern, die Packung aus Marys Hand. Sie fragte nicht einmal, um was es sich handelte. Der Schmerz war zu groß; jetzt würde sie fast alles zu sich nehmen, nur um das grausame Gefühl abzutöten, das sie wie ein Presslufthammer durchhämmerte. Sie nahm sich zwei Tabletten und ein paar Schlucke von ihrem Wasser, um sie runterzuspülen. Dann konnte sie nur noch warten.

Als sie Mary ihr Päckchen zurückgab, verstaute diese die Medikamente wieder tief in ihrer Tasche.

„Hoffentlich bringen die was", murmelte sie.

„Klar. Die nehme ich immer, wenn ich zu starkes Schädelbrummen hab", lächelte Mary breit. Dann setzte sie sich ihre großen Kopfhörer auf, steckte ihren IPod an und versank in der Musik.

Kim schloss erneut die Augen und versuchte, ein wenig zu schlafen, was bei dem Rattern des Busmotors beinahe unmöglich schien. Doch sie war so überwältigt von den Schmerzen, dass sie beinahe in den Schlaf gesogen wurde. In ein tiefes, schwarzes Loch.

Als sie die Augen öffnete, offenbarte sich ihr ein großes Nichts. Schwärze umgab sie wie ein Schatten, nur ein kleiner, beinahe winziger Lichtstrahl fiel durch die undurchdringbaren Wände.

Schreie. Grelle, markerschütternde Schreie drangen an ihre Ohren, doch sie konnte niemanden ausmachen, der diese Geräusche von sich gab. Qualvoll hörten sie sich an, wie die Klänge des Todes.

Todesschreie.

Es waren so viele, die Luft bebte unter dem Schmerz, der in den Stimmen mitschwang.

Kim drückte sich an eine eiskalte Wand und hielt sich die Ohren zu. Doch es half nichts. Immer lauter, immer gequälter wurden die Klänge der leidenden Menschen. Es waren unterschiedliche Stimmen: von Frauen, Männern, Kindern.

Als sie die Hände von ihren Ohren nahm, sah sie in dem einzelnen Lichtstrahl, wie sehr ihre Hautoberfläche glänzte. Es dauerte einige Momente, bis sie es erkannte. Die rote Flüssigkeit rann dickflüssig über ihre Handfläche. Warm. Heißer Lebenssaft.

Blut.

Kim wollte schreien, angewidert hielt sie ihre Hände von sich weg, versuchte, das flüssige Rot am Boden abzustreifen. Doch es ging nicht. Es wurde immer mehr, das Blut tropfte auf den Boden wie ein endloser Todesfluss. Die Schreie setzen nie aus. Immer lauter, immer lauter wurden sie. Irgendwann waren sie so laut, dass Kim nicht wusste, ob sie auch schrie.

Dann sah sie die Waffe. Ein Dolch lag neben ihr, und auch die Klinge war voller Blut. Ohne darüber nachzudenken, stieß sie ihn schreiend in eine der finsteren Ecken.

*Mörderin*, hauchte es ihr ins Ohr.

„Nein!", rief Kim, und ihre Stimme zitterte.

*Der Krieg. Er wartet*. Die Stimme war so leise, dass man sie beinahe nicht unter den vielen Todesschreien hörte. Leise und finster.

„Nein!" Entgeistert rutschte auch sie wieder in die Dunkelheit.

*Du bist die Erwählte.*

„Lasst mich!"

*Du wirst morden. Du wirst töten. Du bist die Erwählte. Du wirst morden. Du wirst töten.*

*Der Krieg, er wartet.*

Sie schrie. Jemand rüttelte sie am Arm, aber sie schlug ihn weg. Erst dann öffnete sie die Augen.

Mary sah sie völlig entgeistert an, sie hatte die Kopfhörer von den Ohren gezogen, die Musik lief noch.

Kim atmete schwer, als sie sich auf den Boden der Tatsachen zurückzwang. Der Bus, ihre Freundin. Es war nur ein Traum gewesen.

„Mann!", rief Mary. „Bist du jetzt völlig hirnverbrannt?"

Ihre Freundin antwortete nicht. Sie schlang die Arme um den Körper und versuchte, sich zu beruhigen. Nur ein Traum. Nur ein Traum. Nur ein Traum.

„Hallo! Noch jemand zu Hause?"

Jetzt sah Kim auf. Marys Lippen waren erschrocken verzogen, und in diesem Moment schien ihr der Lipgloss ihrer Freundin ziemlich lächerlich. Der Blick der Braunhaarigen war beinahe fordernd, und als sich Kim umsah, bemerkte sie erst die anderen Blicke, die auf ihr ruhten. Einige Jungs steckten die Köpfe zusammen und lachten leise.

Kurz sog sie die Luft tief in ihre Lungen. Sie musste sich beruhigen. Die Kopfschmerzen waren noch da, wenn auch ein wenig abgedämpfter als vor dem Traum.

„Gott ...", prustete Mary. „Was war denn das jetzt? ERDE AN KIM!"

Kim sah zu Boden. „Ich weiß es nicht."

„Du weißt es nicht? Für mich sah das nach einem Anfall aus. Du solltest zum Arzt gehen, Schätzchen."

„Verdammt Mary. Ich habe geträumt. Das ...", Kim biss sich auf die Unterlippe, „muss an den Kopfschmerzen liegen."

Der Bus blieb mit einem Ruck stehen. Kims Freundin sah auf, schüttelte den Kopf und lehnte sich mit einem fassungslosen Seufzer tief in ihren Sitz.

„Benzin alle!", rief der Busfahrer, und Kim glaubte, aus allen Ecken des Busses genervte Antworten zu hören. Kurz darauf ging die vordere Tür auf, und der alte Mann verließ hinkend den Bus, allem Anschein nach, um nach irgendeinem übrigen Vorrat Treibstoff zu schauen.

„Der hat sie doch nicht mehr alle!", rief Mary jetzt, und ließ ihre Hände auf ihre Tasche fallen. „Jetzt kann er nicht mal mehr auftanken, bevor er losfährt. Und wir sind schon aufm Berg!"

Kim lehnte den Kopf zurück und schaute an die alte, abgeblätterte Decke. Dann schloss sie die Augen. Das durfte nicht wahr sein. Nicht, wo ihre Kopfschmerzen jeden Augenblick wieder wuchsen, jetzt, wo sie die Bilder des Traums zurückgedrängt hatte.

„Der Tag heute ist wirklich verrückt. Besser gesagt, ich glaube, du wirst verrückt. Was war das, Kim? Antworte mir doch mal!", forderte Mary jetzt wieder. Und Kim glaubte tatsächlich, die Wut in ihrer Stimme förmlich verrauchen zu hören.

Das Mädchen sah ihr wieder ins Gesicht. Tief in die kastanienbraunen Augen, die ihr tausend Fragen stellten. Mittlerweile ging mit den Bildern der Ereignisse auch die Aufregung. Kim fasste sich an den Kopf. „Mary. Ich sagte doch schon. Es war ein Traum, ja? Lass es jetzt gut sein."

Mary zögerte erst, dann nickte sie langsam. „Jaja. Aber mach das nie wieder! Erstens sah es furchtbar aus, und zweitens hast du mir einen Riesenschrecken eingejagt. Sind die Kopfschmerzen jetzt wenigstens weg?"

Die Fünfzehnjährige neben ihr schaute sie verklemmt an. „Glaub mir, ich würde mir wünschen, es wäre so."

Mary lachte müde. „Dann hat es ja nicht mal was gebracht, dein Traum und die ganze Aufregung. Was war denn so furchtbar? Ein Monster?"

Kim warf ihr einen strafenden Blick zu. „Ich sagte, du sollst es gut sein lassen."

Das gespielte Gelächter verebbte langsam und Mary fuhr sich aufgewühlt durchs Haar. Dann zog sie ihre Kopfhörer wieder über die Ohren.

In diesem Moment kam der Busfahrer wieder zur Tür herein und wischte sich mit dem Handrücken über die Stirn. „Also Leute, ich hab was gefunden, was uns noch 'n Stückchen vorwärts bringen dürfte."

*Sunshine Farm.*

Als sich der Bus ratternd entfernte, sah sie die alte Häusergruppe, die auf der Anhöhe des Berges stand. Hier oben war es noch kälter als in der Stadt, und es rieselte kleine Schneeflocken. Weiß. Der Winter ließ dem Frühling hier oben keine Chance, sich durchzusetzen.

Stille. Hier war es vollkommen still, sobald der Bus um eine Kurve verschwunden war, und sie war allein. Mary fuhr noch eine Station weiter. Ohnehin war ihr der Vorfall im Bus furchtbar peinlich. Mitten im Schlaf anfangen zu schreien ... das konnte auch nur ihr passieren.

Langsam schlenderte sie einen breiten Kiesweg hinauf, der sich zu der kleinen Farm hinaufschlängelte. Der Kies knirschte unter ihren Schuhen, Schneeflocken tanzten um sie herum wie kleine Engel. Die weiten Felder waren mit einer dünnen Schneeschicht zugedeckt, an den Ästen der Bäume fraß sich der Frost entlang. Der Berg schien zu schlafen.

Die Kopfschmerzen hatten noch nicht aufgehört, waren aber bei Weitem nicht mehr so schlimm wie im Bus. Trotzdem wünschte sie sich in ein weiches Bett.

Als sie ein Pferdewiehern vernahm, sah sie auf. Das Tor zum Hof stand sperrangelweit offen, und schon von Weitem sah sie, dass ihr Vater ein Pferd führte. Kim wurde ein wenig schneller. Der Gedanke an ihr warmes Bett und eine Tasse Tee trieb sie an.

Die Berge waren schon seit einigen Jahren ihr Zuhause. Nach außen hin wirkte hier alles herzlos und kalt, doch wenn man sich die Farm ihres Vaters näher ansah, merkte man, dass Kim und er dem Hof Leben eingehaucht hatten. Der Berg, auf dem sie sich befanden, gehörte zu der Bergkette Rainbow Range in der kanadischen Provinz British Columbia. Kiefern und Steingeröll umgaben den Gipfel, der in den Wolken verschwand.

„Dad!“, rief sie, so laut es ihr möglich war, und sein Kopf schnellte in ihre Richtung. Dann merkte sie, wie sich auf seinen Lippen ein Lächeln kräuselte. Das Pferd an seinem Strick stieß ein Schnauben aus und eine weiße Wolke stieg in die Luft.

Noch ein paar Schritte, und sie erreichte das Tor.

In dem großen Hof war nicht viel zu sehen. Wenige leere Blumentöpfe standen neben der Efeuwand, die die dunkle Holzfassade des Stallgebäudes bedeckte. Zu dieser Zeit schossen allmählich einige Krokusse aus den leeren Blumenbeeten, die an die Hauswände anschlossen, und besprenkelten den letzten Schnee, der die dunkle Erde bedeckte, wie Farbtupfen. Der Boden war auch hier mit grobem Kies bedeckt und gegenüber der Einfahrt befand sich das ehemalige Gutshaus, das nun als umgebautes Wohnhaus fungierte. Zwei große mit Büschen bepflanzte Blumentöpfe standen zu beiden Seiten der dunklen Ebenholztür des Hauses und ein leerer Balkon, einige Meter oberhalb, krönte die Eingangstür. Die Dächer der Häuser waren frisch mit blutroten Ziegeln bedeckt, und aus dem Kamin des Wohnhauses qualmte der Rauch eines warmen Kaminfeuers.

Der schwarze Jeep ihres Vaters stand vor der Einfahrt geparkt, eine Tür stand offen und aus dem Radio dröhnte Rockmusik.

„Hey!“ Er kam ihr einen Schritt entgegen und lächelte. „Der Bus hatte wieder Verspätung.“ Sie blieb stehen und lächelte bemüht. „Das Übliche. Benzin war alle.“

Ihr Vater sah ihr tief in die Augen. Dann legte er eine Hand auf ihre rechte Schulter. „Alles in Ordnung bei dir? Geh doch schon rein, ich mach Sir Damon fertig und komm gleich nach. Ich habe Tee gekocht, er steht neben dem Herd.“

Kim schüttelte den Kopf, als sie in diesem Moment erneut von einer Schmerzwelle überrollt wurde. Schmerzerfüllt kniff sie die Augen zusammen. „Alles klar. Mach dir keine Sorgen“, erwiderte das Mädchen angestrengt, bemerkte aber sofort, das das nicht glaubwürdig genug geklungen hatte.

„Soll ich dir reinhelfen?“, fragte ihr Vater nun noch besorgter.

Doch als er näher kam, schob sie seine Hand weg. „Nein, wirklich nicht. Ich krieg das schon hin.“ Mühevoll machte sie einen langsamen Schritt in Richtung Haustür. Noch bevor sie den Fuß auf dem Boden aufsetzte, gaben ihre Knie nach und sie sackte zusammen.

Schmerzen. Dieses Mal durchströmten sie ihren ganzen Körper, tobten durch ihre Glieder wie ein wirbelnder Sturm.

Dann war alles vorbei. Die Welt um sie herum wurde schwarz.

*Der Tod erwartet dich. Du bist die Erwählte. Du wirst töten und du wirst siegen. Du wirst entscheiden zwischen Niederlage und Sieg.*

Um sie herum leuchtete kein Licht. Sie fand keine Wand. Es war einfach nur Schwärze, bloße, durchdringbare Farbe, die sie umgab.

Die Stimme klang hell in ihren Ohren, hell und klar, und trotzdem ließ sie Gänsehaut über ihre Glieder kriechen. Kalt. Diese Stimme wirkte so unerreichbar kalt.

*Finde es. Finde* es *und folge* ihm*!*

Sie zog die Knie näher an sich. „Was? Was soll ich finden? Wieso? Wohin soll ich wem folgen?“

*Du wirst es sehen. Alles wird seinen Sinn ergeben. Finde* es *und folge* ihm.

Kim schüttelte den Kopf. „Ich kann nichts finden, was nie gesucht habe.“

*FINDE ES! Tausende werden sterben, Hunderte werden leiden. FINDE ES!*

„Nein! Lasst mich!“

*Wenn du es nicht tust, werden viele ihr Blut vergießen. Viele werden umkommen. Viele werden sterben. Sehr, sehr viele. Du kannst ihnen helfen. FINDE ES!*

Was wollte dieser Jemand von ihr? Was sollte sie finden? Verzweifelt kniff sie die Augen zu.

„Was soll ich finden?“, rief sie dann laut. „Sagt es mir, wenn es so wichtig ist!“

Doch sie bekam keine Antwort. Plötzlich war alles still.

Weich. Um sie herum war alles weich und warm, und als sie die Hand ausstreckte, fasste sie an die Bettkante. Sofort schlug sie ihre Lider auf.

Kim lag in ihrem Zimmer. Eine wärmende Daunendecke hüllte ihre Glieder ein, ihr Kopf lag auf einem großen, flauschigen Kissen. Wie jeden Morgen, wenn sie erwachte. Auf dem Nachttischchen standen eine Kanne Tee und eine Tasse, die alte Lampe an der Decke schenkte einen milchigen Schein.

Sie drehte sich auf den Rücken und starrte auf die Decke. Ihre Kopfschmerzen waren weg. Ganz auf einmal. Einfach weg. Geräuschvoll atmete sie aus. Wie gut es tat, atmen zu können, ohne den Schmerz in der Schläfe pochen zu spüren.

Schon wieder einer dieser Träume. Was hatte all das zu bedeuten? Das waren nicht die gewöhnlichen Träume, die sie sonst erlebt hatte. Die Stimme hallte noch immer in ihrem Kopf umher, alles wirkte so real, als hätte die Person, die mit ihr gesprochen hatte, neben ihr gesessen und hätte es ihr ins Ohr geflüstert. Aber wieso redete die Stimme immerzu von Tod, Leid und Krieg? Sie lebte in einer heilen Welt, alles war friedlich und normal. Hier oben konnte ihr allerhöchstens ein Bär über den Weg laufen. Aber Krieg? Das war vollkommener Schwachsinn. Und dazu sollte sie einen Kampf entscheiden. Wie denn?

Kim schüttelte den Kopf und musste beinahe lachen. Jetzt, wo die Kopfschmerzen verflogen waren, fiel es ihr so viel leichter, den Traum als Hirngespinst zu sehen.

Mit einem Ruck setzte sich das Mädchen auf, schob eine widerspenstige Locke hinters Ohr und setzte ihre nackten Füße auf dem Boden. Sie trug noch ihre himmelblaue Jeans und das weite Shirt, strich beides kurz glatt und stand auf.

„Kim?“ Als sie die Stimme vernahm, wirbelte sie herum. Ihr Vater stand im Türrahmen und machte noch immer ein besorgtes Gesicht. „Geht es dir besser?“

Sie machte einige Schritte auf ihn zu und fiel ihm in die Arme. „Viel besser“, flüsterte sie dann.

Er hielt sie auf Armeslänge von sich entfernt und musterte sie genau. „Du siehst immer noch blass aus“, stellte er fest. „Wenn auch nicht mehr so schlimm wie vor ein paar Stunden.“

Kim lächelte. „Jetzt ist wirklich wieder alles in Ordnung. Wie spät ist es?“

„Halb fünf. Es ist schon dunkel draußen.“

Sie drehte sich von ihm weg und lief ans Fenster. Draußen war es schon stockdunkel, und der Mond leuchtete als dünne Sichel über dem Netz Abertausender Sterne.

*Finde* es. *Finde* es *und folge* ihm.

# 2

Kim galoppierte über das Feld, das sich auf dem Berg erstreckte. Sir Damons Hufe donnerten dumpf über den harten Feldboden und Erdstücke schossen nach allen Seiten weg. In kräftigen Zügen stieß er sich immer wieder in weitem Galopp vom Feldgrund ab. Die lange Mähne tanzte auf seinem Nacken umher, sein Hals war leicht gebeugt und seine Nüstern blähten sich auf. Bei jedem Galoppsprung griff er weit nach vorn und seine Reiterin bemühte sich, dem rasenden Pferd nicht zur Last zu fallen. Die Adern des Hengstes pulsierten rhythmisch unter dem glänzenden Rappenfell.

In Sir Damons Blick brannte eine Flamme von Übermut, sein Schopf fiel über seine kastanienbraunen Augen. Kim klebte förmlich im dunklen Ledersattel und hielt nur mit einer Hand die schwingenden Zügel der alten Westerntrense. Mit der anderen war sie damit beschäftigt, den hellbraunen Cowboyhut festzuhalten, unter dem ihre blonden Locken herausquollen. Das Morgenrot spiegelte sich auf den Wolken und tanzte auf ihren Strähnen, die ihr bis zu den Ellenbogen gewachsen waren.

Freiheit.

Sie flogen beinahe, und das Mädchen schloss einen Moment lang die Augen. Der Rhythmus, die Geschwindigkeit, der Wind. Alles war so vollkommen. Wie sie es liebte, diese unendliche Freiheit zu spüren, die sie auf dem Rücken des Hengstes zum Greifen nah bekam.

Mit einem kurzen Ruck am Zügel fiel das Tier in einen langsameren Galopp, und schließlich brachte sie ihn zum Stehen.

Ihr Lieblingsplatz.

Kim befand sich jetzt etwas östlich der Ranch, dort, wo der Berg steiler abfiel und sich Wald und Fels abwechselten. Vor ihr tat sich eine große Schlucht auf, und sie stand am höchsten Punkt der Anhöhe. Mit bloßem Auge konnte man hier meilenweit sehen; über die ausgedörrten Ebenen, über die Wälder, die die Berge bedeckten wie eine wärmende Decke und über den See, der sich am Fuße des Berges befand. Er war nicht ganz zugefroren, und so konnte man an einigen Stellen das Spiegelbild des Gebirges erhaschen. Wilde Vögel kreischten in den Wipfeln der Bäume, Adler kreisten in der Luft.

Pure Natur. Der Himmel war immer noch mit vielen, grauen Wolken bestickt, die über das Land zogen wie ein Schwarm weißer Schwäne.

„Wunderschön", murmelte sie, und das Pferd schnaubte. Kurz trat Sir Damon auf der Stelle, dann machte er ein paar Schritte rückwärts.

Beim Anblick dieser Landschaft musste sie an die Worte der unbekannten Stimme denken.

*Du bist die Erwählte.*

Dieser Satz wirbelte Tausende Fragen in ihr auf. Die größte Frage aber war: Hatten ihr die Schmerzen nur einen Streich gespielt oder war es wahr? Hatte die Stimme recht? Gab es dieses *es*? Und wenn, was war es? Ein wertvoller Gegenstand?

*Du wirst entscheiden zwischen Niederlage und Sieg.*

So etwas hörte man nicht häufig in Träumen. Wie kam diese Person nur darauf? Sie musste aufhören, sich Gedanken oder gar Hoffnung zu machen, dafür eine Lösung zu finden. Letztendlich war es nur ein Traum gewesen. Ein Hirngespinst.

„Was meinst du damit?“, fragte sie schließlich laut. Ihre Stimme hallte ein wenig zwischen den Felsen, dann wurde sie von dem Wald verschluckt.

Das Pferd stieß laut Atem aus.

„Du hast mir nicht geantwortet. Ist es wahr? Was bedeutet das alles?“

Eine Krähe kreischte laut, und Spatzen flogen auf. Kurz darauf sprang ein wilder Hase davon.

„Ich bitte dich nur um eine Antwort. Auf eine Frage. Was muss ich finden? Was ist der Auslöser für diese Träume? Bitte, bitte sagt es mir.“ Verzweifelt sah sie in den Himmel. „Was war das alles?“

Aber es kam nichts. Die Natur antwortete ihr mit Stille, mit einem lautlosen Nichts.

Nach einer scheinbar ewigen Zeit gab sie auf. Wandte ihr Pferd vom Vorsprung ab und schalt sich, überhaupt gefragt zu haben. Wie sollte ihr jemand antworten, der nicht existierte?

Gar nicht.

Ein Gebirge.

Es waren nicht die Rocky Mountains. Es waren graue, schroffe Gebirgsklötze, kaum bewachsen und grau wie alte Ratten. Doch die Berge waren nicht das, worauf Kim ihre ganze Aufmerksamkeit legte.

Da war ein junger Mann.

Er saß auf einem Felsvorsprung, der dem, auf dem sie gestern Abend gestanden hatten, sehr ähnlich sah. Doch da war kein See. Da waren keine Vögel. Da war nur der Junge.

Schwarze, kinnlange Haare, ein langes, schmales Gesicht. Eine gerade Nase und schmale Lippen. Mehr konnte

Kim von ihrem Standpunkt aus nicht sehen. Es fühlte sich beinahe so an, als stünde sie einige Meter von ihm entfernt.

Plötzlich richtete er sich auf und sah in ihre Richtung. Seine Blicke durchbohrten sie beinahe, und sie wollte am liebsten sofort verschwinden. Aber es war zu spät. Er kam geradewegs auf sie zu.

Dann aber passierte etwas, das ihr den Atem raubte: Er lief durch sie hindurch. Einfach so.

Sie drehte sich um, doch da war auf einmal alles schwarz. Das Letzte, was sie hörte, war eine Stimme. Nicht die Stimme, die sie die beiden Male zuvor gehört hatte, nein. Es war die Stimme des jungen Mannes.

„Warnen. Ich muss sie warnen. Sie werden sterben. Alle werden untergehen in ihrem eigenen Blut."

Kein Zweifel. Es war wieder passiert. Sie hatte wieder einen Traum gehabt. Und sie hatte gesehen, hatte Bilder gesehen, einen Jungen, ein Gebirge. Es musste wahr sein. Es fühlte sich so echt an, und wenn sie auch Träume hatte, ohne dass sie von Kopfschmerzen geplagt wurde, schien es für sie klar auf der Hand zu liegen.

Das waren keine Träume.

Das waren Visionen.

Da versuchte jemand, ihr etwas zu sagen, etwas mitzuteilen. Und wenn es stimmen sollte, dann ... war sie bedeutend für etwas, das irgendwo draußen auf sie wartete.

Sie lehnte sich an die Wand und sah auf den Wecker, der neben der verstaubten Nachttischlampe stand. 0:25 Uhr.

Das war nicht mehr normal. Sie wurde von Visionen verfolgt. Wie weit sollte das noch gehen? Sie musste Antworten finden. Irgendwo.

Visionen. Das ging einfach nicht in ihren Kopf.

„Bitte", flüsterte sie so leise, dass sie es selbst beinahe nicht mehr hörte. „Bitte hilf mir dabei. Ich verstehe es nicht. Egal wer oder was du bist. Hilf mir."

Und dieses Mal bekam sie eine Antwort, tief aus ihrem Inneren. *Du bist die Erwählte. Finde* es *und folge* ihm. *Alles wird seinen Sinn ergeben.*

„Aber was? Wie? Was muss ich tun?"

*Alles wird seinen Sinn ergeben, mein Kind.*

Kim fuhr sich durch die Haare und schaute zur Zimmerdecke hinauf. Dann schloss sie die Augen.

Es war schon so weit, dass sie sich mit jemandem unterhielt, der nicht existierte. Jemanden, der nicht mehr sagte als „Alles wird seinen Sinn ergeben", was ihr nicht wirklich weiterhalf. Sie konnte sich anstrengen, wie sie wollte, es ging nicht aus ihrem Kopf, dass diese ... diese Person recht haben musste. Die Frage war nur, worum es sich überhaupt handelte. Wieso konnte ihr das niemand erklären? Sie kam sich so unwissend vor, so unbeschreiblich leer.

Wie ein halb leeres Glas, dass jemand verzweifelt zu füllen versuchte.

*Alles wird seinen Sinn ergeben.*

Darauf wartete sie doch die ganze Zeit!

Kurz passierte gar nichts. Kim saß nur da und wartete auf irgendwelche Zeichen. Und als würde ihr die fremde Stimme eine Antwort geben wollen, kehrte plötzlich die Müdigkeit zurück, überwältigte sie mit wahnsinniger Kraft und zerrte an ihr wie ein forderndes Kind.

Kim gähnte leise, legte sich wieder auf die Seite und vergrub sich unter ihrer Decke. Die Wärme umhüllte sie wie ein Mantel, schien sie förmlich in den Schlaf zu saugen. Dann ging alles ganz schnell. Ihr wurde ganz leicht. Ihre Lider gingen zu, und dann war sie weg. Fort.

Wald.

Alles um sie herum war dicht bewachsen mit grünem

Moos, hohen Sträuchern und Blumen, die in höchster Blüte standen. Dazu war sie umkränzt von Hunderten imposanten Fichten. Vögel zwitscherten in den Ästen, es raschelte im Unterholz.

Ein für sie ganz gewöhnlicher Anblick. Kims Heimat war von Wald umgeben. Und auch dieses Bild hatte sie bereits schon einmal gesehen. Sie überlegte kurz, wo. Dann fiel es ihr wie Schuppen von den Augen.

Sie kannte diese Lichtung schon lange. Hier hatte sie viel mit ihrem Vater unternommen, sei es ein gemütliches Picknick oder nur, um miteinander zu reden. Die Lichtung lag nicht weit entfernt von einem Vorsprung, wo sie am liebsten war. Kaum hatte Kim diesen Gedanken gefasst, lief sie los. Ganz von selbst, so, als sei diejenige, die die Beine bewegte, nicht sie selbst.

Schon nach kurzer Zeit tauchte sie zwischen den vielen Stämmen der Bäume hindurch. Am Boden konnte man noch grob die Konturen von Sir Damons Hufspuren sehen, und nach wenigen Schritten stand sie direkt vor dem Abgrund.

*Höre diese letzten Worte, mein Kind. Ich spreche zu dir und bitte dich, morgen zu genau diesem Ort zurückzukehren. Du wirst sehen, alles wird seinen Sinn ergeben. Du bist die Erwählte. Du wirst* es *finden und* ihm *folgen. Höre diese letzten Worte, mein Kind.*

Kim schlug die Augen auf.

Ihr Blick fiel genau auf den Wecker, der lautlos neben ihr auf dem Nachttisch stand, und sie setzte sich auf. Es war bereits fünf Uhr morgens. Ihre normale Zeit, aufzustehen.

Keine Kopfschmerzen. Keine Stimme. Nichts.

Doch auf eine gewisse Art und Weise wusste sie jetzt genau, was sie zu tun hatte. Sie sollte sich zum Vorsprung begeben. Das war die erste, klare Ansage. Tief in sich hatte sie das Gefühl, dass dies sicherlich die letzten Worte der Stimme gewesen waren. Und jetzt würde sie machen, was diese verlangte. Die Fragen brannten unter der Haut, forderten nach einer Lösung, nach einer Antwort.

Entschlossen schwang sie die Beine über die Bettkante, um aufzustehen.

Sie ritt schon kurz darauf los. Ihr Vater war in die Stadt gefahren, um einzukaufen. Also war sie allein. Sir Damon war schnell gesattelt, der Hengst wartete nur darauf, seine Energie loszuwerden. So fegten sie die Wege entlang, galoppierten durch den morgendlichen Nebel, der kalt zwischen den Baumstämmen schwebte wie ein samtener Schleier. Das Mädchen achtete jetzt kaum auf ihre Umwelt. Jetzt zählte das, was auf sie zukam. Ihr Herz zersprang beinahe, so aufgeregt hämmerte es in ihrer Brust.

Keine Vögel zwitscherten, es war gespenstisch still. Nur das Donnern der Hufe auf dem Kies ließ die Luft erbeben, Kim trieb das Tier immer weiter. Sie wollte es jetzt wissen.

Es wehte kein Wind, nur bloße, nackte Kälte fraß sich an der Atmosphäre satt, sodass das Mädchen glaubte, im Sattel festzufrieren.

Sie hatte nicht die geringste Ahnung, was sie erwartete, war blind für alles, was sie umgab. Es war wie eine magische Präsenz, die sie zu ihrem Lieblingsplatz zog. Ihr wurde ganz leicht, Vorfreude breitete sich in ihrem Körper aus.

Die Bäume flogen an ihr vorbei, der Hengst schnaubte zufrieden, während sie sich ihrem Ziel näherten. Immer näher. Galoppsprung für Galoppsprung.

Kim atmete die klare Luft, in der etwas völlig Neuartiges zu schweben schien. Irgendetwas ganz Entscheidendes würde bald geschehen, sie konnte es spüren. Es prickelte auf der Haut.

Im Nebel konnte sie nur schleierhaft erahnen, dass sie

nicht mehr weit von ihrem Ziel entfernt waren, und so legte sie noch ein letztes Mal zu. Es war hier so neblig, dass man nur noch etwa fünf Meter klar sehen konnte. Dann war alles weiß. Wie Kim diese weißen Fetzen hasste.

Der Ort, an den sie geschickt worden war, schien zum Greifen nahe, da bremste das Pferd unter ihr scharf.

Kim konnte sich gerade noch festhalten, um nicht über die Schulter des Tieres zu Boden zu gehen. Ihre eisig gewordenen Hände krallten sich in der langen Mähne fest, als Sir Damon stehen blieb und die Ohren so dicht anlegte, dass es beinahe so aussah, als wären sie nicht mehr vorhanden. Augenblicklich beschleunigte sein Atem, die Kruppe des Tieres hob und senkte sich schnell.

Als sie sich mit Mühe zurück in den Sattel zog, machte der Hengst ein paar energische Schritte rückwärts. Sie drückte ihre Schenkel gegen seine Flanken und trieb ihn geradeaus, völlig verärgert über die Reaktion. Mit ihren Blicken suchte sie nach der Ursache seines Verhaltens, doch der Nebel nahm ihr die Sicht.

„Komm schon", forderte sie und trieb ihn wieder kraftvoll vorwärts. Jetzt, wo sie kurz davor war, zum Vorsprung zu kommen, sollte sie nicht von ihrem Pferd abgehalten werden. Aber eines trieb ihr eine Gänsehaut über den Rücken: Sir Damon schien richtig Angst zu haben. Der Hengst war normalerweise eine Lebensversicherung, dem man alles zutrauen konnte. Deshalb verwunderte es sie umso mehr, dass er nun eine solche Panik zeigte.

Jetzt versuchte er, sich von dem Ziel abzuwenden und zurück zur Ranch zu rennen, doch sie hielt ihn erneut davon ab. Wieder leistete er Widerstand, als sie weiterreiten wollte.

Nach einigen Versuchen wurde es ihr zu dumm. Sie stieg ab und führte ihn zittrig in Richtung des weißen Nebels, der dort am dichtesten war, wo sie hinwollte.

Sie war kurz davor, in die weißen Schlieren zu tauchen, da warf Sir Damon den Kopf in den Nacken und stieg. Die Zügel wurden ihr mit einem stechenden Schmerz aus den eiskalten Händen gezogen, und sobald der Hengst merkte, dass er frei war, machte er kehrt und verschwand mit einem rasanten Galopp in Richtung Ranch.

Kim blieb stehen und sah ihm nach, wie er schon nach wenigen Sprüngen im Nebel verschwand. Das durfte nicht wahr sein. Sie wusste, dass er den Weg zurück einschlagen würde. Alexander würde Sir Damon dann abfangen, da war sie sich sicher. Um den Hengst musste sie sich keine Sorgen machen. Innerlich pulsierte ihr Herz wahnsinnig schnell.

*Finde es und folge ihm.*

Auf einmal klang die Stimme so wahnsinnig bedeutend.

*Alles wird seinen Sinn ergeben.*

Kim atmete tief durch. Dann machte sie einen Schritt. Und noch einen. Ging immer tiefer hinein ins Ungewisse, achtete nur darauf, nicht zu nahe an den Vorsprung zu kommen.

Und da – kaum war sie ein paar Meter durch den Nebel gegangen – lichtete sich der Schleier und auf einmal wurde alles ganz klar. Glasklare Luft, kein Nebel. Der Ort, an den sie kommen sollte, war wie immer.

Als sie sich umdrehte, schien eine unsichtbare Wand die weißen Finger davon abzuhalten, auch hierher zu dringen.

Wieder etwas, was Kim vor wenigen Tagen als absolut unmöglich eingestuft hätte. Aber in diesem Moment störte es sie gar nicht. Ihr gesamtes Leben war seit diesen Kopfschmerzen anders. Neu. Und wie sie es am passendsten für sich umschrieb: unmöglich.

Die Sonne schien, ihre jungen Strahlen küssten das helle Gestein und ließen es beinahe weiß wirken, so hell strahlte es in ihrem Licht. In der Luft lagen süße Düfte, Vögel flogen über sie hinweg. Hier war nichts zu sehen von der Trostlosigkeit, die außerhalb des Nebels herrschte.

Kim ging auf den Abgrund zu. Unterhalb der Anhöhe befand sich ein Meer aus weißen, verwobenen Gespinsten. Nur vage konnte man die Kronen der Bäume erkennen, ab und zu flogen Vögel auf. Ansonsten schien das Tal zu schlafen, zugedeckt mit einer weißen Schneeschicht. Vorsichtig setzte sie sich an den Vorsprung und ließ ihre Beine nach unten hängen, um ihre Blicke genauer über das Land streifen zu lassen. Als sie saß, beruhigte sie sich ein wenig. Das mit Sir Damon war ihr schon einmal passiert. Sie würde einfach nach Hause laufen. Das Einzige, was sie zu sehr interessierte, war, was passieren würde. Wenn *es* auftauchen würde, wäre das der eindeutige Beweis, dass sie nicht halluzinierte. Dann wäre alles wahr, und vielleicht würden sich dann die anderen Fragen, die die Worte der Stimme in ihr hervorgerufen hatten, von selbst beantworten.

In diesem Moment tat sich etwas. Kim zuckte kurz zusammen, als sie ein Pferd hörte. Der Stein klapperte unter den Hufen, verriet das Tier sofort. „Sir Damon!", schoss es ihr durch den Kopf, und ein triumphierendes Lächeln huschte über ihre Lippen, während sie langsam aufstand. Sie wollte den Hengst nicht noch einmal erschrecken.

Das Tier stieß ein zögerliches Schnauben aus, dann verebbten die Huftritte. Kim drehte sich um.

Da war nicht Sir Damon.

Vor ihr stand ein Pferd. Aber es war keines von denen, die sie von den umliegenden Ranches kannte. Es war vollkommen verwahrlost, bis auf die Knochen abgemagert. Struppiges, fuchsiges Fell bedeckte seine Glieder, die Mähne, die einmal hell gewesen sein musste, wies nun ein schmutziges, verfilztes Braun auf. Es hatte helle Fesseln, was ihr sofort auffiel, und überraschend helle Augen.

Kurz stand sie bewegungslos da und sah ihm entgegen. Es hatte die Ohren aufmerksam gespitzt und schaute sie mit offenen, klaren Augen an, beinahe fordernd.

Da rührte sich etwas in Kims Gedanken. Das war *es*. Auf einmal war sie sich ganz sicher. Das musste das *Es* sein, das die Stimme gemeint hatte.

Ein Pferd?

Es prustete durch seine Nüstern und machte einen Schritt auf sie zu.

Kim konnte ihren Blick nicht von ihm abwenden, wie gebannt betrachtete sie seine Bewegungen, versuchte, sich nicht zu regen. Sie wollte es nicht verscheuchen.

Eine leichte Böe fegte über den Boden, brachte die Mähne des Pferdes zum Tanzen.

Da fiel der verfilzte Mähnenschopf zur Seite.

Ein Stein.

Kim sah ihn sofort, und ihr Herz setzte einen Moment lang aus. Dieses Pferd hatte einen Stein auf der Stirn. Einen blauen Saphir.

Noch ein Schritt des Tieres, und es stand so nahe vor ihr, dass sie nur noch die Hand ausstrecken musste, um es zu berühren. Ihre Hand pulsierte.

„Tu es", sagte sie zu sich selbst.

Dieses Tier war anders als alle anderen, die sie jemals gesehen hatte. Nein, nicht aufgrund der Verwahrlosung. Dieser Stein. So etwas hatte sie noch nie erlebt. Genauso wie diese Präsenz, die fast menschlich schien, diese Bewegungen ohne jegliche Scheu. Waren das nicht Beweise genug, dass dies das sein musste, was die Stimme gemeint hatte?

Mit zitternder Hand streckte sie den Arm aus. Schloss die Augen. Und berührte die Stirn des Tieres genau dort, wo der Edelstein erleuchtete, wenn die Sonnenstrahlen darauf fielen.

Unbeschreibliche Hitze durchfuhr ihre Hand, sie wollte sie zurückziehen. Doch es war zu spät. Sie schien unbewegt, die Schmerzen zuckten wie Hunderte Stichflammen durch ihren Körper, hinauf zu ihrem Kopf, in ihre Gedanken. Noch ehe sie dort ankamen, schien der Boden unter Kims Füßen zu verschwinden. Sie fiel in ein großes Nichts.

Schmerzen.

Stille.

*Du bist die Erwählte.*

Das war das Letzte, was sie hörte.

# 3

Kim lag einige Augenblicke regungslos auf dem Boden. Erst als sie Sand auf der Zunge schmeckte, schlug sie die Augen auf. Grelles Licht blendete sie, sodass sie ihre Augen mit der Hand abschirmen musste, um überhaupt etwas sehen zu können. Unter ihr befand sich sandiger Grund, Bäume schossen um sie herum aus dem kargen Boden und griffen mit ihren Ästen hoch in den Himmel. Zwischen den Baumwipfeln strahlte die Sonne hindurch, Vögel zwitscherten in den Astnetzen.

Sie setzte sich auf.

Wie war sie hierhergekommen?

Das Pferd!

Kurz rieb sie sich den Kopf. Ihre Schläfen schmerzten stark. Wo war das Tier? Als sie sich umsah, beantwortete sich ihre Frage von selbst. Hinter ihr lag etwas Großes auf dem Boden und schnaufte erschöpft durch seine Nüstern. Sein Fell leuchtete ihr rötlich entgegen, die weißen Fesseln reflektierten das Sonnenlicht. Die lange, ebenfalls weiße Mähne tanzte in der Böe, die zwischen den Baumstämmen wehte. Doch das war nicht der Grund für Kims Stutzen.

An der Schulter ging das samtene Fell in eine glatte, schneeweiße Haut über, die wie auf die dünnen Knochen gespannt zu sein schien.

Drachenflügel?

Kim blinzelte, weil die dachte, ihre Augen würden ihr einen Streich spielen. Doch ... sie hatte sich nicht getäuscht: Dieses Tier hatte die Flügel eines Drachen. Was war das? Kim hatte noch nie ein solches Wesen gesehen. Aber es war eindeutig das Pferd von der Lichtung. Die kleine Stute.

Kim erhob sich vorsichtig, während sie das Tier eingehend musterte. Die Stute war wunderschön, und unter dem kurzen Schopf strahlte der hellblaue Edelstein hervor. Noch ein leiser Wind fuhr über ihre Glieder, ihre Haare bewegten sich sanft im Wind.

Diese Böe fühlte sich so echt an ...

Erwartungsvoll kniff Kim die Augen zusammen. „Aufwachen", flüsterte sie. „Ich muss aufwachen."

Doch es geschah nichts. Absolut gar nichts. Als sie die Augen wieder öffnete, sah sie genau dasselbe Bild wieder vor sich. Doch das konnte nicht die Realität sein. Das war wieder einer dieser Träume, ganz bestimmt! Sie musste nur abwarten, dann würde sie wieder in ihrem Bett aufwachen.

Aber noch nie war ihr eine ihrer Visionen so echt erschienen.

Sie wollte dieses Tier nicht berühren. Kim wollte wieder zurück, wollte die Augen aufmachen und an ihre Zimmerdecke starren. Doch was sie sich auch wünschte, es veränderte sich nichts, nur dass das geflügelte Pferd vor ihr die Flügel reckte. Sie war betört von seiner Schönheit.

„Schneefeuer", flüsterte der Wind. „Schneefeuer." Er wirbelte durch ihre Strähnen und spielte mit dem Saum ihrer Ärmel. Sie sah auf. Was sie erblickte, verschlug ihr den Atem. Die Böen wurden stärker, sie rissen an den Ästen der Bäume, Blätter wurden von ihnen mitgezogen. Die Äste wackelten und die Blätter raschelten den Namen direkt in ihr Ohr. „Schneefeuer, Schneefeuer!"

„Ja!", rief Kim, als die Stimmen des Waldes zu kreischen

begannen. Der Name kam von allen Seiten, durchdringend, befehlend.

„Schneefeuer! Schneefeuer! Schneefeuer!“

„Ich habe es gehört! SCHNEEFEUER! Hört ihr! Ich weiß es! Schneefeuer!“ Dabei hielt sie sich hilflos die Ohren zu. Das hier durfte nicht sein. Das war unmöglich.

Aber als sie den Namen aussprach, bewegte sich der Körper des Pferdes. Anmutig baute es sich vor ihr auf, breitete die Flügel aus und starrte sie vertrauensvoll an. Mit einem Mal begriff sie.

„Schneefeuer“, hauchte sie sanft, als sie erkannte, wer mit dem Namen gemeint war. Sofort wurde es um sie herum wieder still. Der Name klang zart auf ihrer Zunge, so bedeutend und doch so leicht.

„Du ...“, stammelte Kim. „Du bist das.“

Eine beißende Stille kehrte ein, als sich die beiden ansahen.

„Du kennst mich“, stellte Kim fest. „Du hast mich die ganze Zeit über gekannt. Du hast mich hierher gebracht, aber ... was rede ich denn da?“

Fragen brauten sich in ihr zusammen – wie ein stürmischer Orkan wirbelten sie durch ihre Gedanken – die einzige logische Erklärung für diese Ereignisse war, dass sie träumte. Genau wie die letzten Male.

Eine ganze Weile sahen sich die beiden tief in die Augen und Kim verlor sich in der meerblauen Iris des Tieres. Solch klare Augen hatte sie noch nie bei einem Pferd gesehen. Dieser Blick glich beinahe dem eines Menschen. Er war nur auflösender, es war, als würde ihr das Tier direkt in die Seele schauen. Plötzlich fühlte sie sich verbunden mit diesem Wesen. Es war, als würde eine sanfte Verbindung zwischen ihnen gesponnen, während sie sich ansahen. Ein magischer Moment. Und Kim wünschte, dass, auch wenn dies ein Traum sein sollte, er niemals endete.

Nach einigen, langen Momenten machte sie einen vorsichtigen Schritt auf Schneefeuer zu. Es machte einen erschrockenen Satz zurück, doch dann blieb es stehen.

„Ruhig“, murmelte sie, während sie einen zweiten Versuch machte. „Bleib ganz ruhig“.

Und als sie dieses Mal ihre Hand ausstreckte, kam der Kopf des Pferdes vorsichtig entgegen.

Als sie sich berührten, schloss das Pferd die Augen und prustete durch seine Nüstern. Kim überkam ein beflügelndes Gefühl, denn das samtweiche Fell, auf dem ihre Finger lagen, war eindeutig echt.

„Aber ... das ist doch unmöglich“, hauchte sie und schüttelte den Kopf. Das konnte nicht wahr sein. Das war zu schön. Immer wieder glitt ihre Hand sacht über den gesenkten Hals, und sie konnte sich an der Schönheit dieses Wesens kaum sattsehen. Kim stand im Schatten des Rumpfes, der Widerrist lag etwa in zwei Metern Höhe. Die enorme Größe war ihr sofort aufgefallen, doch trotz der Maße wirkte der Körperbau leicht und schlank. Die Beine waren lang und bemuskelt, der Kopf feingliedrig und gerade. Die Flügel waren leicht angewinkelt, die Flughaut nicht gespannt. Die Gelenke der Schwingen waren mit weißen Schuppen besetzt, wie mit tausend kleinen Glasscherben.

Es war ein so seltsames Gefühl, irgendwo mitten im Wald auf einer Lichtung mit einem fremden Tier zu stehen, das sie noch nie gesehen hatte, und Kim fand einfach keine Erklärung dafür. Doch als sie den Blick von dem Tier abwandte und ihre Umgebung musterte, stellte sie fest, dass sie sich eindeutig nicht in ihrem Wald befand. Überhaupt war es hier viel zu warm für den Winter, der im Gebirge herrschte.

Die Bäume hatten eine braun-grüne Rinde und bis auf die Krone keine Äste. Die Blätter, die am Boden lagen, waren oval und so groß wie ihre Handfläche. Zwischen den

Baumstämmen wuchs allerlei anderes Gewächs, bunte Farne, wilde Büsche mit Beeren und schönen Blüten und unzählig viele, wunderschöne Blumen. Die Farbenpracht war unglaublich.

Der Boden war fast überall mit Sand bedeckt, anders als in Kanada, wo das Moos wie ein grüner Teppich über dem Boden lag. Auch hier gab es moosähnlichen Bodenbelag, doch dieser war nur an wenigen Stellen gewachsen.

Auch wenn sie sich nicht im Klaren darüber war, wie sie hierhergekommen war und wo sie sich genau befand, Kim genoss diesen Moment. Die Vögel zwitscherten und die Sonne glänzte durch das Blattwerk der Bäume, wärmte ihren Rücken. Kurz vergaß sie ihre wirbelnden Gedanken, lebte das Jetzt.

Schneefeuer rieb ihren Kopf an ihrer Seite, und sie strich ihr durch den langen Mähnenschopf. Als er zur Seite viel, legte sie den Edelstein frei, der auf der Stirn des Tieres krönte. Er glänzte blau wie die Weiten des Himmels, war umrankt von schönen, schwarzen Mustern. Sie wagte nicht, ihn zu berühren.

„Wunderschön", flüsterte sie.

Nachdem sie sich kopfschüttelnd von dem Wesen abwandte, ging sie weiter auf den Rand der Lichtung zu, wo der dicht bewachsene, dunklere Wald begann. Nirgends konnte sie irgendein Zeichen von Zivilisation entdecken, geschweige denn einen Weg. Enttäuscht amtete sie aus und ließ sich an einem Baumstamm zu Boden sinken.

Warum musste immer ihr so etwas passieren? Warum war sie nicht ganz normal, wieso quälten ausgerechnet sie diese vielen Träume und Visionen? Und weshalb war sie hier? In diesem Moment schien es ihr niemand beantworten zu können. Sie fühlte sich unglaublich allein gelassen. Allein gelassen von der Welt.

Gerade, als sie mit ihren Gedanken völlig versunken

war, riss sie ein Knurren aus den Gedanken. Sofort rutschte ihr das Herz in die Hose und Angst machte sich in ihr breit.

Als sie flüchtig zu dem großen Pferd hinübersah, wich dieses zurück in den anderen Teil der Lichtung. Sie wollte ihm folgen, doch in diesem Augenblick sprang der Verursacher des Knurrens in die Mitte der Lichtung.

Es war ein Tier, so viel stand fest. Es war ungefähr so groß wie ein Schäferhund, der Kopf war schuppig. Erst am Hals sprossen langsam Haare aus der glatten Haut, und am Rumpf war die Haut von einem pelzartigen Flaum bedeckt. Der kurze, schlangenartige Schwanz wedelte nervös in der Luft, als es sich umsah.

Kim stand auf, drückte sich an den Baumstamm und bewegte keinen Muskel, um den Blicken des Tieres zu entgehen. Doch es dauerte nicht lange, da blieben die runden Augen an ihr hängen. Abrupt wendete es sich dem Mädchen zu. Die großen Augen musterten sie schnippisch, es legte die Ohren kurz an und öffnete sein Maul. Die Zähne, die es drohend entblößte, waren mindestens so lang wie die Klinge eines Küchenmessers, und sahen alles andere als stumpf aus.

Mit langsamen Schritten kroch das fremde Wesen auf sie zu. Das Mädchen wollte instinktiv einen Meter zurückweichen, doch sie stieß mit dem Rücken an die Rinde des großen Baumes. Kim kniff die Augen zusammen. Sie hatte wirklich kein Glück. Und was würde jetzt geschehen? Aufgefressen werden in einer anderen Welt ... hörte sich wirklich nicht sehr verlockend an. Innerlich verabschiedete sie sich schon einmal von dem Leben, als das Tier nur noch wenige Meter von ihr entfernt stehen blieb und wieder ein knurrendes Geräusch von sich gab.

War das wirklich alles? In einer anderen „Welt“ auftauchen und getötet werden? Von einem Tier, das sie noch niemals gesehen hatte, geschweige denn gehört? Ihr Atem wurde schneller, ihre Finger verkrampften sich in den Unebenheiten des Baumes.

Dann setzte das Tier zum Sprung an, und Kim glaubte, einen Moment lang das Schlagen ihres Herzens aussetzen zu hören ... da vernahm sie ein pfeifendes Geräusch und ihr Blick schnellte nach links.

Ein Pfeil glitt durch die Luft, versenkte sich in dem Nacken des Wesens und beendete sein Leben in Sekundenschnelle. Als es vor ihr zusammensackte und liegen blieb, traute sie nicht, erleichtert auszuatmen, denn die Waffe, die das Tier getötet hatte, verursachte ein ungutes Gefühl in ihrer Magengegend.

Kim hatte noch nie jemanden im Wald Bogenschießen gesehen, heutzutage gingen die Jäger mit großen Gewehren auf die Jagd. Doch wer das auch war, einen Moment lang war sie ihm unbeschreiblich dankbar. Vielleicht war es doch noch nicht ganz vorbei mit ihrem Leben.

Plötzlich huschte ein stiller Schatten hinter einen der breiten Baumstämme, aber Kim wusste, was sie gesehen hatte. Sie blieb regungslos an ihrem Baum stehen und lauschte in die Stille. Es dauerte einige Minuten, bis sich wieder etwas regte. Ein haselnussbrauner Schopf tauchte neben der glatten Rinde eines Baumes auf und sah sich kurz um. Kim versuchte, die Gesichtszüge auszumachen, konnte sie aber nur schemenhaft erkennen. Als sich auch der Fremde in Sicherheit glaubte, kam er langsam näher. Je näher er kam, desto schneller wollte sie verschwinden. Aber wieder schien sie wie festgewachsen.

Es war ein mittelgroßer, kräftig gebauter Junge im luftigen Stoffhemd und einer kurzen Hose aus Leinen, der hinter dem Baumriesen hervorschritt. An seinem Gürtel hing ein kurzer Dolch, um seine Schulter ein voller Köcher. In der Hand hielt er seinen Bogen, eine lange, gewundene Waffe aus hellem Holz. Vorsichtig, beinahe geräuschlos, trat er näher, zog den Pfeil aus dem Nacken des toten Tieres und ließ ihn mit einem leisen, kratzenden Geräusch zurück in den Köcher gleiten. Dann sah er sich um, und sah sie am Baumstamm lehnen.

Jetzt lag sein Gesicht genau im gleißenden Sonnenlicht.

Kims Herz raste.

Er hatte haselnussbraune, kurze Haare, ein breites, langes Gesicht, eine schmale Nase und breite Brauen. Die Augenfarbe war beinahe bernsteinartig.

Er sah sie überrascht an. „Du ...“, begann er, während er sich aufrichtete.

Kim atmete aus. Er sprach ihre Sprache. Hoffentlich konnte er ihr sagen, wo sie gelandet war. Ein Funke Hoffnung. Gerade, als er etwas sagen wollte, schlug Schneefeuer mit den Flügeln und schreckte die Vögel auf, die in den Astnetzen sangen. Augenblicklich wirbelte er herum, und Kim sah, wie er ehrfürchtig einen Schritt rückwärts machte und unverständliche Worte murmelte. Dann drehte er sich wieder zu ihr um.

„Du hast einen Zuhur?“, fragte er, und eine Spur Ungläubigkeit schwang in seiner Stimme mit.

Kim sah ihn fragend an. Was hatte er gerade gesagt? „Wie bitte?“, brachte sie schließlich hervor.

Er lächelte erleichtert. „Ich dachte schon, du verstehst meine Sprache nicht ...“

„Wer bist du?“, fiel sie ihm ins Wort. Kurz war sie überrascht, wie schnell die Worte aus ihrem Mund kamen. Aber sie war so erleichtert, jemanden zu sehen, dass sie sich nicht zurückhalten konnte.

„Oh, ich ... “, er räusperte sich. „Mein Name ist Muran. Darf ich fragen, wer du bist, und woher du dieses Tier hast?“ Seine Stimme überschlug sich fast vor Neugier.

Kim sah zu Schneefeuer hinüber. Sie hatte keine Zeit, sich über den merkwürdigen Namen ihres neuen Bekannten Gedanken zu machen, ohnehin war ihr hier alles fremd. Langsam und vorsichtig ging sie zu Schneefeuer hinüber, und er folgte ihr.

„Ich heiße Kim“, sagte sie schließlich. Als sie ihm wieder ins Gesicht sah, fuhr sie fort. „Ich habe wirklich keine Ahnung, wo ich hier bin, aber ich glaube, sie hat mich hier hergebracht. Kannst du mir helfen? Bitte. Ich muss wieder nach Hause.“

Er nickte verständnisvoll. „Das ist ein Zuhur.“

Zuhur? Das Wort ergab keinen Sinn.

„Ein Zuhur? Wie ... wie kommst du darauf?“

Er lachte leise, schüttelte den Kopf und begann zu erklären: „Ich habe seit Monaten kein solches Tier mehr gesehen, und da du hier bist ...“

Kim versuchte schlau aus seinen Andeutungen zu werden, versuchte hinter jedem Wort den Sinn zu finden, der ihr die Ungereimtheiten hier erklärte.

„Da du hier bist ... bedeutet das, das Kaeli recht hatte, und wir gerettet sind. Ich ... ich bin so froh, dich zu sehen. Bestimmt bist du verwirrt. Aber ich, besser gesagt Kaeli, kann dir alles erklären.“

Kim konnte das alles immer noch nicht verstehen. Wer war diese Kaeli? „Bitte, kann diese Kaeli mich nach Hause bringen?“, fragte sie hilflos.

Der Junge kam vorsichtig auf sie zu und nahm sie an der Hand. Einen Moment lang wollte sie ihm wieder wegziehen, dann aber sah sie seinen flehenden Blick.

„Ich bitte dich, mitzukommen, ich gehe zurück in unser Dorf. Die anderen müssen erfahren, dass du hier bist.“

„Wohin? Wieso? Ich muss zurück.“

„Zu unserem Dorf. Ich weiß, du hast Angst, aber vertrau mir. Dir wird alles erklärt, früher oder später. Es ist wichtig, dass du mit mir kommst.“

Zuerst wusste Kim nicht, was sie antworten sollte, sah

dann aber keine andere Möglichkeit oder Ausweg, als ihm zu folgen. Schließlich schien sie an einem fremden Ort zu sein, weit weg von ihrem Zuhause. Und Muran – oder wie immer er auch hieß – kannte sich ganz offensichtlich hier viel besser aus als sie selbst. Noch dazu hatte er sie vor dem seltsamen Biest beschützt – sie konnte ihm vertrauen – und: Wer konnte schon sagen, welche gefährliche Wesen es an diesem Ort noch gab?

„In Ordnung", lächelte sie bemüht und drückte seine Hand. Kim konnte all diese Ereignisse nicht einordnen. Doch sie konnte eine Tatsache nicht abstreiten: Sie war eindeutig in einer anderen Welt. Und dieser nette junge Mann brachte sie zu einem Ort, der ihr vollkommen den Atem raubte.

Das Dorf, das sie später ihr zweites Zuhause nennen würde.

Das Dorf der Jumias.

Als sie nach einem langen Marsch, den Schneefeuer vergnügt in der Luft über ihnen verbracht hatte, aus dem Wald traten, fanden sie Hunderte von Zelten vor: einfache Tierhäute auf Pfosten gespannt, mit aufwendigen Malereien verziert. Es ähnelte sehr einem Indianerdorf, verwachsen mit der Natur, mitten im Wald, auf einer weitläufigen Lichtung.

„Das ist es", Muran lächelte stolz, als er das sagte.

Schneefeuer landete vor den Zelten, und Kim war noch immer verzaubert von dem Anblick des schönen Tieres. Die Bewegungen, der Flug. Sie war beinahe neugierig darauf, was diese Welt noch zu bieten hatte.

Hohes Gras umwucherte das Dorf, Qualm stieg aus den Löchern oberhalb der Zelte. Wolfshunde huschten zwischen den Zelten umher und hießen sie und Muran freudig willkommen.

Kim verabschiedete sich noch vor dem Dorf von Schneefeuer, die genüsslich anfing, auf dem Feld zu grasen. Dann tauchte sie mit einem aufgeregten Bauchgefühl in das Dorfleben ein.

Es war viel los und die Menschen folgten ihr mit verwunderten Blicken. Alle waren ähnlich gekleidet wie Muran, und bis auf wenige hatten sie braun gebrannte Haut. Die Frauen, die am Boden vor den Zelten saßen und ihre Kinder fütterten, waren sehr dürr und hatten meist viele Ketten um den Hals, die bei jeder Bewegung klimperten. Die Zelte waren unterschiedlich groß und meist aus gebleichtem Leder. Keines hatte einen Zaun oder sonst eine Absperrung, die das eigene Grundstück umfasste, daraus schloss Kim, dass sie das Land teilten – ebenso wie das Vieh, denn Ställe für die freilaufenden Rinder und Hühner und all die anderen Tiere schien es auch nicht zu geben.

Muran lief neben ihr. Er schien es eilig zu haben, und sie hatte es schwer, ihm hinterherzukommen. Eine unbeschreibliche Hitze lag zwischen den Zelten, und er lief viel zu schnell. Er wusste scheinbar genau, wohin er mit ihr wollte, aber Kim erkundigte sich nicht danach. Es würde vermutlich wieder neue Fragen aufwerfen, deren Antworten noch komplizierter waren, und im Moment hatte sie genug mit dem Gedanken zu kämpfen, dass sie in einer völlig anderen Welt gelandet war.

Die Sonne strahlte hell vom Himmel und die Zelte warfen große Schatten um sich. Die Blicke der Dorfbewohner brannten noch mehr auf der Haut als die Sonnenstrahlen. Sie fühlte sich so fremd in der anderen Kleidung, so herausstechend.

Erst nach einer gefühlten Ewigkeit trafen sie auf einen großen Platz, den Marktplatz, wie Kim vermutete. Der Ort schien im Zentrum des Dorfes zu liegen und er war riesig. Unzählige Menschen hielten sich hier auf. Das Mädchen sah viele Frauen am Brunnen Schlange stehen, während die Kinder ausgelassen um ihre Mütter herumtollten. Bis eines sie entdeckte und mit dem Finger auf sie deutete. Das kleine Mädchen schrie einige unverständliche Worte, und in Sekundenschnelle breitete sich plötzlich eine nervenzerreißende Stille auf dem Platz aus, jeder Blick bohrte sich in ihren Rücken.

„Muran", flüsterte sie. „Warum sehen die mich so komisch an?"

Er grinste. „Du bist neu hier, das erkennt doch jeder Blinde. Sie sind etwas neugierig, unsere Dorfbewohner, daran musst du dich gewöhnen."

Kim stimmte ihm zu, doch am liebsten wäre das Mädchen im Erdboden versunken. Sie hatte es schon immer gehasst, im Mittelpunkt des allgemeinen Interesses zu stehen und unabsichtlich so viel Aufmerksamkeit zu erregen.

Der Junge nickte den Dorfbewohnern zu, und nach und nach stieg der Geräuschpegel wieder an, wobei sich Kim sicher war, dass sie sich jetzt über sie den Kopf zerbrachen.

Geradeaus, ganz am Rande des Marktplatzes, stand ein auffälliges Zelt. Das größte von allen. Das Ausschlaggebende war die Farbe: Es war weiß, ganz weiß.

Muran wandte sich wieder ihr zu. „Das ist das Zelt des Anführers und seiner Familie. Nicht mehr weit, dann haben wir unser Ziel erreicht."

Es gab ein Ziel. Vielleicht war es das – wovon er vorher geredet hatte – diese Kaeli. Kim war erleichtert über diese Information und verabschiedete sich in Gedanken schon einmal von ihren Kleidungsstücken. Bestimmt würde ihr jemand etwas leihen, solange sie hier war. Das hoffte sie zumindest, denn die Hitze, die über dem Land brütete, war in Pullover und Jeans beinahe unmöglich zu ertragen.

Hinter dem Marktplatz ging dasselbe noch einmal los: enge Gassen, viele Menschen. Kim seufzte, sie war schon völlig verschwitzt. Doch Muran hatte die Wahrheit gesagt, denn schon kurze Zeit später standen sie erneut vor einem großen Zelt. Wenn dieses auch nicht so groß war wie das des Anführers, hatte es dennoch eine beachtliche Größe. Es war mit blutroter Farbe bemalt, wobei Kim sich nicht sicher war, ob es sich wirklich um Blut handelte. Spiralförmig hatte man von oben nach unten liebevoll Gestalten darauf gepinselt. Jede Tierart, vom Drachen bis zum Zuhur, hatte ihren eigenen Ring, die Bedeutendsten ganz unten, da sie den meisten Platz brauchten – so erklärte es ihr Muran hastig mit ein paar schnellen Sätzen –, die Vögel und Kleintiere gliederten sich bis hin zur Spitze.

Muran führte sie in den Schatten des Nachbarzeltes. „Ich werde jetzt da rein gehen", hauchte er ihr zu, „und jemanden herausholen."

Sie nickte hilflos, und er schlüpfte in das bemalte Zelt hinein. Kim wartete ungern allein. Ein mulmiges Gefühl braute sich in ihr zusammen. Was hatte sie zu erwarten?

Es dauerte nicht lange. Kaum war Muran im Inneren verschwunden, vernahm Kim eine aufgeregte Frauenstimme. Kurz darauf wurde die Zeltluke aufgeschlagen und eine alte Frau kam heraus. Auch um ihren Hals hingen viele Ketten, noch dazu ein Medizinbeutel. Kim brauchte nicht lange zu überlegen. Das musste eine Schamanin sein. Ein tiefrotes, weites Kleid aus dünnem Stoff bedeckte ihre gebräunten Glieder. Die Haare waren mausgrau, beinahe weiß und lang, doch sie trug sie hochgesteckt. Auf ihren dünnen Lippen kräuselte sich ein Lächeln, das einen Moment lang fraglich und enttäuscht aussah. Dann aber verschwand der Ausdruck von ihrem Gesicht und die Fröhlichkeit der Frau nahm überhand. Sie lächelte überglücklich und kam beschwingt auf Kim zu.

„Du ..." Sie drehte sich zu Muran um. „Sie ist es wirklich!"

Muran setzte ein breites Grinsen auf. „Wie gesagt, ich habe nicht zu viel versprochen. Der Zuhur steht vor dem Dorf, wo ihn die anderen vielleicht erst einmal noch nicht sehen."

„Gut gemacht, Muran. Ich bitte dich, uns einen Augenblick allein zu lassen. Vielen Dank für deine Mühe." Die Stimme der Frau war kratzig, ihr Blick war leicht schroff. Nur ihre kleinen Augen leuchteten wie die eines Kindes. Als Kim sie von oben bis unten musterte, erkannte diese tiefen Falten in ihrem Gesicht. Ihr linker Arm war vernarbt.

Kim sah Muran nach, als dieser zwischen den Zelten verschwand.

„Darf ich dich bitten, mit in mein Zelt zu kommen?", fragte die Schamanin freundlich und machte eine Handbewegung zu ihrem Zelt.

Kurz zögerte Kim, dann gab sie ein leises „Ja" von sich.

Der Raum war recht groß, die Einrichtung einfach. Um die Feuerstelle waren Fellbündel gestapelt, auf denen man sich niederlassen konnte, und eine Kommode stand nicht weit davon. Etwas abgelegen in einem hinteren Winkel entdeckte Kim ein Bettenlager, das ebenfalls mit Fellbündeln belegt war. Als Kim sich auf die Fellbündel setzen wollte, strich auf einmal etwas um ihre Beine. Sie schreckte hoch.

„Alles in Ordnung?", fragte die alte Frau überrascht.

Kim biss sich auf die Lippe und nickte. Flüchtig sah sie zu ihren Füßen hinunter, wo sich ein kleines Tier niedergelassen hatte. Beim Anblick seiner Größe atmete sie geräuschvoll aus. Es war fast nur ein kleines Bündel, flauschig und zusammengerollt.

„Oh, Honukk! Du begrüßt unseren Gast aber heute ganz schön überschwänglich!", lachte die Schamanin, als sie Kims Blicken gefolgt war. „Keine Sorge, er tut dir nichts. Komm, Kleiner."

Auf diese Worte hin sah das Tier auf. Seine Ohren waren groß und spitz, zwischen ihnen saßen zwei Fingerkuppen kleine Hörner, die beinahe unter dem seidigen Pelz verschwanden. Kurz reckte es sich, dann stand es auf und lief an der Feuerstelle vorbei zu der Schamanin hinüber. Dabei erkannte das Mädchen verwundert die sechs zierlichen schlanken Beine.

„Das ist Honukk", erklärte die Schamanin, als sich das Tier neben sie gesetzt hatte. Dabei strich sie dem Tier sanft über den Rücken. Eine Perlenkette hing um seinen haarigen Hals, in seinem Ohr steckten Ringe.

„Ich glaube, ich muss dir einiges erklären, um deinen Wissensdurst zu stillen." Sie lachte erneut, während sie eine Kanne mit Wasser auf ein silbernes Gitter über die Flammen stellte. „Hat Muran dir bereits ein wenig erzählt?"

Kim schüttelte den Kopf. „Nicht viel. Aber es wäre wirklich sehr wichtig, dass ich erfahre, wie ich wieder zurückkomme."

„Natürlich. Es war zu erwarten, dass er das nicht übernahm. Du willst schon gehen?", fragte die Schamanin überrascht.

Kim nickte entschlossen. „Ich muss zurück nach Hause, bevor mein Vater etwas bemerkt."

Kurz schien die Schamanin zu überlegen. Darauf war sie wohl nicht vorbereitet gewesen.

„Aber es gibt viel hier, dass dir gefallen würde. Und es ist doch etwas Besonderes, hier zu sein. Es wäre doch verschwenderisch, wenn du uns gleich wieder verlässt", sagte die Alte, bevor sie fortfuhr. „Ich sollte mich erst einmal vorstellen. Mein Name ist Kaeli Neai. Ich bin die Schamanin dieses Dorfes und Honukk ist mein Geisterhund. Er ist seelisch mit mir verbunden und sein Gedächtnis ist bei Weitem besser als das eines Menschen. Er versteht uns, kann sich aber leider nicht mit uns verständigen. Über unser Dorf darf ich stolz sagen, dass es den anderen Dörfern in dieser Gegend an Größe weit überlegen ist und das Zentrum des Volkes der Jumias darstellt. Wir sind die Ureinwohner dieses Landes."

Das Pfeifen eines Wasserkessels ließ Kaeli einen Moment lang innehalten und die Kanne von dem Feuer nehmen. Sie gab einen mit Kräutern gefüllten Leinenbeutel in das heiße Wasser und wartete kurz.

„Möchtest du auch Tee?", fragte sie schließlich freundlich, als sie sich etwas in ein ausgehöhltes Horn goss.

Kim starrte kopfschüttelnd auf das Gefäß, das Kaeli Neai an ihre Lippen hob. Die Schamanin trank einen Schluck und ließ das Horn sinken. „Wirklich nicht? Er schmeckt gut", lächelte sie, während sie die Kanne zurück auf das Feuer stellte und das Gitter höher zog, damit das Getränk warm blieb. „Gut. Zurück zu unserem Dorf. Hast du schon einmal von Tydia gehört?"

Das Mädchen, das neben ihr saß, schüttelte wieder nur stumm den Kopf.

„Auch das habe ich mir schon gedacht. Du brauchst nicht so schüchtern zu sein", meinte Kaeli.

„Tydia ist alles hier. Vom östlichen Rand des Waldes bis weit über das Weiße Meer hinter dem Schattengebirge. Wie du hörst, ist es ein Land, aber für uns ist das die gesamte Welt. Zum einen haben wir hier unseren Wohnort und bewegen wir uns räumlich nicht viel zwischen den Jahreszeiten. Der Wald gibt uns genügend Nahrung und Schutz. Zum anderen belagert unser Feind das nördliche Land, das Schattengebirge. Wie der Name schon sagt, es ist kein Ort, an dem man sich aufhalten möchte. Die Tauruiten, wie sie sich nennen, sind ein ehemaliger Clan der Jumias. Bitte, egal was du tust, begib dich nicht in ihre Nähe, niemals."

„Heißt das, ich muss hierbleiben? Wie lange?", hakte Kim vorsichtig nach.

Nach einigen Atemzügen antwortete die Alte: „Das liegt

an dir. Jedoch musst du bedenken, dass jede Sekunde, die hier vergeht, genauso in deiner Heimat schwindet. Schneefeuer kann dich zurückbringen, wann immer du willst, aber sie kann dich auch wieder hierher bringen, wenn sie spürt, dass du es möchtest. Und es wäre mir eine Ehre, wenn du uns dein Dasein noch für ein paar Tage widmen würdest."

Kim überdachte den Satz, den die Schamanin gerade zu ihr gesagt hatte. Schneefeuer hatte sie eindeutig erwähnt. „Woher kennen sie mich und Schneefeuer?", platzte es aus ihr heraus.

„Ich bin eine Schamanin, vergiss das nicht. Ich bin die Nachfahrin von vielen Generationen von Schamanen und mir wurden einige Talente vererbt. Die Geister des Feuers haben mir mit Freuden mitgeteilt, dass Schneefeuer dich gewählt hat. Deshalb weiß ich sehr viel über dich und deinen Zuhur, auch wenn du noch keine richtige Weltenreiterin bist."

Kim verdaute diese Mitteilung langsam. Sie hatte noch nie davon gehört, dass sich Schamaninnen oder Schamanen mit Geistern verständigen konnten, geschweige denn, dass es Geister überhaupt gab. Geister – so hatte ihr Vater es ihr früher immer wieder versichert – gab es nur in Filmen oder Büchern. Wieder wünschte sie sich, dass alles nur ein Traum wäre. Sie wollte aufwachen, bevor sie sich in diesen Traum vernarrte.

„Aber bitte, was meinen Sie mit *erwählt*? Bin ich deshalb hier? Wie kann sie mich zurückbringen?", hakte Kim schnell nach, als sich die Schamanin erheben wollte. „Wieso bin ich hier? Sie wissen es, oder nicht?"

Kaeli verharrte und ließ sich dann kurz wieder auf dem weichen Polstern nieder, um ihr eindringlich in die Augen zu sehen. „Ich verstehe deinen Aufruhr und die vielen Fragen, die du dir stellst. Und ja, ich weiß sehr viel über deinen Zustand. Aber ich glaube, es würde dir nicht viel bringen, wenn ich es dir jetzt schon verrate, Mädchen. Es ist alles eine Frage der Zeit. Und deshalb wäre es wichtig, dass du dir mein Angebot, länger hier zu bleiben, gut durch den Kopf gehen lässt." Sie stand auf und ihr Geisterhund folgte ihr. „Ich werde mich für dich um eine Unterkunft für die Nacht kümmern. Du kannst dich solange ein wenig umsehen, ich bin sicher, Muran würde dir gerne den Wald zeigen. Er liebt diesen Ort." Mit diesen Worten ließ die Schamanin sie allein. Sie war sich sicher, dass Kim die vielen Neuigkeiten erst einmal in Ruhe verdauen musste, auch wenn das Mädchen erst einmal überrascht darüber war, wie sorglos sie zurückgelassen wurde.

Kim blieb einen Moment lang sitzen und ordnete ihre Gedanken.

Tydia. Das Wort klebte so zart auf der Zunge.

Aber was wollte sie hier? Es war ohnehin absurd, sich damit anzufreunden, dass es eine andere Welt gab. Dazu noch die Einzige zu sein, die das Glück hatte, in sie einzutauchen. Aber etwas gefiel ihr nicht. Vielleicht war es das Gefühl, das Kaeli irgendetwas von ihr wollte. Dass sie eine Aufgabe hatte. Aber weshalb sollte ausgerechnet sie ... nein. Das konnte nicht sein. Trotzdem spürte sie, dass es mit Sicherheit kein Urlaub war, der sie hier erwartete. Die Ereignisse mussten einen Grund haben. Aber weshalb wollte es ihr niemand in klaren Worten sagen?

Bis heute Abend würde sie bestimmt wieder bei ihrem Vater sein. Sie würde einen Weg finden, von hier zu verschwinden. Und sie würde alles hier vergessen! Alles wäre wieder normal. Normal. Einen Augenblick lang klang dieses Wort unbestimmt. Was war normal? Morgens aufzustehen, wenn der Wecker klingelte? Mit dem Bus zur Schule zu fahren?

Alles, bloß nicht das, was sie hier vorfand.

Kim atmete geräuschvoll aus. Es war alles so normal gewesen, bis diese Visionen angefangen hatten. Am liebsten hätte sie alles rückgängig gemacht.

Das Mädchen strich einen Moment lang über ihre Kleidung, stand auf und ging auf die Zeltluke zu. Kurz warf sie einen letzten Blick zurück zu dem Lager, als ihr plötzlich ein Kleidungsstück auffiel, das dort lag, wo Kaeli vor wenigen Minuten gesessen war. Sie musste nicht lange überlegen, bis ihr bewusst wurde, dass es für sie dort bereitlag. Einen Moment lang zögerte sie, dann ging sie näher heran und hob es hoch. Es war ein Kleid. Ein kurzes, weißes Kleid.

Sollte sie es anprobieren? Kim war nicht ganz sicher, ob es tatsächlich für sie bestimmt war. Wenn nicht, war es ihr sicher nicht erlaubt, es zu probieren. Außerdem wollte sie dem Dorf ohnehin bald den Rücken kehren, doch als sie sich an die Hitze im Dorf erinnerte, siegte die Neugier.

Kurzerhand streifte sie ihre Jeans ab, zog den Pullover aus und schlüpfte in den mattweißen Stoff hinein. Dann rückte sie noch einmal den Saum zurecht, legte ihre alten Sachen zusammen und sah an sich hinunter. Der Stoff bedeckte sie bis zu den Knien, und nur ein einzelner Träger verhinderte, dass das Kleidungsstück rutschte. Er lag auf der rechten Schulter und war aus hölzernen, kleinen Perlen gestickt.

Noch nie hatte sie sich in einem Kleid so wohl gefühlt. Das letzte Mal, als sie ein solches Kleidungsstück getragen hatte, war zum Schulball gewesen. Ihr kurzes Kleid damals war gelb und es hatte am Saum gekratzt. Ihre Freundin Mary hatte darauf bestanden, dass sie in Kleidern hübsch aussah. Dieser Meinung war Kim jedoch immer noch nicht. Noch ein Grund, es vielleicht wieder abzustreifen.

Aber der hauchdünne Stoff, der ihren Körper umschmeichelte, fühlte sich so wundervoll an, so unbeschreiblich sanft wie eine zweite Haut.

Plötzlich vernahm sie eine Bewegung hinter sich.

Als sie herumschnellte, sah sie sich selbst ins Gesicht.

Da stand ein großer, holzrahmiger Spiegel, und in der Mitte stand ein großes, blondes Mädchen. Kim.

Ihre blonden Locken umkränzten ihr schmales Gesicht, und ihre Haut war im Gegensatz zu den Jumias, wie sie sich nannten, sehr hell. Ganz in der Menge übersehen zu werden schien beinahe unmöglich. Doch das Kleid war ein Traum. Ein Traum aus weißen Schuppen und feinstem Stoff, der sie umwebte wie angegossen.

Vorsichtig zupfte sie am Saum, dann musste sie lächeln. Wie verrückt das war! Sie drehte sich im Kreis und sah sich von allen Seiten genau an. Ihr gefiel das Kleid viel besser als der Pullover und die Jeans. Irgendwie drückte das Kleidungsstück ihre Persönlichkeit aus, in ihm war sie ihr reines Selbst.

Während sie ihre Stiefel von den Füßen streifte, wurde die Zeltluke geöffnet. Augenblicklich drehte sie sich um und blickte in das höchst zufriedene Gesicht von Kaeli, die eine schwungvolle Handbewegung Richtung Ausgang machte.

„Es passt wie angegossen", stellte die Alte fest, und Kim wurde rot.

„Ich war mir nicht sicher, ob ich es anziehen sollte", brachte sie hervor, und Kaeli lächelte breit. „Natürlich, ich habe es doch extra für dich dort hingelegt."

Kim wusste, dass sie es versuchen wollte. Innerlich wollte sie mehr von dem Wald sehen, wollte sich ihre Fragen beantworten. Langsam nickte sie.

„Na komm schon", forderte Kaeli sie auf und machte erneut eine Geste nach draußen. „Muran wartet bei Schneefeuer auf dich."

Das Mädchen schenkte ihr einen dankbaren Blick und verließ das Zelt. Kaum war sie nach draußen getreten, war sie überrascht, wie viel es ausgemacht hatte, den Pullover und die lange Hose auszuziehen. Die Hitze machte ihr jetzt jedenfalls kaum noch Beschwerden. Jetzt hatte sie ein Ziel. Gerade, als sie sich zu Kaeli umdrehte, um sie nach dem Weg zu fragen, war die alte Schamanin verschwunden. Kim schüttelte den Kopf. Diese Welt war schon eigenartig.

Dann aber versuchte sie, sich an den Weg zu erinnern, den sie und Muran gegangen waren. So musste sie auch wieder nach draußen kommen. Doch das war gar nicht so einfach. Die Zelte der Bewohner waren bis auf das des Anführers und Kaelis fast alle gleich und die Reihen durcheinander.

Erst, als ihr das rote Zelt des Anführers ins Auge stach, setzte sie sich in Bewegung. Kim schien nicht mehr so aufzufallen wie vorher, jetzt wurde sie nur von wenigen, sehr aufmerksamen Jumias bemerkt. Das Mädchen brauchte eine Weile, bis sie am Dorfrand ankam.

Muran stand bereits neben ihrem Zuhur, der immer noch graste. Auf seiner linken Schulter saß ein Vogel, der eine süße, zweistimmige Melodie von sich gab. Kim sah zum ersten Mal in ihrem Leben einen Vogel, auf dessen Rumpf zwei Köpfe saßen, die im Duett um die Wette sangen.

Der Gesang zauberte ein Lächeln auf ihre trockenen Lippen. Ihre Schritte wurden kürzer. Kurz schloss sie die Augen und fühlte den Moment. Ja. Sie wollte alles über diese Welt erfahren. Die Entschlossenheit kam tief aus ihrem Inneren, füllte sie aus, während die bezaubernde Melodie in ihren Ohren erklang.

Muran lächelte, als er sie ansah.

Sie wollte es. Sie wollte Tydia kennenlernen.

Nach einer Weile schlug sie die Augen auf. „Hey“, sprach sie den Jungen an, der daraufhin mit einer Handbewegung die Stimme seines Vogels verebben ließ.

Er sah auf und grinste. „Du bleibst?“

Ihr Lächeln verebbte. „Wie meinst du das?“

„Wie ich es gesagt habe. Bleibst du hier?“

„Eigentlich habe ich vor, heute wieder von hier zu verschwinden“, sagte sie schließlich.

Er legte den Kopf schief. „Warum?“

Sie zuckte die Schultern und schlenderte langsam zu Schneefeuer hinüber. „Ich weiß nicht, was ich hier sol “

Muran blieb hartnäckig. „Du hast doch nichts zu verlieren“, meinte er. Kim bemerkte, dass ein wenig Bitte in seiner Stimme mitschwang.

Als er neben ihr stand, drehte sie sich so, dass sie ihm ins Gesicht schauen konnte. „Wieso kann mir hier niemand Antworten auf meine Fragen geben? Wieso wollt ihr so unbedingt, dass ich hier bleibe? Ich meine, was ist bitteschön an mir besonders? Glaub mir, es ist nicht besonders leicht, damit klarzukommen, das sich alles verändert, ohne dass man weiß, was eigentlich Sache ist.“

„Das ist ... glaube ich nicht der richtige Zeitpunkt, um es dir zu erzählen“, erklärte er ernst.

Sie strich über Schneefeuers glattes Fell. „Das hat Kaeli auch gesagt“, sagte sie schroff.

„Vielleicht. Aber ich muss dich leider enttäuschen. Du bist noch nicht bereit, und wenn Kaeli es nicht tut, bin ich nicht derjenige, der es dir jetzt schon sagen sollte. Das hat so seine Gründe“, verteidigte er sich mit ernster Miene.

Kim machte einen Schritt auf Muran zu. „Darf ich fragen, weshalb?“

„Du weißt zu wenig.“

„Dann erzähle mir doch etwas.“

Er blickte zum Waldrand. Es schien, als kämpfte er mit sich. „Gut“, gab er dann nach einer Weile nach, sah aber aus, als wäre ihm der Gedanke, sie einzuweihen, nicht wirklich recht.

Kim saß geduckt neben Muran in der Baumkrone, deren Äste von weichem, giftgrünem Moos bedeckt waren, welches zwischen ihren Zehen kitzelte. Die Baumkrone selbst war wie eine Handfläche geformt, die von allen Seiten Finger in die Luft stieß, an deren Enden keilförmige Blätter kränzten. Sie ließ die Sonne in aufgefächerten Strahlen über die Äste lecken.

Auch auf Murans Schopf tanzten die Lichtstrahlen und Kim beobachtete ihn angestrengt und fast regungslos, wie er auf die kleine Lichtung starrte, die vor ihnen im Schatten lag. Er hatte etwas von einer Jagd gemurmelt, als er mit ihr das Dorf verließ.

„Erzähl mir etwas von dieser Welt", forderte sie plötzlich, und er drehte sich zu ihr um. Muran erkannte ihre fragenden Blicke. Sie waren voller Neugier.

„Komm schon. Ich kenne gar nichts", hakte sie nach, als er keine Antwort gab, und er musste ein wenig lächeln.

„Stimmt. Es kommt nicht alle Tage vor, dass ich auf jemanden treffe, der so ist wie du", gab er zu. Dann lehnte er sich mit dem Rücken gegen einen Ast und verschränkte die Arme hinter dem Kopf.

„Wir sind Jumias, wie dir Kaeli bestimmt schon erzählt hat. Man erzählt sich, dass die Gottheiten unser Volk als Erstes erschaffen haben. Wir waren dafür bestimmt, auf dieses Land und seine Wesen aufzupassen. Mit der Zeit haben sich immer mehr Clans abgesondert, um neue Völker zu gründen, und so hat sich die Menschheit im ganzen Land verteilt." Er grinste. „Das erzählt zumindest Kaeli. Ich bin, seit ich stehen kann, in ihrer Lehre, und sie will mich zum Krieger ausbilden. Mit Sicherheit habt ihr auch so eine langweilige Volksgeschichte, oder?", wollte Muran wissen.

„Na ja", murmelte das Mädchen, gespannt auf seine nächsten Worte, und er schien keine große Antwort zu erwarten.

„Also. Wir sind seit Generationen mit dem Wald verbunden, leben hier und kümmern uns um Tiere und Pflanzen. Wir verehren vier Gottheiten: Tenn, den Gebirgsgott, Herun, Gott des Lichts, Zuhra, die Göttin der Weisheit, und Elysis, den Gott der Hoffnung.

Die Zuhure wurden nach Zuhra benannt, da es heißt, sie wurden von ihr persönlich auf die Erde geschickt, um Frieden zu bringen. Schon früher, lange vor der Zeit unserer Generation, galten sie als heilig. Unsere größten Feinde – die Tauruiten – leben im Schattengebirge“, erklärte er geduldig. „Weißt du, es wird erzählt, dass wir einmal ein Volk waren. Dass es friedlich war. Doch seit der Schattenkönig das Gebirge beherrscht, gibt es nur noch Krieg. Der letzte ist vor mehr als vierzehn Jahren zu Ende gegangen, und wir warten schon förmlich auf den nächsten. Über die Tauruiten weiß man nicht viel, sie sind immer Schwarz gekleidet, schwarze Rüstung, schwarze Waffen und so. Und es gibt hin und wieder welche, die durch den Wald streunen.“

Er verstummte einen Moment lang, als würde er überlegen. „Mehr gibt es eigentlich nicht zu sagen, außer: Tydia ist ein wundervolles Land.“

„Tydia“, flüsterte Kim ehrfürchtig. „Wie schön das klingt.“

Er nickte und schloss die Augen.

Eine Weile war es still, Muran döste vor sich hin und das Mädchen saß vor ihm und zerbrach sich beinahe den Kopf über ihre Lage. Es schien eine Ewigkeit zu vergehen, bis etwas passierte.

Ein Ruck fuhr durch den Körper des Jungen. Er öffnete die Augen, nahm seinen Bogen und sah nach unten. Dann raschelte etwas. Still wie ein Schatten glitt Muran an einem kräftigen Ast entlang, legte geräuschlos einen Pfeil an seinen Bogen, in den kunstvolle Zeichen geschnitzt waren, und zielte.

Kim hielt den Atem an und rutschte ein wenig weiter, um nach unten sehen zu können. Jetzt wusste sie, weshalb sie sich so still verhielten. Und auch, was er vorhin mit Jagd gemeint hatte.

Doch was er jagte war kein Tier, sondern ein Mensch.

Sie war zu überrascht, um nachzudenken. Muran wollte diesen Jemand töten. Kim konnte in diesem Augenblick keine Erklärung dafür finden. Es war ihr auch egal. Kim wollte nicht, dass er diesem unschuldigen Menschen dort unten etwas tat. Dann aber viel ihr etwas auf: Der Mann, der sich unter ihnen auf der Lichtung befand, trug schwarze Kleidung.

Jetzt spannte Muran die Sehne, hielt den Pfeil nur noch knapp über dem Federansatz.

„Nein, Muran!“, drang es aus ihrem Mund, sie schrie es nur so heraus. Sie kippte nach vorn, und der Junge ließ überrascht die Sehne los. Der Pfeil schoss in die Tiefe. Kim verlor den Halt und stürzte durch das Geäst nach unten. Der Boden kam näher. Kurz verspürte sie einen dumpfen Schmerz an ihrer Hand, mit der sie sich bei der Landung aufgestützte. Doch sie hatte keine Zeit, sich damit zu befassen.

Als sie sich ächzend aufsetzte, erkannte sie, dass Murans Pfeil getroffen hatte! Ein Mann mittleren Alters lag neben ihr, den Mund aufgerissen, das Gesicht schmerzverzerrt. Tot?

Ein Pfeil steckte tief in seiner Brust, und das schwarze Hemd, das er trug, war mit Blut befleckt. Sein Gesicht war kalkweiß, seine Augen starr in den Himmel gerichtet.

Muran war ein Mörder!

Mit einem eisigen Schauder, der über ihren Rücken jagte, sprang sie auf und wischte sich panisch das Blut von ihrem Arm. Sie konnte einen erschrockenen Aufschrei nicht unterdrücken. „Muran?“

„Ja“, gab der Junge unbeeindruckt von sich und ließ sich zu ihr hinunter. „Alles in Ordnung?“

„Ja ... aber ...“ Sie schluckte. „Wieso hast du ...“ Ihr wollten die rechten Worte einfach nicht über die Lippen kommen.

Er sah sie nur triumphierend an und sagte dann: „Guter Fang, nicht wahr? Ein Tauruit, ganz frisch.“

„Ja verdammt, aber wieso ist das ein Mensch und kein Tier?“, platzte Kim endlich heraus.

„Ich habe doch vorher gesagt, dass sich die Tauruiten öfter mal hierher verlieren. So jemanden würde ich mir doch ungern durch die Lappen gehen lassen. Er wusste bestimmt, dass es für ihn verboten war, hier zu sein. Diese Schweine haben alle eingefangen, die übrig waren“, erwiderte er.

„Was?“ Sie sah ihn verwundert an.

„Die Zuhure. Ich sagte doch, ich habe seit Schneefeuer kaum noch eines der Tiere gesehen. Der Schattenkönig lässt sie von seinen Männern einfangen, um sie als Kriegsgetier einzusetzen.“

„Gegen wen?“

„Gegen uns.“

Kim starrte auf den am Boden Liegenden. Es gab jetzt keinen Zweifel mehr daran, dass er wirklich tot war. Das war doch absurd. Während sie sich ihren Gedanken hingab und versuchte, nicht auf den regungslosen Körper vor ihren Füßen zu achten, vernahm sie einen lauten Pfiff.

Muran sah überrascht auf.

„Das ist unser Zeichen. Ich muss los.“ Er sah Kim entschuldigend an. „Die anderen Krieger brauchen meine Unterstützung an der Grenze. Sicher haben sie irgendetwas ausgespäht und wollen nach dem Rechten sehen.“ Er schüttelte bedauernd den Kopf. „Schade, ich hätte wirklich gerne noch etwas mehr erzählt. Du kannst ja hier auf mich warten, es dauert sicher nicht lange", schlug er vor. Und schon war er zwischen den Bäumen im Wald verschwunden.

Kaum war er außer Sichtweite, kletterte Kim wieder an dem glatten Baumstamm empor, zurück auf die Fläche, wo sie auf ihr Opfer gewartet hatten. Dort fand sie den Bogen und einen vollen Köcher vor, die sie sehr ausgiebig in Augenschein nahm. Das Gerät schien so unscheinbar, so leicht ... jemanden damit umzubringen schien für sie beim bloßen Anblick der Waffe unmöglich.

Kim saß eine ganze Weile in der Baumkrone, obwohl Muran vorgehabt hatte, gleich wieder zu kommen. Schon nach kurzer Zeit übermannte sie Langeweile. Sie beobachtete die Vögel, hörte ihre klaren Gesänge. Dabei machte sie sich Gedanken darüber, was Muran ihr alles erzählt hatte. Noch schien alles so unwirklich.

Plötzlich wurde die Stille durch ein Knacken unterbrochen, und die faustgroßen Vögel, die ihr die ganze Zeit Gesellschaft geleistet hatten, flogen erschrocken auf. Einen Moment lang sah sie ihnen nach, dann lehnte sie sich schnell auf einen Ast, der ihren Körper vollends verbarg.

Das Geräusch kam von einem jungen Krieger wie Muran, der ein paar Meter unter ihr im Wald herumschlich. Er trug eine Kapuze, die sein Gesicht umhüllte. Ein schwarzes Cape. Beim Anblick des schwarzen Umhangs lief es ihr eiskalt den Rücken hinunter. Muran hatte sicher nicht daran gedacht, dass hier gleich zwei Tauruiten vorbeikamen. Was sollte sie machen? Sie war allein mit den Waffen, mit denen sie nicht umgehen konnte. Hilflos.

Der Fremde hatte eine kräftige Statur und ein langes Schwert glänzte in seinem Schaft. Ihr fiel auf, dass er den Toten kaum beachtete, er nahm ihm nur die Waffen ab. Während er das tat, ließ er seine Umwelt keinen Moment lang aus den Augen. Seine Bewegungen waren vorsichtig und er gab keine Laute von sich. Erst als er sich unbeobachtet fühlte, nahm er die Kapuze ab.

Kinnlange, schwarze Haare quollen hervor.

Der Junge aus der Vision.

# 4

Einige Zeit verharrte Kim bewegungslos in ihrem Versteck und beobachtete den fremden Besucher. Es fiel ihr schwer, keine Geräusche zu verursachen, da sie sich immer wieder die Füße vertreten musste, damit sie nicht einschliefen. Zu ihrem Glück schien sie ihm wirklich nicht aufzufallen. Kim wusste nicht, wer das war, und mit diesem Unwissen wollte sie keinesfalls einen unbedachten Schritt tun. Wenn der junge Mann ein Feind war, wäre sie ihm hilflos ausgeliefert. Im Nachhinein konnte sie Muran nicht verstehen, wie er sie ganz allein im Wald zurücklassen konnte. Nein, ihr würde nicht in den Sinn kommen, sich mit dem Fremden anzulegen.

Der Junge verhielt sich – zu Kims Erleichterung – ruhig. Er setzte sich auf einen Felsen inmitten der Lichtung und zog sein Schwert. Es war eine lange, schöne Waffe, und Kim lehnte sich vor, um das Stück ganz sehen zu können. Auf der Klinge klebten rote Flecken, und sie wich angeekelt zurück. Hier schien es wohl normal zu sein, des Öfteren jemanden umzubringen.

Geduldig rupfte er Moos vom Boden und rieb es über das getrocknete Blut, um die Klinge zu säubern. Nach einiger Zeit hielt er es hoch und die Waffe glänzte im Licht.

Die ganze Zeit über musterte sie ihn ausgiebig. Er hatte große, klare Augen, helle Haut, schmale Brauen. Seine

Lippen waren dünn, sein Kinn markant. Die Nase war gerade und schmal, die Wangenknochen gut sichtbar. Einige schwarze Strähnen hingen ihm in die Stirn, während er das Schwert säuberte. Es gab keine Zweifel. Das war er. Der Junge aus ihrem Traum.

Durst kratzte in ihrer Kehle, und als er nach einer knappen Stunde unerträglich wurde, hielt sie es nicht mehr zwischen dem Geäst aus. Sie musste es riskieren. Vorsichtig griff sie nach einem Ast auf der blinden Seite des Jungen, ließ ihr linkes Bein hinabgleiten und suchte nach Halt. Als sie sich auf einen Ast stützte, setzte sie das rechte knapp unter ihm auf einem anderen stehen und kletterte so langsam und vorsichtig hinab. Der Krieger merkte allem Anschein nach nichts von ihrem Abstieg.

Kurz verharrte sie reglos, dann sah sie vorsichtig hinter dem Stamm hervor, um sicherzustellen, dass der Junge immer noch an seinem Platz saß. Doch er war verschwunden. Auf seinem Platz lag nur noch das zusammengedrückte Moos. Sofort lehnte sie sich wieder zurück und atmete tief durch. Kim fühlte sich verloren. Er hatte es bemerkt. All die Vorsicht hatte nichts gebracht. Ihr Herz raste.

Dann drang ein Lachen an ihre Ohren. Es war ein kaltes, tiefes Lachen, und sie musste nicht überlegen, wem diese Stimme gehörte. Eine Klinge legte sich an ihren Hals. Kalt und eisern küsste sie ihre Haut.

„Du denkst also, ich habe dich nicht gesehen?“ Sein Lachen wurde höhnisch. „Wer bist du? Bist du mir gefolgt?“ Während der Worte bebte die Klinge an ihrem Hals.

Kim röchelte vor Angst und versuchte vergeblich, seine Hand mit dem großen Messer wegzudrücken. „Ich ... ich bin dir nicht gefolgt!“, brachte sie ängstlich hervor.

„Also warst du diejenige, die diesen Krieger getötet hat?“, fragte er spitz. „Eine Frau, die einen Krieger tötet ... Das hätte ich gerne gesehen.“

Kurz bevor er erneut zu lachen beginnen konnte, wurde er heftig zur Seite gerissen. Der Dolch bohrte sich knapp vor Kim in den weichen Boden, und sie atmete einen Moment lang erleichtert aus. Dann aber schnellte sie herum, und sah schließlich, wie Muran dem Fremden ein langes Schwert vor die Kehle hielt.

„Nein, das war ich!“, gab er zu wissen. Seine Stimme klang jetzt kalt, ganz anders als vorhin, wo er ihr seine Welt erklärt hatte.

„Hätte ich mir denken können“, lächelte der Fremde.

Zur Antwort drückte Muran sein Schwert noch näher an den Hals des Schwarzhaarigen, so nah, dass die Klinge fast seinen Hals berührte.

Kurz bewegte sich keiner der beiden, dann trat der Unbekannte so hart und schnell gegen Murans Kniekehle, das sein Gegner nach links sackte und ihm so einen kleinen Weg freigab. Flink rollte er sich frei und zog während des Aufstehens sein Schwert.

„Du willst kämpfen?“, fragte er belustigt. „Dann komm her, Muran.“

Jetzt verstand Kim die Welt nicht mehr. Woher kannten sich die beiden?

Murans Miene hatte sich verdüstert, er wechselte sein Schwert von einer Hand in die andere. „Mit Vergnügen mache ich dich dem Erdboden gleich, Valirius“, zischelte er. „Ich habe so lange darauf gewartet.“

Dann ging er auf ihn los. Valirius blockte die Klinge einfach ab, als wäre es ein Leichtes, und hielt inne. „Es wird dir komisch vorkommen, aber ich bin nicht hier, um dir oder den Jumias etwas zu tun. Ich will euch helfen.“

Muran lachte höhnisch. „Natürlich. Weißt du, ich kann verstehen, dass der Sohn unseres ärgsten Erzfeindes plötzlich auftaucht, um uns zu helfen. Lügner.“ Erneut stieß er seine Klinge in die Richtung des Tauruiten, der geschickt auswich und ihn mit einem Hieb durch sein Hemd an einen Baum nagelte, nachdem er ihm die Waffe aus der Hand schlug.

Kim hielt den Atem an. Sollte sie einschreiten? Nein. Dieser Valirius würde sie bestimmt auch töten, genau so, wie er es jetzt mit Muran machen würde.

„Verdammt", rief Valirius laut. „Ich bin nicht hier, um dir etwas zu tun!" Sein Gegenüber atmete laut. „Ich will euch warnen", sagte der Tauruit jetzt leiser. „Glaub mir, ich habe keinerlei Absicht, meinen Vater bei seinen Machenschaften zu unterstützen. Ich will euch nur helfen. Bitte gib mir einmal die Möglichkeit dazu."

Kim sah Murans musternden Blick. Als der Jumias keine Reaktion zeigte, zog Valirius das Schwert aus dem Baum und er rutschte zu Boden. Sofort rappelte er sich wieder auf, klopfte sich den Dreck von den Armen und hob sein Schwert auf. Dann ging er zu Kim hinüber und sah sie verwirrt an.

Kim aber konnte ihren Blick nicht von dem fremden Jungen nehmen. Schließlich trafen sich ihre Blicke. Seine Iris war hellblau, sie schillerte wie ein Saphir. Das, was sie so irritierte, war der kleine, rote Stich darin.

Kim schossen viele Fragen durch den Kopf, während sie ihn musterte. Einerseits spiegelte sich eine nicht erklärbare Gefahr in der fremden Person wider, doch andererseits strahlte dieser junge Krieger ein beschützendes Gefühl aus. Kim hatte noch nie ein solches Gefühl gehabt, wenn sie jemanden das erste Mal gesehen hatte. Er war etwas größer als Muran und sie selbst und trug ein viel zu weites, halb aufgeknöpftes schwarzes Hemd, dass an vielen Stellen geändert werden müsste. Die Hose war ebenfalls schwarz und anscheinend aus Leder. Mehrere Gürtel waren über sie gelegt, an einigen hingen Waffen wie Dolche oder kurze Schwerter.

Muran packte Kim am Arm. Sie riss ihre Blicke von dem Fremden los und ließ sich grob hinterherziehen.

„Hey“, rief der Junge und folgte ihnen mit hastigen Schritten. „Wo wollt ihr hin?“

„Zurück“, murmelte Muran, ohne stehen zu bleiben.

„Du verwunderst mich. Das ist nicht deine Art, Muran“, rief der Fremde ihm nach.

„Was ist nicht meine Art?“ Muran blieb abrupt stehen und stieß ihn zurück gegen einen Baumstamm. „Du bist ein Tauruit!“, brüllte er ihn dann an. „Verdammt noch mal, du bist der Sohn von Aslec! Du hast hier nichts zu suchen!“

Kim zuckte zusammen. Wer war Aslec?

„Ich weiß“, gab der Junge gelassen zu. „Ich bin aber nicht hier, um zu spionieren, Muran. Das habe ich doch schon gesagt.“

Muran verengte die Augen zu schmalen Schlitzen. „Was willst du dann, Valirius?“ Den Namen sprach er aus wie einen Fluch.

„Das ist auch nicht meine Art. Aber ich habe genügend Gründe, es zu tun.“

Kim sah, wie Muran die Hand um den Griff seines Schwertes legte, das an seinem dünnen Gürtel hing. „Und weshalb greifst du sie an?“, fragte er drohend. „Wieso gehst du auf sie los, wenn du in friedlicher Absicht hierher kommst?“

Valirius zuckte die Schultern. „Kann ich doch nicht wissen, dass sie ...“, er musterte Kim von oben bis unten, „... zu euch gehört.“

Muran schlug ihm hart auf die Brust, sodass ihm einen Moment lang die Luft wegblieb. „Schau sie nicht so dämlich an.“

„Ich schaue sie nicht dämlich an. Außerdem ist das egal. Ich muss euch ja nicht warnen.“ Er lachte provozierend auf.

Kim hatte keine Lust mehr, nur am Rand zu stehen und

alles mit ansehen zu müssen. „Jetzt hört doch auf!“, rief sie dazwischen. Die beiden sahen sie überrascht an.

„Er will euch warnen, ich bin mir sicher“, sagte sie dann. „Ich weiß, es ist nicht besonders glaubwürdig, aber ich habe geträumt. Von ihm. In meiner Welt.“ Kim zeigte auf Valirius.

Dieser sah sie entgeistert an. „Du bist eine Weltenreiterin?“

Jetzt wendete sich das Blatt.

Murans Züge entspannten sich. Er schluckte. „Ja, sie ist eine Weltenreiterin. Stimmt das? Du hast von ihm geträumt?“

Kim nickte zögerlich. „Glaub mir, ich war mir noch nie so sicher wie jetzt. Er hat eine wichtige Botschaft.“

„Du wolltest uns warnen?“, wandte sich Muran an den jungen Krieger.

Valirius nickte und sah dankbar zu Kim hinüber. Sie wich seinen Blicken aus.

„Glaub mir, Valirius, mir tut nichts mehr weh, als das zu sagen. Komm mit. Aber ...“, und dabei sah Muran seinem Gegner wieder stechend in die Augen, „ich warne dich. Wenn das ein Trick ist ...“ Er ließ die Drohung einfach unausgesprochen in der Luft hängen.

Als sie sich durch das Dickicht schlugen, lief Valirius hinter ihnen.

„Vertraust du ihm wirklich?“, flüsterte Muran Kim zu und warf einen Blick nach hinten.

Kim blickte ebenfalls zurück. Valirius hatte den Kopf gesenkt und folgte ihnen, ohne zu zögern.

„Ich vertraue ihm“, nickte sie. „Vertrau du nun mir. Ich habe das wirklich geträumt. Ich hatte Visionen. Wenn das, was ich geträumt habe, stimmt, dann wird er euch retten.“

In diesem Moment sah der Krieger hinter ihnen auf.

Ihre Blicke trafen sich zum zweiten Mal, und sie wäre beinahe in diesen blauen Augen versunken.

Muran zerrte sie ungeduldig mit sich. „Na, ich hoffe, du fällst die richtige Entscheidung für uns."

Als sie am Rande des Waldes ankamen, hielt Muran die beiden zurück. „Wir müssen aufpassen, Valirius. Sie werden dich sicher töten wollen."

Valirius zuckte die Schultern. „Das wollten sie schon oft", sagte er gleichmütig.

Muran sah zu ihm hinüber. „Werde jetzt bloß nicht frech, Sohn eines Verräters."

Ohne darauf einzugehen, wandte Valirius sich von ihm ab. „Dann los." Ohne Vorsicht tauchte er zwischen den langen Ästen der Bäume auf das freie Feld vor dem Dorf.

„Valirius!", rief Kim ihm nach, doch er hielt nicht an.

„Schwachkopf", erwiderte Muran zu ihr hinüber. „Aus dem wird nie etwas werden."

Kim machte ein besorgtes Gesicht. „Sollten wir ihm nicht folgen?"

Muran schüttelte den Kopf. „Es ist seine Entscheidung."

Valirius machte keinen Halt, das musste man ihm lassen. Unbeschwert lief er direkt auf das Dorf zu, sein schwarzes Cape streifte um seine Beine und die schwarzen Haare tanzten im Wind. Er war so auffällig gekleidet, dass er sofort erkannt werden würde. Beinahe auffälliger als Kim vor einigen Stunden.

Gespannt verfolgte sie mit ihren Blicken jeden seiner Schritte, bis ihre Augen an der Gruppe Krieger hängen blieben, die zwischen den Zelten auftauchte und direkt auf das Feld zusteuerte.

Jetzt aber reagierte Muran schneller als Kim. Er rappelte sich in Windeseile auf und rannte aus dem Dickicht heraus, dicht gefolgt von dem Mädchen. Die Sonne blendete sofort, und Kim musste ihre Augen mit der Hand abschirmen, um klar sehen zu können.

Muran war schnell, sodass sie Mühe hatte, ihm hinterher zu kommen. Er kam so unauffällig wie möglich neben dem jungen Tauruiten an und stülpte ihm von hinten seine Kapuze über den Kopf.

Valirius sah ihn überrascht an.

Muran hob die Brauen. „Du wolltest doch noch lebend bei unserer Schamanin ankommen, oder?"

„Danke", murmelte der Tauruit leise und richtete seinen Blick wieder eisern geradeaus.

Einen Augenblick später kam Kim ebenfalls bei ihnen an. „Alles in Ordnung?"

Muran nickte. „Wir hatten Glück. Sie haben ihn noch nicht bemerkt. Ich überlege gerade, welchen Weg wir nehmen, damit er nicht so auffällt. Die Frauen im Dorf sind sehr aufmerksam, und wenn eine ihn erkennt, verbreitet es sich wie ein Lauffeuer."

Valirius lachte kühl. „Da kommt man, um euch zu helfen, und ihr schaufelt mir schon im Voraus das Grab."

Der junge Jumias an seiner Seite schluckte. „Das wird nicht einfach. Was machen wir jetzt? Er kann nicht einfach da reinspazieren."

„Das ist doch ganz leicht", erwiderte Kim trocken. Die beiden Jungen sahen verblüfft zu ihr hinüber. „Er legt die Waffen ab, zieht das Cape aus und läuft uns hinterher wie ein ganz normaler Jumias. Als ich das neue Kleid anhatte, haben mich nur noch die bemerkt, die mich besonders genau angesehen haben. Wenn er aber zügig durchs Dorf läuft, sieht ihn – im übertragenden Sinne – niemand."

Kurz herrschte Stille, als die beiden den Sinn ihrer Worte folgten. Doch Muran war mit dieser Idee nicht zufrieden. „Sie werden ihn erkennen. Er ist der Sohn des Schattenkönigs. Ihn würde jeder erkennen!"

„Sie hat recht", fiel ihm Valirius ins Wort. „Im Grunde keine schlechte Idee. Ich könnte genauso gut einfach einer von ihnen sein, ich darf es mir nur nicht anmerken lassen. Sonst bewegen sich Eindringlinge immer mit Vorsicht oder tragen schwere Waffen. Wenn ich ganz unauffällig hinter euch herlaufe, könnte es vielleicht in der Menge untergehen, dass ich hier bin, Muran." Als er zu Ende gesprochen hatte, sah er den jungen Krieger eindringlich an. Dieser wich seinen Blicken aus.

„In Ordnung. Ich brauche mir ja eigentlich keine Sorgen zu machen", willigte er ein und zuckte die Schultern. „Es ist ja nicht mein Leben."

Es dauerte eine Weile, bis sie den Gürtel mit den Waffen in den Wald zurück in das Baumversteck gebracht hatten, wo sich Kim das Cape um den Körper hing. Sie war zwar auch vielen unbekannt, aber dennoch selbst mit einem Cape nicht so auffällig wie der Schattenprinz.

„Na bitte", lächelte sie zufrieden, als sie wieder auf dem Weg waren. „Wie ein Jumias."

Muran rümpfte die Nase. „Er würde nie einem von uns gleichen."

Als sie die Wiese hinter sich gelassen hatten, bewegten sie sich so unauffällig wie nur möglich durch das Dorf, wo sie dem alltäglichen Handelsstrom in Richtung Marktplatz folgten. Valirius blieb immer hinter ihnen, gerade so weit, dass er die beiden noch gut im Auge behalten konnte. Immer wieder wurde er von Menschen angerempelt, doch selbst, wenn sie ihm flüchtig ins Gesicht sahen, schien es keinem von ihnen aufzufallen, das er den Tauruiten angehörte. Hühner huschten um seine Beine, zweiköpfige Vögel kreischten ihm ins Ohr. Im Dorf herrschte viel Trubel.

Es dauerte lange, bis sie den großen Platz erreichten. Der Strom der vielen Leute brachte sie nur zähflüssig vorwärts. Auch dort war viel los, einige Marktstände waren aufgebaut, verschiedene Waren wurden angeboten. Kurz verlor er seine Blicke an den polierten Schwertern eines Waffenstandes, und als er weitergehen wollte, suchte er in der Menge nach Muran und Kim. Aber zu seinem Entsetzen waren dieser und das Mädchen nirgends zu sehen.

Er durchkämmte die Menschenmassen ohne Erfolg, und auch die Hoffnung, dass sie auf ihn warteten, erlosch nach einiger Zeit. Ihm blieb nichts anderes übrig, als einen der Bewohner zu fragen. Er zögerte, als er zu den Ständen hinübersah. Jeder dieser Händler könnte ihm Auskunft geben, genauso gut wie jeder andere Jumias neben ihm. Er war der Einzige hier, der blind herumirrte.

Zur Sicherheit wollte er seinen Dolch bereithalten, doch als er nach ihm greifen wollte, fasste er ins Leere. Er hatte seine Waffen ja im Wald abgelegt. Kurz schloss er die Augen. Er war so ein Dummkopf. Wie konnte er nur all seine Waffen ablegen?

Doch letztlich blieb ihm nichts anderes übrig. Er nahm all seinen Mut zusammen und ging auf eine alte Dame zu, die am Rande des Platzes saß und aus einem Horn trank. Sie könnte ihm nichts antun, wenn sie ihn erkennen würde. Eine Frau solchen Alters könnte höchstens anfangen zu schreien, aber dieses Risiko musste er eingehen.

Vorsichtig ging er auf sie zu, und als er vor ihr stand, räusperte er sich. „Entschuldigen Sie, meine Dame, wo befindet sich das Zelt der Schamanin Kaeli Neai?“, er bemühte sich, seine Stimme höflich klingen zu lassen, doch sie kam laut und einschüchternd aus seinem Mund. Auch wenn um sie herum viel Getümmel herrschte, schien es für ihn einen Moment lang verdächtig still.

Die Frau musterte ihn.

Nein, das war nicht gut. Das war gar nicht gut.

Jetzt erkannte er, was für einen Fehler er gemacht hatte. Nach dem Zelt von Kaeli zu fragen! Mit nur dieser einen

Frage hatte er sich verraten. Kein Jumias würde je nach dem Zelt der Schamanin fragen. Das kannten sie doch von Kindesbeinen an. Am liebsten wäre er verschwunden, in der Menge, damit sie ihn aus den Augen verlieren würde. Aber es war zu spät.

Ihr Blick wanderte über sein Gesicht, bis er an seinen Augen hängen blieb. Nie hatte er sich so hilflos gefühlt. Als sie den Rotstich erkannte, der sich um seine Pupille herum zierte, ließ sie entsetzt das Horn fallen. „Valirius", flüsterte sie.

Er überlegte nicht lange. Bevor sie zu schreien beginnen konnte, machte er einen schnellen Schritt auf sie zu und hielt er ihr den Mund zu.

„Hören Sie zu! Ich brauche nichts als den Standort des Zeltes. Ich werde Ihnen nichts tun, ich habe keine böse Absicht, hier aufzukreuzen. Ich brauche nur den Weg dorthin."

Sie zitterte stark, und sobald er sie losließ, damit sie sprechen konnte, begann sie zu kreischen.

Sofort war die ganze Aufmerksamkeit des Marktgeschehens auf ihn gerichtet. Unter den vielen Blicken war er wie gefangen, konnte sich nicht bewegen, während er in die entsetzten Gesichter der Dorfbewohner schaute.

Als eine weitere Frau zu schreien begann, trafen die Wächter ein. Einer warf ein Netz aus dicken Seilen, das ihn gefangen nahm, und er wurde von einem anderen zu Boden gedrückt. Die Alte war in sich zusammengesunken, doch als ein Krieger sich bei ihr erkundigte, was geschehen war, erklärte sie ihnen, was er gesagt hatte.

„Er will die Schamanin töten!", rief sie dann aufgeregt und durch die Menge gingen erschrockene Laute.

Valirius atmete laut aus. Wie sehr die Jumias immer übertrieben, wenn es um ihn ging. Es war immer wieder überraschend, wie sehr man Wörter und Sätze verdrehen konnte, um Gerüchte entstehen zu lassen. Doch er selbst wusste nicht, was er machen konnte, um sich aus dieser Situation zu befreien. Eigentlich blieb ihm nur übrig, zu beten, dass sie ihn am Leben ließen.

Und wo steckten eigentlich Kim und Muran? Wie sehr es Muran freuen würde, ihn in dieser Situation zu sehen. Doch das Mädchen könnte ihm vielleicht helfen, sie hatte ziemlich harmlos und unparteiisch ausgesehen.

Gerade, als einer der Krieger mit erhobener Waffe auf ihn zukam, erklang die klare Stimme einer Frau.

Kaeli Neai Schritt in die Runde und ging entschlossen auf ihn zu. Sie achtete nicht auf die Anschuldigungen, die in ihre Ohren drangen, sondern blieb still. Darauf wurde es allmählich leise auf dem Platz, jeder wartete auf ihre weisen Worte.

„Was gibt es für ein Problem?“, erkundigte sie sich schließlich, als alle verstummt waren. Als das Volk wieder durcheinander zu sprechen begann, hob sie die Hand, und es kehrte wieder Stille ein. „Sprich, Krieger“, mahnte sie dann jenen Mann, der Valirius am Nächsten stand.

Der Krieger zeigte auf das Netz. „Der Schattenprinz Valirius, Sohn des Schattenkönigs Aslec, ist in unser Dorf eingedrungen und hat laut dieser Dame vor, Sie zu töten.“

„Wie furchtbar!“, gab sie überzeugend von sich. Einen Augenblick musterte sie den Schattenprinzen ausgiebig, dann wandte sie sich von ihm ab. So schwer es ihr fiel, sie wusste, dass sie etwas bei dem jungen Krieger gutzumachen hatte, wobei er selbst wahrscheinlich nicht einmal wusste, worum es ging. „Trotzdem würde ich es bevorzugen, wenn ihr ihn erst in mein Zelt bringt. Dort kann ich vielleicht wichtige Informationen aus ihm herausbekommen, bevor ich ihn euch überlasse, damit ihr ihn töten könnt“, sagte sie deshalb.

„Aber Schamanin, wir können es nicht zulassen, dass

Sie mit dem Sohn unseres Erzfeindes allein gelassen werden", erwiderte der Krieger kühn. „Das wäre viel zu gefährlich."

Kaeli schüttelte den Kopf. „Ich kann selbst auf mich aufpassen." Während der Worte ruhte ihr Blick auf Valirius.

Die Feuerstelle war leblos. Keine einzige Flamme war entfacht, und in dem Raum war es fast ganz still. Kaeli saß ihm gegenüber.

„Die Schattengeister haben dich angekündigt", sagte sie vorsichtig. „Ich weiß, es ist wichtig, dich anzuhören, auch wenn ich dich zu gerne töten lassen würde, Sohn eines Verräters."

Er unterdrückte sich ein Lächeln. „Ich gebe auch zu, dass wenn ich eine Waffe bei mir hätte, Ihr schön längst tot wärt. Doch ich habe mehr Hass auf meinen Vater als auf euch. Und deshalb bitte ich, mich euch anschließen zu dürfen. Es ist ein fairer Handel. Ich helfe euch, ihr helft mir."

„Es geht also um Aslec?", fragte sie überrascht.

Er schüttelte den Kopf. „Der interessiert jetzt niemanden. Es geht um alle."

Kaeli sah ihn mit forschendem Blick an. „Wenn es das ist, das du willst, so bleibe. Aber was ist das, was du uns ausrichten willst? So sprich es aus, Schattenprinz."

Valirius lehnte sich zurück und verkündete laut: „Der Krieg beginnt."

Sie wich zurück, und aus ihrem Gesicht verschwand alle Farbe. „Ich hätte alles erwartet, aber nicht das. Es ist also wieder einmal so weit."

Kim saß abends allein in ihrem Zelt.

Man hatte es flüchtig eingerichtet: zwei Kommoden, eine einfache Feuerstelle und ein Bett aus aufgeschichteten Fellen war alles, was sie darin finden konnte. Die

Schubladen der Kommoden waren leer, das hatte sie gleich festgestellt, nachdem sie das Zelt betreten hatte. Die Feuerstelle wirkte tot, keine Flamme leckte an dem trockenen Holz, das man ihr bereitgelegt hatte, falls sie frieren sollte. Das Bett aber war bequem. Es war richtig weich, das lange Bimbafell schmeichelte ihren Gliedern und gab nach, wenn sie sich auf ihm bewegte. Das, was Kim am meisten störte, war, dass das Zimmer so einsam wirkte. So ohne jegliche Liebe, ohne Geborgenheit. Nackt.

Sie atmete tief aus. Wie sehr wünschte sie es sich in diesem Moment, bei ihrem Vater vor dem Kamin zu sitzen und einen warmen Tee zu trinken. Doch die Neugier über dieses Land ließ sie nicht los. Kim konnte dieser schönen Welt nicht einfach den Rücken kehren, nicht jetzt, da sie sie doch vor so kurzer Zeit erst entdeckt hatte. Was hatte Valirius mit den Jumias zu tun? Wer war Aslec? Erst später würde sie erfahren, dass die Antworten auf ihre Fragen tödlich sein könnten.

Nachdenklich beobachtete sie, wie das Abendlicht schwand, das durch das Loch oberhalb ihres Zeltes fiel. Es wurde Nacht. Als nur noch der Mond schien, kehrte Stille zwischen den Zelten ein, und Kim hörte, wie die Mütter ihren Kindern Schlaflieder vorsangen. Es waren fremde Sprachen, in denen sie sangen, und die doppelstimmigen Vögel begleiteten sie leise. Es klang so schön und sanft, dass ihr selbst die Lider zuzufallen drohten. Helle Töne und summende Stimmen. Leider hielten sie nicht ewig an.

Als sie schließlich nach und nach verstummten, konnte Kim kein Auge mehr zu machen. Sie lag auf dem Rücken und sah nach oben, direkt durch das Loch, durch das normalerweise der Rauch von einem Lagerfeuer stieg. Ihre blauen Augen konnten Blicke auf die Sterne erhaschen, die zu Millionen am Himmel leuchteten. Sie fragte sich, ob es dieselben waren wie die, die ihr Vater vielleicht in diesem Moment sah. Nach langer Zeit der Stille setzte sie sich auf. Es interessierte sie zu sehr, was mit Valirius geschehen war, nachdem die Krieger ihn festgenommen hatten. Sie wusste, dass er bei der Schamanin gewesen war, doch was die Jumias danach mit ihm gemacht hatten, hatte sie nicht mitbekommen. Stumm setzte sie sich auf, schlüpfte in ihre Sandalen und ordnete hastig ihre Haare. Dann verließ sie das Zelt, das jetzt ihr gehörte. Ihr Zelt. Das klang beinahe, als würde sie hier leben.

Das Dorf lag still in der Nacht. Schon als sie nach draußen trat, dröhnte ihr Kopf von der Stille, die die Behausungen umwebte. Grillen zirpten leise vom Feld herüber. Kein Mensch ließ sich in den vielen Gassen blicken. Manchmal konnte sie hören, wie sich jemand im Schlaf bewegte, so leise war es.

Ein kühler Wind fegte zwischen den Zelten hindurch, Gänsehaut kroch über ihre nackten Arme und aufgewirbelter Staub kitzelte um ihre Beine.

Was machte sie denn eigentlich? Valirius hatte sie beinahe umgebracht. Und Muran war nicht begeistert von dem Fremden gewesen. Nicht nur das, er hatte Valirius sogar töten wollen.

Ihr Entschluss geriet ins Schwanken, und sie blieb stehen. Sie wusste nicht einmal, wo er war. Also, was machte sie dann hier mitten im Dorf? Die Gefahr, sich in dem Wirrwarr von Zelten zu verirren, war groß. Der *Schattenprinz,* wie sie ihn genannt hatten, könnte überall sein. Selbst wenn sie wüsste, wo er war, sie hätte es nicht geschafft, ihn zu finden.

Kim atmete geräuschvoll aus. Das Mädchen wusste nicht mehr, wo es sich befand. Sie konnte überall sein, überall in dem großen Dorf, in dem so ziemlich alle Zelte gleich aussahen. Sie drehte sich einmal, um nach einem Anzeichen des Dorfrandes zu schauen, und erhaschte plötzlich zwischen zwei Zelten hindurch einen Blick auf ein offenes Feld. Ihr Herz machte einen glücklichen Hüpfer. Sie lief los, und ihre Schritte wurden immer schneller, während sie auf das offene Land zusteuerte. Schon als sie wenige Zeltreihen passiert hatte, trat sie nach draußen. Es war überraschend kühl, sie legte beide Arme um den Körper, als ein leichter Wind um ihre Glieder tanzte. Als sie ihre Blicke über das Feld schweifen ließ, erkannte sie eine Person im fahlen Mondlicht. Das konnte fast nur Valirius sein! Wer sonst sollte sich zu so später Zeit auf dem Feld herumtreiben?

Gerade wollte sie auf ihn zugehen, als erneut Angst in ihr aufwallte. Was, wenn sie ihm doch nicht trauen konnte? Egal. Sie musste über ihren Schatten springen, wenn sie ihn näher kennenlernen wollte. Kim nahm all ihren Mut zusammen. Valirius hatte von einer Gefahr gesprochen, vor der er die Jumias warnen wollte. Sicherlich war er mit guten Absichten gekommen und stellte keine Bedrohung für sie dar. Das hoffte sie zumindest.

Zögerlich lief sie Schritt für Schritt näher auf die Person zu. Es war Valirius, daran gab es für sie schon nach wenigen Metern keinen Zweifel mehr. Der Weg bis zu dem Jungen zog sich sehr lange, und bis sie bei ihm ankam, begann sie ein wenig zu frösteln. Als sie nur noch ein paar Schritte trennten, konnte sie erkennen, wie er ein goldenes Horn zu seinem Mund führte und einen gellend lauten Pfiff aussendete. Bei dem grellen Ton zuckte sie zusammen.

Er stand etwas entfernt von ihr in Richtung Norden gewandt, wo sie in aller Ferne die Gebirgsketten erkennen konnte, und hatte ihr Erscheinen noch nicht bemerkt. Es dauerte eine Weile, bis eine Reaktion auf seinen Pfiff folgte. Schließlich begann die Luft zu beben, und Kims Blick schnellte nach oben. Über ihr lag der nächtliche Himmel, auf den ein Netz aus glänzenden Sternen gestickt war, und der Mond als großer milchiger Fleck stand am höchsten. Der Nebel umwebte die Bäume und die Stille verschluckte alle Geräusche bis auf das nahe Zirpen einer Grille.

Ein dunkler Schatten tauchte im Schein des Mondes auf. Er schwebte direkt auf Valirius zu, segelte durch die Luft wie ein großer Vogel. Kim brauchte einen Moment, bis sie die Kreatur erkannte. Unwillkürlich trat sie ein Stück zurück.

Es war ein Drache.

„Whisper“, flüsterte Valirius, während er vorsichtig mit seiner großen Hand über die Schuppen des Tieres strich.

Kim brauchte nicht darüber nachzudenken. Valirius hatte einen Drachen. Einen echten Drachen. Wie oft hatte sie davon geträumt, es gäbe diese majestätischen Wesen wirklich.

Sie traute sich kaum, zu atmen. Der kräftige Körper des Drachen ragte vor ihnen vier oder fünf Meter in die Höhe, und der schlanke Hals, den er zu dem Jungen gesenkt hatte, war ebenfalls mindestens zwei Meter lang. Sein Körperbau war fein und gegliedert, seine Schuppen klein und dunkel, beinahe so schwarz wie die Nacht. Die Vorderbeine waren etwas kürzer als die Hinterbeine, der Rumpf schlank und beweglich. Vom Hinterkopf über den Rücken kroch eine Reihe von spitzen Zacken, die man an einer Stelle vor dem Flügelansatz abgeschliffen hatte. Dort lag der lederne Sattel, der mit einem Gurt an den Schwingen und der Brust befestigt war. Der lange Schwanz bewegte sich tastend in der Dunkelheit umher, wie auf der Suche nach Halt. Und als hätte das Tier ihren Blick auf sich gespürt, fuhr sein Kopf plötzlich in ihre Richtung herum.

Als ihre Blicke sich trafen, prustete der Drache durch seine Nüstern. Sein Haupt war mit zwei großen Hörnern besetzt, die Augen offen und hell.

Valirius drehte sich überrascht zu ihr um.

„Was machst du denn hier?", fauchte er wütend, ehe er den Gurt an der Brust seines Drachen fester zog. Danach tätschelte er sein Tier am Hals und kam auf sie zu. „Solltest du nicht schlafen?"

Kim sah ihn eine Weile still an, schob eine widerspenstige Locke hinters Ohr und gab dann Antwort. „Vielleicht. Mich wundert es, dass du hier bist und nicht in der Gefangenschaft der Wächter, Valirius", sagte sie vorsichtig. Sie sah im Mondschein, dass er lächelte.

„Ich bin kein Vogel, den man in einem Käfig halten kann, Mädchen."

Kim sah ihn fragend an.

Einen Moment lang standen sie stumm voreinander.

„Wer bist du eigentlich?", fragte er schließlich. Kim kam näher und legte den Kopf schief. „Wer will das wissen?"

Darauf war er nicht gefasst gewesen. Kurz lachte er leise, dann fuhr er fort. „Na, ich natürlich. Ich würde mich sehr freuen, deinen Namen zu erfahren, Weltenreiterin."

Wie schön er das sagte ... Kim schmolz dahin. Seine blauen Augen schimmerten sie fragend an. Doch sie hielt sich zurück. Sie wusste von Muran, dass Valirius kein normaler junger Mann war. Laut Muran scheute dieser vor nichts zurück.

„Kann ich dir vertrauen?", flüsterte sie leise, während sie ihm tief in die Augen schaute. Er sah so friedlich aus, so gutmütig, auch wenn sein Anblick etwas Gefährliches mit sich trug.

Er nahm ihre Hand und zog diese zu dem Kopf des Drachen. Als ihre Fingerkuppen die schuppige Stirn des Tieres berührten, kroch es ihr warm den Rücken hinunter. Sie hielt den Atem an.

„Das ist ein Faläon. Er verkörpert den Gebirgsgott Tenn", erklärte Valirius ihr flüsternd.

Das Mädchen schüttelte langsam den Kopf. „Das ist unglaublich", hauchte sie. „Dass ich so etwas erlebe ..."

Valirius beobachtete sie mit zufriedenem Blick. „Lust auf einen Flug?"

Als Kim das hörte, schnellte ihr Blick zu ihm hinüber. „Du ... du würdest mich wirklich mitnehmen? Wohin?"

„Ich würde dich überall hinbringen, in jeden Winkel des Landes. Sag nur, wohin du willst", lächelte er.

Kim schloss kurz die Augen und sah sich auf dem Rücken des Drachens durch die Lüfte gleiten. Valirius hatte auf die Frage, ob sie ihm vertrauen könnte, nicht geantwortet. Aber war sein Angebot, sie auf seinem Drachen mitfliegen zu lassen, nicht schon Beweis genug dafür, dass er es ehrlich meinte? Dass er kein Verräter war, wie Muran behauptete?

Langsam begann sie zu nicken: „Zeig mir alles!"

Die Nacht lag wie ein Schatten über den großzügigen Ebenen des Landes, und das Mondlicht verwischte seine groben Züge.

Kim hielt sich ein wenig verkrampft am Sattel fest, auch wenn Valirius hinter ihr saß. Die Flügel schlugen sacht durch die kühle Nachtluft, und die Sicht von dem Rücken des Tieres war unbeschreiblich. Endlose Wälder benetzten das Flachland, immer wieder erkannte man die schillernden Fäden von Bächen und Flüssen durch die Landschaft schlängeln, und auch einige Tiere der Nacht konnte Kim entdecken. Fledermäuse waren jetzt auf der Jagd nach Insekten, reh- oder hirschähnliche Wesen tauchten an den Wasserstellen auf, um zu trinken. Ab und zu durchschnitt der Schrei eines Raubtieres die Stille.

„Gefällt es dir?", fragte Valirius hinter ihr.

Kim konnte ihre Blicke gar nicht losreißen von der unbeschreiblich schönen Unendlichkeit des Landes. „Ich liebe es“, hauchte sie leise. „Ich habe noch nie so etwas Wunderbares gesehen.“

Valirius musste lächeln. „Das geht mir genauso. Siehst du diese Ruine? Die haben die Tauruiten vor langer Zeit errichtet. Es war einst ein prächtiges Gebäude, bevor die Jumias es zerstörten.“

Der Drache glitt höher und wechselte die Richtung, worauf Kim sich sofort in dem dunklen Leder des Sattels festhielt. „Was ist los?“, fragte sie verwirrt.

Valirius blieb ruhig. „Du wolltest doch alles sehen, oder? Dann ist das Gebirge ein Ort, den du unbedingt anschauen musst.“

Bereits von Weitem sah Kim die von Nebelschwaden umhüllten Giganten, gegen die die Bergkette Rainbow Range wie kleine Hügel wirkte. Die Gipfel verschwanden im Nichts, und je näher sie kamen, desto mehr wurde Kim klar, dass es die Wolken waren, die die Spitzen verdeckten.

„Niemand hat schon einmal einen dieser Riesen bestiegen. Zumindest keiner, der lebend zurückgekommen wäre“, erklärte Valirius, als sie Kurs aufgenommen hatten.

Wie eine Wand erschien das Gebirge vor ihnen zu liegen, und Kim hielt den Atem an, als sie hineinflogen. Hinein in die Hände der Welt. Der Nebel war dicht, doch sie konnte bis zum Boden sehen. Dichter Waldwuchs bedeckte die Täler wie ein grober Teppich, Felsen hoben sich immer wieder zwischen den Bäumen hervor. Es war trügerisch still. Die Gegend schien wie ausgestorben.

Immer wieder ertönten Flügelschläge, und wenn sie sich umsah, tauchten Drachen neben oder unten ihnen auf, einem unbekannten Ziel entgegenfliegend. Sie achteten kaum auf das ungleiche Trio, sondern glitten voller Ruhe in Richtung Norden, wo sie irgendwo in der Dunkelheit abtauchten wie in schwarzes Gewässer.

„Das ist das Gebirge. Es ist ein schöner Ort, aber glaub mir, wenn ich dir unser Dorf gezeigt habe, ist dir klar, warum ich hier nicht leben will." Seine Stimme klang rau, als er das sagte.

Damit lenkte er seinen Drachen nach links. Die Kurve war scharf, und Kim rutschte leicht zur Seite. Als sie zu Valirius hinübersah, bemerkte sie seinen starren Blick, den er nach Norden gerichtet hatte.

„Immer dem Meer nach", flüsterte er, ehe sie die nächste Kurve zogen.

Da sah sie es.

Das Weiße Meer.

Der Mond spiegelte sich bleich in den Wellen, die beinahe durchsichtig schienen. Kim schüttelte den Kopf. Dieses Gewässer war weiß.

Nicht milchig, sondern zart weiß, als hätte jemand wenige Farbtropfen darin verloren.

„Valirius, das ... das ist wunderwunderschön", flüsterte sie.

Ein Lächeln lag auf seinen Lippen, als er zu ihr hinüberschaute. „Ja, ich liebe dieses Meer. Doch leider kann es all den Schatten nicht verbergen."

Sie atmete die glasklare Luft tief ein, ließ ihre Haare im Wind spielen. Diese Freiheit hatte sie noch nie verspürt. Nach einer Zeit spürte sie, wie er die Geschwindigkeit des Drachen zügelte. Valirius hatte den Blick auf das Tal gerichtet, und nach einigen Momenten folgte sie seinen Blicken. Wie Farbtupfen erhellten gleißend helle Fackeln den Nebel und machten so eine große Fläche sichtbar. Sie flogen jetzt wieder tiefer und langsamer.

Wohin Kim auch sah, überall standen einfach gebaute Hütten aus Holz oder grobem Stein. Das Dorf war still, doch nach und nach erkannte Kim die Wächter, die an allen Ecken platziert waren. Lautlos durchstreunten sie die Gassen, scheinbar auf der Suche nach Unruhestiftern oder Eindringlingen. Der Nebel begleitete sie wie ein Schleier, und hier schien die Dunkelheit beinahe trügerisch. Die Hütte, die am höchsten stand, war die größte. Sie war am strengsten bewacht. Kim entdeckte ringsum mindestens acht Wachen.

„Wer wohnt dort?“, wollte das Mädchen wissen.

Valirius grinste. „Ich wohne da, ich und mein Vater.“

Sie sah ihn an. „Du und dein Vater ...“

Er nickte. „Er ist der König, weißt du. Sein Name ist Aslec.“

Aslec.

Ein kühler Schauder durchfuhr Kims Glieder. „Deshalb die ganze Aufregung um dich.“ Sie erinnerte sich an den Namen, und auch daran, dass Muran erwähnt hatte, dass er der *Schattenprinz* war. Ein Verräter ... angeblich.

„Ich kann sie verstehen. Ich selbst fürchte ihn. Er ist der abscheulichste Mensch, den ich kenne. Und ...“, er sah Kim, die sich wieder zu ihm herumdrehte, tief in die Augen, „das muss etwas heißen.“

# 5

Muran wartete bereits auf dem Feld vor dem Dorf der Jumias auf sie, als der Drache zur Landung ansetzte. Er machte ein äußerst unfreundliches Gesicht, als Kim abstieg. Doch er bedachte vor allem Valirius mit seinem finsteren Blick, der allerdings überhaupt nicht darauf reagierte.

„Komm“, sagte Muran zu Kim, packte sie grob am Handgelenk und zog sie mit sich. Der Nebel lichtete sich gerade erst, und die ersten Sonnenstrahlen küssten ihre Stirn. „Mann, was denkst du dir dabei, mit einem Tauruiten zu fliegen! Er hätte dir etwas antun können!“, fauchte er sie dann an, als er sie ein paar Meter aus Valirius’ Reichweite gezerrt hatte.

Kim warf einen Blick über ihre Schulter. Valirius wurde gerade wieder von Kaeli empfangen, wenn auch mehr wütend als freundlich. Währenddessen stieß sich sein Drache vom Boden ab und suchte das Weite. „Nein“, antwortete sie sicher. „Er hat nichts Böses im Sinn.“

Muran atmete geräuschvoll aus. Dann blieb er stehen und sah sie eindringlich an. „Hör mir zu!“, sagte er leise, aber bestimmt. „Egal was dieser Typ sagt, du weißt nie, ob du ihm vertrauen kannst. Er ist ein Verräter, der Sohn des grausamsten Menschen unseres Landes! Und kaum lernst du ihn kennen, folgst du ihm wie ein Schoßhund! Genau darauf will er doch hinaus!“

Darauf war Kim nicht gefasst gewesen, und sie spürte, wie ihr das Blut in die Wangen schoss. Konnte es tatsächlich sein, dass Valirius sie nur für seine Zwecke benutzen wollte ... was auch immer diese waren? Sie schüttelte unwillkürlich den Kopf, während sie hinter Muran in das Dorf zurücklief. Nein, das konnte und wollte sie sich gar nicht erst vorstellen.

Als Kim erwachte, lag sie auf ihrem Lager. Sie konnte sich nur schwach daran erinnern, was geschehen war. Unter der Zeltplane schien Licht hindurch, also musste es helllichter Tag sein. Mühsam rappelte sie sich auf und fasste sich an die Stirn. Ihre Gedanken kreisten um ihren Vater. Sie sollte nach Hause zurückkehren. Das hätte sie schon längst machen sollen! Sie begann allmählich, sich in dieser Welt zu verlieren.

In diesem Moment erklang vorsichtig eine Frauenstimme hinter dem geschlossenen Eingang. „Kim, bist du schon wach?“ Das war Kaelis Stimme.

Sofort stand Kim auf, strich sich den Saum des Kleides glatt und schlüpfte in die einfachen Sandalen, die Kaeli ihr bereitgelegt hatte. Dann kämmte sie sich eilig mit den Fingern durch ihre Haare und schlug die Plane zur Seite.

Draußen war schon viel los. Sofort drangen die Alltagsgeräusche an ihre Ohren, ein Hund rannte am Zelt vorbei.

Kaeli stand vor ihr, Honukk saß auf ihrer Schulter. „Kim, ich muss mit dir reden“, sagte sie freundlich. „Es ist sehr wichtig. Darf ich reinkommen?“

Kim lächelte bemüht und nickte, worauf die alte Schamanin ihr Zelt betrat. Honukk sprang von Kaelis Schulter und lief auf die Feuerstelle zu, während sich das Mädchen und die Schamanin auf das spärliche Bettlager setzten. Dort legte er sich genüsslich in die noch heiße Kohle des erloschenen Feuers.

Kaeli machte keine Umschweife, sie sprach direkt los. „Es geht darum, wovor Valirius uns warnen wollte. Ich habe heute Morgen lange mit ihm gesprochen, nachdem ihr vor dem Dorf gelandet seid."

Kim sah ihr fragend in die glänzenden Augen. Worauf wollte die alte Frau hinaus?

„Mädchen, eigentlich ist es unmöglich für dich, hierzubleiben. Es war bestimmt ein schöner Abstecher in eine fremde Welt, doch ich glaube, dass das hier jetzt genügt. Du solltest Tydia vergessen, bevor es dir noch wehtut."

Ihre Blicke blieben aneinanderhängen, Kim sah, wie Kaeli schluckte. Sie verstand das nicht recht. Natürlich musste sie zurückkehren. Sie hätte nicht im Traum daran gedacht, länger als zwei Tage hier zu bleiben.

„Was passiert mit euch? Was hat er gesagt?", fragte sie eindringlich.

„Unser Schicksal ist besiegelt. Wir können nicht fliehen, wäre uns das möglich, wären wir nicht mehr hier", erwiderte Kaeli mit kratziger Stimme.

„Was wollte Valirius hier?", hakte Kim nach. Sie ahnte nichts Gutes.

„Oh Mädchen", flüsterte Kaeli und sah ihr in die Augen. „Wir werden alles geben. Aber sie sind stärker."

Zuerst wandte Kim sich ab, suchte in sich selbst nach der Antwort.

Da hörte sie Kaelis Stimme hinter sich. „Krieg. Valirius' Vater greift uns in wenigen Monden an."

Im gesamten Dorf hatte sich die Atmosphäre verändert. Überall wurde geschmiedet, die Männer und Jungen versammelten sich an vielen Stellen, um Kriegspläne zu schmieden. Auf dem Marktplatz mussten sie sich in die Listen der Krieger einteilen und bekamen ihre Waffen ausgehändigt.

Als Kim von Kaeli zu Schneefeuer gebracht wurde, liefen sie an dem Platz vorbei. Muran hatte sich gerade eintragen lassen und nun wurde ihm ein langes Schwert gereicht. Er bemerkte sie nicht.

„Ihr kämpft mit Schwertern?“, erkundigte sie sich bei der Schamanin.

„Nicht nur. Bogenschießen können die meisten von uns auch“, erwiderte Kaeli.

„Und eure Gegner?“

„Sie haben ähnliche Waffen. Doch statt Bögen benutzen sie Armbrüste. Und Speere.“

Kim schluckte. „War ich deshalb so wichtig? Hast du deshalb gewusst, wer ich bin? Weil du dachtest, ich helfe euch?“ Endlich sprach sie die Frage aus, die sich schon seit Stunden in ihren Gedanken festgesetzt hatte, genauer, seitdem die Schamanin das Wort Krieg erwähnt hatte. Irgendwie musste sie mit diesen Geschehnissen in Zusammenhang stehen.

„Kim. Ich weiß, es hört sich absurd an, aber wir haben jemanden ... jemanden erwartet, der oder die etwas mehr auf die Aufgabe vorbereitet ist“, erklärte sie frustriert. „Es ist nichts Persönliches, aber wir können dich weder zwingen, noch würden wir dich wirklich brauchen können. Im Gegenteil: Du wärst hier in großer Gefahr.“

Das Mädchen sah zu Boden und spürte, wie ihr das Blut in die Wangen schoss. Wie peinlich! Das hörte sich so an, als sei sie eine Last.

„Das tut mir leid“, erwiderte sie knapp. „Ich konnte ja nicht wissen, dass Schneefeuer von solcher Bedeutung ist.“

Kaeli versuchte ein Lächeln. „Es muss dir nicht leidtun, außerdem wird dir nichts widerfahren. Du kommst nach Hause und deine einzige Sorge wird die sein, wie du dich für dein Verschwinden rechtfertigst.“

„Und was passiert mit euch? Ich kann doch nicht im Ungewissen darüber bleiben, was mit dir, Valirius und Muran geschieht!", warf Kim ein.

„Hör zu, Kim. Es ist wichtig, dass du Tydia schnellstmöglich verlässt und vergisst. Es wäre wirklich eine Schande, wenn dir deshalb etwas zustoßen würde. Ich will dich nicht hinausdrängen, ich versuche, dir zu helfen."

„Aber ..."

„Nichts aber. Wir sollten uns beeilen, bevor es noch jemand bemerkt."

„Bevor jemand etwas bemerkt?", kam von hinten, und die beiden drehten sich um. Valirius stand breit grinsend da, seine schwarzen Haare glänzten in der Sonne. „Hab ich was verpasst?"

Kims Herz machte einen Satz. Sie war so froh, ihn noch einmal zu sehen, bevor sie diese Welt endgültig verlassen sollte.

Kaeli stöhnte auf. „Was machst du denn hier? Hast du uns verfolgt?"

„Soll sie etwa gehen?", fragte er, um ihre Frage zu überbrücken.

Kaeli wollte ihn gerade zur Seite ziehen, als sich Kim einschaltete. „Wieso soll er es denn nicht wissen?"

Kaeli verdrehte die Augen. „Die Jugend heutzutage!"

Der Junge schüttelte den Kopf. „Wir können sie doch nicht einfach gehen lassen."

„Ich will aber, dass sie geht. Das ist das Beste für sie", erwiderte die Schamanin kühl.

„Aber das Schlechteste für uns. Ohne sie gibt es keinen Zuhur. Du möchtest doch deine Männer nicht enttäuschen, oder?"

„Ich muss aber nach Hause, schon vergessen?", gab Kim barsch zurück.

„Valirius, noch bist du nicht derjenige, der über das Wohl unseres Volkes entscheidet", warf Kaeli ein.

Kim verstand ihn nicht. Versuchte er etwa, sie dazu zu drängen, hierzubleiben?

„Musst du gar nicht", fuhr er fort. „Wir brauchen dich schließlich. Du bist der Retter, oder vielmehr die Retterin."

Das Mädchen zog eine Augenbraue hoch. „Was willst du mir damit sagen?"

„Deine Ankunft wurde schon vor Monaten angekündigt." Valirius sah zu Kaeli hinüber. „Das ist sogar bis ins Schattengebirge vorgedrungen."

Wieder betrachtete sie das Spiel seiner Augen, die unter seinem Schopf hervorschillerten. Diese wunderbar blauen Pupillen ...

„Hast du mich verstanden? Du bist die Weltenreiterin, so ziemlich die Letzte, würde ich mal behaupten", hörte sie ihn sagen. Nur mit Mühe riss sie ihren Blick von seinen Augen los.

„Sie ist die letzte Weltenreiterin", gab Kaeli jetzt zu und musterte Kim nachdenklich.

Jetzt verschränkte Kim die Arme. „Willst du mir damit sagen, dass du auf einmal seiner Meinung bist?"

Valirius sah zu Kaeli hinüber und dann wieder zu ihr.

Was sollte das Ganze?

Die alte Dame atmete tief durch. „Wir können sie nicht zwingen. Valirius, das ist zu gefährlich."

„Aber wir können sie überzeugen."

„Wie?"

„Sie wird fliegen. Auf Schneefeuer."

Es war bereits Abend, als sie vor dem Dorf standen. Die Sonne stand knapp über den östlichen Ebenen des Landes und tauchte die wenigen Wolken, die über ihr hingen wie die weichen Federn eines Jungvogels, in ein fröhliches Rot.

Kaeli hatte Schneefeuer eine alte Trense angepasst, die sie anscheinend in ihrem Zelt gefunden hatte. Sie war einfach gebaut, ein dünner Strick führte über die Gamaschen hinter den Ohren vorbei auf die andere Seite. Er ersetzte auch das Gebiss. Die Zügel waren lang. Kein Sattel lag auf dem jungen Rücken. „Das ist schlecht für das Tier“, hatte Kaeli gesagt, als sie zum Dorfrand gelaufen waren.

Es war wie an jenem Abend, als sie den Zuhur besucht hatte. Der Edelstein glänzte im Abendlicht, und auch auf dem Fell der Stute tanzten die letzten Sonnenstrahlen wie Schmuckstücke. Die weiße Mähne wehte sanft in den Böen, die über das Land huschten, und die klaren Augen des Pferdes sahen sie vertrauensvoll an.

Kim hatte sich die Haare zurückgebunden, ihre Gefühle standen Kopf. Fliegen. Sie sollte fliegen. Sie ballte die Fäuste, schloss die Augen und machte sich zögernd bereit. „Gibt es Regeln?“, fragte sie kurz.

„Nein. Finde deine eigenen Regeln für dieses Tier. Sie wird dir zeigen, was sie mag und was nicht“, erwiderte Kaeli.

„Das ist nicht besonders beruhigend“, gab Valirius zu, und Kaeli warf ihm einen vernichtenden Blick zu.

Innerlich schien Kim vor Aufregung zu zerspringen, in ihrem Kopf blieb kein Fetzen eines Gedanken. Sie war auf einmal ganz leer ... und sie spürte, dass es so weit war. Aber sie wusste: Dies war eigentlich nur der Versuch, sie hierzubehalten. Sie durfte nicht aus den Augen verlieren, dass es das erste und das letzte Mal sein könnte, das sie auf Schneefeuers Rücken durch die Luft segeln würde. So eine Chance würde sie nicht zweimal im Leben bekommen. Auch wenn sie Angst hatte, sie würde es tun.

Noch ein letztes Mal drehte sich das Mädchen zu allen um, und als sie ihr zunickten, machte sie einen Schritt auf das Tier zu, legte ihre Finger über den Edelstein und im selben Moment ließ das mächtige Tier den rechten Flügel zu Boden gleiten.

Kurz stockte Kim der Atem an und sie hielt inne. Es schien wie ein Traum. So unglaublich. Niemand würde ihr das je glauben. Nachdem sie erneut tief eingeatmet hatte, um ihre Angst zu verdrängen, kletterte sie etwas unelegant an dem Flügel nach oben auf den Rücken ihres Zuhurs. In dem Moment, als sie Sitz auf dem Rücken des göttlichen Wesens fand, ging ein Ruck durch den Körper der Stute, und Kim schien auf einmal alles ganz klar. Als würde sich der Nebel, der durch ihren Kopf schwirrte, sich lichten.

Es war höher als erwartet, was sie nicht wirklich beruhigte. Schneefeuer schnaubte. Sie fand ihren gewohnten Sitz schnell, ihre Beine lagen knapp vor den Flügelansätzen. Dann tasteten ihre Finger zitternd nach dem Zügel, der zwischen der buschigen Mähne lag.

Das war ihr Moment. Wenn es so war wie Achterbahnfahren, würde ihr das sicher nicht gefallen.

Aber wer wusste das schon ...

Egal! Sie musste es riskieren.

Sie nahm die Zügel ein wenig mehr auf, schloss die Augen und übte leichten Wadendruck auf den Bauch der Stute aus. Sofort reagierte das Tier, es machte einen großen Satz nach vorn. Kims Herz setzte einen Augenblick aus.

„Mehr! Zeig ihr, dass du es willst!“, schrie Kaeli von hinten.

Auf dieses Kommando hin presste Kim ihre Schenkel gegen die Flanken des Zuhurs. Noch einmal schnaubte das Tier und machte einen Satz, doch dieses Mal galoppierte es an. Schneefeuers Flügel schlugen ungleichmäßig vor Aufregung. Kim spürte den Rhythmus der Beinfolgen, lehnte sich nach vorn und kniff die Augen zusammen.

*Flieg. Ich will die Wolkentürme berühren, ich will frei sein wie ein Vogel.*

In diesem Moment wurde aus den Flügelschlägen ein regelmäßiges Ziehen.

*Komm, du willst es doch auch, Schneefeuer. Lass uns fliegen.*

Und gerade, als sie kurz vor der Baumgrenze waren, hob das Tier ab.

Kim spürte den leisen Wind, der den Nervenkitzel verstärkte. Er streichelte ihre Wangen, und als sie die Augen öffnete, sah sie den Wald unter sich. Schneefeuer glitt wie ein Adler durch die Luft, die Flügel rauschten neben dem Mädchen sacht auf und ab. Glücksgefühle wallten in ihr auf. Am Horizont sah sie die Sonne hinter einer Anhöhe verschwinden, die Wolkenschienen zum Greifen nah. Noch nie zuvor war sie so frei gewesen.

Sie überließ Schneefeuer die Zügel, stattdessen hielt sie sich in der Mähne fest. Das Tier schnaubte dankbar und sah kurz zu ihr nach hinten. Die klaren Augen der Stute sprachen Bände. So glücklich wie ihre eigenen. Der Wind legte den Edelstein auf der Stirn von Schneefeuer frei, und Kim musste lächeln.

Den Wind – der Himmel – sie konnte alles spüren. Konnte es kaum glauben. Wie viele Menschen erträumten es sich, zu fliegen. Und für sie wurde es wahr. Und nein, das war keinesfalls wie Achterbahnfahren. Das war Fliegen. Unbeschreiblich. Unbeschreiblich schön.

Kims Locken flogen im Wind, als sie die Arme um den Hals ihres Tieres schlang. Sie segelten der Sonne entgegen, immer den letzten Sonnenstrahlen nach. Genau dort wollte sie hin. Zum Horizont, in dem Licht der Abendsonne baden.

Als Kim den Zuhur etwas an Höhe verlieren ließ, scheuchten sie eine Gruppe Vögel auf, die sie einen Moment lang in ihre Mitte nahmen. Tausende Flügelschläge. Zwitschern. Überall. Die Vögel waren klein und bunt wie winzige Regenbögen, was den Augenblick zu verzaubern schien.

Jetzt probierte sie das Lenken. Schneefeuer reagierte auf jeden sanften Schenkeldruck, Kurve um Kurve flogen sie höher und tiefer, Kim konnte gar nicht genug davon bekommen. Sie schmiegte sich eng an den Körper ihres Tieres, und Schneefeuer ging in den Gleitflug über. Stille. Sie wurden umfangen von Stille. Nur die sanften Gesänge der Vögel begleiteten sie bei ihrem Flug.

Als Kim sich aufsetzte und ihre Hand ausstreckte, glaubte sie, die wenigen Wolken, die den Himmel schwängerten, zu berühren, so weit oben flogen sie. Kim schüttelte den Kopf. Das konnte nicht sein. Das war zu schön, um wahr zu sein. So wunderwunderwunderschön. Sie hätte es nicht in Worte fassen können. Wenn sie darüber nachdachte, was für eine Freiheit es schon gewesen war, auf Sir Damons Rücken zu galoppieren, dann war das hier unbeschreiblich.

Mittlerweile hatte Kim gewendet, und flog direkt auf das Dorf zu. Kurze Zeit später schwanden die Zelte unter ihr hinweg, sie vernahm aufgeregte Rufe von den Kindern, die auf den Gassen gespielt hatten. Auch die Männer und Frauen blieben verwundert stehen oder hielten unter ihrer Arbeit inne, als der Schatten des Reiterpaars über sie hinweg stob.

Sie lächelte zu ihnen hinunter, die Krieger reckten ihre Schwerter empor und riefen etwas Unverständliches. Alle folgten ihr, die Kinder versuchten lachend, immer in ihrem Schatten zu bleiben, was ihnen nicht gelang. Das gesamte Volk rief ihr nach, ließ alles liegen und stehen, um ihr zu folgen.

Valirius hatte recht gehabt. Es war so wunderschön, den Flugwind auf der Haut zu spüren, dass es beinahe wehtat, daran zu denken, dass es nur hier möglich war. Und die ausgelassenen Rufe und Schreie des Volkes ermutigten sie, gaben ihr das Gefühl von Bedeutung.

Kim war eine Weltenreiterin.

Eine Heldin, wenn sie sich daran versuchte.

An diesen Gedanken konnte sie sich nur schwer anfreunden, aber er spornte sie an. Das war die Möglichkeit ihres Lebens!

Sie wollte gerade wenden, da ertönte das Rauschen von Whispers Flügelschlag. Kim drehte sich um und erkannte Valirius hinter sich. Er lächelte ihr zu, seine Augen strahlten vor Freude. Genau darauf hatte er hinausgewollt. Darauf, dass sie dieses Gefühl empfand.

„Und?“, rief er, als er mit seinem riesigen Drachen neben sie flog. „Ist das unglaublich oder ist das unglaublich? Zuhure fliegen tausend Mal besser als die plumpen Drachen.“

Sie musste lachen. „Ich weiß nicht. Mir gefällt beides. Aber Schneefeuer, sie scheint mich viel besser zu verstehen. Und das Gefühl ... das ist einfach etwas ganz anderes. Ein anderes Universum.“

Er nickte verständnisvoll. „Ich darf ab und zu auf den Tieren unseres Volkes fliegen. Wir haben sie einmal gezüchtet, aber jetzt, da es nicht mehr möglich ist, dass sie in dieser Welt geboren werden, haben wir nur noch die, die wir vor dem Fluch gezüchtet haben, den eine Schamanin auf die Tiere gelegt hat. Aber das ist niemals dasselbe Gefühl wie das zwischen einem Weltenreiter und seinem Tier. Davon hat mir Kaeli erzählt. Früher soll es einmal mehrere Weltenreiter gegeben haben. Drei oder vier, glaube ich. Der Erste war ein Mann der Jumias, er hat den ersten, zehnjährigen Krieg hervorgerufen. Kaeli war eine von denen, die danach kamen, um das Volk zu retten.“

Das erklärte alles. Deshalb kannte sich die Schamanin wohl so gut aus.

Der Drache sah zu Schneefeuer hinüber, und das Tier wich ihm aus. Kurz rutschte Kim zur Seite, doch sie konnte sich halten. Als sie sich wieder aufgesetzt hatte, sah sie erneut zu dem jungen Mann hinüber, der geübt in dem Sattel seines Tieres saß.

„Wirst du hier bleiben und uns helfen?“, fragte er zögernd.

Einen Augenblick lang war es still, nur das Rauschen der beiden Flügelpaare durchbrach die Geräuschlosigkeit.

„Kaeli kann dich ausbilden. Du bist kein normales Mädchen, Kim. Schneefeuer hat dich nicht einfach so ausgewählt.“

Kim atmete tief durch. Sie dachte an ihren Vater und daran, dass er sich Sorgen machte. Aber hier ging es um das Leben eines ganzen Volkes. Valirius, Muran, Kaeli ... Sie hatte in eine fremde Welt geblickt, sie konnte jetzt nicht einfach gehen und alle im Stich lassen. Aber dies war kein Spiel, die Gefahr war real ... und die Gegner grausam.

„Ich riskiere damit mein Leben“, sagte sie mehr zu sich selbst, aber Valirius hatte es trotzdem verstanden.

Er nickte.

Sie schloss die Augen. „Aber ich werde es versuchen.“

Der Platz schien den Atem anzuhalten, als der mächtige Mann auf seinem Grund entlangschritt. Er hielt die Hände hinter dem Rücken verschränkt, die Wut wie mit einem Pinsel in das knochige Gesicht geschrieben. Sein Ausdruck war erschreckend. Seine Augen glühten, und die zerfetzten Kleider und eine lange Schnittwunde von der linken Schulter zum Unterarm erinnerten an den gewonnenen Kampf. Er hatte die Hände zum Zeichen der Macht in Drachenblut gewaschen, rot rann es über seine Handfläche.

Sein Atem brachte den Tod.

Aslec. Der König des Schattengebirges.

Im ganzen Land war er gefürchtet, der Mörder, der Krieger, der König. Gefürchtet als der, der dem Tod den Atem lieh. Niemand, kein einziger Tauruit hatte je gegen ihn zu rebellieren gewagt, geschweige denn Widerworte gegeben.

Die Männer seines Volkes hatten sich um ihn versammelt, hatten das blutige Schauspiel beobachtet, das zwischen den brennenden Fackeln ausgetragen worden war. Ein Lächeln huschte über das Gesicht des Königs und blieb triumphierend an seinen Lippen hängen.

„Jeder von euch", begann er, „jeder hat gerade miterlebt, wie ich diesen Spion getötet habe. Er hat sich in der Nähe meines Hauses aufgehalten, und wie jeder von euch weiß, bestrafe ich fremde Spione mit der Herausforderung, gegen mich zu kämpfen, welche meist", er stieß ein höhnisches Lachen aus, „entschuldigt, *immer* mit dem Tod endet. Dieses Jahr sind wir den Jumias an Kraft und Anzahl weit überlegen, das Land gehört so gut wie uns." Seine Stimme wurde lauter. „Und deshalb werden wir einen Präventivschlag starten, der in zwei Monaten beginnen wird. Jeder von euch spielt ab jetzt eine meiner Karten aus, die ich nur richtig einsetzen muss, um mich an den Eingeborenen zu rächen. Jeder von euch weiß, weshalb. Das ist unser Land, nicht das dieser Jumias. Dazu gibt es einige, an denen ich sehr gerne Rache üben will, wie zum Beispiel an dieser Schamanin. Ich weiß nicht mehr genau, wie sie heißt, aber sie hat meine Frau getötet." Er wurde kurz ernst. „Und damit hat sie sich sozusagen mit mir verabredet. Zum Tode."

Er lachte kurz auf. „Ich glaube, dass die Jumias es bereits wissen. Mein Sohn hat uns verraten. Mein kleiner Lügner, mein Schattenprinz, ist mit Whisper zu ihnen aufgebrochen und scheint mit ihnen zu ziehen." Er hielt kurz inne und blickte nachdenklich in die Runde, bevor er fortfuhr. Seine Männer raunten erschrocken auf, als er den Verrat seines Sohnes ansprach, und sie begannen untereinander zu flüstern.

„Sie haben eine Verbündete, eine Weltenreiterin. Diese Göre besitzt eines der überaus mächtigen Tiere, einen Zuhur. Sie könnte zu einer Gefahr werden, die wir als Erstes beseitigen müssen. Krieger, ich erwarte einen blutigen Kampf, der mit unserem Triumph enden wird!"

Als Antwort grölten seine Männer und reckten ihre Waffen in die Höhe.

Ja", dachte Aslec. „Wir sind so weit."

Muran hatte das Gesicht zu dem brennenden Feuer gewandt. Schweiß perlte auf seiner Stirn, er ballte die Fäuste. Das war sein Kampf. Es könnte auch sein letzter sein. Gerade deshalb würde er sein Bestes geben.

Dieser Bastard. Dieser Mörder.

Aslec begann bereits den dritten Krieg, von denen Muran zwei miterlebt hatte. Der letzte war entbrannt, als er noch ein Baby war. Alle hatten erwartet, dass sich der König des Schattengebirges besann, nachdem Kaeli seine Gemahlin getötet hatte. Das ganze Volk wusste von dieser Geschichte. Doch statt sich geschlagen zu geben, schwor er nun erst recht auf Rache. Aslec liebte den Tod. Er spielte gern mit ihm, meist mit dem sicheren Wissen, ihn sicher über den Gegner herfallen zu lassen. Manche Jumias glaubten, er selbst sei der Tod.

Ein Teufel.

Muran war sich sicher, ihm das heimzahlen zu können.

Während er die Flammen vor sich beobachtete, welche ziellos in die Höhe schossen, legte sich eine Hand auf seine Schulter.

Er fuhr herum. „Kaeli."

Die Alte lächelte angestrengt. „Kim bleibt hier."

Einen Moment lang versetzte es ihm ein Stich ins Herz, wenn er daran dachte, was für ein Fehler das war. „Sie sollte nicht hier bleiben. Das weißt du besser als ich", sagte er.

„Valirius hat sie überredet", stellte sie fest.

„Er bringt nur Unglück. Er gehört verbannt. Wir haben seine Warnung ... wieso will er bleiben? Er sollte sich zu seinem eigenen Blut zurückziehen, anstatt so zu tun, als sei er einer von uns. Das ist er nicht. Das wird er niemals sein. Ich bitte dich, Schamanin, verbanne diesen ... diesen Verräter. Valirius gehört nicht in unsere Reihen."

Kaeli Neai senkte den Blick. „Muran ..."

„Nein. Ich will nichts davon hören, er sei guten Grundes hier oder die Göttin habe ihn gesandt. Überlege doch mal! Was, wenn er ein Spion ist? Wenn das mit dem Krieg stimmt, er aber hier nur spioniert, um seinem Vater zu sagen, wie wir vorgehen? Welche Waffen wir haben? Kaeli! Das kann nicht sein Ernst sein, dass er es gut meint!"

„Muran!" Ihre Stimme durchschnitt seine Worte wie ein scharfes Messer. „Ich glaube, was den Kontakt zu der Göttin angeht, bin ich doch etwas erfahrener als du! Er hat gebeten, sich uns anschließen zu dürfen. Und darum geht es nicht. ER hat Kim überredet. ER setzt sich für uns ein. Muran, das würde er nie einfach so tun. Und sein Ausdruck ist ehrlich. Versuch es zumindest, ihn nicht als Feind anzusehen."

Einen Augenblick lang versank sie in Schweigen.

„Außerdem geht es nicht um ihn, sondern um den Krieg und Aslec. Deshalb bitte ich dich um Folgendes: Ich möchte, dass du sie beschützt. Ich möchte, dass ihr nichts widerfährt. Ich weiß nicht, wie viel Zeit dir noch bleibt, wie viel Zeit uns noch bleibt, aber du musst dein Bestes geben. Aslec ist stärker denn je."

„Das ist also ihr letztes Wort?"

„Ja. Ich bin mir sicher. Doch ich bezweifle, dass sie hierbleibt, wenn sie merkt, mit wem sie es zu tun hat. Aslec wird es auf sie abgesehen haben, da sie einen Zuhur besitzt. Muran, er wird sie töten, wenn wir ihr nicht helfen."

Damit war es besiegelt. Kim würde bleiben. Jetzt war ihr Schicksal unabwendbar. Das Schicksal aller, die im Dorf lebten. Auch das von Muran.

Kim suchte nach Muran. Muran suchte nach Valirius. Valirius suchte auch. Doch er suchte etwas anderes, etwas, wovon weder Kim noch Muran wussten. Er war mit seinem Drachen ins Gebirge geflogen, dorthin, wo er seit seiner Kindheit etwas versteckt hatte. Valirius nahm einen Umweg, um nicht über das Dorf seines Vaters fliegen zu müssen. Die Nacht zog ihre Schatten über das Land, der Mond warf ein kreisrundes Spiegelbild über die sanften Wellen des Meeres, auf dessen Oberfläche die Wasserdrachen nach Kleinfischen jagten.

All das konnte er sehen, dazu sah er die Phanalon, die schönsten Tiere, die das Schattengebirge zu bieten hatte. Sie saßen wie Schatten in den Nischen, die in den Felswänden klafften, und sahen ihm zu. Sie gehörten zu einer seltenen Drachenart, und sie konnten kein Feuer speien. Ihre Größe glich der eines mittelgroßen Pferdes, sie hatten lange Beine und einen kurzen Rumpf. Die Hälse waren sehr breit und länglich, ihre Köpfe schmal und gerade. Am Hinterkopf prangten zwei lange, dünne Hörner und von der Stirn bis zur Schwanzspitze verliefen senkrecht Streifen am weißen, gespenstisch wirkenden Körper herunter wie tropfendes Blut.

Als würden sie ihn erkennen, flog einer von ihnen auf und stieß einen lauten Schrei aus. Das Geräusch war krächzend und hell, laut schallte es zwischen den umliegenden Bergen wider. Früher hatte er sie immer mit toten Ratten gefüttert, und sie hatten ihm die Hände geleckt.

Ein wenig plump flog das Tier auf Whisper zu, seine Flügelschläge rauschten laut. Noch ehe er in Reichweite war, grollte der Drache wütend und fletschte die Zähne.

Dann zeigte er ihm noch eine kleine Stichflamme und der Phanalon suchte mit hellem, hilfesuchendem Geschrei das Weite.

Erneut waren sie von Stille umgeben. Der Krieger sah dem fremden Tier lange nach, bis es im Schatten eines Berges verschwand.

Doch sie kamen dem Ziel näher, Valirius spürte es. Er war oft mit Whisper dorthin geflogen, seit er den Ort in seinem sechsten Lebensjahr entdeckt hatte. Den Drachen hatte er zum fünften Geburtstag bekommen, um die Kunst des Fliegens zu erlernen und Verantwortung zu übernehmen. Damals war auch Whisper noch recht klein gewesen, doch gerade groß genug, um einen kleinen Jungen zu tragen. Sie hatten viele Abenteuer erlebt, und der eine Ort war ihr Versteck gewesen. Immer, wenn Valirius schlechte Laune oder Kummer gehabt hatte, war er mit Whisper dort abgetaucht. So einen Ort vergaß man nicht. Nie. Es war wie eine Narbe: Mit der Zeit spürte man es nicht mehr, aber vergessen würde man es nie.

Valirius lenkte seinen Drachen nach rechts, und das Tier atmete geräuschvoll aus. Auch Whisper schien zu spüren, was sein Reiter vorhatte.

Auf dem Berg, der sich vor ihnen erhob, lag eine Plattform. Auf ihr stand eine große Weide, derer Äste sich in einer leichten Böe wogten. Es schien kalt und düster, als Valirius seinen Drachen zur Landung brachte. In dem Geäst der Weide saßen keine schlafenden Vögel wie auf all den anderen Bäumen, und über den Boden huschten keine Echsen, so wie sie es früher getan hatten. Ausgestorben. Vollkommen ausgestorben lag der Ort vor ihnen.

Wenn man genau hinsah, konnte man den Eingang zu einer Höhle erkennen, der sich hinter dem großen Baum befand. Er blieb vielen Blicken verborgen, doch Valirius war er vom ersten Moment an aufgefallen.

Der junge Mann stieg von seinem Drachen ab und lobte ihn kurz, ehe er zielstrebig auf das große Loch in der Steinwand zuging. Wenige Blätter raschelten vom Wind getrieben über den Boden und durchspalteten die Stille. Wenn man versuchte, in das Innere der Höhle zu sehen, konnte man nichts erkennen. Valirius spürte Whispers Tritte hinter sich und wusste, dass auch dem Drachen der magische Ort bekannt vorkam.

Plötzlich züngelte eine Flamme knapp an der Schulter des jungen Kriegers vorbei, direkt in das finstere Loch hinein, und innen loderte ein Lagerfeuer auf. Whisper hatte die Feuerstelle getroffen. Valirius lächelte. Typisch Whisper. Langsam, ganz vorsichtig, machte er einen Schritt in die Höhle hinein. Und hielt den Atem an. Erinnerungen wallten in ihm auf. Hunderte und Aberhunderte Erinnerungen auf seine Kindheit.

Er hatte sich so oft hierher zurückgezogen.

Aber was hat man schon, wenn der Vater ein König ist, der so rachsüchtig ist, dass er seinen Sohn ganz vergisst? Und wenn man keine Mutter hat, die all die Löcher, die der Vater in der Kindheit hinterlässt, stopfen könnte? Fast gar nichts.

Aslec hatte sich nie um seinen Sohn geschert. Valirius war ihm regelrecht egal gewesen. Erst, als es um seine Ausbildung zum Krieger ging und der Lehrer seine Talente verkündete, wurde der Schattenkönig aufmerksam auf seinen Sohn, der alles getan hätte, um die Rücksicht seines Vaters zu gewinnen. Letztendlich war es Aslec nur um die Kampfkünste gegangen. Damit er im Krieg gute Dienste leisten könnte. Wenn er dabei draufgegangen wäre, wäre es dem König egal gewesen. Hauptsache, dieser hätte seine Ziele erreicht.

Und Valirius hatte mit der Zeit begriffen, was es hieß, sich allein durchzuschlagen. Jetzt war der Augenblick gekommen, seinem Vater zu zeigen, dass er nicht wie all die Krieger nur eine Puppe in den Rachespielen seines Vaters, sondern eine eigene, selbsthandelnde Person war. Und all das Leid, das Aslec ihm angetan hatte, um ihn gefügig zu machen, würde er ihm zurückzahlen. Bis auf den letzten Schlag.

Überall lagen Reste seiner Kindheit: vom selbst gebastelten Holzschwert bis zu einfachen Figuren aus Stein. Die lodernden Schatten des Feuers brachten sie zum Tanzen.

Kurz hielt er inne und ließ seinen Blick darüber schweifen. Doch als sein Blick die steinerne Figur eines Zuhurs erkannte, riss ihn das zurück aus den Träumen. Jetzt durfte er nicht den Kopf an das verlieren, was geschehen war. Jetzt musste er auf das achten, was geschehen würde.

Mit raschen Schritten ging er auf eine der großen Kisten zu, in denen er seine Kinderschätze aufbewahrt hatte, klappte den Deckel auf und musterte den Inhalt. Nein, das, was er suchte, war nicht dabei. Also drehte er sich um, lief auf den nächsten Kasten zu, ließ den Deckel zurückschwingen und grub darin herum, auf der Suche nach einem zusammengerollten Stück Pergament. Auch dort war es nicht.

Aufgewühlt fuhr er sich durch die Haare. Er wusste, er hatte einen anderen Ort gehabt, wo er dieses besondere Stück Schrift versteckt hatte.

Die Flammen des Feuers loderten in die Luft und warfen einen trügerischen Schein gegen die Wände aus altem Stein. Als er sich aufrichtete und die Wände musterte, erkannte er das Loch. Es war nur ein kleiner Spalt, und als kleiner Junge hatte er einen Stein hineingesteckt, damit es nicht so auffiel. Doch jetzt stach es Valirius sofort ins Auge. Das war es. Hundertprozentig.

Er atmete erleichtert aus, machte einige Schritte darauf zu und zog vorsichtig den Stein aus der Nische. Er war nicht größer als ein Hühnerei, als er in seine Handfläche fiel. Damit legte er den Blick in das eigentliche Loch frei. Dort lag etwas. Zusammengerollt.

Das Pergament, das er suchte.

Kim lag neben Muran im feuchten Gras und sah in den schwarzen Himmel. Er war mit Sternen besprenkelt. Wie kleine, leuchtende Stecknadelköpfe schillerten sie den beiden entgegen. Der Himmel war wolkenlos, die Sicht auf die Sterne war klar. Und einen Moment lang war Kim so überglücklich, dass sie nach den Sternen greifen wollte, wie beim Flug auf Schneefeuer nach den Wolken.

„Weißt du, wo Valirius ist?", fragte Muran nach einer Weile. Kims Kopf drehte sich in seine Richtung, und er sah tief in ihre Augen, in denen sich die Sterne spiegelten.

„Nein. Ich habe gedacht, du wüsstest es", antwortete sie verwundert. Einen Moment lang sahen sie sich schweigend an, dann wandten sie ihre Blicke wieder zum Himmel.

„Er ist genauso schön wie bei mir zu Hause", erwiderte Kim leise.

Muran lächelte, ohne seine Augen von den Sternen zu wenden. „Der Himmel ist wahrscheinlich überall schön. Gerade nachts, wenn er uns Einblick in seine ferne Welt gewährt."

Kim nickte. „Es ist komisch, wenn man sich denkt, dass ich jetzt in einer anderen Welt bin. Das ... das ist irgendwie verrückt", stellte sie schließlich fest.

Muran sah sie verblüfft an. „Wieso ist das komisch? Wir feiern Weltenreiter, sie sind zwar selten, aber jeder von uns kennt sie. Ist es in deiner Welt nicht auch so? Wie ist es überhaupt dort? Du hast uns noch nichts davon erzählt."

Das Mädchen atmete tief aus. „Es ist anders. Vollkommen anders."

„Wie anders?"

„Also ... wie soll ich das erklären ... wir kleiden uns anders. Du hast ja gesehen, wie ich aussah, als ich gekommen bin. So etwas trägt man, wenn man reitet. Wir haben ganz gewöhnliche Pferde, habt ihr das nicht auch?"

Er sah sie fragend an. „Pferde? Ich bin mir nicht sicher, aber ich glaube im tiefen Norden haben sie so etwas. Gehört habe ich schon einmal davon, aber hier im Wald leben keine."

„Okay ... ich meine gut ... also das sind Zuhure, nur ohne Flügel und Edelstein und so ... sie sind auch viel kleiner. Solche Tiere züchten wir auf unserer Ranch."

„Was ist das, eine Ranch?" Das Wort Ranch sprach er ziemlich merkwürdig aus, und Kim lachte leise.

„Das ist ein, naja, ein Wohnhaus mit Ställen und Wiesen, wo man ... Pferde hält. Anders kann ich es jetzt nicht beschreiben. Ich wohne mit meinem Vater dort. Meine Mom, entschuldige, meine Mutter ist gestorben, als ich klein war. Jedenfalls, bei uns gibt es auch Dörfer und Städte, aber die sehen ganz anders aus. Es sind große Häuser aus Stein und Holz. Und wir können elektrisches Licht machen, das heißt, wir können auf einen Knopf drücken und es wird hell im Raum. Du musst unbedingt mal mitkommen, dann kann ich dir alles zeigen."

Sie machte eine Pause. Es war nicht gerade leicht, jemandem, der überhaupt keine Ahnung hatte, etwas von einer modernen Welt zu erzählen. Außerdem fiel ihr nicht gerade viel ein, was sie Muran erklären konnte. Schließlich gab es für sie zu Hause nichts, was absurd oder unnormal war.

Als sie zu ihm hinübersah, lächelte er. „Beeindruckend. Ist bestimmt wirklich sehr anders. Ich würde gerne einmal deine Welt sehen, wenn ich das könnte."

„Hallo, ihr zwei."

Kim und Muran sahen auf. Valirius stand vor ihnen, direkt im milchigen Licht des Mondes.

Muran setzte sich rasch auf, stützte sich auf seine rechte Hand und zog vorwurfsvoll eine Braue hoch. „Wo warst du?“

Valirius setzte sich vor ihnen ins Gras und grinste breit. „Ich habe einen Abstecher ins Gebirge gemacht ... mit Erfolg.“

Als er das Gebirge erwähnte, schluckte Muran laut. „Hast du deine Freunde mitgebracht? Ich wusste, dass du uns belügst. Ver...“ Er bemerkte Valirius verwirrten Blick, und auch Kim sah überrascht aus, über die Worte, die er soeben ausgesprochen hatte. „Kaeli hat verboten, dass man sich ins Gebirge begibt. Du solltest dich an ihre Anweisungen halten“, erklärte er knapp, während er den Schattenprinzen deutlich musterte.

„Muran. Ich habe niemanden mitgebracht“, begann Valirius langsam. „Ich hatte auch nie vor, euch zu belügen. Wenn du wüsstest, um was es hier für mich geht, würdest du mich verstehen. Versuch doch nur einmal, mir zu vertrauen. So können wir nicht arbeiten, wenn du immer gegen mich gehst. Irgendwann musst du feststellen, dass es nicht so ist, wie du meinst. Ich will nichts Schlechtes für dein Volk.“ Er sah zu Kim hinüber. „Bin ich denn so ... böse? Was mache ich denn falsch?“

Kim stand auf und sah ihn freundlich an. „Du machst nichts falsch, oder, Muran?“

Auch dieser richtete sich auf. „Nein. Offensichtlich nicht“, zischelte er zu ihr hinüber, und sie schenkte ihm einen zufriedenen Blick.

„Ich habe eine Idee“, fing Valirius vorsichtig an, und die beiden wandten sich ihm zu. „Aber ich bin nicht sicher, ob es funktioniert“, fügte er dann nach einer längeren Pause hinzu.

Es dauerte eine Weile, bis er seine Idee laut aussprach.

„Es gibt da einen Ort, wo wir Zuhure finden könnten,

wobei ich nicht weiß, um wie viele es sich handelt. Die Karte mit diesem Versteck habe ich gerade wieder gefunden, es gibt fünf von dieser Sorte, die mein Vater in verschiedenen Teilen in Tydia versteckt hat. Es ist lange her. Keine Ahnung, ob es dort überhaupt noch Tiere gibt. Aber einen Versuch ist es wert, ich meine, wir könnten ... Kaeli und Muran könnten versuchen, gewählt zu werden. Ich weiß, die Chance ist gering, aber Kaeli war Weltenreiterin. Sie hat eine Verbindung zur Göttin. Wenn wir sie bitten, zu Zuhra zu beten, haben wir vielleicht eine Chance!

Ich habe diese Karte früher einmal gefunden und an mich genommen. Ich habe sie geholt in der Hoffnung, dass die alten Erzählungen mehr als Legenden sind, und dass es dieses Versteck tatsächlich gibt. Ich denke, dass es besser ist, danach zu suchen, als hier dumm herumzusitzen und den anderen bei der Arbeit zuzusehen." Valirius atmete aus.

Zunächst kam kein Kommentar von Kim oder Muran. Es herrschte Stille, nur die Blicke der beiden lasteten schwer auf seinen Schultern.

„Sagt schon. Wie findet ihr die Idee?", fragte er schließlich unsicher.

„Wieso tust du das eigentlich?", fragte Muran nach einer Weile.

„Was?"

„Uns helfen?"

„Weil ich ihn hasse. Und glaube mir, ich habe eine solche Wut, dass ich nicht davor zurückschrecke, ihn zu töten. Koste es, was es wolle."

„Deinen Vater?", fragte Kim vorsichtig.

„Ja. Aber der ist kein Gespräch wert."

Valirius wandte sich kurz ab. Es war offensichtlich, dass er über dieses Thema nicht sprechen wollte, und Kim fragte sich im Stillen, was er wohl alles mit Aslec miterlebt haben musste. Den eigenen Vater so zu hassen, dass man sein Volk dafür verriet.

Valirius schwieg eine Weile, dann drehte er sich wieder zu ihnen. „Also? Wer ist mit dabei?"

Still hoben die beiden Jugendlichen vor ihm die Hände.

„Gut. Wir haben noch etwa einen Monat bis zu dem Angriff meines Vaters. Bis dahin haben wir viel zu tun."

# 6

Valirius behielt recht. Kims Ausbildung begann am nächsten Morgen. Das Mädchen lag noch schlapp in ihrem Lager, als Kaeli ihr einen Kübel kaltes Wasser über den Kopf schüttete. Sofort schoss sie von ihrem Kissen hoch, wischte sich einige Tropfen aus den Augen und sprang aus dem Bett. Keuchend sah sie sich um und schüttelte die Hände aus. Als sie die alte Frau bemerkte, die in ihrem Zelteingang stand, erkannte sie ein verschmitztes Lächeln auf deren Lippen.

„Was sollte das eben?“, fragte sie müde, während sie an sich hinuntersah. Das weite Hemd, das ihren Körper bedeckte, war voller Wasser, und ihre Haare klebten nass an ihren Schultern. Kalte Tropfen rannen über ihre Stirn, die sie hastig mit dem Handrücken wegwischte.

„Du bist spät dran, beeil dich! Wir müssen in den Wald“, antwortete Kaeli knapp und verschwand ohne weitere Erklärungen aus dem Zelt, wobei sie die verwirrte Kim rücksichtslos stehen ließ.

Es dauerte eine Weile, bis Kim in die Gänge kam. Sie entdeckte ein Handtuch und eine Schale Wasser, mit der sie sich waschen sollte. Daneben lagen ein grober Kamm und ihr Kleid, allem Anschein nach frisch gewaschen.

Sie kniete sich hin, setzte die Schale vor ihren Knien ab und ließ langsam Wasser in ihre zusammengeformten Hände laufen. Dann hielt sie die Luft an, schloss die Augen und klatschte es in ihr Gesicht. Es war eiskalt. Definitiv noch kälter als das, was Kaeli über sie geschüttet hatte.

Sie keuchte auf, als sie die Augen öffnete, und die kalten Tropfen auf ihr Hemd fielen. Kim zitterte ein wenig, während sie sich das Handtuch fingerte. Es war weich, aber schien nicht aus Stoff.

Seufzend vergrub sie ihr Gesicht darin, fühlte, wie das Handtuch die kalten Tropfen aufsaugte. Dann legte sie es zur Seite und zog sich um. Das Kleid war warm, so, als wäre es von der Sonne angeschienen worden, und roch frisch wie eine Blumenwiese.

Draußen schien die Sonne, doch über dem Boden herrschte eine angenehme Temperatur, da der Himmel fast ganz mit einem weißgrauen Wolkenflaum bedeckt war. Mittlerweile fand Kim sich gut im Dorf zurecht, sie wusste, welche Wege sie einschlagen musste, um zum Feld zu gelangen.

Schneefeuer stand wie immer am Rande des Dorfes, doch sie war an diesem Tag nur der Treffpunkt. Heute war Bogenschießen angesagt.

Muran stand bereits bei Schneefeuer, als Kim und die Schamanin ankamen. Valirius landete mit seinem Drachen, er hatte noch eine schöne Runde mit Whisper gedreht, bevor das Training begann. Als auch Kaeli ankam, versammelten sich die drei Jugendlichen um sie herum und hörten zu.

„So", begann sie zu sprechen. „Wir haben nicht viel Zeit, um euch auszubilden. Das ist kein Spiel, sondern großer Ernst. Ich möchte, dass ihr gewissenhaft mitarbeitet, nur so habt ihr eine Chance, alles – oder eine große Menge – zu lernen."

Muran sah zu Kim hinüber. „Was machen wir mit ihr? Sie kann überhaupt nichts."

Mit seinen Worten blieben die Blicke der anderen an

ihr haften. Sofort spürte sie, wie ihr das Blut in die Wangen schoss. So eine Gemeinheit! Kim warf ihm einen giftigen Blick zu. Schon wie er das *überhaupt nichts* betont hatte, gab zu erkennen, wie sehr er davon überzeugt war, dass sie es unmöglich schaffen konnte, im Krieg zu überleben, ganz im Gegenteil zu ihm. Gut, sie hatte eben noch nicht gelernt, sich Essen zu beschaffen, ohne in einen Supermarkt zu gehen. Und? Jeder fing einmal klein an.

Der Rotschopf hatte seinen großen Bogen aus hellem Holz in der rechten Hand und trug einen Köcher voller Pfeile um die Schulter.

„Mit was schießen wir? Ich meine, ich und Kim“, erkundigte sich Valirius bei Kaeli. „Wir beide haben weder Bogen noch Pfeile.“

Kaeli lächelte. „Dafür habe ich schon gesorgt. Wir müssen nur beim Waffenmeister vorbeischauen. Danach gehen wir in den Wald. Und ihr beiden“, sie wies auf ihn und Muran, „ihr werdet heute mehr an eurer Schwertkunst arbeiten, da ihr das Bogenschießen gut beherrscht, soweit ich weiß. So kann ich euch auch eine Weile allein arbeiten lassen und mich um Kim kümmern.“

Sie machte eine Handbewegung, ihr zu folgen, und führte die drei ins Menschengetümmel. Die Jumias blieben überall stehen und ließen sie ehrenvoll vorbeigehen, ihre Blicke blieben an Kim und Valirius hängen.

„Warum schauen die mich so an?“, flüsterte sie Valirius zu.

„Du bist hier so etwas wie eine Berühmtheit, weißt du“, gab er zurück. Dabei erkannte sie ein breites Grinsen auf seinen Lippen. „Vergiss nicht, du bist die Weltenreiterin. Die letzte Weltenreiterin. Außerdem setzen sie große Hoffnungen in dich.“

Kim seufzte ergeben. „Das kann ja noch heiter werden“

Das Zelt des Waffenmeisters war sehr groß, doch es war bereits ein wenig mürbe. Das Leder, das auf die Holzpfeiler gespannt war, war von dunkler Farbe, sodass es ein wenig unfreundlich und kalt wirkte. An den Wänden lehnten die Waren, Schwerter, Gürtel, Äxte, Pfeile, Dolche und Speere des Schmieds. Zu dieser Zeit herrschte Hochbetrieb.

„Es gibt mehrere Waffenmeister, doch Hege vertraue ich am meisten. Er hat schon sehr viele Waffen geschmiedet“, erklärte die alte Dame, als sie vor dem Eingang innehielt. „Er weiß genau, welche Art Waffe zu welcher Person passt.“

Dann traten sie ein. Der Innenraum war recht groß, moderiger Geruch hing zwischen den Waren. Auch hier stapelten sich Waffen: auf Regalen, am Boden, an die Wände geneigt. Hinter einer Theke saß Hege.

Er war alt, sein Gesicht war durchzogen von tiefen Falten. Sein Haar war dunkelgrau und ein Vollbart umrundete seinen Mund. Kim musterte ihn durchdringend, wobei sie eine große Narbe auf seiner Stirn bemerkte.

„Schön dich zu sehen“, begrüßte Kaeli den Waffenmeister.

„Gleichfalls“, kam es dann brummend aus seiner Richtung, ohne dass man wirklich sah, ob er den Mund bewegte. „Welche Ehre habe ich, dich hier begrüßen zu dürfen, Kaeli?“

Sie trat an sein Pult. Als sie die Hände darauf stützte, flog Staub auf. „Wir brauchen eine komplette Ausrüstung für zwei Krieger.“

Er hob eine Augenbraue. „Für wen?“

Kaeli winkte Kim und Valirius zu sich.

Hege erhob sich ächzend und musterte das Mädchen von oben bis unten. „Du bist das also. Die Weltenreiterin.“

Kim kam sich gefangen vor, sein Blick hielt sie fest. Es dauerte lange, bis er von ihr abließ.

„Wie alt bist du?“, erkundigte er sich.

Sie machte ein verwirrtes Gesicht. „Was hat das damit zu tun?“

Er lachte. „Ich muss wissen, wie schwer die Waffen sein dürfen, Schätzchen.“

„Ich werde dieses Jahr sechzehn“, erklärte sie zögerlich.

Er kam hinter der alten Theke hervor. „Ich weiß schon ungefähr, was ich für dich brauchen könnte. Was soll alles dabei sein, Kaeli?“

Die Schamanin wandte sich ihm zu. „Wie bitte?“

„Was soll alles dabei sein?“ Er hustete.

„Das Übliche. Bogen, ein, zwei Dolche, ein langes und ein kürzeres Schwert, ein funktionaler Köcher mit mindestens zehn Pfeilen und ... nein, das war's. Dasselbe auch für ihn“, sagte sie und zeigte auf Valirius.

Hege nickte. „Zu dem komm ich nachher.“

Er wandte sich ab und durchkämmte die Reihen an Waffen, die am Boden lagen. Die Schwerter glänzten poliert, die Bogen waren nicht bespannt.

„Sucht ihr etwas Besonderes?“, fragte er sie nach einiger Zeit.

„Eigentlich nicht. Nur etwas, dass gut in ihrer Hand liegt. Sie ist zierlicher als die Krieger.“

„Habt ihr es eilig?“

„Nein, nein. Hege, lass dir ruhig Zeit, wir können warten.“

„Gut. Ihr könnt es euch auf den Stühlen gemütlich machen. Zeha kommt gleich, sie macht euch bestimmt Kaffee.“

Kim konnte die Freude in seinem Blick sehen, als er seine geschmiedeten Waffen untersuchte. Es schien ihm richtig Spaß zu machen, diese Arbeit zu verrichten, gerade jetzt, wo besondere Kundschaft gekommen war. Ihr war nicht klar, woher der alte Hege und Kaeli sich kannten, doch in der Dorfgemeinschaft waren sie sich mit Sicherheit schon oft begegnet.

Jetzt blieb sein Blick hängen. Er schluckte. „Ich hätte da etwas für sie. Es ist kein leichtes Schwert, aber es ist eins meiner Favoriten."

Kaeli war gespannt, sie nickte Kim aufmunternd zu.

Hege ging in das Halbdunkel des Zeltes und nahm ein schmales Schwert in seine grobe rechte Hand. Im Halbdunkel war es kaum zu erkennen, doch schon jetzt bekam das Mädchen eine Gänsehaut.

„Du hast Glück, es ist das Letzte von seiner Art, das ich hier habe", lächelte der alte Mann und kam näher. Als der Lichtschein, welcher durch den Eingang fiel, die Klinge berührte, erstrahlte diese grell.

Die Klinge war sehr lang und schmal. Viele kleine Gravuren schlängelten sich auf ihr entlang und ließen sie ungeheuer wertvoll erscheinen. Als er ihr das Schwert erwartungsvoll entgegenreichte, nahm sie den Griff in die Hand. Er schmiegte sich förmlich zwischen ihre dünnen Finger, doch im ersten Augenblick war sie überrascht über das enorme Gewicht, das in der Waffe steckte. Der Griff war vergoldet und auch auf ihm waren wunderschöne Muster eingezeichnet. Ganz unten saß ein Saphir, der von der Farbe perfekt zu dem Edelstein passte, der auf Schneefeuers Stirn saß. Hege setzte sich plump auf einen Hocker neben sie und bat sie, näher zu ihm zu kommen.

Dann sollte sie ihre zierliche Hand in seine großen Pranken legen, und er umschloss sie sanft. Dann sah er zu ihr auf.

„Es passt perfekt in deine Hand", flüsterte er. „Ich habe es vor langer Zeit geschmiedet, es suchte ewig nach dem richtigen Besitzer. Solch ein Schwert verdient genau den, der das Schwert verdient." Seine Augen funkelten auf wie die eines Kindes. „Und diese Person hat es gefunden. Viele glauben nicht an so etwas, aber das ist mein Motto, weißt du? In manchen Dingen steckt unvorhersehbare Magie, wenn man sie nur zu deuten weiß."

„Gefällt es dir?", wollte Kaeli wissen und unterbrach die beiden. Anscheinend hatte sie das Gespräch zwischen Waffenschmied und Weltenreiterin nicht bemerkt. Hege wich lächelnd von Kim zurück.

Kaeli durchbohrte sie beinahe mit ihrem durchdringenden Blick.

Ein Lächeln huschte über Kims Gesicht. „Oh ja, es ist wirklich bezaubernd. Ich weiß nur nicht, ob ich damit arbeiten kann. Es ist ziemlich schwer."

Hege trat einen Schritt zurück. „Probiere doch mal."

Kurz zögerte sie, dann machte sie einen Schritt nach vorn, stieß es in die Luft, drehte sich um und durchschnitt die Staubwolke, die aufgeflogen war, als sie die Füße über den Boden gleiten ließ.

„Passt doch", schaltete Valirius sich ein.

Muran saß nur still da, was Kim langsam aufregte. Was war nur mit ihm los?

Kim musterte das Schwert noch einmal von oben bis unten, während Hege bereits nach einem kürzeren Exemplar suchte. Er fand schnell das Richtige. Es war nicht so hübsch verziert wie das lange Schwert, einfacher geschmiedet und hatte eine gröbere Klinge, doch es war viel leichter und handlicher. Hege hatte für jedes der Schwerter einen angepassten Schaft, den er an einen tiefbraunen Gürtel befestigte.

„Ist das in Ordnung so?", fragte er, als Kim den Gürtel um ihre Taille schwang und zuzog.

Sie nickte still und begutachtete sich im Spiegel.

„Sieht toll aus", gab Kaeli zu und lächelte. „Jetzt fehlt nur noch der Bogen. Ich würde sagen, sie braucht einen mittelgroßen, mit dünner, elastischer Sehne und einem richtig robusten Griff."

„Ich muss mal nachschauen, die Bogen stehen vor dem Zelt." Damit verschwand er durch die Luke und ließ die Gruppe kurz allein.

„Bist du zufrieden?", fragte die Schamanin, während sie das Mädchen noch einmal gründlich in Augenschein nahm. „Hege hat wirklich ein gutes Auge, was Waffen angeht. Gerade bei dir ist es schwer, es gibt selten Mädchen, die in den Kriegsdienst gehen."

Kriegsdienst. In diesem Moment bildete sich wieder ein Kloß in ihrer Kehle, wenn sie das hörte.

Kim nickte schließlich, und Hege erschien wieder. Er hatte drei verschiedene Exemplare mitgebracht. Die beiden ersten waren zu groß und zu grob, doch der letzte war vielversprechend. Er war dunkel gebeizt und über und unter dem hellen, ledernen Griff mit eingravierten Mustern geschmückt. Die Sehne war wirklich sehr dünn und elastisch.

Auch Kaeli nahm ihn in die Hand. „Schönes Modell", sagte sie und überreichte ihn Kim. „Ich finde, er passt zu dir, obwohl ich normalerweise die Klassiker bevorzuge."

Das Mädchen lächelte. „Die Muster gefallen mir am besten."

Valirius lachte. „Das merkt man."

„Gut. Dann haben wir das ja. Die Pfeile sind nicht so schwierig, wir nehmen einfach fünfzehn von denen da." Kaeli zeigte zu einer Ablage.

Hege stimmte zu und nahm sich die Ware, maß sie ab und legte sie auf sein Pult. „Der Schaft ist ganz frisch geschliffen worden. Als Köcher eignet sich bei der Länge dieser." Er holte unter dem Pult einen Köcher aus dunklem Leder hervor, welcher beinahe perfekt zu dem Bogen passte. „Wir wollen doch, dass unsere Weltenreiterin keine Pfeile verliert." Er lächelte kurz und sah Kim beinahe mitleidig an, als wüsste er bereits jetzt, was ihr bevorstand.

Der Waffenmeister passte den Köcher genauestens an,

und als sie fertig waren, drehte Kim sich vor dem Spiegel. Jetzt sah sie beinahe aus wie eine Kriegerin. Nur ihre feinen Züge verrieten das Mädchen in ihr. Als sie im Spiegel auch Murans Gesicht erkannte, schwand die Einstellung sofort wieder, und das Lächeln auf ihren Lippen verebbte. *Du bist nur ein Mädchen. Und du wirst immer eins bleiben.*

„Also wenn da der Gegner nicht vor Angst bibbert", gab Valirius zu, und riss sie aus den Gedanken. Als Kim sich umdrehte und ihm einen verspielt vernichtenden Blick zuwarf, lächelte er. „Zumindest, wenn sie dann weiß, wie man mit diesen Waffen umgeht ..."

Hege lachte. „Das wird Kaeli sie schon noch lehren, Junge. Alte Frau oder nicht, sie beherrscht diese Waffen besser als du und Muran zusammen."

Valirius hob die Brauen und senkte den Blick. Muran zeigte keine Reaktion, und Kaeli zuckte gelassen mit den Schultern. „Danke für das Kompliment, Hege. Aber wir brauchen jetzt erst einmal dieselbe Ausstattung auch für Valirius."

Der Mann nickte und machte sich erneut ans Werk.

Valirius sah ohnehin schon aus wie ein würdiger Gegner, doch nachdem Hege ihn mit seinen Waffen ausgestattet hatte, sah er aus wie ein erwachsener Krieger. Ein langes Schwert mit silbernem Griff steckte in einem edlen Schaft, daneben eine kurze, extrem scharfe Waffe. Zwei Dolche schmückten die andere Seite des Gürtels, und sein fast schwarzer Bogen hing ihm um die Schulter. Der Köcher barg dieselben Pfeile wie der von Kim.

„Fertig", sagte der alte Mann zufrieden und begutachtete sein Werk.

Als andere Kunden erschienen, stand Kaeli auf. „Wie viel macht das, Hege? Entschuldige den schnellen Aufbruch, aber wir haben viel zu tun, wenn du verstehst, was ich meine."

Er warf den Jugendlichen einen kurzen Blick zu, und sie schlenderten zum Pult. „Nichts. Ich begleiche damit meine Schulden bei dir, Kaeli. Wir sind jetzt quitt“, hörte Kim ihn sagen. Sie sah den bedeutenden Blick, den die Erwachsenen austauschten, und wollte gerade neugierig nachhaken, als Kaeli sich zu ihnen umdrehte und sie und die beiden Jungen aus dem Zelt schob. Dabei warf Kim Hege einen letzten Blick zu, den er freundlich erwiderte.

„Dann wollen wir mit dem Training beginnen, Jungs“, sagte sie, kaum dass sie ins Tageslicht getreten waren.

Valirius sah sie vorwurfsvoll an und lächelte. „Hast du Kim vergessen?“

„Sie muss jetzt denken wie ein Krieger. Wie schon gesagt, sie muss beinahe untergehen in unserem Heer. Dein Vater hat dort Augen, wo wir es uns niemals vorstellen könnten. Er weiß, dass sie ein Mädchen ist und dass wir sie schützen, so gut es geht.“

Kim schluckte. Vielversprechende Zukunft also.

Die Sonne brannte mittlerweile heiß vom Himmel, keine einzige Wolke beschattete das Land, da die Wolkendecke gewichen war. Der Weg vor ihnen war staubig und trocken. Das Vieh lag in den wenigen Schatten, den die Zelte warfen, und die meisten Kinder und Frauen schienen sich ins Innere ihrer Behausungen zurückgezogen zu haben. Auf dem Marktplatz war jedoch überraschend großer Trubel, unglaublich viele Menschen standen am Brunnen an, um Wasser zu holen.

„Furchtbares Wetter“, gab Kaeli zu, als sie die Richtung wechselten.

„Was ist los? Wo gehen wir hin?“, hörte Kim Muran fragen. Sie sah zu ihm hinüber. Er sah starr geradeaus.

„Wir gehen in den Wald, das erwähnte ich doch schon“, erklärte die Schamanin, während sie sogar noch an Tempo zulegte.

Kim spürte die Waffen an ihrer Hüfte, den Bogen, der ihr in die Schulter schnitt. Es war wahr. Sie war den Schritt gegangen. Ihr altes Leben erschien ihr unendlich weit weg. Fast so, als hätte es nie existiert, als wäre es nur geträumt gewesen. Hier war die Realität. Alles war wahr. Sie begaben sich direkt in einen Krieg. Sie war diesen Schritt mit dem Volk der Jumias gegangen. Einen Schritt nach vorne ...

Nun gab es keinen Weg mehr zurück.

Im Wald war es erfrischend kühl. Das Moos verschluckte ihre Schritte, nur das Laub raschelte ein wenig unter ihren Füßen.

Kim spürte, wie Valirius sie anstieß. „Aufgeregt?", fragte er, während sein Blick verriet, wie sehr er sich freute.

Sie zuckte die Schultern. „Ich weiß nicht."

Ein Bimba huschte ins Unterholz, ein Vogel flog kreischend auf. Der Wald war lebendig. Er atmete laut. Immer wieder spalteten sich Sonnenstrahlen zwischen den Ästen der Bäume hindurch und ließen sich auf dem Erdboden nieder.

„Es wird dir gefallen", sagte Valirius aufmunternd. „Du wirst sehen, Bogenschießen ist wahnsinnig schön. Außerdem hilft es, sich sicherer zu fühlen."

Sie erwiderte den Blick, mit dem er sie ansah, und versuchte zu lächeln. „Vielleicht. Ich weiß nur immer noch nicht, wie ich hier bleiben will. Das ist eine Nummer zu groß für mich, und selbst Kaeli hat das gesagt. Ich sage es nicht gerne, aber ich habe Angst."

Er legte vorsichtig eine Hand auf ihre Schulter, und zuerst wollte sie sie wegschieben. Dann aber ließ sie sie liegen. „Ich glaube, dass du es kannst. Nur deshalb habe ich vorgeschlagen, dich hier zu lassen. Zuhra hat dich, wie schon erwähnt, nicht einfach so erwählt. Da muss mehr dahinter stecken."

„Wir sind da", rief Kaeli plötzlich, und das kurze Gespräch war beendet.

Valirius zog seine Hand zurück.

Kim erwartete einen Trainingsplatz, als sie aufsah. Doch alles, was sich in ihrem Umkreis befand, waren Hunderte Baumstämme und eine einfache Lichtung.

„Da bin ich ja mal gespannt", erwiderte Valirius.

Kaeli setzte sich auf einen Baumstumpf, und ihre Schüler versammelten sich um sie.

„Ich weiß nicht, wie viel du schon kannst, Valirius. Ich habe gehört, du seist ein guter Schwertkämpfer. Ich würde das gerne einmal sehen. Muran, du bekommst meine Waffe." Während sie das sagte, zog sie ein langes Schwert unter ihrem Kleid hervor. Als sie die überraschten Blicke auf sich ruhen fühlte, erklärte sie nur: „Ich bin nie unbewaffnet." Dann drückte sie dem Jungen die Waffe in die Hand und deutete auf die Lichtung. „Ich würde gerne einen Kampf sehen." Sie lächelte und drohte scherzhaft mit dem Zeigefinger. „Bitte ohne Verletzungen."

Kim ließ sich neben ihr nieder.

„Schau dir ihre Bewegungen genau an. Auch du wirst das lernen", sagte Kaeli zu dem Mädchen. „Als ich sagte, wir würden nur Bogenschießen, habe ich mich versprochen. Wir werden, aufgrund der kurzen Zeit, wohl alles kurz einführen."

Kim nickte verständnisvoll und lenkte ihre gesamte Aufmerksamkeit auf die beiden jungen Männer, die sich auf der Lichtung gegenüberstellten.

Kaum hatten die Krieger ihren Platz eingenommen, ging Muran auf Valirius los wie ein wildes Tier. Doch sein Gegner parierte den Angriff, fuhr mit seiner Klinge an der des Jungen entlang und lächelte. „Es ist gefährlich, das Schwert mit einem Tauruiten zu kreuzen. Pass genau auf, was du tust."

Muran hob eine Augenbraue. „Als ob ich das nicht tun würde …“

Valirius lachte auf. Als sein Gegenüber ein verblüfftes Gesicht machte, stieß er unerwartet nach vorn und hätte Muran mit dem Angriff töten können, hätte er nicht kurz vor seiner Magengrube innegehalten.

Jetzt machte der junge Jumias einen Schritt nach rechts, woraufhin Valirius in die andere Richtung auswich. Sie umkreisten sich eine Weile, bis Muran wieder einen Angriff startete.

Doch Valirius blockte die Klinge auch dieses Mal ab, machte einen Satz zurück und stach nach vorn. Kim war überrascht, mit welcher Leichtigkeit er das Schwert führte, seine Bewegungen waren schnell und trotzdem nie unüberlegt. Ob sie das auch so hinbekommen würde, war dahingestellt.

Kaeli hob die Hand und die beiden hielten inne. „Ich sehe schon. Darin bist du wirklich gut, also brauchen wir uns keine Sorgen zu machen.“

Muran warf Valirius einen vernichtenden Blick zu, doch sein Gegner erwiderte diesen nicht. Er ließ das Mädchen nicht aus den Augen, und als sich ihre Blicke trafen, zwinkerte er ihr zu. Dann trat er einen Schritt auf Kaeli zu. „Ich könnte Kim zeigen, wie es geht. Währenddessen könntest du dich mit Muran beschäftigen, Kaeli“, schlug er vor, und sie sah ihm unsicher ins Gesicht.

„Wer sagt, dass wir es nicht andersherum machen?“, fragte die alte Dame herausfordernd. „Muran hat schon etwas mehr Erfahrung als das Mädchen. Nett, dass du dich anbietest.“

Valirius stöhnte. „Bitte. War das ein Befehl?“

Kaeli nickte.

Muran wandte sich ihm zu, und er begann zu erklären, was der Jumias für Fehler gemacht hatte, während die Schamanin mit Kim tiefer ins Waldinnere drang. „Den Schwertkampf lernst du erst später. Wir werden dich in der Luft einsetzen, das bedeutet, dass du hauptsächlich mit dem Bogen arbeitest. Das müssen wir perfektionieren, erst dann beginnen wir mit anderem."

Kim nickte stumm. Sie folgte der erfahrenen Schamanin widerstandslos, warf jedoch noch kurz einen Blick über ihre Schulter zu Valirius und Muran. Wie gern wäre sie bei ihnen geblieben. Die beiden konnten schon erstaunlich gut mit ihren Waffen umgehen. Sie konnte sich kaum vorstellen, wie Kaeli in der kurzen Zeit eine Kriegerin aus ihr machen wollte. Zum Krieger musste man doch über Jahre hinweg ausgebildet werden. Und der Schattenkönig und seine Männer beherrschten alle Kampftechniken ohnehin viel besser als sie. Muran hatte mit seiner Aussage am Morgen nicht ganz unrecht gehabt, deshalb hatte sie sie ja auch so verletzt. Sie konnte nichts. Nichts.

Kim lernte das Bogenschießen trotz aller Zweifel.

„Das Erste, was du lernst, ist den Bogen zu spannen", erklärte Kaeli ernst. „Viele denken, das ist das Einfachste. Aber wenn man ihn falsch spannt, können Komplikationen auftreten. Und ich glaube, das ist im Krieg nicht gerade ... vorteilhaft."

Sie bat Kim, ihr die Waffe zu reichen, und das Mädchen folgte der Anweisung. Dann nahm sie den Bogen in die Linke und die Sehne in die rechte Hand, während sie mit dem linken Bein durch den Bogen stieg. Danach hielt sie ihn mit dem Bein fest und versuchte mit der linken Hand, den Bogen zu biegen, um die Sehne auf den Rahmen zu spannen, was ihr gelang. Triumphierend hielt sie Kim den Bogen entgegen. Gerade, als die Weltenreiterin ihren Arm ausstreckte, um ihn zu nehmen, zog sie den Bogen zurück und entspannte ihn wieder.

„Jetzt bist du dran", erwiderte sie lächelnd.

Vorsichtig tat Kim es der Schamanin gleich. Es funktionierte nicht auf Anhieb, doch sie schaffte es.

Anschließend zeigte Kaeli, wie man sich richtig positionierte. Sie stand seitlich, sodass ihr Oberkörper und ihr linker Arm auf einer geraden Linie lagen. Dann nahm sie den Bogen in die Hand und fasste mit der Rechten nach der Sehne. Dabei passte sie auf, dass sie den Ellenbogen immer mit der Bewegung nach oben zog.

„Es ist nicht schwer. Aber du musst auf den Ellenbogen achten“, erklärte die alte Dame kurz. Dann drückte sie Kim die Waffe wieder in die Hand.

Baucheinziehen, Brust raus, Ellenbogen hoch, leicht in die Knie gehen, mehr seitlich stellen und Kopf hoch. Kaeli fand so viele Dinge, die nicht passten. Mit viel Mühe und nach langer, langer Zeit hielt Kim den Bogen in der richtigen Position. Sie spürte das Leder des Griffs, der sich in ihre Hand schmiegte, fühlte die dünne Sehne.

Dann führte Kaeli einen Pfeil zu ihrer Hand und legte ihn richtig an. Er lag auf der geschlossenen Faust der linken Hand, und von der Rechten hinten am Federansatz wurde er gehalten.

„Spürst du, wie dünn der Pfeil ist? Ich denke immer, es ist der Knochen eines Vogels. Dünn und leicht, aber genau das verleiht ihm die Macht, durch die Luft zu gleiten. Probiere doch mal, ob du schießen kannst“, forderte Kaeli auf.

Anfangs tat sie sich etwas schwer, doch schon nach kurzer Zeit konnte sie zielen. Kaeli war stolz auf sie und behauptete, sie hätte Talent, wobei Kim nicht zustimmen konnte.

Sie versuchte es aus dem Stand heraus, im Laufen, drehte sich ruckartig mit der gespannten Waffe herum, zielte, traf und verfehlte auch einige Male. Aus der gebückten Haltung gelang es ihr nach einiger Zeit am besten, ein Ziel zu treffen.

Als das Sonnenlicht allmählich hinter den Bergketten verschwand, packten sie ihre Sachen wieder zusammen.

„Zufrieden?", hakte Kaeli nach.

„Ich weiß nicht, eigentlich schon." Kim versuchte zu lächeln, was ihr beinahe misslang, weil sie sich so kraftlos fühlte. Das Training hatte ihr alle Energie geraubt.

Sie fanden die beiden Krieger völlig verschwitzt und erschöpft auf.

„Wie ist es gelaufen?", erkundigte die alte Dame sich bei ihnen.

Valirius räusperte sich. „War super, er kann die Schritte jetzt auch."

Kaeli nickte zufrieden. „Dann haben wir schon einmal einen guten Anfang geschafft."

Valirius verstummte. „Jawohl."

Damit rafften auch die Jungs ihre Waffen zusammen und sie schlugen gemeinsam den Weg zurück zum Dorf ein.

Es war Abend, der Wind strich sacht über das Land und brachte eine salzige Brise des Meeres mit sich. Die Sonne ging unter und allmählich wuchsen die Schatten der Zelte. Die Wächter begannen, die Laternen anzuzünden und ihre Wache zu beginnen.

Kim saß auf dem Lager ihres Zeltes und sah in den Spiegel, den Kaeli ihr ins Zelt hatte bringen lassen. Selbst wenn sie noch nicht lange in Tydia war, sie hatte sich ein wenig verändert. Ihre blonden Locken fielen wild über ihre Schultern, ihr Gesicht hatte eine kräftigere Farbe angenommen und insgesamt schien sie gewachsen. Nicht körperlich. Nein, sie hatte sich innerlich verändert.

Gerade, als sie vollkommen in sich selbst versank, hörte sie Schritte vor ihrem Zelt. Überrascht sah sie auf, als die Zeltluke aufgeschlagen wurde und ein Gesicht im Eingang erschien.

„Valirius." In gewisser Weise war sie nicht überrascht, ihn zu sehen. Wenn sie es zugab, hatte sie beinahe erhofft, dass er kommen würde.

Zögerlich trat er ein, fuhr sich durch die rabenschwarzen Haare und hielt eine Laterne hoch, um sie im Dunkeln sehen zu können.

„Wieso hast du kein Licht?", fragte er verwundert, und sie musste zu Boden starren.

„Keine Ahnung", gab sie zu. „Ich habe nur nachgedacht."

„Du denkst zu viel, Kim", sagte er schließlich, als er neben ihr ankam und sich ebenfalls auf das weiche Fell sinken ließ. „Weißt du, es ist völlig normal, dass du dir deine Gedanken machst. Aber es wird wirklich zu viel. Versuch doch einfach, es auf dich zukommen zu lassen. Tydia wartet nicht, es kommt einfach. Vernarre dich nicht in irgendwelche Gedankenfetzen."

Sie schwieg.

Als Kim ihm einen kurzen Blick zuwarf, grinste er breit.

„Was?", presste sie schließlich hervor.

Valirius stand auf und zog sein Schwert zur Hälfte aus dem Schaft. „Lust zu üben?"

Einen Augenblick lang war sie baff. Er machte sich wirklich mühe, ihr zu helfen. Sie schüttelte den Kopf. Da überlegte sie noch?

„Klar!" Jetzt war sie es, die grinste.

Langsam stand sie auf, strich den Saum des Kleides glatt und nahm sich den Gürtel mit den Schäften, um ihn sich um die Taille zu schnallen. Als sie fertig war, machte sie einen Schritt auf ihn zu. „Aber wo wollen wir hin? Alle schlafen, und ich habe keine Lust, mich von Kaeli oder Muran erwischen zu lassen. Die beiden wären bestimmt nicht begeistert davon."

Er zuckte die Schultern. „Ich weiß nicht. Muran vielleicht. Wenn du nichts dagegen hast, ich würde in den

Wald gehen. Dort ist es still, wir haben Platz und ... wir sind allein."

Sie nickte. „Gerne."

Als sie sich aus dem Dorf geschlichen hatten, liefen sie über das lange Feld, das sich zwischen den Jumias und den Wald schob. Der Tau hatte die langen Halme des hohen Grases mit Tautropfen bestickt, die im Mondlicht leuchteten wie tausend kleine Perlen, und Kim hätte sie am liebsten gepflückt als seien es reife Beeren.

Valirius lief dicht neben ihr, er hatte die Laterne erloschen und sie im Dorf zurückgelassen, sodass es jetzt beinahe stockfinster um sie herum war, bis auf das schleierhafte Licht des Mondes. Doch das genügte. Außerdem legte sie ihr ganzes Vertrauen in die schützenden Hände von Valirius. Wenn etwas passieren sollte, so wusste sie, war sie bei ihm in Sicherheit.

Jetzt waren sie vor dem Wald angekommen. Das Laub der Blätter raschelte in der Dunkelheit beinahe schwarz, und es hatte den Anschein, es wären kleine Vögel. Während sie zwischen die schützend wirkenden Welten der Bäume eintauchten, sah Kim einmal zu Valirius hinüber, und er erwiderte ihren Blick mit einem zarten Lächeln.

Nach einiger Zeit, die sie stumm nebeneinander hergetrottet waren, erreichten sie ihr Ziel. Kim hätte nicht gedacht, dass die Lichtung in der Nacht noch so viel schöner wirkte als am Tag. Die Farne, die sich leise im Wind wogen, wirkten im Dunkeln, als würden sie Tanzen. Hauchdünne Spinnennetze schwebten zwischen den Ästen der Bäume, und sie glänzten im weißen Licht des Mondes, als wären sie aus Silber. Und das Schönste war aber die Stille. Dieses vollkommene, geräuschlose Nichts, das sie umgab wie ein Schatten. Es sangen keine Vögel, es ertönten keine Klackergeräusche von Bimbas.

„Unglaublich“, wisperte sie.

Valirius hatte seine Sachen auf einem verwachsenen Baumstumpf niedergelegt und stellte sich ihr gegenüber.

„Ich werde dir nur den Schwertkampf zeigen, denn das Bogenschießen ist nicht so mein Fach. Kaeli ist besser darin, also lasse ich sie diesen Part übernehmen.“

Kim war verzaubert von seinen Worten, wie sanft er sie aussprach. Dazu seine Makellosigkeit. Er schien so unerreichbar perfekt.

Zögerlich nickte sie.

„Zieh dein Schwert“, sagte der junge Krieger, und sie ließ das Schwert aalglatt aus dem Schaft gleiten.

„Gut. Jetzt ... warte ...“ Er ging um sie umher, stellte sich hinter sie und griff mit beiden Armen um ihren Körper herum, um seine Hände über ihre zu legen, die das Schwert hielten.

Sie genoss diesen Moment, seine starken Arme, seine Wärme. Kurz sah sie nach hinten, aber er schien sich keine Gedanken zu machen.

„Tu einfach, was ich dir sage“, murmelte er. Valirius stellte sich seitlich hin, sodass sein linkes Bein hinter dem Rechten stand, und sie machte es ihm nach. Dann löste er seine linke Hand, legte sie an ihren Rücken und ließ seine andere auf ihrer Rechten.

Einen Moment lang war es ihr unangenehm, dann aber vergaß sie alles um sich herum und schien mit ihm zu einer Person zu verschmelzen.

„Wenn du angreifst, ist es wichtig, nicht blindlings loszustürzen. Du musst immer überlegen, was passieren könnte, wenn du jetzt einen Angriff startest. Wenn du länger mit dem Gegner kämpfst, lernst du seine Stärken und Schwächen ernst zu nehmen und versuchst, diesen entgegenzuwirken. Versuch einfach, vorauszudenken.“

Kurz schwieg er, dann fuhr er fort. „Ein Schnitt durch den

Hals ist tödlich, ein Treffer in die Brust auch nicht schlecht. Allerdings werden die Krieger ihren Oberkörper gut schützen, sodass du ihn nicht von Anfang an erreichen wirst. Der Trick ist, zuerst darauf zu lenken, den Unterkörper anzugreifen. Wenn du den Oberschenkel triffst, ist er zum einen behindert und zum andern hast du in der Sekunde, in der dein Gegenüber den Schmerz verspürt, die Chance, ihn mit einem schnellen Angriff zu überraschen. Und mit schnell meine ich wirklich, wirklich schnell." Er nahm ihr kurz das Schwert aus der Hand und löste sich von ihr.

Kurz tat es weh, seine Körperwärme zu verlieren, aber sie disziplinierte sich sofort wieder darauf, Valirius zuzuhören. Dieser stellte sich wieder genauso hin, wie er es bei ihr getan hatte, machte einen Ausfallschritt nach vorn und stieß in die Luft. Und ja, er war schnell. Wahnsinnig schnell.

Kim kam sich neben ihm sehr plump und schwerfällig vor. Alles, was ihm einfach gelang, musste sie mehrere Male wiederholen, um es zu können. Aber er war ein ausgebildeter Krieger. Und sie nur ein Mädchen.

„Hör auf, nachzudenken!", sagte er scharf, und sie zuckte zusammen.

Valirius war ein guter Lehrer. Er konnte wirklich mit dem Schwert umgehen und er konnte wirklich erklären. Kim konnte es nicht beschreiben, aber sie fühlte sich bei Valirius bei Weitem sicherer als bei Muran, der, wie sie empfand, zurzeit ziemlich übertrieb. Aber Valirius war ein anderes Universum. Seine freundliche Stimme, sein sanfter Umgang. Das Mädchen lernte innerhalb weniger Stunden so viel wie noch nie.

Schließlich machten sie erschöpft eine Pause. Der Himmel hellte schon wieder auf, die Sonne stieg hinter den Bergen hervor und die Vögel begannen allmählich, ihre Stimmen spielen zu lassen, da begann es, zu regnen. Die tausend kleinen Tropfen im fahlen Sonnenlicht waren weich und warm, und Kim sah auf, als die ersten Regenboten auf die Erde fielen.

„Komm“, flüsterte sie dann, und Valirius sah sie überrascht an. Kim nahm ihn an der Hand und zog ihn auf die Beine.

Innerhalb kurzer Zeit begann es richtig zu schütten, und Kim fühlte sich so vogelfrei, dass sie sich im Kreis drehte und in den Himmel hinaufsah. In diesem Moment hätte sie schwören können, dass sie flog. Die Tropfen umrahmten ihr Gesicht, ihr blondes Haar klebte nass an ihren Schultern, und doch war sie glücklich.

Überglücklich.

Valirius sah ihr eine Weile zu, dann nahm er plötzlich ihre Hand, und sie hielt inne. Die Augen des jungen Mannes strahlten sie an wie die Tiefen des Ozeans, gesäumt von aber Milliarden Saphiren, und inmitten der rote Kranz, der schien wie aus Seide.

„Du bist nicht gewöhnlich, Kim“, hauchte er mit einem sanften Lächeln auf den Lippen. „Du bist das ungewöhnlichste Mädchen, das ich je angetroffen habe.“

Sie sah ihm forschend in die Augen, und er erwiderte den Blick. „Ganz und gar ungewöhnlich“, wisperte er noch einmal.

Wie sie in seinen Augen versank, wie sie in dem Blau untergehen wollte. Am liebsten wäre sie hier und jetzt in ihnen gestorben.

Eine scheinbare Ewigkeit war es still, bis auf den Regen, der auf die Blätter trommelte und die beiden umwebte wie ein Schleier.

Dann beugte er sich vor und küsste sie.

Nur kurz, aber sie erwiderte den Kuss und schloss die Augen. Der Augenblick schien beinahe magisch. Sie wollte nicht, dass er sie losließ. Er sollte sie in ihren Armen halten, nie, nie wieder loslassen.

Aber er tat es nicht. Kaum hatte der Augenblick begonnen, war er auch wieder vorbei. Ganz schnell. Der Krieger wich zurück und wandte sich von ihr ab. „Ich hätte das nicht tun sollen."

„Nein, warte!" Sie griff nach seinem Arm, und er hielt inne. „Nein."

Als er sie ansah, flackerten seine Augen. „Wir sollten zurück ins Dorf. Vielleicht kannst du noch ein wenig schlafen, bis Kaeli mit dem Training beginnt. Ich könnte sie ..."

„Ist ja gut", sagte sie kühl. „Dann lass uns gehen. Danke für alles. Es war sehr schön, Valirius."

Während sie ihre Sachen packten, atmete er geräuschvoll aus. „Ja. War es."

Sie schafften es noch rechtzeitig ins Dorf, und Kim legte sich völlig erschöpft schlafen. Kaeli fragte nicht, weshalb die beiden draußen waren, und Kim hatte die Vermutung, dass sie es schon wusste.

Die Tage vergingen, und die weise Schamanin hatte alle Hände damit zu tun, ihre drei Lehrlinge zu unterrichten. Muran machte sich mit dem Bogen nicht schlecht, Valirius war ein begabter Schwertkämpfer. Kim hatte Spaß an dem Training mit ihren Freunden und genoss die Ausflüge, die sie in abgelegene Gebiete machten, um in unterschiedlichen Ebenen das Kämpfen zu üben. Valirius hielt sich jetzt mehr im Hintergrund, was Kim auffiel.

Während sie sich eines Morgens ein wenig vor ihrem Spiegel zurechtmachte, ihre Haare zurücksteckte, in das Kleid schlüpfte und die langen Bänder ihrer Sandalen zuschnallte, schlüpfte Honukk still unter der Zeltplane hindurch und setzte sich neben ihr auf den blanken Boden. Kim bückte sich kurz zu ihm hinunter, um ihn zu streicheln, als sie einen kleinen zusammengerollten Zettel zwischen seinen Lippen hervorstehen sah.

„Hey, was ist denn das? Komm her, Kleiner." Behutsam hob sie den Geisterhund hoch, strich einmal zärtlich über sein Fell und legte Zeigefinger und Daumen um die winzige Pergamentrolle. Ohne zu zögern, ließ das kleine Wesen von ihm ab und das feuchte Pergament glitt in ihre Hände.

Das handflächengroße Stück Papier war mit schwarzer Tinte beschrieben. Kaeli teilte ihr in dem kurzen Brief mit, dass sie mit Valirius und Muran vor dem Dorf wartete. Was konnte das nur zu bedeuten haben?

Kim ließ den Zettel fallen und huschte nach draußen.

Kaeli wollte die drei Jugendlichen heute nicht auf die herkömmliche Art unterrichten. Sie hatte sich etwas Besseres ausgedacht, als das langweilige Schießen auf Zielscheiben, was ihren Schützlingen sowieso viel zu stupide war. Außerdem war das nichts im Vergleich dazu, was eines Tages auf sie warten würde. Im Krieg zu sein hieß mehr. Viel mehr. Sie wollte ihnen die verschiedenen Schauplätze zeigen, auf denen sie kämpfen würden. Wilde Tiere, giftige Pflanzen. All das musste sie ihnen näherbringen.

Natürlich kannte Muran bereits einige dieser Dinge, damit war er schließlich aufgewachsen. Aber die Schamanin verfügte über uraltes, überliefertes Wissen und einiges wäre auch für den jungen Jumias-Krieger neu. Um all ihre Kenntnisse mit den Jugendlichen zu teilen, würde der verbleibende Monat noch gerade so ausreichen. Es bestand Hoffnung.

Heute würde sie mit Kim, Muran und Valirius zu den Wasserfällen der Zeit fliegen. Diese lagen ein ganzes Stück von dem Dorf entfernt, und die Krone war nicht leicht zu erlangen. Doch genau dort wollte die Schamanin mit ihren Schützlingen hin. Die schwierigste Hürde würden die Diantaron darstellen. Ja, dieses Hindernis allein wäre besser als jedes, das sie selbst hätte aufstellen könnte.

Als Kim die kleine Gruppe am Dorfrand erblickte, wurde sie schneller. Kaeli begrüßte sie knapp und schwang sich vor Valirius und Muran auf den Drachen. Whisper hatte kein Problem damit, mehrere Menschen zu tragen.

Ohne jegliche Worte flogen sie auf, und Schneefeuer schnaubte laut, als sie hinter dem riesigen Tier zwischen den Sonnenstrahlen in tieferes Waldgelände drangen.

Von der südlichen Seite sahen die Wasserfälle aus wie eine winzige Bergkette, auf der eine glatte Platte krönte, die alle Berge miteinander verband. Sie schienen wie drei aneinandergereihte Bergrücken. Der karge Boden war mit einigen trockenen Beerensträuchern besetzt, immer wieder schaute die Felswand durch das grünbraune Gras, das wie Stoppeln den Boden bedeckte. Ein junger Wald hatte sich vor einem Vorsprung eingenistet, einige Raubvögel kreisten über den Kronen der Nadelbäume.

Während die mächtigen Wesen des ungleichen Trios zur Landung ansetzten, unterbrach eine Gruppe hirschähnlicher Tiere das Grasen. Ihre Köpfe schnellten hoch, direkt in die Richtung der Menschen, und Kim konnte die tiefbraunen, kastaniengroßen Augen erkennen. Diese Tiere hatten am Kopf und am Hals hellbraunes, beinahe fuchsiges Fell, doch kurz vor der Schulter ging die Behaarung in eine glatte, dunkelbraun schillernde Schuppenhaut über. Wenn man die Schuppen nicht beachtete, sahen diese Waldtiere genau aus wie die Hirsche im Wald in dem Bergen.

Als Kim abstieg, huschte eine Natter davon. Das Mädchen sog die klare Luft ein, die von dem Duft von frischem Gras und unzähliger Blumen gesäumt war. Ein Schmetterling flatterte an ihr vorbei, und sie sah der Farbenpracht seiner Flügel nach.

Jetzt saßen auch die anderen ab.

Kaeli sprang geübt von dem Rücken des Drachen und

richtete ihre Pfeile zurecht. „Gefällt es euch hier?“, fragte sie währenddessen.

„Es ist wunderschön“, stellte Kim fest. „Es ist beinahe so schön wie bei uns im Gebirge.“

Die Schamanin lächelte verständnisvoll. „Ja, es ist wirklich sehr, sehr schön. Aber hier kann es auch gefährlich sein. Das hier ist ein Gebiet, in dem sehr viele wilde Tiere leben.“

Auch Muran und Valirius standen jetzt wieder auf dem Boden. Der Tauruit strich noch einmal dankbar über die Stirn seines Drachen, ehe er ihm das Zeichen gab, davonzufliegen.

„Ich jage hier oft“, gab Muran zu, während das große Tier über ihre Köpfe davonrauschte. „Es gibt viel Wild, das weiß ich.“

Kim sah sich zu Schneefeuer um. Die Stute hatte den Kopf zum Grasen gesenkt.

„Ich war hier noch nie“, sagte Valirius dann, während er sich gründlich umsah.

Kaeli lachte leise. „Genau aus diesem Grund sind wir heute hierhergekommen. Zuerst werden wir uns die Tiere ansehen, danach ... gibt es eine kleine Prüfung.“

Ihre Schützlinge sahen sie verwundert an. Vor allem Kim schienen diese Worte sehr unter Druck zu setzen.

„Nun schaut nicht so verdattert!“, verteidigte sich die Schamanin mit einem Wink. „Die Prüfung ist wirklich nicht schwer. Es ist eine kleine ... wie soll ich sagen ... Kombination.“

Damit lief sie los, direkt auf den großen Wald zu, der die Wasserfälle umkränzte. Schneefeuer blieb am Landeplatz zurück, und als Kim einen letzten Blick zu ihr über die Schulter warf, sah ihr das Tier vertrauensvoll in die Augen. Dann riss sie sich los und folgte den jungen Kriegern, die hinter der Schamanin den Wald betraten.

Es war ein großer Mischwald, der Kim sofort in seinen Bann zog. Er war noch schöner, noch verwachsener als der, der das Dorf umgab. Hunderte Vögel sangen in den verzweigten Ästen der Bäume, zwitscherten verschiedene Melodien, die so ineinandergriffen wie die eingeübten Zeilen einer Sinfonie, und versüßten die Atmosphäre. Dichter Farn umwuchs die kräftigen Baumstämme, er war so hoch, dass er Kims Wangen berührte. Pilze, Beerensträucher und dichte Büsche wechselten sich ab, giftgrünes Moos bedeckte diesen Waldboden wie eine schützende Decke.

Kaeli schritt voraus und bahnte ihnen den Weg durch das dichte Gestrüpp. Helle Sonnenstrahlen tanzten auf dem kräftigen Grün, strichen sanft über Kims Gesicht. Ihre Augen konnten sich kaum sattsehen, an den wunderbaren Pflanzen, die sich hier vorfinden ließen. Hoch gewachsene Blumen verströmten einen süßen Duft, der durch die Atmosphäre tanzte wie ein Strom bunter Farben.

Schlingpflanzen umrankten die dunkle Rinde der Bäume, manche von ihnen trugen Blüten in vielen verschiedenen Blautönen, die Kim sehr an die Farbe von Valirius' Augen erinnerte.

Da setzte sich ein goldener Vogel wenige Meter von ihr entfernt auf eine tiefer liegende, vereinzelte Astgabel und sang ihr entgegen. Es waren helle, kurze Töne, die er aneinanderreihte wie Perlen zu einer langen, schönen Kette. Er war gerade so groß wie ein Hühnerei und sein kurzes, helles Gefieder glänzte in der Sonne, als sei er aus purem Gold. Die großen, runden Augen, die knapp über dem Schnabel saßen, waren dunkel, dunkel wie die Nacht, in der Kim sich mit Valirius fortgeschlichen hatte. Das Mädchen blieb stehen und sah ihm zu. Als sie die Hand nach ihm ausstreckte, setzte er sich auf ihren Zeigefinger.

Die anderen blieben stehen.

„Das ist ein Djurdan. Diese Vogelart lebt hauptsächlich

hier am Wasserfall", erklärte die Schamanin. „Früher hat man Botschaften durch sie ausgetauscht. Sie lernen sehr gut sprechen, wenn man es ihnen beibringt."

Kim nickte verständnisvoll. Der Djurdan sah sie an, beinahe verschmitzt, ehe er die wundervollen Klänge verebben ließ und aufflog. Verträumt sah sie ihm nach.

„Los jetzt, wir müssen weiter", forderte Muran sie auf, und nachdem sie ihm einen vernichtenden Blick zugeworfen hatte, folgte sie Valirius und Kaeli immer tiefer hinein in den Wald.

„Was willst du uns eigentlich zeigen?", fragte das Mädchen nach einer Weile.

Die Köpfe ihrer Vordermänner schnellten herum. Kaeli lächelte, Valirius sah Kim nur überrascht an.

„Das weiß ich selbst nicht. Das, was wir sehen, werde ich euch zeigen", erläuterte die alte Dame mit einem breiten Grinsen auf den Lippen. „Es wird euch im Krieg schließlich nicht nur das über den Weg laufen, das mir gerade eingefallen ist."

Obwohl die Weltenreiterin nicht schlau daraus wurde, folgte sie ihnen weiter. Plötzlich blieb Kaeli bei einem Strauch stehen. „Ein Plytos. Diese Sträucher sind ... Muran?"

„Giftig", sagte der junge Krieger schnell. Die Pflanze hatte dichte, dunkelgrüne Blätter und gelbe, kirschgroße Beeren. „Sie enthalten genügend Gift, um zehn Männer zu töten", hängte er dann noch an.

„Genau. Damit kann man Pfeilspitzen spicken, damit sie wirksamer töten", kam es auf einmal von Valirius.

Kaeli sah ihn ein wenig überrascht an. „Daran ... daran habe ich allerdings bisher nicht gedacht."

Valirius zuckte nur die Schultern. „Unsere Waffen sind meist mit dieser Pflanze in Kontakt gebracht worden, bevor wir in den Krieg ziehen."

„Gehen wir jetzt weiter?“, fragte Kim vorsichtig.

„Natürlich.“ Kaeli machte sich weiter auf den Weg. „Weshalb habt ihr es eigentlich so eilig? Wir haben Zeit.“

*Plytos ... ob ich mir das merken kann?* Kim schlenderte weiter. Gelbe Beeren. Die würde sie mit Sicherheit nicht essen, das schwor sie sich.

Lange liefen sie stumm hintereinander her. Die Stille zwischen den Kriegern war beinahe nicht zu ertragen, Kim fühlte sich, als würde sie gleich von der Lautlosigkeit verschluckt werden. Valirius trottete lustlos vor ihr her, sein Bogen kratzte an dem schwarzen Hemd entlang, das er trug.

Plötzlich hörte Kim ein lautes Rauschen, und kurz darauf ein Knirschen. Augenblicklich verkrampften sich ihre Züge. Das konnte nichts Gutes bedeuten.

„Stopp!“ Kaelis Worte durchschnitten die Stille wie ein scharfes Messer, und Kim sah auf. Die alte Schamanin hatte Valirius zurückgehalten und stand jetzt reglos da, den Blick nach oben gerichtet, dorthin, wo Kim auch die Geräusche vernommen hatte.

„Nicht bewegen!“ Das war alles, was die weise Dame noch herausbrachte, ehe sie in vollkommene Starre verfiel. Das Mädchen hörte in diesem Moment, wie Muran hinter ihr nach Luft schnappte.

Kims Augen durchkämmten das Dickicht, suchten nach dem Grund des Verhaltens ihrer Kumpanen.

Plötzlich wurde neben ihr ein Farn aus der Erde gerissen, und sie sprang erschrocken zur Seite, wobei sie seitlich auf einem Strauch landete. Dessen dünne, scharfe Äste schnitten ihr sofort in die Haut, und am liebsten hätte sie geschrien.

Sie hatte ihren Freund mitgerissen. Ihr Herz pochte rasend, und sie spürte Muran neben sich. Seine Hand ruhte auf ihrer Schulter. Was zum Teufel war das für ein Tier?

„Muran“, wisperte sie mit bebender Stimme. „Muran, was ist das?“

„Tu das, was sie gesagt hat“, flüsterte er ihr leise ins Ohr. „Beweg dich nicht. Einfach-nicht-bewegen.“

Sie nickte langsam, während sie das Wesen begutachtete, das die Pflanze aus dem Boden herausgezogen hatte. Licht strahlte auf die hellen Platten, die den plumpen Körperbau bedeckten. Der Kopf des Tieres war überraschend klein, es hatte einen ganz kurzen Hals. Zwei kleine Hörner prangten auf der Stirn der unbekannten Gestalt, und sein Blick schien beinahe leer.

Der Farn verschwand überraschend schnell zwischen dem groben Kiefer, und als das Tier einen Schritt nach vorne setzte, hielt sie den Atem an. Zu ihrem Glück blieb er genau eine Handbreit von ihrem Oberschenkel stehen und schnappte nach einer weiteren Pflanze. Der Fuß des Tieres war riesig, hatte die Größe eines Elefantenfußes.

Kim atmete kurz und hastig.

„Was ist das?“, fragte sie mit einem schwankenden Unterton in der Stimme. Sie tat sich schwer, sich nicht aufzurappeln und davonzulaufen. Nicht bewegen.

„Ein … ein Zeesern. Pflanzenfresser. Sehr aggressiv“, hauchte Muran zurück. Wieder riss der Zeesern eine große Pflanze aus dem moosigen Boden, und als er fraß, fielen Erdstücke auf Kim und Muran herab.

„Sieht er uns?“ Kim drehte ihren Kopf zu dem jungen Krieger herüber und sah ihn angstvoll an. Er presste die Lippen aufeinander, und es dauerte eine Weile, bis er wagte, weiterzusprechen. „Er sieht blind aus.“

„Nicht, wenn wir uns nicht bewegen. Er hat sehr schlechte Augen, aber gute Ohren. Darum hör jetzt auf, mir dauernd Fragen zu stellen und warte, bis er weg ist!“

Bei dem Zittern in Murans Stimme wurde Kim klar, dass sie es wirklich mit einem gefährlichen Tier zu tun hatten.

Als sie einen Blick in Kaelis Richtung warf, stand die Alte mit Valirius geschützt hinter zwei großen Baumstämmen und verfolgte das Geschehen mit besorgten Blicken. Beinahe unmerklich nickte sie.

Da ging ein Ruck durch den Körper des Tieres. Es ließ die Pflanze fallen.

„Mist. Mist, Mist! Er hat uns gesehen! Weg! Lauf!" Muran rappelte sich in Windeseile auf und zog sie mit sich auf die Beine. „Lauf!"

Kurz hielt Kim verwirrt inne, doch als sich der große Kopf des Zeeserns in ihre Richtung wandte, flüchtete sie Hals über Kopf hinter Muran her. Anfangs tat sie sich schwer, so elegant und schnell durch das Unterholz zu sprinten wie Muran. Die Baumstümpfe und Wurzeln machten ihr sehr zu schaffen, immer wieder blieb ihr Fuß daran hängen. Aber schon nach kurzer Zeit begann sie, rhythmischer zu laufen. Atmete eingeteilt. Versuchte, flink wie ein Reh zu springen und voraussichtlicher zu handeln. Voraussicht ... das benötigte man bei Weitem mehr als nur beim Schwertkampf.

Vor ihr Murans roter Schopf, hinter ihr das wütende Grollen des Zeeserns. Das trieb sie an, und allmählich wurde es leichter, durchs Dickicht zu rennen. Der Zeesern schnaubte laut und brachte einen Baum zu Fall. Schneller, schneller! Ihre Glieder fühlten sich leicht an. Federleicht. Einen Moment lang glaubte sie, zu fliegen. Dann, als sie zwischen zwei Baumstämmen hindurchtauchte, wurde sie zur Seite gerissen.

Als sie Muran entgeistert ansah, legte er zur Antwort den Zeigefinger auf die Lippen. Unbewegt lehnte sie an seinem Körper, fühlte die Geborgenheit, als der Zeesern vorbeirauschte wie ein Hurrikan. Das Tier riss alles mit sich: Bäume, Äste, Büsche. Trampelte alles nieder. Zurück blieb ein Haufen niedergerissener Äste, Laub und zerstörter

Sträucher. Das Beben der Schritte war noch lange zu hören, als er aus ihrer Sichtweite verschwunden war. Kim atmete völlig erleichtert auf. Sie spürte, wie sich auch Murans Körper hinter ihr entspannte.

„Wie konfus bist du eigentlich? Ich sagte, du sollst stillhalten!“, griff er sie an.

Das Mädchen stieß sich von ihm los und drehte sich ihm zu. „Das ... das tut mir leid. Ich konnte ja nicht wissen, dass es so gefährlich ist! Aber es ist doch nichts passiert. Es ist alles in Ordnung.“

„Nichts ist in Ordnung! Hier geht es ums Prinzip! Wenn jemand etwas sagt, musst du darauf hören! Es kann nicht nur dein Leben, sondern auch das der anderen gefährden!“ Er stöhnte, als er sich von ihr abwandte und mit den zittrigen Fingern durch den roten Haarschopf fuhr. „Du hättest nicht hier bleiben sollen. Du bist eine Gefahr. Eine Gefahr für mich und alle anderen. Du ... du ... ach, was soll's.“

Kim presste die Lippen aufeinander. Dann ballte sie die Fäuste und wandte sich von ihm ab.

„Versteh es doch. Du bist nicht in deiner Welt“, hörte sie ihn sagen.

„Ich weiß. Ich weiß, Muran.“

Kim kämpfte mit den Tränen. Sie wollte nicht heulen. Nicht hier. Nicht vor Muran.

In diesem Moment spürte sie einen leichten Druck auf der Schulter. Es war der kleine Vogel, golden schimmerte er in dem Sonnenlicht, das durch das dichte Grün der Bäume schillerte.

„Ich weiß. Ich weiß“, sang er. „Versteh es doch, ich weiß.“

*Du hast uns zugehört.* Das war Kims erster Gedanke. Sie mochte den Kleinen, er strahlte ein freundliches Wesen aus. Als sie sanft mit ihren Fingern über seinen Kopf streichelte, schmiegte er sich an ihre Haut.

Leider flog er im nächsten Augenblick davon, und sie hörte, wie etwas durch das Gebüsch neben ihr brach. Als sie herumschnellte, waren es Valirius und Kaeli.

Die Alte sah sehr besorgt aus. „Geht es euch gut? Ist etwas passiert?“

Kim versuchte ein Lächeln, was ihr nicht ganz überzeugend gelang. „Ja, alles klar.“

„Alles in Ordnung“, stimmte Muran von hinten zu.

Sie warf einen Blick über ihre Schulter. Er sah ihr nicht ins Gesicht.

„Sicher?“ Kaeli legte ihre Hand flach auf Kims Schulter und schaute sie durchdringend an. Kim nickte, wandte sich ab und stieß ihren Arm weg. „Ja. Wirklich“, sagte sie, und spürte sofort, dass es nicht glaubwürdig genug geklungen hatte. „Ich brauche deine Hilfe nicht. Es ist alles in Ordnung.“

„Gut“, erwiderte die Schamanin jetzt, auch wenn ihr Kims Verhalten überhaupt nicht gefiel. Sie spürte, dass etwas nicht stimmte, doch sie wusste auch, dass es nichts brachte, das Mädchen in diesem Augenblick danach zu fragen. „Das war ein Zeesern. Diesen Tieren solltet ihr besser nicht begegnen, sie sind, wie ihr gesehen habt, sehr aggressiv. Bei einer Begegnung solltet ihr euch ruhig verhalten, da der Volksmund davon spricht, dass sie Angst riechen können. Sich nicht zu bewegen ist eine der wichtigsten Reaktionen.“ Sie warf Kim einen erklärenden Blick zu. „Reine Pflanzenfresser. Es sind Einzelgänger. Wenn es euch nichts ausmacht, würde ich gerne mit der Prüfung beginnen. Folgt mir.“

Die Anspannung lockerte sich ein wenig auf, und Kim blieb kurz stehen, während die anderen vorausliefen. Nur Valirius wartete auf sie.

„Hey.“ Er machte einen Schritt auf sie zu. „Du zitterst ja.“

Sie starrte lange zu Boden, ehe sie aufschaute. „Es ... es ist gut, Valirius. Mach ... mach dir einfach keine Sorgen."

Der Krieger legte den Kopf schief. „Es ist wegen Muran, nicht wahr?"

Sie schritt an ihm vorbei. „Ja."

„Ich werde ihm nachher meine Meinung sagen", vernahm sie seine Stimme, als er begann, ihr zu folgen.

„Nein!", wirbelte sie herum. „Valirius, lass ihn einfach. Er ... ich kann ihn nur nicht verstehen."

Er nickte langsam. „Ich wollte dir nur helfen."

Kim sah ihm tief in die Augen und seufzte. „Das machst du doch die ganze Zeit. Und ich bin dir wahnsinnig dankbar dafür."

Eine scheinbare Ewigkeit standen sie nur da und sahen sich an, bis Kim sich losriss und begann, dem Pfad zu folgen, der sie aus dem Wald führte.

„Was Kaeli wohl mit uns vorhat?", fragte er nach einer Weile, und sie zuckte die Schultern. „Ich habe keine Ahnung."

Der Waldrand kam in Sicht. Langsam liefen sie darauf zu, strichen die Äste zur Seite und traten ins grelle Sonnenlicht. Sie standen nicht weit von Schneefeuer entfernt, die kurz den Kopf hob und wieherte.

Kaeli und Muran standen bei dem Tier und diskutierten laut. Als das Mädchen und der Krieger bei den beiden ankamen, verstummten sie sofort, und Murans Blick sagte alles. Die haselnussfarbenen Augen glänzten wuterfüllt, während der Wind sein Haar tanzen ließ.

„Also", Kaeli räusperte sich. „Es ist keine gewöhnliche Prüfung. Es geht rein um eure Reaktion und um euer vorausschauendes Denken."

Kim, Valirius und Muran nickten verständig.

„Also dann", lächelte sie schließlich. „Wer als Erstes oben auf der Kuppe steht."

Zunächst sahen sich die drei verblüfft an.

„Was jetzt? Bewegt ihr euch heute noch oder wartet ihr darauf, dass ihr hier festwachst?“, fragte die Schamanin ungeduldig. „Rauf mit euch!“

Allmählich lösten sich die auszubildenden Krieger aus ihrer Starre. Valirius war der Erste, der losrannte, dann folgten Muran und Kim und verteilten sich über die große karge Fläche, die sofort steil anstieg.

Kim warf einen flüchtigen Blick nach oben und sah gerade noch, das Muran einen Weg zu ihrer Linken gewählt hatte, wo ein Pfad zwischen Steingeröll hindurch zu der höchsten Stelle hinaufzuführen schien. Valirius war sich scheinbar noch unschlüssig, zumindest erweckte er diesen Eindruck, als Kim auch ihm einen kurzen Blick schenkte.

Kims Knie schmerzten durch das Gewicht, das sie den Hang hinauftragen musste. Ihr Dolch hing schwer an ihrem Gürtel, das hochwertige Holz ihres Bogens schnitt ihr in die Schulter. Auch der Lederriemen ihres Köchers rieb ihr ein Stück Haut auf, während er über ihre Schulterblätter scheuerte. Kim hatte nur noch etwa zwanzig Meter bis zu der kleinen Ebene, auf der sie entscheiden musste, welchen Weg sie gehen würde. Valirius war wenige Meter vor ihr und sie hörte ihn nach Luft schnappen, als er über einen Stein stolperte.

Noch einmal biss sie die Zähne zusammen und legte an Geschwindigkeit zu, bis sie die fast flache Fläche vor dem Waldstück erreichte. Muran befand sich mittlerweile zwischen dem Geröll und versuchte angestrengt, einen Fuß vor den anderen zu setzen, ohne dass die Steine unter den Schuhen nachgaben und ihn stolpern ließen.

Schließlich war es so weit.

Sie musste sich entscheiden. Zu ihrer Rechten befand sich erneut ein steiler Hang, welcher mit kleineren Bäumen bewachsen war. Vor ihrer Nase tat sich der Wald auf, und links bog der Pfad ab, auf dem sich Muran die Steile hinaufmühte.

Valirius zog an ihr vorbei ... hinauf auf das Feld. Kim entschied sich nach kurzem Überlegen für den Wald.

Als sie zwischen den Ästen hindurchbrach, fand sie sich in fast vollkommener Dunkelheit wieder. Nur ein wenig Zwielicht spaltete sich in den Ästen der Nadelbäume und fiel auf das matte Grün des Mooses, über das viele kleine Tiere huschten. Kim jedoch hatte keine Zeit, sich die Umgebung genauer anzusehen. Es war beinahe dasselbe wie zuvor: Atem einteilen, rhythmisch laufen.

Allein, vor Muran die Kuppe erreichen zu wollen, war ein wahnsinniger Ansporn. Sie wollte ihm zeigen, was es hieß, ein gutes, voraussichtliches Denken zu besitzen. Er – da war sie sich sicher – hatte auf jeden Fall keines.

Eilig rannte sie mit großen Schritten zwischen den Stämmen hindurch ... wie oft sie das als Kind zu Hause getan hatte. Die Vögel flogen neben ihr her, webten sie in ihre Mitte. Kim versuchte, sich so gut wie nur möglich zu orientieren. Während sie über Unebenheiten im Boden stolperte, versuchte sie sich immer wieder zu erinnern, aus welcher Richtung sie gekommen war. Die Sonne war ihr keine große Hilfe, das Nadelwerk war zu dicht.

Irgendwann glaubte sie, ein Ende des Dickichts zu erkennen, und lobte sich, diesen Weg eingeschlagen zu haben. Erleichtert atmete sie auf. Erschöpft wischte sie sich den Schweiß von der Stirn und taumelte ungeschickt zwischen den Bäumen hindurch, dorthin, wo sie den Waldrand vermutete. Sie wurde immer schneller und schließlich huschte sie zwischen den letzten Nadelbäumen hindurch auf eine schattige Fläche, von der aus sie die Kuppe zu sehen bekam. Doch dieses kurze Stück war mit Geröll und Kies bedeckt, ebenso wie die Seite, auf der sich Muran hinaufgewagt hatte.

Es kostete sie viel Mühe, sich hinauf zu schleppen. Schritt für Schritt kam sie der Gesteinsplatte näher und schließlich zog sie sich zufrieden über den Vorsprung nach oben. Doch ... sie war nicht allein.

Das Wesen, das sie anschnaubte und rasselnde Geräusche von sich gab, war weder Muran noch Valirius.

Es war ein Diantaron.

# 7

Die Diantaron waren über die gesamte Kuppe verteilt.

Kim hielt inne, während sie von dem Tier vor sich ausgiebig gemustert wurde. Es war ziemlich das schönste Tier, das sie in Tydia gesehen hatte, mit Ausnahme der Zuhure und Drachen.

Die wachsamen Augen lagen an beiden Seiten knapp unter der Stirn und waren pflaumengroß. Am Ende des langen Schnabels saß ein scharfer Zahn, der davon zeugte, dass die Diantaron keine Pflanzenfresser waren. Der Kopf war von kleinen Federn bedeckt, und der gesamte Ausdruck des Tieres erinnerte sehr an einen Adler. Dieser Diantaron hatte schwarzbraunes Gefieder, seine Augen schienen bernsteinfarben.

Kim konnte im Augenwinkel die anderen Tiere erkennen. Alle sahen ziemlich gleich aus. Die Körper reckten sich gute zwei Meter in die Höhe und die Haut lag – fast gänzlich verborgen – unter einem dichten Gefieder aus spitzen Federn. Ihre Hälse waren nicht lang, die Köpfe saßen dicht am Rumpf. Wie Vögel besaßen sie zwei Flügel, die etwa die doppelte Größe des Körpers fassten. Bei den meisten Geschöpfen waren diese dicht an den Rumpf gelehnt. Keines der Tiere ähnelte dem anderen, jedes hatte eine individuelle Federfarbe, von Mattorange bis Tiefschwarz.

Als sich der Diantaron vor ihr nicht regte, traute sie sich

langsam aufzustehen. Zur Sicherheit zog sie ihr Schwert. Es reflektierte die Sonne.

Der Diantaron begann zu fauchen, als er die Schwertklinge in Augenschein nahm. Dann machte er einige Schritte zurück und plusterte den Federkragen auf, der dicht über der Schulter saß.

Sein Klackern wurde lauter, und sie sah zu ihm auf. Er riss seinen Schnabel auf und tat etwas, dass Kim völlig den Atem raubte.

Sie konnte sich gerade noch zur Seite rollen, um dem Feuerball auszuweichen, der nur um Zentimeter ihren Ellenbogen verfehlte und ein trockenes Büschel Gras an der Kante in Brand setzte.

Völlig außer Atem raffte sie sich kurz auf, sank dann aber unmittelbar wieder zu Boden. Der Schrecken war ihr ins Gesicht geschrieben.

Was ist das?

Fauchen. Klackern. Das klang wie das Klackern einer Spraydose, kurz, bevor man sprühte. In diesem Fall sprühte sie Feuer. Die Dose ... das war der Diantaron.

Klacker. Klacker. Klacker.

Sie musste hier weg. Und zwar schnell, wenn sie nicht flambiert werden wollte. Kim sah sich hastig um. Hinter ihr lag der Vorsprung. Es gab kein zurück. Das Mädchen musste irgendwie an dem großen Tier vorbei.

Klacker. Klacker.

Gerade, als das Tier erneut den Schnabel aufriss, stolperte sie los. Direkt an ihm vorbei, so nah, dass ihr Arm die weichen Federn des linken Flügels berührte.

Der Diantaron hielt verwirrt inne und wandte sich ihr zu, doch sie warf keinen Blick mehr zurück. Rannte immer weiter, bis sie zwischen den Körpern der anderen Wesen unterging. Ob die anderen schon „da" waren?

Kaum hatte das Tier sie aus den Augen verloren, legte

es sich wieder entspannt in die Sonne, die sachte über sein Gefieder strich.

Kim atmete erleichtert auf, als sie bemerkte, dass er keine Anstalten machte, ihr zu folgen. Viele der übrigen Wesen beachteten sie gar nicht. Einige wenige flogen auf, als wollten sie sich die für sie fremde Kreatur aus der Luft begutachten, andere musterten sie kurz, ehe sie sich um ihre Beutetiere kümmerten. Fast die ganze Kuppe war mit kleinen Knochen, Hautfetzen, Innereien und Fellbüscheln gesäumt, die die Diantaron von ihrer Beute übrig ließen.

Voraussichtliches Denken. Verdammt, ihr musste doch etwas einfallen. Irgendetwas.

Kim versuchte, ihren Blick zu senken und den Diantaron nicht in die Augen zu sehen, so wie sie es auch immer bei angriffslustigen Hunden tat. Und es schien zu helfen. Kein weiteres Tier griff sie an. Innerlich machte sie einen glücklichen Hüpfer.

Nur hatte sie jetzt noch ein weiteres Problem: Der Wasserfall konnte überall sein, und sie hatte die Orientierung verloren. Überall hörte sie das Rauschen des fallenden Wassers, aber wo genau es herkam, konnte sie aus dem Geräusch nicht deuten.

Brütende Hitze herrschte zwischen den Diantaron, die eng aneinander saßen. Den großen Tieren schien die Hitze jedoch nichts auszumachen. Keineswegs. Kim hatte Mühe, zwischen ihnen hindurch zu kommen, ohne auf die langen Schwänze zu treten, die über den Boden fegten.

Kein einziger Grashalm wuchs auf dem gebleichten Stein, nur wenige, trockene Büsche hatten sich an die kleinen Spalten geheftet, die auf der Ebene klafften. Alles sah gleich aus, egal, wohin sie auch ging, sie fand keinen Ausweg zwischen den großen Leibern.

Unschlüssig taumelte sie immer weiter in das Getümmel hinein.

„Ich kann nicht mehr", schoss es ihr durch den Kopf. „Ich kann nicht mehr."

Eine gefühlte Ewigkeit schien vergangen, seit sie sich in die Masse gewagt hatte. Die Waffen, die an ihrem Gürtel hingen, waren schwer. Kurz kam ihr der Vergleich mit Blei in den Kopf. Sie raubten ihr jegliche Kraft. Bestimmt waren die anderen schon am Ziel, das hieß, wenn es überhaupt ein Ziel gab. Woher sollte Kaeli eigentlich wissen, wer zuerst hier oben war? Sie war schließlich nicht hochgekommen.

Langsam ging Kim in die Knie. Es war unmöglich für sie, es länger auszuhalten. Sie wollte ein Cut hören, von irgendwo. Cut, Szene im Kasten. Du kannst aufhören. Aber nein. Das war die Wirklichkeit. Ein Härtetest, wie Kim bemerkte. Ein Härtetest.

Doch sie durfte nicht aufgeben, egal, wie lange sie sich schon in dieser misslichen Situation befand. Entschlossen richtete sie sich auf und schleppte sich weiter vorwärts. Es konnte nicht mehr weit sein.

Das hoffte sie jedenfalls.

Ihre Augen waren starr auf den Boden gerichtet, sie schienen den Stein beinahe mit ihren Blicken zu durchbohren, als sie plötzlich im Augenwinkel ein Paar Schuhe entdeckte. Ihr Blick wanderte an den dünnen, mit Stoff bedeckten Beinen hoch, über den Oberkörper direkt in Kaelis Gesicht. Die alte Dame lächelte ein wenig. Sie saß auf einem kleinen Felsbrocken und sonnte sich, ihr weißes Haar spielte mit dem Wind und ihr Blick war klar wie seichtes Gewässer.

„Kaeli?", fragte Kim fassungslos, während sie erleichtert ausatmete. Zwei Diantaron lagen zu ihren Füßen, einige andere ließen sich von der Schamanin den Kopf kraulen.

„Kim. Du bist doch tatsächlich die Erste, die hier ankommt", stellte Kaeli fest und stand auf, um Kim ein paar

Schritte entgegen zu kommen. „Das überrascht mich. Komm her, ich gebe dir Wasser."

Mit diesen Worten griff sie an ihren Gürtel und zog einen Behälter hervor. Als sie die erfrischende Flüssigkeit erwähnte, ging Kim auf sie zu. Sie hatte es geschafft! Sie war vor Muran hier angekommen! Das würde ihn die Worte, die er ihr vorgeworfen hatte, bestimmt zurücknehmen lassen. Schließlich schied jetzt „sie könne gar nichts" definitiv aus. Gerade, als sie nur noch ein – höchstens zwei – Schritte trennten, fauchte das Tier neben Kim laut auf.

Sie bemerkte sie erst viel zu spät, dass sie auf dem langen Schwanz des Diantaron stand, und machte sofort einen Schritt zurück.

Kaeli aufmerksam und blieb stehen. „Voraussichtliches Handeln." Das war das Einzige, dass die alte Dame noch wisperte, ehe sie sich nicht mehr regte.

Der Diantaron war rot wie Feuer, seine Augen funkelten einschüchternd, schienen beinahe zu brennen.

Kim hob das Schwert, es glänzte in der Sonne, und der Dämon wich fauchend zurück. Einen Augenblick lang glaubte sie, sie habe gewonnen. Doch es war genau das Gegenteil.

Kaeli war völlig erstarrt. So schwer es ihr fiel, sie durfte nicht eingreifen. Sonst würden sie beide als Vogelfutter enden.

Dann stand das Tier vor dem Mädchen auf. Unter dem Klackern plusterte es sich auf, stellte den Kragen auf und öffnete den Schnabel, um ein lautes Fauchen von sich zu geben. Die Pupillen des Dämons schienen jetzt beinahe zu explodieren, und sein Blick sprang zwischen Kim und der Waffe umher.

Klacker. Klacker. Klacker.

Verwirrung machte sich in ihr breit. Sie hatte natürlich damit gerechnet, dass das Tier auf die Waffe reagierte, aber ganz so hatte sie es sich nicht vorgestellt. *Voraussichtliches Handeln. Voraussichtliches Handeln. Achte auf deinen Gegner.* Das hatte Valirius gesagt.

Ihr blieb wenig Zeit zum Nachdenken, denn jetzt machte das Tier einen drohenden Schritt auf sie zu. Die Hitze sprengte beinahe ein Loch in ihrem Kopf, es war so schrecklich schwer, sich zu konzentrieren.

„Lass das Schwert fallen!“, schärfte Kaeli dem Mädchen ein, das ihr daraufhin einen fragenden Blick zuwarf.

*Du bist nicht in deiner Welt. Wenn jemand etwas sagt, musst du darauf hören! Es kann nicht nur dein Leben, sondern auch das der anderen gefährden!* Das hatte Muran gesagt. Sie wollte nicht noch einmal einen Fehler machen, und tatsächlich schien das Tier sich durch die lange Klinge attackiert zu fühlen. Wer würde das nicht? Also blieb ihr nichts anders übrig.

„Also gut.“ Die Klinge klirrte, als sie auf den Boden fiel. Noch nie hatte sich das Mädchen so hilflos gefühlt, so bloß, so nackt. Die Waffe in ihrer Hand hatte ihr die letzte, einzige Sicherheit gegeben, und sie hatte sie einfach so fallen gelassen. Doch es hatte eine überraschende Wirkung.

Das Klackern verebbte in dem Moment, als die Klinge am Boden aufprallte, und als Kim aufsah, hatte das Tier bereits den Kragen zurückgeklappt und sah sie triumphierend an. Seine Augen waren nun nicht mehr so zusammengekniffen wie vorher, sie waren groß und rund und offen, die rötliche Farbe gedämpft und klar. Das Mädchen glaubte, ein leises Schnurren aus seiner Kehle zu hören, es klang beinahe wie das Schnurren einer Katze, wobei Kim sich nicht sicher war, ob sie jetzt vollends den Verstand verlor.

„Meine Güte, hast du mir einen Schrecken eingejagt.“ Kaelis Starre war wie verflogen, die alte Dame schüttelte den Kopf und kam wieder auf sie zu. „Ich dachte wirklich, es wäre zu spät. Aber du hast gut reagiert. Ich denke, wenn du mehr Zeit gehabt hättest, wäre es dir selbst aufgefallen", stieß sie aus. Dann drückte sie ihr das Wasser in die Hand. „Trink. Du musst vollkommen am Ende sein. Die anderen werden auch bald ankommen. Das hoffe ich zumindest." Kurz schenkte die Schamanin ihrer Kriegerin ein zufriedenes Lächeln. Als sie sich abwandte, konnte Kim ihre Stimme hören. „Ich hoffe nur, die beiden machen nicht denselben Fehler wie du."

Schon als die ersten kostbaren Wassertropfen Kims Zunge berührten, schloss sie die Augen. Wie gut es tat, den ausgetrockneten Mund zu erfrischen, und als sie schluckte, ging es ihr gleich wieder besser. Für einen Augenblick vergaß sie die Hitze.

Zur Antwort auf Kaelis Worte schoss ganz in der Nähe ein Diantaron durch die Luft und stürzte sich auf die Erde, um einen Gegner zu packen. Kim hielt den Atem an und starrte wie gebannt in die Richtung, genau wie Kaeli, die kurz davor war, sich in die Richtung zu bewegen. Andere Tiere wichen im nächsten Moment zur Seite und flogen davon, als der Todesschrei des Diantaron über die Kuppe hallte. Das Tier sank bewegungslos zu Boden, was Kim sogar von ihrem Platz aus sehen konnte.

Kurz herrschte eine beunruhigende Stille auf der Kuppe der Wasserfälle, alle Blicke waren in die Richtung des Toten gerichtet.

Dann begann eines der Tiere, mit den Flügeln zu schlagen.

Kaeli drückte Kim so schnell zu Boden, dass Kim der Wasserbehälter aus der Hand rutschte. „RUNTER!"

Wie ein gigantischer Vogelschwarm begannen die Tiere, sich von dem Stein zu erheben, die Luft bebte von den vielen Flügelschlägen und das Rauschen betäubte Kims Ohren. Auch das Tier, das noch eben neben Kim gestanden hatte, verschwand mit einem lauten Kreischen in Richtung

Himmel, hinter den vielen anderen Dämonen, die das Weite suchten. Einige Momente waren sie eingehüllt in die vielen Tiere, die bunten Farben ihres Gefieders schienen wie ein farbiger Sturm, wie fliegende Herbstblätter im Wind.

Nach wenigen Augenblicken waren Kim und die Schamanin fast allein, und die riesige Meute entfernte sich überraschend schnell von den Wasserfällen. Als sie in Richtung Gebirge verschwunden schienen, setzten sich die beiden auf. Kaelis Ausdruck verdüsterte sich, als sie die Person erkannte, die soeben das lange Schwert aus dem Rumpf des toten Diantaron zog. Auch Kims Herz zog sich zusammen, als sie den Rotschopf erkannte. „So viel zum Thema voraussichtliches Handeln“, dachte sie still bei sich.

Langsam stand Kaeli auf und lief los. Kim folgte ihr still wie ein Schatten. Sie war überrascht, wie leer die Kuppe der kleinen Berggruppe schien, jetzt, wo sich die vielen Leiber nicht mehr gegenseitig den Platz raubten. Kahl. Bis auf die wenigen, trockenen Büsche war alles leer, höchstens eine Eidechse huschte über den glühend heißen Stein. Blutige Beute war über dem Sammelplatz der Diantaron verteilt, Kim wich ihnen angeekelt aus.

Muran stand mit einem blutigen Schwert neben dem erlegten Tier und wischte sich erschöpft den Schweiß von der Stirn, als sie bei ihm ankamen.

Kim attackierte ihn, bevor Kaeli etwas erwidern konnte. „Wieso hast du das getan?“, wollte sie scharf wissen.

Als er ihr in die Augen sah, lag etwas Schnippisches auf seinen Zügen. „Wieso? Da fragst du noch?! Dieses Vieh hat mich angegriffen, ich könnte tot sein!“, rief er empört, und wandte sich von ihnen ab, um mit seinen Blicken noch einmal über die Leiche des wunderschönen Wesens zu gleiten. Das gelbliche Gefieder wog sich leicht im Wind, der geöffnete Schnabel und die reglos in den Himmel starrenden Augen ließen Gänsehaut über Kims Haut kriechen.

Kaeli packte ihn an der Schulter und riss ihn herum. „Du müsstest die Sitten dieses Tiervolkes kennen!“, griff sie ihn an, und Muran schluckte laut. „Du wurdest über dreizehn Jahre von mir ausgebildet und willst mir erzählen, dass das ein Unfall war? Diantaron sind friedliche Tiere.“

„Ich weiß. Aber er hat mich angegriffen, wie ich schon sagte! Was hätte ich den machen sollen? Mich servieren? Einem ... einem Vogel?“ Seine Augen funkelten barsch.

„Das sind keine Vögel“, fuhr Kaeli ihn an, sie starrte fassungslos auf den leblosen Körper des wundervollen Tieres, aus dem Blut sickerte.

„HE!“ Valirius stand einsam am anderen Ende der großen Kuppe und grinste. Es dauerte eine Weile, bis er bei ihnen angekommen war und mit auf das tote Tier hinuntersah. „Wer war das?“

Muran hob zögerlich die Hand.

„Nicht schlecht. Mir wäre beinahe dasselbe passiert, wären sie nicht davongeflogen.“ Auch er war schweißgebadet von der Hitze, sein schwarzes Haar klebte feucht an seinen Wangen.

„Schön, dass du auch endlich da bist“, bemerkte Kaeli spitz. „Hat ja ganz schön lange gedauert.“

Kurz herrschte Stille zwischen den Kriegern.

„Ich bin restlos enttäuscht. Kim, die am wenigsten trainiert ist, schafft den Aufgang am schnellsten und geht klüger auf die Tiere zu als ihr beiden, die, die in diesem Land aufgezogen wurden. Und Muran, ich verstehe einfach nicht, warum du dich nicht an das hältst, was ich dir so lange ans Herz gelegt habe.“

Er senkte den Blick.

„Wie ihr bestimmt bemerkt habt, war das ein Ausdauer- und Härtetest. Die Diantaron waren nur ein kleines ... Zusatzhindernis. Hier, ich glaube, das könntet ihr jetzt gebrauchen.“ Mit diesen Worten übergab sie den Jungen

Wasserflaschen, die dankbar entgegengenommen wurden.

Dann bewegte sich die alte Dame in Richtung Vorsprung. „Laut den Überlieferungen der letzten Schamanen liegt über den Diantaron eine Sage.“ Kaeli sah in den Himmel. „Nach einer alten Erzählung sagt man, dass diese Wesen die Gefahr riechen können. Und sie sehen Dinge, die unseren Augen verborgen bleiben. Das sind gefährliche und stolze Jäger, doch das Eigentliche, was ich euch vermitteln will, ist, dass sie den Zuhuren in gewisser Art ähnlich sind. Sie können ebenfalls Gedanken lesen, jedoch die von allen Lebewesen, nicht nur die von ihren Reitern. In Zeiten der Not schließen sie sich uns an.“ Kaeli atmete einmal geräuschvoll aus.

„Und ich werde versuchen, sie dazu zu bringen, uns beizustehen. Wir Jumias brauchen unbedingt Tiere, die wir reiten können. Das wäre ein großer Vorteil, gerade, wenn die Tauruiten die Zuhure reiten, die in ihrer Gefangenschaft leben. Diese Geschichte kennt ihr ja. Valirius' Vater hat diese Tiere für sein Heer gezüchtet.“ Kurz herrschte Stille. „Aber ich denke, wir haben eine gute Chance, die Diantaron für uns zu gewinnen“, fügte sie dann noch hinzu.

Die drei Paar Augen sahen sie zustimmend an, Valirius nickte. „Das ist ein guter Plan. Unser Heer hat eine riesige Flugformation. Das heißt, Aslecs Heer.“

Kaeli lächelte angestrengt. „Ja. Na dann, schaut euch noch ein wenig um, bevor wir uns wieder auf den Weg machen.“

Während Valirius die letzten Tropfen Wasser aus seiner Flasche in seinem Mund verschwinden ließ, trat er an den Wasserfall, der aus dem Inneren des Berges drang. Die Gischt des Wassers bespritzte sein Gesicht, und er zog den Kopf zurück. „Wahnsinn“, murmelte er. „Und diese gewaltigen Wassermassen kommen wirklich aus dem Berg?“

Auch Kim blieb vor dem Vorsprung stehen und starrte wie gebannt auf das fallende Wasser. Erst ziemlich weit unten traf es auf die Erde, und dort hatte sich ein kleiner See angesammelt, von dem ein schmaler Fluss gespeist wurde.

„Ja", stimmte die Schamanin ihm schließlich zu, während sie ihren Finger in die Luft hielt. „Ich glaube, Schneefeuer und Whisper können uns hören. Ruft sie, wir fliegen zurück."

Es war schwer, sich von der Schönheit loszureißen, die sie von hier oben aus sehen konnte. „Einen Moment noch", sagte Kim, und Kaeli nickte.

„Gut, wir warten noch einen Moment. Hach, wunderbare Aussicht heute, nicht wahr?" Mit diesen Worten stellte sie sich neben Kim und ließ ihre Blicke über die Ebenen des Landes streifen.

Die weiten Tydias waren eine reine Augenweide. Alles war grün, der dichte, verwachsene Wald bedeckte beinahe das ganze Land wie ein gestickter Teppich, und nur an wenigen Orten lagen hohe Wiesen frei. Bunte Vögel kreisten über den Dächern der Bäume, und der Himmel war klar. Keine einzige Wolke hing am Horizont.

Etwas östlich hob sich ein Hügel von der Ebene. Auch er war dicht mit Wald bewachsen, doch an seiner höchsten Stelle blieb der Erdboden frei. Dort stand ein großes Gebäude, und das, was Kim am meisten überraschte, war, dass es den Häusern in ihrer Welt um einiges näher sah als die Zelte der Ureinwohner. Sie glaubte, in ihm dasselbe zu erkennen wie das, was sie vor vielen Tagen auf dem Rücken des Drachens aus gesehen hatte.

„Was ist das?", erlaubte sie sich, zu fragen.

Dann sah sie forschend zur Schamanin hinüber, die ihre Lippen zusammengepresst hatte. „Die Ruine. Das ist die Deersfa. Ein wunderschönes Gebäude. Doch es bringt den

Tod. Wir Jumias meiden es, das leere Gebäude zu betreten. Das Schloss wurde vor langer Zeit von Aslec erbaut."

Als sie den Namen des Schattenkönigs vernahm, zog Kim die Luft scharf ein.

„Wir sollten jetzt gehen", unterbrach Muran. „Ich habe wirklich keine Lust, die Zeit auf einem glühenden Stein zu verbringen. Nicht mehr lange, und ich beginne zu schmelzen, so heiß, wie es hier ist."

Valirius warf ihm einen höhnischen Blick zu. „Wirklich abgehärtet bist du ja nicht."

Gerade, als Muran etwas Dummes auf diesen Satz erwidern wollte, wurde er von Kaeli unterbrochen. „Gut, wir gehen. Ruft die Tiere."

Der Schattenprinz holte das goldene Horn hervor, hob es an die Lippen und stieß einen lauten Pfiff aus. Kim schloss gleichzeitig die Augen und rief mit ihren Gedanken nach Schneefeuer, so wie Kaeli es ihr beigebracht hatte. Sie war immer wieder überrascht, wie gut es funktionierte.

Kurz war es leise, nur das Rauschen des Wasserfalls durchbrach in regelmäßigen Klängen die Stille. Dann ertönten Flügelschläge. Sie wurden immer lauter, und endlich erkannten sie die beiden Gestalten, die zielstrebig auf die Kuppe zuflogen. Die Stute kam aus der Richtung, wo Kim sie zurückgelassen hatte, und der Drache glitt aus Richtung des Gebirges auf sie zu.

Whisper landete sicher vor seinem Besitzer. Auch Schneefeuer ließ sich auf die Gesteinsplatte nieder, und Kim saß entschlossen auf. Jetzt wurde es selbst dem Mädchen allmählich zu heiß, und sie freute sich schon auf ihr Zelt im Dorf. Auf den kühlen Schatten, der sie dort umgab.

Bevor auch ihre Begleiter Platz auf dem Rücken des Drachens nehmen konnten, fuhr Valirius hoch.

„Kaeli, jetzt wo wir schon hier sind, will ich dir etwas zeigen." Er kramte einen Moment lang in der Hosentasche, zog etwas hervor und reichte der Alten eine zerschlissene Pergamentrolle.

Kim musterte das alte Stück Papier misstrauisch. Was konnte das sein?

Kurz schenkte Kaeli ihm einen unsicheren Blick, dann rollte sie das Stück auf.

„Oh gute Göttin!“

# 8

Kaeli dachte nicht lange darüber nach. Sie schien auf eine gewisse Weise blockiert zu sein, blockiert durch ihre Gedanken, dass es tatsächlich geschah. Eisern gab sie den Befehl, nach Nordost zu fliegen. Ihr Traum. Ihr Traum. Jetzt könnte er wahr werden.

Während sie lautlos neben dem Gebirge hersegelten, berechnete Muran die Höhenmeter.

Kim wusste noch immer nicht, worum es ging. Aber egal was, es schien unberechenbar wichtig zu sein.

Die Grotte sah von außen aus wie ein normaler Hügel, doch wenn man ihn näher betrachtete, bemerkte man den Eingang, der etwas östlich lag. Es dauerte eine Weile, bis sie ihn erkannten und zur Landung ansetzten. Als sie am Boden aufgesetzt hatten, reckte sich ein großer Nussbaum vor ihnen in die Höhe, Raben saßen in seinen Astnetzen und schrien. Ihre Schreie gingen in Mark und Bein über. Der Baum schien schwarz wie Kohle, es schien beinahe, als wäre er verbrannt. Doch die Blätter in der Krone waren so saftig grün, dass Kim diesen Gedanken verdrängte.

„Sicher, dass wir hier richtig sind?", fragte Muran skeptisch. „Es macht keinen guten Eindruck auf mich."

Valirius musterte den Baum. Die Blätter waren länglich und schmal, die Nüsse faustgroß. Langsam ging er auf den

Baum zu, rollte das Pergament auseinander und verglich die beiden Ebenbilder miteinander.

Kim verfolgte jede seiner Bewegungen, versuchte, daraus schlau zu werden, was sie sagten und wie sie sich verhielten, aber irgendwie drang der Grund nicht zu ihr durch. In diesen Momenten schien sie so unbedeutend, das Mädchen an der Seite, das scheinbar nicht wichtig genug war, um zu erfahren, was die anderen redeten.

Auf der Karte hatte der Baum Einkerbungen, viele Muster. Doch wenn er zu dem Original aufsah, konnte er davon nichts entdecken. Kurz überlegte er. Waren sie falsch? Das konnte nicht sein. Die Karte war so genau, und sie hatte sie hierher geführt. Das musste die Grotte sein, die sie suchten. Er wollte Kaeli nicht enttäuschen. Noch einmal ließ er seine Blicke über den Nussbaum schweifen, fuhr mit den Fingern über die feuchte Rinde. Ein Rabe krächzte und flog an ihm vorbei, zwischen der Anhöhe des Hügels und dem Baum hindurch.

Der Tauruit folgte ihm, auf irgendeine Art wurde es seinem Körper befohlen, und musste lächeln. Auf der anderen Seite des Baumes waren senkrecht Zeichen eingekerbt. Die Zeichen, die auch auf der Karte zu sehen waren, genau dieselben. Sanft fuhr er über die Initialen, die ihm in diesem Augenblick so viel bedeuteten wie noch nie. Die Zeilen schienen beinahe zu ihm zu sprechen.

Sie waren sehr verschnörkelt und kaum lesbar, hell, beinahe weiß schienen sie im Gegensatz zu der dunklen Rinde, eine alte Schrift der Jumias.

Valirius hatte gelernt, sie zu lesen, und so konnte er den Spruch leicht entziffern:

*Verehret die Göttin;*
*nur sie kann es sein,*
*alles Schlechte lasst draußen,*

*das Gute komme ein.*
*Verehret die Göttin der Weisheit,*
*Zuhra.*

Zuhra. Das war die richtige Grotte. Ein erkennendes Lächeln huschte über seine Lippen wie ein Schatten. Eine Krähe kreischte. Er trat hinter dem Baum hervor und winkte die anderen zu sich. „Wir sind richtig“, nickte er. „Hier sind die heiligen Schriften.“

Kaeli schloss die Augen und ihr Herz tat einen Sprung. Sie konnte die wundervollen Wesen förmlich spüren.

So nah. So nah.

„Dann gehen wir jetzt da rein“, flüsterte sie.

Kim stand hinter ihr. Das Mädchen strich zum Abschied noch einmal über die Stirn von Schneefeuer, ehe sie sich den anderen anschloss, um die Höhle zu betreten. Auf irgendeine Art breitete sich ein mulmiges Geräusch in ihrer Magengegend aus, aber es war nicht negativ, sondern einfach unbeschreiblich … unbeschreiblich schön.

Sofort stieg ihr der Duft von Lilien in die Nase.

Anfangs zögerten alle ein wenig, als sich das große, schwarze Loch vor ihnen emporreckte. Doch dann machte Kaeli den ersten Schritt, und alle folgten ihr auf dem Fuße. Ihre Schritte hallten in den Felswänden wider, Tau tropfte von der Decke. Der Weg führte steil nach unten, immer tiefer unter die Erde. An einigen Stellen waren die Schamanin, Muran, Valirius und Kim in vollkommene Dunkelheit gehüllt, und konnten sich nur an den Wänden orientieren.

Kim atmete schwer, ihre Lunge zog sich zusammen wie ein ausgewrungener Schwamm. Der Druck wurde immer stärker, je weiter sie dem Gang folgten. Die Frage, was sie überhaupt hier suchten, quälte sie beinahe. Nicht mehr lange, und sie würde vor Aufregung platzen.

Kaeli hingegen beachtete weder die beengende Umklammerung der Tiefe noch die Ratten, die an ihr vorbeihuschten. Ihr Blick war entschlossen, in ihrem Herzen brannte eine Flamme der Hoffnung. Das könnte sie sein! Die Lösung ihres Problems. Und die Erfüllung ihres Traums. Zuhra möge ihnen gnädig sein. Sie hörte die anderen hinter sich atmen, und wusste, dass sie ihr folgten. Anfangs hatte sie das Gefühl gehabt, sie würden nicht mitkommen. Natürlich. Aber jetzt schien die Atmosphäre sogar die Jugendlichen zu überwältigen.

„Was ist hier los?", wagte Kim schließlich, zu fragen.

Valirius lief dicht hinter ihr, und so war er derjenige, der ihr antwortete: „Wir hoffen, in dieser Grotte Zuhure zu finden. Du weißt schon, die ..."

„Ja, ich weiß, was du meinst", sagte Kim schnell. „Wirklich? Hier? Aber werden die beiden auch sicher gewählt?"

Er gab keine Antwort. Aber auch, wenn sie es nicht sehen konnte, wusste sie, dass er mit den Schultern zuckte.

Nach etwa einer Stunde tauchte ein Licht am Ende des Gangs auf. Es war schwach, genügte jedoch, die Gruppe etwas schneller laufen zu lassen. Immer schneller, zielstrebiger. Die Hoffnung war jetzt wieder aufgelodert wie eine Stichflamme, die Erwartungen waren groß.

Als sie davor standen, schritt Kaeli als Erste in die eigentliche Grotte.

„Ja", dachte sie. „Dieser Ort gebührte Zuhra." Und sie hatte das Glück, so etwas Wunderschönes zu sehen.

Ein dampfender Wasserfall entsprang aus einer Felswand und füllte einen türkisfarbenen See, auf dem bunte Wasserlilien schwammen. Überall an den Wänden brannten orangefarbene Feuer, die den Raum in ein mattes Licht tauchten. Die leuchtenden Flammen leckten an der Luft und warfen tanzende Schatten auf den Boden. Das waren Geisterfeuer. Sie beschützten das Gute und verbrannten das Böse. Dazu brannten sie niemals aus.

Ein schwarzes Loch in der Decke endete im Nichts.

Nun traten auch die anderen aus dem dunklen Gang hervor und begutachteten die Schönheit des Wassers, erkundeten mit ihren Augen die Grotte.

Erst als sie Kaelis Blicken folgten, sahen sie das, was sie einst für unmöglich gehalten hatten.

„Die Zuhure", hauchte Valirius tonlos und machte ein wenig überraschtes Gesicht, als er sich wieder zu den anderen drehte. „Hab ich zu viel versprochen?"

Kim konnte ihren Blick nicht von den majestätischen Wesen wenden, auch Muran war wie gebannt. Kaeli schüttelte langsam den Kopf. „Das ist Wahnsinn, wenn ich das einmal so in eurer jugendlichen Sprache sagen darf. Ich bin oft hier vorbeigekommen, aber ich hätte nie gedacht, dass die Grotte so etwas in ihrem Inneren bietet."

Sie sah zu Muran hinüber, ging auf ihn zu und legte ihm die Hand auf die Stirn. „Viel Glück. Vergiss nicht, sie wählen uns. Es ist nicht gesagt, dass wir einen bekommen. Aber du bist ein guter junger Mann. Du hast es verdient."

Er nickte stumm. Auch Kim wandte sich jetzt wieder ihnen zu. „Viel Glück!", gab sie ihnen freundlich entgegen, und Kaeli lächelte zaghaft. „Das werden wir brauchen."

Muran war aufgeregt, beinahe noch aufgeregter als die alte Schamanin. Er hielt sich im Hintergrund und gewährte ihr den Vortritt, den sie dankend annahm. Langsam, beinahe ehrfürchtig, ging die alte Dame auf den glasklaren See zu und kniete nieder. Dann schöpfte sie eine Handvoll heraus und nahm einige Schlucke.

Die Tiere auf der Anhöhe bewegten sich, ihre Hufe klapperten über den felsigen Boden, sie schnaubten unruhig.

Einige Zeit geschah überhaupt nichts, und Kim glaubte alles verloren. Doch dann siegte die Neugier der Zuhure, und nach und nach breiteten sie mächtig ihre Flügel aus und segelten zu ihnen hinunter, elegant wie Schneeflocken.

Als alle unten waren, standen sie nah aneinander. Es waren nicht viele. Sieben, maximal zehn Stück. Sie blieben etwas auf Abstand, doch man sah ihr Interesse deutlich.

Kim sah zu der Schamanin hinüber. Diese hatte sich zu den Zuhuren gewandt und starrte wie hypnotisiert in die kleine Herde hinein, schien schier lautlos nach einem der Tiere zu schreien.

Kim schloss die Augen, hoffte innig, das Kaeli erwählt würde. Als sie die Augen öffnete, hörte sie einzelne Huftritte.

Ein einzelnes Tier trat aus der Gruppe hervor. Es hatte strahlend weißes Fell, nur sein Maul und die Fesseln waren dunkel. Die Augen waren beinahe so türkis wie das Wasser des kleinen Tümpels. Die Mähne war wie auch bei Schneefeuer sehr lang, die Flügel groß. Die Stute war älter als Kims Tier, ihr Rücken lag aufgrund ihres Alters weiter in der Höhe, und ihre Züge wirkten reifer.

Es legte den Kopf leicht schief, und als die Mähne zur Seite fiel, blitzte ein gelber Edelstein auf, ein gelber Saphir. Kim hielt angespannt den Atem an.

Kaeli streckte die Hand aus, und der Zuhur scheute kurz. Dann machte er zögerlich einen Schritt auf die kniende Schamanin zu und legte vorsichtig sein Maul in ihre Handfläche.

„Wird sie die Schamanin wählen?“, flüsterte Kim zu Valirius hinüber.

Er starrte gebannt auf die Schamanin. „Ich weiß nicht, ich habe so etwas noch nie zuvor miterlebt“, antwortete er ihr dann nach einer ganzen Weile.

Dann, gerade, als Kim wieder aufsah, ging ein Ruck durch den eleganten Körper des Tieres. Das Zuhur senkte den Kopf, sodass Kaelis Hand den Edelstein berühren konnte. Alle hielten den Atem an. Das war es. Kim konnte jetzt sehen, was bei ihr geschehen war.

Die anderen Zuhure wichen erschrocken zurück, das Klappern ihrer Hufe ließ die Luft beben. Kim, Valirius und Muran machten einen erschrockenen Schritt zurück, bis kurz vor die Felswand. Dann sahen wie erstarrt zu, wie sich die beiden Seelen zu verbinden schienen.

Ein grelles Licht vermischte das gesamte Bild, hüllte die beiden Gestalten ein. Die Geisterfeuer zischten einen Moment lang in ihre Mitte, der Boden schien zu brennen, doch es verletzte niemanden.

Es dauerte eine gefühlte Ewigkeit, bis sich das Licht in den Edelstein der Stute zurückzuziehen schien. Wie ein Sog saugte der gelbe Saphir die grellen Strahlen ein, ehe sich die beiden Körper wieder regten. Kaeli lächelte nun über das ganze Gesicht. Sie liebkoste das Tier, und Kim konnte erkennen, wie sich eine kleine Freudenträne über das Gesicht der Alten bahnte.

Über das Wasser fuhr eine kräftige Böe, sie fuhr durch das graue Haar der Schamanin, und sie schloss die Augen. „Ureh. Ich habe verstanden, mein Mädchen."

Die wunderschöne Stute prustete durch ihre Nüstern, und allmählich wagte Kim es wieder, zu atmen.

Kaeli sah zu ihnen hinüber. „Sie hat mich tatsächlich gewählt. Ich kann es gar nicht fassen, dass es noch einmal geschieht."

„Noch einmal?", fragte Kim überrascht. Kaeli strich sich mit ihren dürren Fingern eine Strähne aus dem Gesicht.

„Als ich jung war, hatte ich schon einmal ein solches Tier. Ich habe es nie vergessen, wie ihm die Krieger Aslecs das Herz durchbohrt haben. Er hieß Clahyr. Ich glaube, Zuhra hat mir die Chance noch einmal gegeben, weil der Krieg naht. Sie steht uns bei. Bestimmt wird auch Muran heute eher erwählt als sonst. Er gehört zu uns. Und wir vergöttern Zuhra. Nicht Aslec. Sie wird uns helfen."

Kim lächelte ihr zu. „Das eben war wunderschön. Und

das mit Clahyr tut mir leid. Ich hoffe für Muran, dass die Göttin ihm eine Chance gibt."

Die alte Dame nickte. „Es war wahrlich wunderschön. Die Geister und Götter mögen ihm gnädig sein."

Muran trat zwischen Kim und Valirius hervor. „Wie stehen meine Chancen?"

„Das kann ich dir nicht sagen, Muran. Niemand weiß, wie ein Zuhur seine Wahl trifft", erwiderte Kaeli. „Aber wie erwähnt, du hast bestimmt eine bessere Chance als sonst."

Der junge Krieger lief zielstrebig auf die restlichen Tiere zu. Es gab wenige junge Zuhure, deren Stockmaße dem von Schneefeuer glichen. Die meisten waren groß gewachsen, schienen vollends in Zuhras Schönheit eingetaucht. Makellos schön. Makellos perfekt. Inmitten der Herde fand sich ein Schwarzer, der Murans Interesse weckte. Der Hengst war noch größer als Ureh, stark und mächtig. Sein Langhaar war ebenfalls dunkelschwarz wie der Nachthimmel, doch mit roten Strähnen durchsetzt. Der Kopf war gerade und leicht rammköpfig, die Augen klar und dunkel. Der Edelstein unter seinem Schopf war rubinrot.

Die Stille war beinahe zerreißend, Kim wagte nicht, etwas zu sagen. Muran schritt still auf den Hengst zu und wartete, bis die anderen Tiere zur Seite wichen. Dann musste er lächeln. Es war ein wirklich schönes Tier, seine Augen funkelten geheimnisvoll. Nichts wünschte sich Muran in diesem Moment mehr, als dass dieses Tier ihn wählte. Doch er selbst hatte es nicht in der Hand. Es tat beinahe weh, daran zu denken. Möge die Göttin ihm gnädig sein.

Er sprach leise bei sich ein Gebet.

Einige Augenblicke lang regte sich nichts.

Muran ging noch einen Schritt näher auf den Zuhur zu. Die zwei Augenpaare sahen tief in sich hinein, Murans Herz schien auszusetzen. War es das? Wählte es ihn?

In diesem Moment wieherte das Tier auf. Es breitete

mit einem Ruck seine Flügel aus, und Muran zerriss es das Herz. Der magische Moment schien wie durch die Böen, die den Raum in Atem versetzten, verweht.

Jetzt hob das schwarze Tier vom Boden ab und flog nach oben. Muran blieb wie versteinert stehen, er war richtig enttäuscht, als er sah, wie das Wesen durch das Loch nach oben verschwand. Weg. Er war weg.

Die Schamanin kam auf ihn zu und legte ihm die Hand auf die Schulter. „Es tut mir leid. Aber wir können es nicht beeinflussen."

Er zwang sich zu einem Lächeln. „Kein Problem." Doch in seinem Unterton erkannte man, wie unglücklich er war.

„Gehen wir", beschloss Valirius schließlich.

Die anderen stimmten zu.

Gerade, als sie sich zum Gehen wandten, blieb Kaeli stehen. „Ich fliege hier raus. Wenn der Hengst es durch das Loch geschafft hat, schaffen Ureh und ich das auch. Ich lande vor der Grotte. Bis dann", erklärte sie. Dann legte sie ihren Zeigefinger auf den Edelstein ihres Zuhurs, der darauf den Flügel sinken ließ, kletterte hoch auf den Rücken des Tieres und schnalzte mit der Zunge. Anfangs schlug die Stute nur aufgeregt mit den Flügeln, aber dann erhob sie sich und flog immer weiter nach oben, bis sie und ihre Reiterin durch das Loch verschwunden waren.

„Hey, Muran, ist doch alles gut", munterte Kim ihn auf.

Er sah sie angriffslustig an. „Du hast dieses Problem ja nicht."

Sie legte den Kopf schief. „Welches Problem meinst du?", fragte sie barsch zurück. „Ich kann nichts dafür, wenn dich der Zuhur nicht wählt. Außerdem verhältst du dich in letzter Zeit wirklich ziemlich bescheuert, wenn ich das so sagen darf. Kein Wunder, dass ..."

Als ihre Stimme verhallte, bemerkte sie die verwunderten Blicke der beiden Krieger.

„Was denn? Kann man hier nicht seine Meinung sagen?“ Damit drehte sie sich um und verschwand mit eiligen Schritten in den Gang.

Sie war die Zweite, die am Treffpunkt vor der Grotte ankam. Kaeli war knapp vor ihrer Ankunft gelandet, und Ureh beschnupperte sich gerade mit Schneefeuer. Die beiden schienen sich auf Anhieb zu verstehen, auch wenn man eindeutig erkennen konnte, wie viel größer und imposanter Ureh gegen die zierliche Gestalt des feuerfarbigen Tieres wirkte.

Dunkle Wolken hatten sich über dem Land ausgebreitet, kaum noch ein Sonnenstrahl kam durch die dichte Wand.

„Wo sind die anderen?“, fragte die Schamanin verwundert, als sie Kims mürrischen Blick erkannte. „Ist alles in Ordnung, Kim?“

„Keine Ahnung, wo die sind“, gab diese dumpf zurück, während sie auf die Zuhure zuging. Sie versuchte, sich ehrfürchtig und vorsichtig zu bewegen, da sie Urehs Größe auf eine gewisse Art und Weise daran erinnerte, dass sie sich vor zwei göttlichen Tieren vorfand. Göttlich ... wie das klang. Vor kurzer Zeit hatte sie nur an einen Gott geglaubt, doch jetzt wusste sie selbst nicht mehr, an was sie wirklich glauben sollte. Überhaupt wurde alles, kurz, nachdem es klar war, sofort wieder trüb und unverständlich, als würde es in Nebel gehüllt.

Als sie über Schneefeuers samtene Stirn strich, überwallte sie ein Schwall von Sicherheit, hüllte sie ein und ließ sie einen Moment lang alles um sich herum vergessen.

*Du bist hier. Ich wollte, dass du hier bist. Und ich werde dich beschützen. Alles wird seinen Sinn ergeben.*

Sie fuhr hoch. Das war das erste Mal, dass sie die heißkalte Stimme vernahm, seitdem sie in Tydia angekommen war.

Kaeli kam einen Schritt näher, und so versuchte sie, ihre Gedanken so gut wie möglich zu verbergen, da sie Sorge hatte, die Schamanin würde ihre Gedanken lesen. Konnte sie das überhaupt? Kurz war sie sich nicht sicher.

Jetzt stupste auch Ureh sie an und forderte Liebkosungen, und Kim kraulte sie am Hals, worauf die weiße Stute genüsslich schnaubte.

„Gut so“, murmelte sie. „Alles wird seinen Sinn ergeben.“ Und tatsächlich glaubte sie, dass Ureh ihr einen Augenblick lang zustimmend in die Augen sah.

„Hier sind wir“, kam es in diesem Moment von hinten. Muran und Valirius schlenderten gerade aus dem Eingang, beide mit ernsten Mienen.

„Gut. Wir haben euch schon vermisst“, sagte die Schamanin grinsend, als Kim herumwirbelte. „Da jetzt alle da sind, können wir ja jetzt zurück zum Dorf. Ich denke, wir brauchen alle eine Pause. Außerdem ist es schon spät.“

Muran rümpfte die Nase und suchte nach Kims Blick. Doch sie hatte sich von ihm abgewendet, kalt bot sie ihm eine starke Barriere.

„Das mit dem Zuhur tut mir schrecklich leid. Ich dachte ...“, begann Kaeli.

„Schon in Ordnung. Ich komme auch ohne klar“, unterbrach Muran die Schamanin. „Das wird einen Grund haben. Zuhra wird einen Grund haben, meine ich. Ich bin mein ganzes Leben ohne einen ausgekommen. Das sind wir alle. Ich brauche ... ich brauche keinen Zuhur, um ein guter Krieger zu sein.“

Eine Zeit lang war es still. Kim hörte hinter sich die kauenden Stuten und warf einen ausdruckslosen Blick zu den beiden Jungen hinüber.

Da vernahm sie Flügelschläge, und als sie nach oben sah, konnte sie es kaum fassen.

Es war der schwarze Hengst.

Das Tier schnaubte und setzte zur Landung an, direkt vor dem jungen Krieger.

„Muran!“, rief Kaeli glücklich, und er lächelte ihr ungläubig zu, während Valirius einen ehrfürchtigen Schritt rückwärts machte und Kim ihren Blick nicht davon wenden konnte, was jetzt geschah.

Der Wind ließ die Mähne des Tieres in der Luft wiegen, das Tier hatte die Flügel eng an den Körper gelehnt. Eine Böe fuhr über das pechschwarze Fell, die Sonne warf helle Schatten darauf.

Als Muran zögerlich seine Finger nach dem Kopf des Zuhurs ausstreckte, schreckte dieses nicht zurück. Der junge Jumias streichelte sanft über die feinen Konturen des Kopfes, um sicherzustellen, dass er sich das nicht nur einbildete. Das war unmöglich. Vollkommen unmöglich. Der Hengst senkte den Kopf tiefer, erwartete, dass er die Finger auf den Edelstein legte. Das war Zuhras Wille. Sie schien auf seine Reaktion gewartet zu haben, es kam ihm beinahe so vor, als würde sie die Worte von ihm hören hätte wollen, die er vor wenigen Augenblicken von sich gelassen hatte.

Er wählte ihn! Das hätte er sich nie erträumt. Murans Herz machte einen Hüpfer. Ihn! Den Sohn eines Webers, einem einfachen Krieger! Langsam legte er seine Finger auf den heißen Edelstein, der auf diese Berührung förmlich zu explodieren schien. Der Krieger schloss bewegt die Augen.

„Wolfskopf“, flüsterten ihm die Elemente zu. „Wolfskopf.“ Der Wind rauschte den Namen in sein Ohr, das Laub raschelte ihn nach wie ein Echo. Und die Raben krähten ihn laut. „Wolfskopf. Wolfskopf. Wolfskopf.“

„Ich habe dich verstanden. Danke, Wolfskopf“, flüsterte Muran leise.

Stille. Vollkommene Stille.

Es dauerte eine ganze Weile, bis die Raben wieder wagten zu krächzen, und der Wind allmählich wieder über Land und Wälder strich. Kim glaubte, dass die gesamte Welt in diesem Moment aufatmete. Ihre Augen waren gebannt auf den neuen Weltenreiter gerichtet, der sich langsam umdrehte. Muran schien verändert. Er strahlte jetzt etwas anderes aus, etwas Neues.

„Muran! Ich wusste es. Ich wusste die ganze Zeit über, dass du noch zum Reiter eines solchen Tieres wirst! Die Göttin Zuhra hatte Gnade mit dir!“ Kaeli fiel ihm um den Hals. Als er ihr ins Gesicht sah, hatte sie Tränen in den Augen. „Du wirst ein guter Krieger. Ich kann es kaum glauben. Mein Muran! Ich wusste es. Die ganze Zeit. Du bist etwas Besonderes.“ Sie umarmte ihn erneut.

Muran schälte sich aus ihren Armen und fuhr sich mit der Hand durch die Haare. „Ich kann es auch nicht fassen“, gab er zu.

Kim und Valirius traten näher. „Hey. Das war wirklich eine Überraschung, hätte ich nicht gedacht“, stellte Valirius fest. „Muran, der Weltenreiter.“

Muran lachte leise. „Lasst uns zum Dorf fliegen. Ich will ihn ausprobieren.“

Kaeli nickte zustimmend. „Die Sonne geht unter. Wir sollten wirklich los.“

Ihre Stimme schien sich beinahe zu überschlagen. Das war das erste Mal in der Geschichte, dass zwei Personen an einem Tag erwählt wurden. Zuhra war auf ihrer Seite. Das war ein gutes Zeichen. Jetzt brauchte sich niemand mehr das Reittier zu teilen. Jeder hatte sein eigenes. Was für ein großartiges Gefühl.

Muran erklomm voller Aufregung den gewaltigen Rücken des wunderschönen Tieres. Er fühlte sich großartig. Das war sein Zuhur. Jetzt würde er auf seinem Zuhur fliegen. Wie oft hatte er sich genau das gewünscht? Die Weltenreiter waren die höchst angesehensten Personen des Landes und er durfte sich nun auch so nennen.

„Dann wollen wir mal dem Volk davon berichten, dass unsere Macht wächst!", kündigte die Schamanin an und schwang sich auf Ureh. „Kommt!"

Auch Kim saß bereits auf ihrem Zuhur, Valirius beeilte sich, auf den Rücken seines Drachen zu kommen.

In diesem Moment donnerte es.

Kaeli sah zum Himmel. „Los jetzt!"

Damit erhoben sie sich in die Luft. Muran krallte sich anfangs noch verkrampft in Wolfskopfs Mähne fest und presste die Beine um den großen Bauch seines Zuhurs, da er noch nie auf dem Rücken eines Tieres gesessen hatte. Wie unrealistisch sich das anfühlte! Wie wunderschön und ungläubig. Selbst wenn dies ein Traum war, er wollte nie aufwachen.

Der Himmel war von dunklen Wolken geschwängert, als sie über dem Wald schwebten. Kaeli machte sich gut auf dem Rücken ihres Tieres, sie konnte sich noch gut an alles erinnern, was sie einst in ihrer Jugend gemacht hatte. Einen Moment lang vergaß sie die Sorgen vor dem Krieg. Abenteuerlustig machte sie scharfe Wendungen, Sturzflüge und schoss in die Höhe. Es war wie eine Droge. Man wurde sofort süchtig.

So flogen sie zurück in Richtung Dorf, um den Menschen dort die gute Nachricht zu überbringen.

Noch bevor sie landeten, brach der Sturm los. Der Regen prasselte wie aus Eimern vom Himmel, nahm ihnen die Sicht. Es war eine wirkliche Herausforderung, auf der Lichtung zu landen.

Als sie ihre Tiere vor dem Dorf zurückließen, waren alle bereits tropfnass. Der sandige Boden war ein einziges Schlammloch, Kims Füße versanken bei jedem Schritt in den tiefbraunen Matsch.

Kaelis war das Zelt, das am nächsten lag, und so beschlossen sie, sich gemeinsam in ihrer Behausung niederzulassen. Dem Volk die Nachricht zu überbringen war vorerst unmöglich, kein Mensch hielt sich in den Gassen, geschweige denn am Marktplatz auf. Aus den Zelten drangen Rauchwolken, fast jeder entfachte jetzt ein wärmendes Feuer.

Kim freute sich bereits auf den Tee, die Wärme des Feuers und die vielen Decken, in denen sie sich einhüllen würde. Ihr Haar klebte eiskalt in ihrem Nacken, ihre Kleidung haftete feucht an ihrem Körper.

Valirius lief neben ihr. Auch sein Haar war nass, von seinem Hemd ganz zu schweigen. Er sah lächelnd zu ihr hinüber, während sie nebeneinander herrannten. Schlamm spritzte auf, wenn sie in Pfützen sprangen, und befleckte ihre Kleider. Kim musste lachen. Es war wirklich zu schön, sich nicht die Bemerkungen ihres Vaters darüber anhören zu müssen, wie schwer die Flecken wieder rausgingen. Hier konnte sie machen, was sie wollte. Wenn er das nur sehen könnte.

Muran und Kaeli waren ihnen schon weit voraus.

Da spürte sie Valirius' Hand an ihrem Arm. Sie warf einen kurzen Blick zu ihm hinüber, doch er sah kerzengerade nach vorn, sodass sie es einfach tat. Sie nahm seine Hand.

Er nahm es hin wie eine Selbstverständlichkeit, es gab kein Fragen. So liefen sie zwischen den Tausenden Zelten hindurch, durch den kühlen Schauer, über die vielen kleinen Seen, die sich am Boden gebildet hatten. Als sie endlich vor Kaelis Zelt stehen blieben, war sie gerade dabei, mit ihrem Schüler eine weitere Plane über ihre Behausung zu spannen, um sie besser abzudichten, und der Krieger ließ ihre Hand sofort los. Valirius und Kim entschlossen sich, mit anzupacken, sodass sie schon nach kurzer Zeit ins Innere des Zeltes verschwinden konnten.

„Was für ein Wetter." Kaeli schüttelte den Kopf. „Die Geister lassen ihre Wut ganz schön spüren." Sie ging zur Kommode, öffnete die Schublade und holte ein Streichholz hervor. Dann entzündete sie die Feuerstelle, und Muran reichte ihr frisches, trockenes Holz, das sie den Flammen zum Fraß vorwarf. Als sich das Feuer allmählich wuchs und Wärme im Raum verbreitete, stellte sie eine Kanne mit Tee aufs Feuer.

„Setzt euch!", bat sie den anderen jungen Krieger und die junge Kriegerin, die beide teilnahmslos am Ausgang standen, und reichte ihnen Decken, in die sie sich dankbar einwickelten.

Kim musste beinahe lächeln. Beinahe erleichtert ließ sie sich zwischen Muran und Valirius auf einem Felllager nieder. Die Decken, in die sie sich gewickelt hatten, wärmten ihre Glieder. Sie seufzte. Es war genau wie bei ihr zu Hause. Dort saß sie bei einem Gewitter immer neben ihrem Vater auf dem Sofa und starrte in den Kamin. Wie es ihrem Vater wohl gerade jetzt in diesem Moment ging? Ob er sie sehr vermisste? Einen Moment lang versetzte es ihr einen Stich ins Herz, wenn sie daran denken musste, ihn zurückgelassen zu haben.

Kaeli nahm jetzt die pfeifende Kanne vom Feuer und verbrannte sich einen Finger. „Du meine Güte. Kim, würdest du mir kurz die Kanne abnehmen?"

Kim gehorchte, und die Schamanin bohrte ihren Finger in die kalte Erde. Erleichtert atmete sie auf. „Das passiert mir andauernd", erklärte sie, als sie die Blicke ihrer Schützlinge bemerkte. Schließlich nahm sie Kim den Behälter wieder ab und verteilte den Tee in vier ausgehüllte Hörner, die sie an die drei weiterreichte.

„Kim, übrigens, das ist ein Zitronentee", lachte sie, als sie Kims angewiderten Gesichtsausdruck wahrnahm. „Nichts Widerliches. Du kannst es ruhig trinken."

Kim lachte kurz, dann hob sie das Gefäß an ihre Lippen und trank. Das Getränk war süßlich, doch es schien kein Zucker darin zu sein, so wie sie es kannte. Wenn sie es hätte beschreiben sollen, hätte sie gesagt süß und sauer zugleich.

Während sie dasaßen und den wärmenden Tee tranken, besprachen sie, was sie alles an diesem Tag erlebt hatten. Jetzt lachten sie über den Angriff des Zeeserns, und Kim und Muran vertrugen sich wieder, auch, wenn Kim ihn am liebsten weiterhin ignoriert hatte, so, wie er sie verletzt hatte. Doch jetzt war nicht die Zeit, sich gegeneinander zu verschwören, im Krieg ging es um Teamwork. Und hierbei brauchten sie sich gegenseitig, ob sie nun wollten oder nicht.

Kaeli betonte einige Male, dass sie von nun an auch allein an den Bogenschießstand gehen sollten. In einer Woche war das Sonnenfest, das letzte Fest vor dem Krieg. Auch darüber sprachen sie. Es war das Fest der Geister und Götter. Etwas Besonderes. Gerade jetzt, wo Muran und Kaeli erwählt worden waren, war es Zeit, der Göttin zu danken.

Erst, als der Halbmond wie eine Sichel milchig am Himmel stand, und die Wolken davongewichen waren, kehrte jeder zur Ruhe in sein Zelt zurück.

Kim lag still in ihrem Zelt, die Hände gefaltet und die Augen geschlossen.

„Bitte lass es meinem Vater gut gehen und lass mich ihn wiedersehen“, bat sie still, während sie beobachtete, wie ein kleiner Staubwirbel durch das Loch ihres Zeltes verschwand. „Und bitte, bitte lass uns eine Chance haben, den Krieg zu gewinnen.“

Damit schlief sie ein.

Sicher.

Geborgen.

Mit dem Willen, eines Tages wieder zurückzukehren. Zurück nach Kanada.

Sie trainierten jeden Tag. Kim vertiefte den Schwertkampf und das Bogenschießen, aber auch, sich darauf einzustellen, was es bedeutete, einen ernsthaften Gegner zu haben. Mittlerweile war ihr klar, mit wem sie es zu tun hatten. Sie machten sogar einen Ausflug ins Gebirge, beobachteten die Tauruiten. Kaeli hegte einst noch die Hoffnung, Kim würde gehen, doch das Mädchen war immer noch entschlossen.

Sie wurden die Jäger der Lüfte, kein Bimba, kein Kaninchen war von den drei jungen Kämpfern und ihrer Lehrerin sicher. Kaeli lehrte sie gut, und Kim, Valirius und Muran wussten, dass sie sich auf die Schamanin verlassen konnten.

Jeden Tag Spuren lesen, jeden Tag eine anständige Jagd. Kim verlor die Angst vor den Tieren der Nacht und hörte auf, Mitgefühl für ihre Opfer zu haben. Kaeli und die Jungen trieben es ihr aus, so gut sie konnten. Sie lernte alles kennen, von den giftigen Pflanzen bis hin zur Geschichte des Volkes. Es war harte Arbeit und schwer, all das nachzulernen, was Valirius und Muran ihr ganzes Leben über erfahren hatten.

Valirius erklärte alle Einzelheiten des Plans, den Aslec mit ihm aufgebaut hatte. Selbst wenn er seinem Vater gegenüber früher aus Frucht absolut gehorsam und ehrfürchtig gewesen war, jetzt hatte er keine Angst mehr. Nicht im Geringsten. Er lernte seine Stärken weiter auszubauen und gemeinsam mit Kim Bogen zu schießen, was im Gebirge nicht wirklich geschätzt wurde.

Trotzdem versuchte er, ein wenig Abstand von dem Mädchen zu gewinnen. Zwar war sie die Erste, für die er wirklich Gefühle empfand, aber er durfte nicht aus den Augen verlieren, dass der Krieg auf sie zukam. Er wollte sie nicht noch mehr verletzen, wenn er nicht überleben sollte. Außerdem war es viel zu gefährlich, sie mit Gefühlen an sich zu binden.

Auch die erwachsenen Krieger trainierten hart, und so verstrich eine gesamte Woche, die nur aus Training und Jagden bestand. Kaeli hatte die Diantaron mit viel Mühe und Geduld in einer Vollmondnacht dazu bewegt, den Jumias in dieser Schlacht zu helfen. Ein großer Schwarm ließ sich auf dem Feld nieder, das sich zwischen dem Dorf und dem Wald erstreckte. Etwa fünfhundert Tiere waren es und es zeigte sich bald, dass nur wenige Krieger des Volkes einen Diantaron richtig reiten konnten. Doch es war ein guter Anfang, und so stellte sich die Flugformation der Jumias zusammen. Sie war nicht besonders groß, doch trotzdem weit bedeutender als gar keine.

Hege und die anderen Schmiede des Dorfes hatten viel zu tun, Sättel für die vielen Tiere anzufertigen, an denen man auch Waffen anbringen konnte. Alle arbeiteten jetzt auf den Krieg hin, alles wurde vorbereitet. Kein Fehler durfte mehr unterlaufen, alles musste perfekt verlaufen.

Das letzte große Ereignis, das sich zwischen das Training und den Krieg schob, war das Sonnenfest. Kim freute sich darauf, es war das erste – und vielleicht auch das letzte – Fest, dass sie mit den Jumias feiern würde.

An jenem Abend begannen die Vorbereitungen. Die Sonne hatte ein makelloses Rot angenommen und tauchte die Wolken in eine orange Farbe. Kim schmückte gemeinsam mit anderen Mädchen und Frauen das ganze Dorf mit Girlanden. Es war eine Unbeschwertheit, die ihnen gut tat, trotz oder gerade wegen der Ernsthaftigkeit des Krieges, die sie alle Tag und Nacht verband.

Kim stand gerade auf einem Hocker und brachte Girlanden an einem Zelt an. Es waren viele bunte, geflochtene

Streifen, und sie gaben dem wundersamen Ort etwas noch Bunteres. Der Marktplatz war beinahe voll mit umherhuschenden, aufgebrausten jungen Frauen, die sich gegenseitig Befehle zuriefen oder sich dabei halfen, den Schmuck zu verteilen, während die meisten Krieger vor dem Dorf bei der Kriegerversammlung waren. Muran und Valirius waren nicht dabei, Kaeli hatte sie dazu verdonnert, die Marktstände wegzubringen.

Einige junge Mädchen verstreuten Blumen am Boden, und Kim musste lächeln, als das kleinste stehen blieb und ihr ein breites Grinsen schenkte. Als anscheinend die Schwester der Kleinen nach ihr rief, winkte sie Kim noch kurz zu und rannte dann hinter dem etwas größer gewachsenen Mädchen her. Hier schienen sich alle zu kennen. Ganz anders als in den Städten bei ihr zu Hause, wo sich alles immer nur um die Zeit drehte. Dass es hier außer Nacht und Tag keine Zeitzählung gab, schien gar nicht so übel.

Gerade, als sie sich auf der Leiter strecken musste, um an die höchste Stelle des Anführerzeltes heranzukommen, bewegte sich das untere Ende der Girlande. Als sie so schnell herumwirbelte, dass die Leiter begann zu wackeln, erkannte sie Valirius. Er grinste sie breit an wie ein kleiner Junge, der gerade etwas Schelmisches angestellt hatte.

„Was?“, fragte sie lachend, als er versuchte, sie mit dem anderen Teil der Girlande einzuwickeln. „Lass mich in Ruhe!“, kicherte sie, doch er ließ nicht ab. „Bitte! Sonst werden wir nie damit fertig.“

Er ließ kurz von ihr ab. „Ach, ich finde, es würde reichen, wenn wir dich an einen Baum hängen, dann ist das Dorf zu genüge geschmückt.“

Sie lachte, und als sie versuchte, sich die bunten Fäden von ihrem Körper zu streifen, verlor sie das Gleichgewicht und fiel von der Sprosse. Valirius war schnell, und so fand sie sich einen Augenblick später in seinen Armen wieder.

Während sie sich tief in die Augen sahen, verspürte sie wieder dieses wunderbare Gefühl der Geborgenheit.

„Also Kim, du solltest doch Girlanden aufhängen", sagte er tadelnd.

Sie lachte und legte den Kopf schief. „Das habe ich vor einer halben Minute auch gemacht. Aber dann ist da so ein Monster gekommen und hat mich gestört. Ich glaube, es ist in Richtung Brunnen verschwunden. Schau doch mal, ob du es fangen kannst."

Er setzte sie am Boden ab. „Oh, ja, das werde ich machen. Nicht, dass es dich wieder bei deiner Arbeit stört, du armes, armes Mädchen." Valirius lachte leise.

„Valirius!", rief Kaeli da von der anderen Seite des Marktplatzes. „Hilf Muran, die Stände wegzubringen! Ihm fehlt eine helfende Hand!"

Er atmete geräuschvoll aus. „Schade, jetzt werde ich gebraucht. Egal. Ich komme wieder!"

Sie lachten sich an, dann drehte er sich um und ging hinüber zu Muran, der ihm einen giftigen Blick zuwarf.

Muran hasste es zu sehen, wie Valirius sich bei Kim beliebt machte. Noch immer quälte ihn das Gefühl, diesem Kerl nicht trauen zu können, und insgeheim war er ein wenig eifersüchtig. Ein wenig? Wie untertrieben! Am liebsten würde er Valirius dorthin zurückschicken, wo er hergekommen war. Er war derjenige gewesen, der sich Kim angenommen hatte. Aber jetzt ... jetzt kümmerte sich dieser Verräter um sie. Und er schien tatsächlich Erfolg damit zu haben.

Aber er musste sich zusammenreißen. Bis zum Sonnenaufgang musste alles bereit sein. Es blieb kein Moment für seine jämmerlichen Gefühle.

Jetzt kam Valirius am anderen Ende des Marktplatzes bei Kaeli und Muran an, er warf kurz einen Blick zu Kim hinüber, die sich schon wieder an die Arbeit gemacht hatte.

Langsam quoll das Volk aus den Gassen. Der Geräuschpegel stieg und Gelächter drang an seine Ohren.

„Noch ... noch können sie lachen“, dachte Valirius, und sah sich um.

„Alles in Ordnung?“, fragte Muran, doch er winkte ab.

„Ich dachte nur, ich hätte da etwas gesehen.“

Sie hievten ächzend einen Tisch hoch und stellten ihn zu den anderen unter eine Plane, und als sie sich umdrehten, sahen sie, dass der Sonnenaufgang kurz bevorstand. Allmählich versammelten sich alle Menschen auf dem Marktplatz, direkt vor Kaelis kleiner Bühne aus aufgeschichtetem Holz.

Auch Valirius und Muran trafen sich mit Kim direkt neben Kaeli unterhalb der Erhöhung. Kaeli beschwor die Geister hervor und es wurde still. Jede Person zündete Kerzen überall um den Platz herum an, sodass eine feierliche Stimmung aufkam. Wie jedes Jahr war Kaeli dafür zuständig, dass das Fest pünktlich zum Sonnenaufgang begann. Alle Schamanen mussten dafür sorgen.

Dann, als der erste helle Sonnenstrahl am Himmel emporstieg und den Horizont erleuchtete, begann das Fest wirklich.

„Unser Volk“, begann die alte Dame, und auch die restlichen, murmelnden Stimmen verebbten. „Unser Volk ist den Göttern für so vieles dankbar. Dies soll ein Zeichen der Dankbarkeit und des Erbittens um eine weitere Gnade sein. Es wird den Göttern nicht entgangen sein, das der Krieg naht, und so ist es auch kein Wunder, das uns die Göttin Zuhra ein Zeichen geschickt hat, indem sie uns zwei Zuhure beschert hat. Die göttlichen Tiere sind Zeichen ihres vollen Vertrauens, und wir wollen es nicht missbrauchen.“ Sie machte eine kleine Pause. „Wir haben alles gegeben, um dem Waffenstand der Tauruiten gerecht zu werden, und wir werden alles darum tun, auch dieses Mal gegen sie anzukommen. Lasst uns dieses letzte Fest genießen, die Freude des Lebens spüren, meine Brüder und Schwestern, denn bald werden harte Zeiten anbrechen. Wollen wir unsere Kinder schützen und unsere Ahnen verehren, so beten wir zu Zuhra, Tenn, Herun und Elysis. Die Götter mögen uns gnädig sein, mögen uns in ihre schützenden Hände nehmen und uns den Morgen erblicken lassen, die Tauruiten aber stürzen lassen wie einen morschen Baum."

Lauter Beifall, die Krieger reckten ihre Schwerter in die Luft und ließen sie rasseln wie eine Schar großer Vögel. Dann, als Kaeli die Hand hob, wurde es wieder ganz leise. Kim folgte dem Tun der Schamanin mit gebanntem Blick, war beinahe überwältigt von ihren klugen Worten.

„Zuhra möge uns der Weisheit bekehren. Sie sei uns gnädig und schenke uns die Weisheit zur richtigen Entscheidung. Tenn möge uns helfen, niemals unterzugehen in diesem Land, er soll uns hüten und dabei helfen, unser Land zu verstehen. Herun möge uns Licht in der Dunkelheit schenken, sodass wir uns niemals in ihr verlieren, und Elysis dafür sorgen, dass unsere Hoffnung niemals verebbt. Ihr Götter erhöret uns und schenket uns eure tiefste Gnade."

Vollkommene Stille. Kaeli verließ ihren Platz, stellte sich vor das aufgeschichtete Holz und flüsterte unverständliche Worte. Als sie dann die Hände in die Luft reckte, züngelte eine große, tiefblaufarbige Stichflamme durch das Holz, und überall waren überraschte Ausrufe zu hören. Kim war betört von der Schönheit, in der sich die vielen Flammen bewegten, und zur Krönung begannen die Musiker jetzt, ihre Melodien zu spielen. Es waren wunderbare Lieder, sie klangen heiter wie die Töne eines Singvogels, so frisch, so freundlich.

Viele Leute wagten sich allmählich auf die Tanzfläche, und es kehrte eine friedlich fröhliche Stimmung auf dem großen Platz ein.

Valirius, Kim und Muran hielten sich bei den Getränken auf. Sie sahen nach dem Rechten, und gleichzeitig war das eine Möglichkeit, ein wenig zu plaudern. Dafür hatten sie in den letzten Wochen viel zu wenig Zeit gehabt.

„Mein Vater hält die Geister und Götter für unnützen Dreck", gab Valirius zu.

Muran hob eine Augenbraue, sah ihn aber nicht einmal an, während er sprach. „Dein Vater ist vielen Dingen gegenüber sehr skeptisch", gab er zu, schenkte sich ein wenig Saft ein und trank.

Da trat Valirius an Kims Seite.

Sie sah lächelnd zu ihm auf.

„Hättest du Lust, zu tanzen?", fragte er vorsichtig, und ihr Herz begann, aufgeregt zu flattern.

Wie er sie ansah …

Sie setzte das Glas ab, aus dem sie gerade getrunken hatte, und sah ihn forschend an. In seinen Augen lag kein Witz oder Spott. Er hatte es ernst gemeint.

„Ich … ich kann nicht tanzen", erwiderte sie kleinlaut, doch seine Hand hatte sich bereits um ihr Handgelenk gelegt und zog sie langsam zur Tanzfläche.

„Das ist ein Fest der Freude. Vielleicht die letzte, die wir haben", hauchte er ihr zu.

Sie atmete tief ein. „Ich kann wirklich nicht tanzen", gab sie verlegen zu verstehen.

Doch er zuckte nur die Schultern. „Sehe ich etwa so aus, als würde ich Tanzunterricht nehmen?"

Dann waren sie schon inmitten lauter tanzender Paare.

Zögerlich versuchte Kim, es den anderen jungen Frauen nachzumachen. Sie legte eine Hand auf seine Schulter und drehte sich einmal im Kreis. Dann versuchte sie im Takt ein paar Schritte zurückzusetzen und kam wieder auf ihn zu. Dabei lächelte sie verlegen.

„Na also", lächelte Valirius. „Du kannst es doch. Zumindest hast du mehr Talent als ich." Er lächelte breit. Währenddessen kam er ihr noch näher.

Sie versuchte, es zu ignorieren und tanzte weiter. Sie stellte fest, dass Valirius ein guter Tänzer war. Dass er gelogen hatte, erkannte sie sofort, aber vielleicht war das nur Teil dessen gewesen, sie auf die Tanzfläche zu zerren. Er konnte jeden Schritt, und er sah ihr dabei die ganze Zeit ins Gesicht, ohne auch nur einmal auf seine Beine schauen zu müssen, um sich zu versichern, es richtig zu machen.

„Du hast geschwindelt", platzte sie schließlich heraus, ohne innezuhalten.

Er lachte leise. „Das mit dem Tanzen?"

Sie nickte und sah gespielt ernst drein. „Du kannst mich doch nicht so dastehen lassen, als könne ich alles. Gib's zu, ich kann nicht tanzen."

„Doch, du kannst es", hauchte er leise. „Ich sehe es doch."

Plötzlich blieb er stehen, und Kim wurde von einer anderen Tänzerin gerammt. „Komm mal mit", sagte er schließlich, und nahm ihre Hand.

Sie nickte und war erleichtert, als sie die Tanzfläche verließen und zurück zu Muran schlurften.

Murans Blick hielt die beiden eifersüchtig gefangen, doch sie bemerkten es nicht.

„Möchtest du etwas trinken?", fragte Valirius zuvorkommend, doch Kim winkte ab. „Nein danke, ich habe gerade erst ein Glas Wasser getrunken."

Die Sonne stand jetzt schon hoch am Himmel. Sie war bald schon so hell wie am Tag.

Valirius wollte gerade etwas sagen, als er innehielt. Egal was es war, sein Ausdruck ließ Gänsehaut über ihre Glieder kriechen.

„Was ist los?", fragte sie unvermittelt. „Valirius, alles in Ordnung?"

Doch er kam nicht mehr dazu, ihr zu antworten.

Urplötzlich wurde das angespielte Lied von einem lauten Klackern übertönt. Die Musik verstummte. Das Klackern kam vom Dorfrand, von den Diantaron, die auf dem Feld waren.

Das war das Warnsignal.

Ein kühler Schauder fuhr Kim über den Rücken, ein Kloß bildete sich in ihrer Kehle. Valirius nahm sie erneut bei der Hand und rannte los, direkt dorthin, wo sich die Dämonen aufhielten.

„Valirius!“, rief sie verzweifelt. „Was ist da los?“

„Das werden wir gleich sehen“, antwortete er keuchend. In ihm wallte ein furchtbarer Verdacht auf.

Auf einmal warf sich ein großer Schatten über das Dorf.

Valirius sah sie als Erster: die bedrohliche Wolke, die aus mächtigen Zuhuren bestand, gepanzert und mit bewaffneten Reitern auf dem Rücken.

„Nein“, hauchte er fassungslos, und blieb stehen. „Er ist hier.“

Kim konnte sich die Frage, wer es war, selbst beantworten.

ER.

ASLEC.

Bereit für einen blutigen Krieg.

# TEIL 2

# Krieg

# 1

Aslec wusste, dass der Zeitpunkt gekommen war. Seine Männer und Jungen hatten sich auf den Krieg vorbereitet. Und er gab das Zeichen. Das Zeichen aus einem Horn, mit Blut verziert.

Durch das Gebirge schallend eröffnete es den 3. Krieg in Tydia.

Urplötzlich brach Panik aus. Die Frauen begannen zu schreien, zogen ihre Kinder schützend an sich. Alle versuchten so schnell wie nur möglich, an ihre Waffen zu kommen, viele Väter brüllten ihrer Familie etwas Unverständliches zu, ehe sie sich auf den Weg zum Dorfrand machen, um sich auf den Rücken eines Diantaron zu setzen oder sich der Bodenangriffstruppe anzuschließen.

„Zurück! Verdammt, wir müssen zurück!“, schrie Valirius, und sie machten kehrt.

Kims Herz schlug ihr bis zum Hals, sie unterdrückte ihre Tränen. Auf einmal wollte sie keine Kriegerin mehr sein. Wollte abhauen, einfach weg. Der junge Krieger hielt ihre Hand noch immer fest in seiner und zog sie eilig hinter sich her.

Als sie auf den Marktplatz kamen, herrschte dort großes Durcheinander. Das Feuer brannte noch hoch, alle schrien durcheinander und versuchten, sich noch flüchtig zu verabschieden. Es tat Kim so schrecklich weh, in die verzweifelten Gesichter der Mütter zu sehen, die ihre Kinder auf die Arme nahmen oder an der Hand hielten, um durch die Gassen nach Richtung Süden zu strömen.

„Muran, Valirius! Kim! Hierher!“ Die Stimme der Schamanin drang schwer verständlich zu ihnen hinüber, doch sie drehten sich sofort um.

Valirius packte Kim an beiden Schultern. „Bleib bei mir!“, schärfte er ihr ein, sie nickte nur schockiert.

Muran drängte sich bereits zur Schamanin, die am Rande des Platzes stand. Valirius rannte wieder los, direkt auf die alte Dame zu. Jetzt war sein Moment. Er durfte nichts falsch machen.

Ein kleines Mädchen schrie um Hilfe, ein junger Krieger wurde beinahe von der Menge erdrückt. In diesem Moment wurde Kim klar, worauf sie sich eingelassen hatte. Sie war hier. Sie konnte nicht weg. Und vor ihr lag ein Krieg. Ihr Vater hatte ihr immer erklärt, wie schrecklich Krieg ist. Jetzt würde sie es am eigenen Leib erfahren. Sie wollte es so.

Doch Valirius' Hand gab ihr Halt. Sie war nicht allein.

Sie stolperte über ein totgetrampeltes Tier, doch sie konnte nicht erkennen, was es war. Beinahe verlor sie die Hand des Kriegers, der wie gebannt in Richtung der Schamanin strebte. Er stieß jeden rücksichtslos zur Seite, doch jetzt achtete niemand auf Höflichkeit.

Muran war bereits bei Kaeli angekommen und redete aufgeregt mit ihr, Kim sah die Schweißtropfen auf ihrer Stirn.

„Warum tut Aslec uns so etwas an?“, schoss es dem Mädchen durch den Kopf.

Endlich erreichten sie die beiden anderen, erschöpft, doch Kim wusste, dass keine Zeit dazu war, sich auszuruhen.

Kaeli lenkte sie sofort weiter. „Los! Weiter! Zum Feld, zu den Zuhuren!"

Sie sprinteten los, schlugen Haken durch die engen Gassen, folgten dem Strom aller Krieger. Zum Feld. Wieder dorthin zurück, wo sie vor kurzer Zeit schon gewesen waren.

„Jetzt müsst ihr genau das machen, was ihr gelernt habt!", hörte Kim ihre Lehrerin sagen, und sie erinnerte sich an all die Trainingsstunden, die dem Krieg gewidmet gewesen waren.

Jetzt war es soweit!

Sie konnte unter Beweis stellen, ob sie eine Weltenreiterin war. Eine Heldin. Brennende Tränen rannen über ihr zartes Gesicht, ganz von selbst, und sie hatte Mühe, sie mit der freien Hand abzuwischen, so aufgeregt war sie.

Als sie am Dorfrand ankamen, machte sich gerade die Flugformation bereit. Die Zuhure standen an ihrem gewohnten Platz, Whisper stand daneben, er fauchte und grollte, vereinzelte Flammen züngelten aus seinem Schlund. Die Tiere waren voller Unruhe, als spürten sie die herannahende Gefahr.

Es tat beinahe körperlich weh, als Valirius' Finger von ihrer Hand abließen. Doch es musste sein, jetzt hatte jeder seine Aufgabe zu erfüllen.

Kim strich sanft über den Kopf ihres Tieres, während sie es mit zitternden Fingern aufzäumte. Sie hatte Glück, ihre Schwerter befanden sich am Gürtel, und der Bogen sowie ihr voller Köcher hingen um ihre Schultern.

„Habt ihr eure Waffen?", fragte Kaeli kurz.

Die Jugendlichen stimmten nickend zu.

„Gut. Hier. Wir haben Glück, dass der Schmied bis heute damit fertig geworden ist." Sie reichte ihnen drei Platten aus Stahl, an denen an jeder Ecke silberne Ketten angebracht waren. Sie selbst schnallte diesen Schutzschild an

Urehs Sattelgurt fest, zweimal über die Schultern und den letzten unter der Brust zwischen den Vorderbeinen hindurch. „Das ist ein einfacher Brustpanzer für die Tiere. Die Zuhure und Drachen sind an dieser Stelle am empfindlichsten. Ich habe sie schnell aus Heges Zelt holen können, sie lagen gleich beim Eingang."

Nach wenigen Handgriffen saßen die Panzer und die drei schwangen sich auf die Rücken der Tiere. Kaeli sah ihnen noch einmal tief in die Augen. „Und dass ihr alle gefälligst bis heute Nacht durchhaltet. Muran, Valirius, ihr gesellt euch zu der Flugformation mit den Diantaron. Kämpft, so gut es geht, aber folgt den Tauruiten niemals ins Gebirge. Wir folgen der Bodengruppe, die das Dorf gegen den Bodentrupp der Tauruiten verteidigt. Ich hoffe, dass wir die Gegner finden, bevor sie uns erreichen", sagte sie und nickte Kim zu. „Die Frauen brauchen eine Weile, bis sie das Dorf nach Süden verlassen haben, um sich im Wald zu verstecken. Sorgen wir dafür, dass sie am Leben bleiben."

Das Mädchen biss sich auf die Unterlippe, um sich den nächsten Tränenwall zu unterdrücken, als sie ihren Freunden noch einen letzten Blick zuwarf. „Viel Glück", flüsterte sie, bevor sie sich mit ihrer Lehrerin in die Luft erhob und ihr nach Westen folgte.

„Dann wollen wir mal", forderte Valirius seinen Kampfpartner Muran auf, als auch sie leise in die Luft glitten und zielsicher auf die Gegner zusteuerten, die in diesem Moment einen Pfeilregen von ihren Armbrüsten auf die Erde schickten.

Das Heer hatte sich vor dem westlichen Teil des Dorfes gesammelt. Die Heerführer riefen den Männern etwas zu, dann bewegten sie sich vorwärts, nicht synchron wie gewöhnlich, doch im Laufschritt und sehr zielstrebig.

„Wir bleiben über ihnen", rief Kaeli zu Kim hinüber,

und das Mädchen nickte zustimmend. „Götter und Geister steht uns bei“, murmelte die Schamanin in den Himmel.

Dann sahen sie von Weitem, wie die Diantaron aufflogen und wie der Drache und Wolfskopf auf die Angreifer zusegelten.

Kim konnte ihren Blick kaum von Muran und Valirius abnehmen.

Jetzt ging es los. Vom Anfang hing viel ab. Wenn sie jetzt gut starteten, würde sich das positiv auf den Verlauf der Kämpfe auswirken.

„Wir haben einen recht guten Start hingelegt“, sagte Kaeli jetzt in Kims Gedanken hinein. „Sie werden sich gewundert haben, dass wir so gut vorbereitet waren. Das ist ein Pluspunkt für uns. Trotzdem ... wir hätten aufmerksamer sein sollen. Wenn die Späher nichts gemeldet haben, sind sie bereits getötet worden. Also müssen die Tauruiten schon über die Standorte der Späher hinausgedrungen sein.“

Kim nickte erneut. Ja, vielleicht hatte sie recht. Es tat ihr leid, wenn sie daran dachte, dass schon jetzt viele ihr Leben lassen mussten. Nur wegen eines kaltblütigen, miserablen Herrschers. Noch fühlte Kim sich sicher in der Luft. Sie fragte sich, wie lange das noch so sein sollte. „Wie lange werden wir hier oben sein? Was, wenn uns jemand angreift?“

Kaeli sah sie nicht einmal an, sondern schaute hinunter zur Bodentruppe, damit sie nicht schneller wurden als die zu Fuß marschierenden Krieger. „Das kann ich dir nicht sagen. Versuch einfach zu verhindern, dass deinem Zuhur etwas passiert. Denn wenn er stürzt, stürzt auch du. Ich habe keine Ahnung, wie Ureh und Schneefeuer auf nahende Pfeile reagieren. Versuch einfach, sie ruhig zu halten, sofern es dir möglich ist.“ Erst jetzt sah sie ihr ins Gesicht. „Wir schaffen das. Wir müssen das einfach schaffen.“

Kim sah besorgt über ihre Schulter zum Dorf. „Ich hoffe, sie können noch rechtzeitig fliehen."

Die Schamanin schloss die Augen und schüttelte den Kopf. „Ich kann gar nicht hinsehen", gab sie zu.

Kim sah hin. Sie sah, wie die Diantaron auf die Zunure trafen. Sie sah, wie das Feuer in der Menge aufloderte, und sie sah, wie immer wieder Krieger in die Tiefe stürzten, wobei man nicht zuordnen konnte, welchem Volk sie angehörten. Wie ein Schwall fallender Blätter im Herbst rieselten die tapferen Männer zu Boden. Es wirkte beinahe unrealistisch.

Schreie.

Fast dieselben, die sie vor fast zwei Monaten im Traum gehört hatte. Nur, dass dies die Stimmen zahlreicher Männer waren.

*Du kannst ihnen helfen.*

Das würde sie jetzt tun.

Kim zwang sich, nach vorn zu schauen und das Gemetzel hinter sich nicht zu beachten, egal, wie sehr sie sich darum sorgte, dass auch Muran und Valirius unter denen waren, die von dem Rücken ihres Reittiers in die Tiefe stürzten.

Auch wenn sie von Weitem nur aussahen wie ein schwarzer Schwarm Bienen, die Tauruiten machten in kürzester Zeit fast alles im Dorf dem Erdboden gleich. Sie wechselten die Formationen, warfen Speere und schossen Pfeile aus ihren Armbrüsten los. Immer wieder sonderten sich Gruppen von der Flugformation ab, die am Boden landeten, um die übrig gebliebenen Frauen und Kinder zu überfallen. Kim wollte sich gar nicht vorstellen, was sie mit den Armen machten.

Gerade, als Kaeli einen kurzen, vorsichtigen Blick mit tränenerfüllten Augen auf das einst wunderschöne Dorf warf, sah sie die Bodenangriffstruppen der Tauruiten, die von der anderen Seite kamen. Sofort zog sie Ureh herum. Die Stute prustete unruhig durch die Nüstern, atmete schnell und flach und hatte die Ohren angelegt.

„Kim“, hauchte die überforderte Kaeli, während sie hart schlucken musste. Das hatten sie nicht bedacht: Diese Truppen fielen ins Dorf ein, entfachten Feuer, raubten die Vorräte und töteten die, die sich in den Gassen oder ihren Zelten versteckt hielten. Das, was sie am meisten schockierte, war aber, dass sie aus der Richtung kamen, in die sie die Frauen und Kinder geschickt hatten.

Kim sah sich langsam um und hielt inne, als sie Kaelis glasigen Blick vernahm.

„Sie bringen sie alle um“, stammelte die Alte. „Sie bringen alle um.“

Als sie die Schreie hörte, kroch Kim Kälte am Rücken hinunter. Kim wandte Schneefeuer nach Süden. „Wir werden ihnen helfen“, sagte sie entschlossen.

„Nein.“ Kaeli sah sie an, als ob sie gleich weinen würde. „Wir können ihnen nicht helfen. Wenn wir zu ihnen kommen, ist es zu spät, und wir sterben genau wie sie. Das Volk darf uns nicht verlieren, wir sind wichtig.“

„Kaeli! Wir können all diese unschuldigen Kinder nicht einfach so sterben lassen!“

„Nein. Es tut mir leid, aber ich fürchte ...“ Sie wurde durch einen lauten Schrei unterbrochen, und als sie ihre Tiere antrieben, um der Bodentruppe hinterher zu kommen, kamen sie zu spät.

Das tauruitische Bodenheer überrollte die Stellung der Jumias wie eine mächtige Walze. Es ging so wahnsinnig schnell, dass Kim den Tatsachen nicht ganz folgen konnte, da hatte der Kampf schon begonnen.

Kaum waren die beiden Jungen auf gleicher Höhe mit den Tauruiten, begann der Kampf. Die Formation der Tauruiten hatte sich aufgelöst und griff nun von allen Seiten an. Valirius ging ebenfalls sofort zum Angriff über, hinter ihm flogen die Jumias und zu seiner Linken sein Kumpan.

Er saß geübt auf dem Rücken seines beweglichen Drachens und wehrte immer wieder die Angriffsversuche eines Gegners ab, die Schwertklingen blitzten in der Sonne. Whisper ließ immer wieder Feuerfontänen durch die Luft züngeln, was die gegnerischen Zuhure auf Abstand hielt, sodass ihre Reiter nicht so nahe an ihn herankamen.

Das Gesicht des Tauruiten, der ihn plötzlich attackierte, war schmal, er hatte feine Züge und beinahe weiße Haut so, wie es im Schattengebirge üblich war. Er hatte sofort gemerkt, wer es war. Arek, sein Freund aus alten Zeiten. Früher hatten sie zusammen gespielt, hatten den Schwertkampf geübt. Arek war ein guter Freund gewesen, zumindest, bis die Sache mit dem Kriegsdienst begonnen hatte.

Das wirbelte plötzlich einen inneren Konflikt in Valirius auf. Er konnte Arek nicht töten. Er konnte nicht.

Der Tauruit ritt einen grauen Zuhur, fast alle Tiere der Tauruiten waren grau. Abgestorben, wie Valirius manchmal bei sich dachte. Zu seiner Überraschung zeigte Arek kein Mitgefühl. Kaltblütig schlug der junge Krieger nach ihm, immer wieder aufs Neue. Es gab keinen Zweifel daran, das Valirius seinem Freund nichts mehr bedeutete. Beinahe schien es, als würde Arek darauf dürsten, ihn tot von seinem Drachen in die Tiefe stürzen zu sehen.

Wieder wich er der schmalen Klinge des jungen Tauruiten aus. „Wie kannst du nur?“, brüllte Valirius, um die anderen Rufe und Schreie aus dem Heer zu übertönen.

„DU BIST EIN VERRÄTER, VALIRIUS!“, schrie Arek, konterte seinen Schlag und presste die Lippen angestrengt aufeinander. „EIN VERRÄTER!“

Ein Verräter.

Valirius schluckte. Nein. Er war kein Verräter. Er ... er war kein Verräter.

„Ich habe mich nur für eine Seite entschieden!", rief er mit einem schwindenden Unterton. „Für die richtige!"

„NEIN! Du hast uns im Stich gelassen!", brüllte Arek eisern. „Du hast uns alle im Stich gelassen! Ich dachte, wir wären Freunde!"

„Das waren wir!" Valirius sah seinem Gegner tief in die Augen und senkte die Waffe. „Und wenn du willst, können wir das wieder sein! Komm zu den Jumias!"

„NEIN! ICH BIN KEIN VERRÄTER! ICH BIN NICHT WIE DU!" Damit stieß Arek seine Klinge auf Valirius zu.

Der junge Krieger wich dem Angriff aus. Als er sich wieder aufrichtete, sah Valirius seinen ehemaligen Freund enttäuscht an.

„Du lässt mir keine andere Wahl, Arek." Mit diesen Worten bohrte er seine Schwertspitze in die Brust des Tauruiten. Arek war so perplex, dass er nicht mehr ausweichen konnte, und stürzte kurz darauf stöhnend in die Tiefe.

Valirius sah ihm nach, ein Kloß bildete sich in seinem Hals. Er biss sich auf die Unterlippe. Krieg. Das war Krieg. Man konnte niemanden verschonen, so leid es einem auch tat.

Jetzt wandte er seinen Drachen von dem verängstigten, zurückgebliebenen Zuhur ab.

Muran fing das Tier ein und brachte es den übrigen Kriegern, die keinen Diantaron reiten konnten. Das machte er mit allen frei gewordenen Zuhuren der Tauruiten. Diese Tiere interessierte es nicht einmal mehr, wer auf ihrem Rücken saß, sie versuchten nur, allen möglichen Schmerzen zu entgehen, die ihnen ihre Reiter zufügten.

Auch die stolzen Diantaron leisteten volle Arbeit. Sie setzten die Gegner immer öfter in Brand, rissen sie von ihren berittenen Tieren und ließen sie rückhaltlos in die Tiefe stürzen.

Von oben konnte man sie sehen, kahl geschorene Köpfe, schwere Rüstungen und bis auf die Zähne bewaffnet. Das musste es sein.

Das feindliche Heer.

Kaeli spannte den Bogen und wies Kim dazu an, dasselbe zu tun. Wie zwei Schatten flogen sie über die beiden Heere hinweg und begannen zielsicher, einige der Krieger auszuschalten. Sie tat es – tötete – und es war gar nicht so schwer. Überraschend leicht. Aber in diesem Moment ging alles so schnell, dass sie gar nicht darüber nachdenken konnte. Kim versuchte die Übelkeit herunterzuschlucken, die sie empfand, wenn einer der Männer tot umfiel.

„Formation aufteilen und angreifen!", hörte sie den obersten Heerführer brüllen, und die Jumias gingen zum Angriff über. Sie durchbrachen ihre Linie mit einer enormen Wucht.

Auch Kim und Kaeli machten sich jetzt richtig an die Arbeit. Kim glitt über den Baumkronen entlang, legte einen Pfeil an die Sehne und versuchte erneut, auf einen der Tauruiten zu zielen, was jetzt immer schwerer wurde, da die Schlacht unter ihnen aufloderte wie eine Stichflamme. Alle bewegten sich, keiner hielt still. Es war eine richtige Herausforderung. Gerade, als sie einen neuen Todesboten auf die Erde schickte, schoss unerwartet jemand einen Pfeil zu den Weltenreitern nach oben.

Ureh machte einen riesigen Satz zurück, und Kaeli verlor den Halt auf ihrer Stute. Einen Augenblick lang konnte sie sich an der Mähne des Tieres halten, dann rutschte sie ab und brach durch das dichte Blattwerk der Bäume.

„KIM!", schrie die Schamanin verzweifelt, doch so schnell das Mädchen auch reagierte und mit Schneefeuer in ihre Richtung schoss, schaffte sie es nicht mehr, die alte Frau abzufangen.

Kim hörte die Äste brechen, das Laub rascheln und

schließlich ein dumpfes Geräusch, als Kaeli den Boden erreichte. Damit verlor das Mädchen sie aus den Augen.

„Kaeli!“, schrie Kim bestürzt und suchte mit hastigem Blick nach der Schamanin. „Oh mein Gott! Kaeli! Geht es dir gut?“

Sie konnte sich grob ausmalen, wo die alte Dame gelandet war, und bemerkte die vielen Krieger, die plötzlich auf diese Stelle zusteuerten. Es traf sie hart wie ein Schlag ins Gesicht. Wenn die Krieger auf Kaeli losgingen, die möglicherweise schwer verletzt im Unterholz lag, wäre diese verloren. Kim sah um sich, hoffte, dass es jemanden gab, der ihr helfen konnte. Ureh drängte völlig verstört so nah an Schneefeuer, dass ihr Flügel an ihren Unterschenkel knallte.

Was sollte sie jetzt nur tun? Sie konnte Kaeli nicht dort unten lassen.

In diesem Moment flog ein Pfeil an ihr vorbei, verfehlte knapp Schneefeuers Kruppe und ging hinter ihnen wieder in die Tiefe. Das rüttelte sie wach. Sie konnte nicht warten. Die Welt wartete nicht auf sie. Kim fand keinen anderen Ausweg.

Sie musste handeln.

Entschlossen drückte sie ihre Schenkel gegen Schneefeuers Bauch und trieb sie vorwärts. Die Stute war schnell, und schon nach wenigen Augenblicken schwebte sie über der Menge, die sich gegenseitig erschlug. Sie verlor an Höhe, so weit, bis sie knapp über dem Baumgrün schwebte. Ureh verfolgte sie wie ein Schatten, schnell und beinahe lautlos glitt sie hinter Kim und Schneefeuer her.

Jetzt nahm Kim ihren Bogen, spannte einen Pfeil, zielte und schoss ins Ungewisse. Ein Todesschrei ertönte und Kim erschauderte bei dem kurzen Röcheln, das folgte, aber sogleich von der lärmenden Menge verschluckt wurde. Jetzt galt es, Kaeli zu retten. Sie würde alles dafür tun.

Sie hielt über einer Lichtung inne, die gut achthundert Meter vom Kriegsfeld entfernt war, auf dem sie sich die Köpfe einschlugen. Sie setzte zur Landung an. Schneefeuer folgte widerstandslos und Ureh blieb an ihrer Seite. Sie scheuchten einige Rehe auf, und Vögel erhoben sich aus dem Geäst, als sie landeten. Ihr Gesang war verstummt, der Wald war beinahe lautlos, bis auf das Geräusch klirrender Schwerter, das man aus der Ferne erklingen hören konnte. Es war nicht ganz so elegant wie sonst, als Schneefeuer unten ankam, doch Eleganz interessierte jetzt niemanden. Kaum setzten die Hufe auf dem moosigen Boden auf, sprang Kim von dem Rücken des Zuhurs. Ihre Knie gaben nach, als sie aufkam, und sie gönnte sich einen Moment, um tief durchzuatmen.

Dann brach der erste Krieger durch das Gebüsch, die Waffe erhoben. Kim schrie so laut es ging und jagte die Zuhure fort, ehe sie ihr Schwert zog. Schneefeuer legte die Ohren an, stieg und erhob sich vom Erdboden. Ureh ahmte es ihr wieder nach, beinahe wie ein verzögertes Spiegelbild. Kim konnte sich nicht mehr auf sie konzentrieren, der Krieger hatte das Schwert bereits gezogen. Sie hörte nur, wie das Klingen der schlagenden Flügel in der Ferne verebbte.

Der Krieger trug eine leichte Rüstung aus schwarzem Stahl, an seinem Gürtel hingen jede Menge Waffen. Schwarz. Das war das Erste, das sie dachte. Der Krieger arbeitete gut mit dem Schwert, doch es gelang ihm nicht, Kim ernsthaft zu verletzen. Sie war zu flink, immer wieder wich sie der Waffe aus, tauchte unter der Klinge hindurch und setzte nach. Er hatte ein kantiges Gesicht, kurz geschorene Haare und einen langen, blutenden Schnitt knapp über dem Auge.

Immer wieder rief sie sich die Sätze ihrer Lehrer in die Gedanken. Valirius hatte mit jedem seiner Worte recht gehabt, wie sie jetzt erfahren musste. Der Krieger ließ ihre Klinge nicht ansatzweise in die Nähe seines Oberkörpers kommen, er war schnell und gut darin, ihre Waffe abzuwehren, wobei er dafür nicht wirklich dazu kam, sie anzugreifen. Gerade, als er ausholte, um einen neuen Angriff zu starten, schnitt sie ihm tief in den Oberschenkel. Er war nicht gefasst darauf, und so reagierte er zu spät. Das Blut quoll nur so aus der frischen Wunde heraus, tränkte seine schwarze Hose und er verzerrte das Gesicht vor Schmerz.

Kim bemerkte, dass er mit dieser Verletzung schwächer wurde. Doch anstatt aufzugeben und das Weite zu suchen, wurde er noch aggressiver als zuvor und schlug beinahe blind um sich, versuchte nur, irgendetwas zu treffen.

Plötzlich brachen Krieger durch das Unterholz, es waren fünf oder sechs, zwei von ihnen waren Jumias, wie das Mädchen an ihrer Kleidung erahnte. Ihre Vermutung lag richtig. Als die beiden Kim erkannten, taten sie ihr Bestes, um die anderen Tauruiten von ihr fernzuhalten, damit sie die Möglichkeit hatte, sich auf ihren Gegner zu konzentrieren. Dafür war sie ihnen unbeschreiblich dankbar.

Gerade, als sie kurz zu einem der beiden hinübersah und ihm einen dankbaren Blick schenkte, versetzte ihr ihr Angreifer einen harten Tritt. Sie schwankte und fiel unbeholfen rückwärts zu Boden, wobei sie die Waffe fest umklammert hielt. Schweißperlen standen auf ihrer Stirn, als sie die Waffe nach oben richtete. Noch würde sie nicht aufgeben.

Dies schien der Krieger in seinem Eifer zu töten nicht bemerkt zu haben, denn er beugte sich über sie, um ihr das Schwert in die Brust zu jagen. Sie erinnerte sich vage an die Reaktion, die Valirius bei ihrer ersten Begegnung gemacht hatte.

Kim hielt den Atem an und schloss die Augen, als sie sich so schnell zur Seite wich, dass sie der tödlichen Waffe gerade noch entkommen konnte, und die Klinge bohrte sich tief in den Boden neben ihrer Schulter. Erleichtert keuchte sie auf und wandte sich wieder dem Tauruiten zu, der jetzt voller Wut das Schwert aus dem Moos zog.

Ohne darüber nachzudenken, stieß sie das Schwert schreiend nach oben, direkt in seine Magengrube. Ohne hinzusehen, wusste sie, dass sie getroffen hatte.

Er wich stöhnend zurück, und sie ließ den Griff los, als das Schwert in seinem Körper stecken blieb. Er begann zu husten. Der Tauruit hustete einen Schwall schaumigen Blutes, und Kim wendete sich angeekelt von ihm ab, als sie sich völlig außer Atem hinkniete und fassungslos zu Boden starrte.

Nach einigen Augenblicken wurde aus dem Husten ein verzweifeltes Röcheln, und das Mädchen sah aus den Augenwinkeln, wie er auf die Knie sank. Ihr Magen drehte sich beinahe um. Als sie sich vollständig zu ihm umdrehte, lag er bereits am Boden, das Röcheln verebbt, die Waffe aus ihm emporragend. Sie schluckte hart die Übelkeit hinunter, dann stand sie auf und ging auf ihn zu. Mit einem Ruck zog sie das Schwert aus dem nun leblosen Körper heraus.

Das Moos unter der Leiche färbte sich rot, die Spitze der Waffe sah aus, als wäre sie in rote Farbe getaucht worden. Doch Kim hatte keine Zeit darüber nachzudenken, was sie gerade getan hatte. Eilig ließ sie das Schwert zurück in den Schaft gleiten und nahm den Bogen von ihrer Schulter, um einen Pfeil anzulegen.

Dann rannte sie an den anderen Kriegern vorbei, und einer der übrigen Tauruiten drehte sich zu ihr um. Sie sprang ihm erschrocken aus dem Weg, doch die Klinge seines Dolches streifte ihre Schulter.

Sofort tropfte Blut aus der Wunde, ein Rinnsal floss zu ihrem Ellenbogen. Die Wunde war klein, aber überraschend tief. Kim biss erfüllt von Schmerz die Zähne aufeinander und versuchte, das brennende Gefühl in der rechten Schulter zu unterdrücken.

So rannte sie weiter, hörte einen Schrei hinter sich, drehte sich jedoch nicht um. Sie musste Kaeli finden, und zwar schnell. Still betete sie, dass es der Schamanin noch gut ging.

Die Jungen taten, was sie konnten. Die Heilkundigen hatten viel zu tun, und manche Männer wurden zu den an Ort und Stelle gebliebenen Frauen gebracht, da es zu viele waren, die um das Leben rangen.

Auch Muran war verletzt, eine große Wunde klaffte auf seiner Stirn. Doch er konnte nicht gehen. Nicht jetzt, wo sein Volk ihn so dringend brauchte. Oft wischte er sich das Blut mit dem Handrücken von der Stirn, immer wieder nahm es ihm die Sicht. Sein Körper wurde durchströmt von reinem Adrenalin, er war zu Taten fähig, die er sich niemals erträumt hatte, und Wolfskopf schien jeden seiner Gedanken zu hören und kam ihm meist sogar zuvor.

Immer wieder, wenn er einen der seinen in die Tiefe verschwinden sah, musste er daran denken, was wohl mit seiner Familie passieren würde, und wie friedlich es sein könnte, wäre Aslec niemals geboren worden. Und wenn sie Aslec und seine Männer dieses Mal erneut bezwangen, wäre dies vielleicht ein Sieg für immer. Friede für immer. War dieser Krieg das wert?

Ja, seine Gedanken über den Kampf waren gespalten. Doch man durfte die eine Tatsache nicht aus den Augen verlieren: Es ging um Leben und Tod.

Sie rannte zu schnell, was ihr das Seitenstechen verriet. Einige Hundert Meter lang war gar niemand zu sehen, Kim hörte nur die Geräusche der Schlacht. Schreie, schrilles Metall, Todesqualen. Geplünderte Tote säumten ihren

Weg durch den Wald zu Kaeli, verrieten den Tod, der über das Schlachtfeld zog wie ein unscheinbarer Geist. Doch er war hier. Überall. Er wartete nicht. Der Tod holte diejenigen, die mit dem Leben rangen, schneller ein als jene Männer, die ihnen die Waffen abnahmen.

„Barbaren", sprach sie in Gedanken. „Barbaren!"

Kim griff sich an die Seite und wurde langsamer. Sie musste weniger schnell laufen, so schwer es ihr auch fiel. In ihrem Kopf hämmerte der sorgenvolle Gedanke an die Schamanin, doch sie musste ihre Kraft einteilen, wenn sie noch weiter kommen wollte als bis zum großen Kampf.

Als sie ihr Umfeld betrachtete, fiel ihr auf, dass alles niedergetrampelt war. Sie war also genau auf dem Weg, den die Tauruiten hinter sich gelassen hatten.

Also musste sie dieser Spur der Verwüstung folgen.

Während sie lief, begutachtete sie ihre Wunden. Der Schnitt an der Schulter schmerzte stark. Auch der blaue Fleck, den ihr der tote Krieger verpasst hatte, pochte dumpf.

Sie roch das Blut und den Tod, sie spürte den Wald weinen. Es war unbeschreiblich, dieses Schuldgefühl, wenn sie an den Griff ihres Schwertes fasste. Sie hatte zwar gelernt zu töten und wenig Mitgefühl zu zeigen, doch das war alles andere als einfach. Sie war im Grunde nicht für das Kämpfen geboren. Sie war nicht wie Muran und Valirius.

Ihre Gedanken kreisten um die Zuhure. Dumm waren die Tiere nicht, trotzdem machte sie sich Sorgen um sie. Hatten sie ein Versteck gefunden?

Innerlich hörte sie die Stimme von Valirius. *Denk nicht so viel.*

Also riss sie sich zusammen und versuchte sich einen klaren Kopf zu verschaffen.

Da hörte sie ein Knacken hinter sich. Sie schoss pfeilschnell herum und war überrascht, wie rasch sie die Waffe spannte, die in ihrer Hand lag. Aber es war kein Gegner, der vor ihr stand.

Hege war verletzt, doch er sah nicht aus, als ob er Schmerzen haben würde.

„Ich habe dich gesehen, Mädchen. Beeindruckend. Wie funktioniert das Schwert?“, erkundigte er sich, während er zu grinsen versuchte.

Sie zwang sich zu einem Lächeln, was ihr in diesem Moment so schwer fiel wie noch nie. „Nicht so schlecht für die Verhältnisse. Das Schwert ist Gold wert, es hat mir sehr geholfen. Wie geht es Ihnen, Hege, haben sie starke Schmerzen?“

Er lachte leise. „Du musst mich nicht siezen. Ich bin dieser Würde nicht wert. Was die Schmerzen angeht, mach dir keine Sorgen. Ich komme damit klar“, erwiderte er kühl.

Wie gut es tat, mit jemandem zu sprechen. Kim war förmlich erleichtert, kurz die schlimmen Gedanken zu vergessen. Doch gerade, als sie anfangen wollte, sich mit ihm zu unterhalten, erinnerte sie sich an Kaeli.

„Ich muss gehen, Hege. Kaeli ist von ihrem Zuhur gefallen und ich muss nach ihr sehen. Wenn ich sie nicht finde, dann tun es die Tauruiten.“

„Ich kann dir Beistand leisten. Ich helfe gerne, gerade wenn es um Kaeli geht“, hörte sie ihn sagen. Sie schwieg.

Dann lief sie los. Ohne auf eine Antwort zu warten, folgte er ihr.

„Danke“, wisperte sie. Auch wenn er nichts darauf erwiderte, wusste sie, dass er sie verstanden hatte.

Sie streunten lange durch den Wald, ohne dass sie von jemandem überrascht wurden. Es war gut, ein wenig Zeit zu haben, um sich zu beruhigen, und Kim tat jeden Schritt gewissenhaft erleichtert.

Schließlich trafen sie auf die kriegerischen Truppen.

Die Kämpfe waren immer noch in vollem Gange und es

sah nicht danach aus, dass sich eines der beiden gegnerischen Heere zurückzuziehen würde. Auch wenn der Kampf bereits viele Opfer gefordert hatte und sich die Anzahl der Kämpfenden allmählich verringerte.

Kim erkannte jetzt die Stelle wieder, an der sie Kaeli verloren hatte. Doch vor ihr lag das Kriegsfeld.

„Was machen wir jetzt?“, fragte sie verzweifelt. „Sie ist hier ganz in der Nähe. Bestimmt ist sie tot. Herrgott Hege, sie ist bestimmt tot.“

„Durch die Masse schaffen wir es nicht. Wir müssen außen herumgehen.“ Er reagierte nicht einmal auf ihre Zweifel.

„Aber das dauert ewig!“, sagte sie niedergeschlagen, als er sie hinter einen Baumstamm zog, damit sie unentdeckt blieben.

„Dafür leben wir länger. Wir müssen dein Leben schützen, Weltenreiterin.“

Kim sah ihn an. Hege hatte den Blick starr auf die kämpfende Menge gerichtet, seine Züge waren angespannt. Urplötzlich wandte er sich ab und griff nach ihrem Arm. „Folg mir! Wir haben keine Zeit zu verlieren!“

Sie war verblüfft, doch sie folgte seiner Anweisung. Er war losgerannt, und sie hatte Mühe, ihm zu folgen. Es überraschte sie, wie schnell die alten Beine ihn trugen. Der Weg, den Hege nahm, schien endlos zu sein, und er führte direkt um die kämpfende Meute herum. Kim war schon völlig außer Atem, da wurden sie auch noch von einer Gruppe Tauruiten überrascht, die sofort angriff.

Hege schrie ihr etwas Unverständliches zu, sie hatte den Bogen bereits gespannt. Der Mann, der Hege in den Schwitzkasten nahm, bekam einen Pfeil in den Rücken und sank bewegungslos zu Boden.

„Hege! Lauf!“, schrie sie laut, doch er achtete nicht darauf.

Er zog sein Schwert und schlug damit um sich, verletzte die Krieger. Doch es waren zu viele. Sie streckten ihn zu Boden wie ein auf der Jagd erbeutetes Tier. Als sie auf ihn eindrangen, wurde er verzweifelt. Das Mädchen hatte wieder einen Pfeil angelegt, den sie auf einen weiteren Krieger abschoss. Auch dieser starb schnell.

In diesem Moment schrie Hege auf.

Sie zog ihr Schwert und klemmte den Bogen hinter ihre unverletzte Schulter, rannte auf die Gruppe zu, die sich gerade zurückziehen wollte.

„Schlaf gut, alter Mann", sagte einer der Tauruiten.

Das war sein letzter Satz, denn Kim rammte ihr Schwert in ihn hinein, als wäre es ein Leichtes.

Die anderen wichen erschrocken zurück. Anscheinend hatten sie das Mädchen noch nicht wirklich bemerkt.

„Wo kommst du denn her, du kleines Ding? Wie dumm von einer Frau, sich aufs Kriegsfeld zu wagen", gab ein junger Krieger von sich, auch wenn seine Augen überrascht flackerten, während er die Waffe erhoben hielt. Er war etwa in Murans Alter und hatte kurze, schwarze Haare. Sein Gesicht war etwas rundlich, seine Nase gerade und lang. Die Lippen, zwischen denen die Worte herausdrangen, waren so dünn wie Streichhölzer.

Sie musterten sich skeptisch, keiner machte Anstalten, auf den anderen loszugehen, geschweige denn wegzulaufen. Kim hörte Heges schweren Atem.

Gerade, als der Krieger angreifen wollte, hob der Mann hinter ihm die Hand. „Stopp, Adirian, ich weiß, wer das ist", sagte er laut, während er seinen Blick noch einmal über sie schweifen ließ.

Kim atmete kurz und schnell, wusste nicht, was sie tun sollte. Sie konnte Hege nicht einfach hier liegen lassen, so wenig Chancen er auch noch haben sollte, zu überleben.

Adirian drehte sich um. „Ach ja, Varion?"

Varion nickte. Er war breit wie ein Schrank, hatte tiefbraunes, schulterlanges Haar, das zu einem Zopf zurückgebunden war. Seine Züge verrieten seine Intelligenz, seine Augen schimmerten in einem tiefen Grün. Kurz hielt er inne, dann griff er unter seine Jacke und holte ein zerknülltes Stück Pergament hervor. „Das habe ich vom König erhalten“, erklärte er knapp, während er es aufwickelte.

Kim sah zwischen den Männern umher. Die anderen Tauruiten waren verwirrt, wollten auf sie losgehen. Doch Varion schien hohen Ranges zu sein, und deshalb warteten sie ungeduldig.

Als er fertig war, fuhr er noch ein letztes Mal mit dem Daumen darüber. Er drehte es um, sodass Kim und Adirian es sehen konnten. Auf der Oberfläche war ein einfaches Porträt, das ein Mädchengesicht zeigte. Lockiges Haar fiel um ihre Schultern, ihre Augen waren offen und ihre Lippen zu einem Lächeln geformt. Die Bleistiftzeichnung war simpel, doch trotzdem erkannte Kim sich sofort darin wieder.

Das schien auch Adirian so zu gehen, denn er drehte sich augenblicklich um. „Die Weltenreiterin!“, entfuhr es seinen dünnen Lippen, und Kim war verwirrt. Woher kannten diese Männer sie? Woher konnte der Schattenkönig nur wissen, wie sie aussah?

Varion schluckte und nickte. „Der Herr hat befohlen, sie zu ihm zu bringen.“

„Lauf!“, hörte Kim plötzlich von dort, wo sie Hege vermutete. Die anderen wichen zurück, und sie konnte einen Blick auf ihn werfen. Bei seinem Anblick zog sich ihr Magen zusammen.

Er lag auf dem Rücken, keuchte laut und rang nach Atem. Das Schwert von dem Krieger, der ihm das angetan hatte, war tief in seine Brust gestürzt worden. Blut befleckte sein Hemd, und sein Gesicht war furchtbar blass. Hege streckte die Hand auf sie zu. „Sie dürfen dich niemals bekommen! Du musst rennen!", brachte er heraus und bäumte sich unter Schmerzen auf.

Sein Anblick trieb Kim Tränen in die Augen. „Hege!", rief sie aus, während sie sich gleichzeitig umdrehte, um zu fliehen. In diesem Moment erstarb sein Keuchen.

Sie schüttelte den Kopf. „Ihr ... ihr ... Feiglinge! Euch an einem alten Mann zu vergreifen!", brüllte sie noch, dann rannte sie los. Ihre Knie waren weich, doch sie achtete nicht darauf. Unbeholfen stolperte sie weiter, während die Tränen über ihr verdrecktes Gesicht liefen und helle Spuren hinterließen. Das Mädchen hörte die vielen Schritte der Krieger hinter sich und floh Hals über Kopf durch den Wald. Sie war noch nie so schnell gelaufen.

„Komm schon, kleine Prinzessin! Wir tun dir doch nichts!", hörte sie Adirian rufen und schon spürte sie Varions große Hände auf ihren Schultern.

Sie drehte sich um und schlug verzweifelt mit dem Bogen nach ihm, traf ihn an der Wange und der Schlag ließ ihn taumeln. Das verschaffte ihr Zeit, um weiterzulaufen. Der leichte Wind, der durch den Wald tanzte, fuhr über ihr Gesicht, bald begann wieder das Seitenstechen.

Kim lief und lief, und schon nach kurzer Zeit bekam sie kaum noch Luft. Sie konnte nicht mehr. Flüchtig sah sie sich nach irgendeiner Möglichkeit um, wo sie sich verstecken oder aus dem Blickfeld der Tauruiten entfernen konnte. Mit letzter Kraft drückte sie sich schließlich ins Innere eines dichten Busches, da ihr keine andere Möglichkeit erschien. Zwischen den Ästen war genügend Platz, um sich darin zu verstecken, und das Blattwerk war dicht. Schon nach kurzer Zeit hörte sie die Schritte der Tauruiten vorbeidonnern.

Ihr Atem ging rasch, ihr Herz raste. „Ja, Kim", hörte sie ihre Gedanken schreien. „Das ist Krieg. Du hast dich dafür entschieden. Du allein." Und leider musste sie sich eingestehen, dass ihre Gedanken recht hatten.

Der Schnitt an ihrer Schulter blutete immer stärker, das Blut perlte an ihrem Oberarm herab, und sie schluchzte kurz, um den dicken Kloß loszuwerden, der sich in ihrer Kehle gebildet hatte. Ihr Keuchen wurde immer wieder von einem Schluchzer übertönt, ihr Körper bebte, geriet beinahe an seine Grenzen.

Kim riss sich verzweifelt ein Stück vom Saum ihres Kleides ab und band es flüchtig darüber. Es brachte nicht wirklich viel, aber wenigstes sah sie das Blut nicht mehr die ganze Zeit herabrinnen. Ihre Tränen wuschen ihr den Dreck von den Wangen, und es fiel ihr schwer, sich im Zaum zu halten, um nicht ganz laut loszuheulen. Jetzt war ihr einfach nach weinen zumute.

Es war einfach nicht normal, Menschen beim Sterben zuzusehen, genauso wenig, selbst bedroht zu werden. In Kanada hatte sie das nicht. Hier hatte sie das. Weshalb hatte sie sich für Tydia entschieden? Kurz wünschte sie sich Schneefeuer an diesen Ort, um zu verschwinden. Dann kam ihr wieder Kaeli in den Sinn. Und Valirius. Und Muran.

Kim atmete tief durch, wischte sich mit dem Handrücken die Tränen aus dem Gesicht und lehnte sich erschöpft an das Geäst des Laubgewächses. Es hätte sie nicht gewundert, wenn Kaeli längst tot gewesen wäre. Sie war nicht schnell genug. *Wo bist du, Kaeli?*

Valirius und Muran waren erschöpft. Sie hatten wacker gekämpft und waren mit einigen Kratzern und einem Schrecken davongekommen. Es waren viele Männer gefallen, doch diejenigen, die es geschafft hatten, waren voller Hoffnung. Noch dazu stellten die beiden jungen Krieger fest, dass die Jumias wohl weniger Verluste zu beklagen hatten als die Tauruiten. Jetzt war es Zeit für die Ablösung. Sie durften sich ausruhen, während andere Krieger kämpften.

Als sie auf ihren Tieren zum Dorf zurückflogen, bot sich ihnen ein verheerender Anblick. Das einst so schöne Dorf der Jumias lag in Schutt und Asche. Die Flammen zehrten gerade noch die letzten Reste auf. Frauen und Männer lagen überall zwischen den Trümmern, tot oder schwer verletzt, einigen hatte das Feuer die Flucht unmöglich gemacht. Es waren nicht ganz so viele Opfer wie auf dem Kriegsfeld, aber der Tod hatte seine grausame Spur deutlich hinterlassen.

„Solche Wahnsinnige“, meinte Valirius, und Muran sah ihn an.

„Du warst auch einmal einer von ihnen“, stellte er fest.

„Aber ich hatte keine Lust, besser gesagt, ich besaß den Verstand, nicht einer von ihnen zu bleiben.“ Valirius versuchte ein verkrampftes Lächeln, doch Muran erwiderte es nicht.

Die anderen Männer, die ebenfalls gerade zurückkehrten, landeten mit den Diantaron und begannen sofort mit der Suche nach ihren Familien. Verzweifelte Rufe gellten zwischen den Resten der Zelte hindurch, wurden von den noch heißen Gluten erstickt.

„Ich würde gerne kurz landen und schauen, ob es meiner Familie gut geht“, sagte Muran mit einem zitternden Unterton in der Stimme. „Ich meine, ich will wissen, ob sie es geschafft haben, zu fliehen.“

Valirius nickte. „Wo sind all die anderen?“, wollte er wissen.

Sein Freund hustete, als eine Rauchwolke zu ihnen aufstieg. „Ich habe da so eine Vermutung“, gab er preis. „Aber es liegt eine Weile entfernt von hier, und wir dürfen nicht allzu auffällig dorthin fliegen, sonst folgen uns die Tauruiten.“

„Gut, dann mal los.“

Jetzt flogen sie das Feld an, das fast nur noch aus Asche

bestand. Die wenigen Halme, die noch aufrecht standen, waren kohlschwarz.

Wolfskopf und Whisper landeten am Rande des Waldes etwas südlich, und die Krieger wagten sich nur mit großer Vorsicht in das Dorf, das ihnen wie ausgelöscht erschien. Sie bewegten sich mit gezogenen Waffen und waren sehr aufmerksam, lauschten tief in die jämmerliche Halbstille, in der man überall die schmerzerfüllten Klänge des Todes vernehmen konnte. Die Asche flog auf, als sie mit ihren Stiefeln über den Boden streiften, sie stolperten über angebrannte Zeltplanen.

„All die Arbeit ... völlig zerstört", entfuhr es Muran, als er sich nicht mehr zurückhalten konnte. Wie innig er hoffte, seine Familie unversehrt dort wieder zu sehen, wo sie vorhatten, sich zu treffen, zerriss ihm beinahe selbst das Herz.

Sofort bekam Valirius Schuldgefühle. Sein Blut. Sein Fleisch und Blut hatte das angerichtet.

„Unser Zelt war da drüben", erklärte Muran, und die beiden bogen in eine verwüstete Gasse ein, wobei Muran schneller wurde.

Als sie dort ankamen, wo einst das prachtvolle Zelt der Weberfamilie stand, der Muran angehörte, traf es den Jungen wie ein Schlag auf die Brust. Alles war zerstört: Ein kaputter Webstuhl lag vor dem Eingang, der schöne Teppich, der einst den Boden im Inneren bedeckt hatte, brannte noch immer, das Feuer hatte schon einen großen Teil geschwärzt. Kisten, Felle, Kleidung. Alles war aus dem Weberzelt ausgeräumt und in Flammen gesetzt worden.

Murans Herz begann zu rasen. Seine Knie bebten und ihm wurde übel. Das Zelt stand noch, wenn auch sehr instabil, er hörte die Balken ächzen. „Mutter? Vater? Mara?", rief er in den Innenraum hinein, und als keine Antwort kam, ging er ins Ungewisse. Ein Balken war umgestürzt und man konnte erkennen, dass alle Möbel zu Boden gerissen worden waren.

„Sie waren hier", sagte Valirius leise.

Muran warf ihm einen strafenden Blick zu. „Als hättest du das nicht schon vor dem Zelt bemerkt", fauchte er zur Antwort.

In diesem Augenblick hörten sie das Wimmern.

Murans Stimme zitterte, als er die Möbel mit hastigen Blicken nach Anzeichen seiner Familie betastete. Im hinteren Teil des Zeltes war es fast ganz dunkel, und von dort schien das Jammern zu kommen. Er brauchte eine Weile, bis er über die verwüsteten Möbel gestiegen war. Als er dort ankam, wo er jemanden vermutete, konnte Valirius ihn aufatmen hören.

„Mara! Geht es dir gut?"

Der schwarzhaarige Junge trat näher und erkannte die Silhouette eines kleinen Mädchens, das verstört und eingeklemmt hinter einem Regal saß.

„Muran! Sie waren hier und haben alles kaputtgemacht!", jammerte sie und brach in Tränen aus. „Mama und ich waren noch hier ... Sie haben vor dem Zelt einen Teppich angezündet. Ich hatte furchtbare Angst und konnte mich nicht verstecken, die ganze Zeltplane hat gebrannt." Sie schluchzte.

„Und dann? Was war dann?", wollte ihr Bruder wissen.

„Dann haben sie die Möbel umgekippt und Mama hat geschrien, als all ihre Arbeiten zu Boden fielen und sie den Schmuck einpackten, den sie fanden ... Mamas Ringe, ihre Ketten aus Gold, alles! Selbst das Silbergeschirr! Als sie mich gepackt haben, hat sie mir helfen wollen ... sie war ganz nahe, dann haben sie ... sie haben ..." Wieder heulte sie auf. Als sie aufsah, war ihr junges, zartes Gesicht mit Tränen überströmt. „Sie haben ... sie erstochen! Vor meinen Augen! Und haben gelacht ... Ich habe geschrien, und als ein Krieger unseres Volkes gekommen ist, haben sie mich fallen lassen und sind abgehauen ..."

Muran wurde bleich, sein Herz setzte einen Moment lang aus. „Sie haben Mutter getötet?"

Mara nickte weinend und ertrank beinahe in einem neuen Schwall Tränen.

Muran schluckte seine Tränen hinunter und richtete sich auf. Er musste sich jetzt für seine Schwester zusammenreißen. „Wo ist sie?"

„Sie ist unter dem Tuch. Ich habe lange für sie gebetet ... lass uns gehen, Muran! Ich will gehen!"

„Ist ja gut", beruhigte er sie, immer noch um Fassung bemüht. Er konnte kaum noch klar denken. Seine Mutter war tot. Tot. Er schob diesen Gedanken weit von sich und fragte an Mara gewandt: „Wo ist der Krieger hin, der gekommen ist? Hat er dir nicht geholfen? Bist du verletzt?"

„Er hat mit ihnen gekämpft und sie verscheucht, doch er ist nicht zu mir gekommen, er hatte keine Zeit. Verletzt bin ich aber eigentlich nicht."

„Valirius und ich werden dich tragen. Komm, Mara." Damit half er ihr auf.

Als das Tageslicht ihr Gesicht streifte, erkannte Valirius ihre feinen Züge. Sie hatte ebenso wie Muran haselnussbraunes Haar, welches ihr lange über den Rücken fiel, und genauso braune Augen. Es versetzte ihm einen Stich ins Herz, als er erkannte, wie jung sie noch war. Höchstens sieben Jahre, schätzte er.

„Hallo", flüsterte er der Kleinen zu, und Mara sah auf.

„Wer ist das, Muran?", fragte sie ängstlich und drückte sich an seine Seite.

„Valirius. Er ist ein Freund von mir. Du kannst ihm vertrauen", erwiderte Muran leise, und das Wimmern des Mädchens verebbte nach und nach.

Dann verließen sie das Zelt.

Kim betrachtete das Abendrot.

Sie hatte sich wieder erholt, ihre Verletzung schmerzte nicht mehr so stark wie zuvor und sie hatte sich von den vielen Ereignissen Freiraum verschafft. Jetzt musste sie weiter. Es war viel Zeit vergangen, seitdem sie sich in dem Strauch versteckt hatte. Der Kampf wütete noch immer ganz in der Nähe, doch er hatte sich ein wenig von ihr entfernt. Kim fragte sich, wo Muran und Valirius waren und wie es ihnen ergangen war. Lebten sie noch?

Sie stand auf und machte sich fertig, um weiterzugehen. Das Mädchen warf kurz einen Blick aus dem Gebüsch, bevor sie sich hervorwagte.

Niemand.

Hege. Hege war tot.

Als sie den Griff ihres Schwertes umfasste, spürte sie dessen Kraft. Auf einmal durchfuhr sie bei der Berührung keine Schuld, sondern bloße Energie, nicht aufzugeben. Er wollte, dass sie durchhielt. ER hatte dieses Schwert geschmiedet.

Das Mädchen war bereit.

Jetzt trat sie hervor. Noch immer regte sich nichts, also machte sie sich auf den Weg.

Keine Tauruiten, keine Jumias. Der Wald wirkte wie ausgestorben, wenn man die Geräusche nicht beachtete, die aus der Ferne zwischen den Baumstämmen erklangen.

Sie lief schneller. Der Wald flog an ihr vorbei. Dann erreichte sie eine Lichtung. Die Lichtung, auf der sie Kaeli zuletzt gesehen hatte.

Und Kim war nicht allein. Ein großer Mann, es musste einer der tauruitischen Heerführer sein, stand dort mit einer kleinen Truppe von etwa zehn Kriegern, welche völlig vom Kampf angeschlagen waren. Er hatte eine Glatze, sein kahler Kopf war breit und ein in sich verschlungenes Tattoo zierte seine Kopfhaut.

Kim erkannte die alte Schamanin, sah, wie sie hilflos in seinen Händen hing und nach Luft rang.

„Wo sind denn deine lieben Freunde?“, fragte der Heerführer, der sie fest gepackt hielt, mit bedrohlicher Stimme, als er sie gegen einen Baumstamm drückte. Er war etwa zwei Köpfe größer als die Schamanin, und das Mädchen sah, wie der Mann einen Dolch zückte und an die Kehle der alten Dame führte.

Was für ein Fehler von ihm, sie noch nicht getötet zu haben, dachte Kim und war wahnsinnig erleichtert.

„Schön dich zu sehen, Kaeli Neai! Es wird meinem König den Tag versüßen, zu hören, dass wir dich gefunden haben. Ich glaube, ich sollte ihm eine Freude bereiten, und dich gleich tot zu ihm bringen“, stellte er fest.

Doch Kim kam ihm zuvor. Sie hatte den Bogen so weit gespannt, dass der Pfeil mit doppelter Wucht traf, als sie Kaeli das Leben rettete. Gleich, nachdem sie geschossen hatte, duckte sie sich wieder ins Unterholz.

Die feindlichen Krieger wichen zurück, als der Mann tot zu Boden sank, den Pfeil aus dem Hals ragend.

„Kim!“, rief die alte Dame glücklich, wobei sie erst einen Moment später ihren Fehler bemerkte. Die Krieger wirbelten sofort in die Richtung, aus der Kim geschossen hatte.

„Haltet die Schamanin fest!“, rief ein groß gewachsener Mann, und zwei Kämpfer drückten Kaeli zurück gegen die Rinde des hohen Baumes, während der Rest begann, sich vorsichtig und bedacht in Kims Richtung bewegten. Ihre Schritte waren leise, doch Kim konnte die Bewegungen der einzelnen Krieger erahnen.

Ihr Herz explodierte beinahe in ihrer Brust, und gleich kam wieder dieses Angstgefühl in ihr hoch, das sie sich so lange abtrainiert hatte. Einen Plan. Sie brauchte einen Plan. Erneut beschleunigte sich ihr Atem, und sie tat sich schwer, lautlos zu verharren. Kaeli war gefangen. Aber sie lebte. Und nun lag es an dem Mädchen, sie da rauszuholen. Schneefeuer zu rufen war zu gefährlich, die Krieger könnten ihr etwas zuleide tun. Und außerdem war der Zuhur zu kostbar. Die Stute sollte sich lieber im Hintergrund halten.

Bedrohlich nahe neben ihr raschelte es, und sie versuchte so leise wie nur möglich, aus dem Sichtfeld des Kriegers zu rutschen, der jetzt neben einem Baum auftauchte.

Es schien keine andere Möglichkeit zu geben. Sie musste kämpfen. Kim holte tief Luft. Sog die Luft in ihre Lungen und stieß sie wieder aus, sammelte ihre ganze Kraft. Dann legte sie einen Pfeil an die Sehne, zielte hinüber zu dem bereits verletzten Krieger, der sie noch immer nicht bemerkt hatte, und ließ mit einem schnalzenden Geräusch den Hals des Pfeils los.

Beinahe ungläubig leicht und leise zischte er durch die Luft, und als sich der Tauruit zu ihr wandte, war es zu spät für ihn, um noch auszuweichen. Der Pfeil senkte sich in seine Brust, und Kim sah mit an, wie er hechelnd zu Boden fiel wie ein nasser Sack. All dies geschah so schnell, dass man wirklich meinen konnte, die Seele wie einen letzten Lufthauch zwischen den Lippen des Mannes hervorkommen zu sehen.

Die anderen Tauruiten stürzten auf den Gefallenen zu, und sie schoss aus ihrem Versteck, einen weiteren Pfeil angelegt. Einer der dazu geratenen Kämpfer spannte einen Pfeil an der Armbrust, und sie hielt unentschlossen inne. Auf diese Situation war sie nicht gefasst.

Trotzdem. Sie musste die Erste sein, die schoss. Es war beinahe ein Reflex, die Sehne springen zu lassen, und der Pfeil schnalzte nach vorn. Der Tauruit schoss auch seine Waffe los ... doch der Pfeil verletzte ihn so, dass er vollkommen daneben zielte.

Ein weiterer Krieger zog das Schwert und kam sie zu, rief bei den anderen um Deckung, die sie ihm rasch boten.

Kim klemmte ihren Bogen wieder über die Schulter, um das Kurzschwert hervorzuziehen, während sie ihm entgegenkam, mit todernster Miene und entschlossen funkelnden Augen. Sie warf einen Seitenblick zu Kaeli hinüber, die verzweifelt und besorgt in den kräftigen Armen der beiden Männer hing, die sie gegen den Baumstamm pressten, und schlug – ganz plötzlich – einen Haken in ihre Richtung und rannte auf sie zu.

Die beiden Krieger zogen mit der freien Hand ihre Schwerter und reckten sie ihr entgegen, als sie bei ihnen ankam, und schon hörte Kim die fliegenden Schritte der anderen, die nach der kurzen Überraschung die Verfolgung aufnahmen.

„Kaeli!“, schrie das Mädchen, und Kaeli verstand in ihrem Blick, was sie zu tun hatte. Es war riskant, doch noch riskanter war es, es nicht zu tun. Also schlug die Schamanin beide Arme nach unten und befreite sich aus den Armen der beiden Tauruiten, die sofort mit den Schwertern auf sie losgingen, rollte sich in Kims Richtung und zog, sobald sie wieder auf die Beine kam, ihr Schwert.

Doch Kim hatte nicht vor, zu kämpfen. Sie hatte erreicht, was sie wollte. Kaeli war frei. „Renn!“, rief sie, und floh nach rechts zwischen eng beieinander gewachsenen Baumstämmen hindurch. Kaeli zögerte keinen Moment, sie folgte ihr, so schnell sie konnte. Als die ersten Krieger bemerkten, dass sie flüchteten, brüllten sie sich etwas Unverständliches zu und blieben hartnäckig hinter ihnen. So schnell sie ihre Beine trugen, stürmten die beiden über die Unebenheiten des Waldes, hinein ins Ungewisse, weg, einfach nur weg von den vielen Kriegern.

„Ich dachte schon, du hast mich vergessen“, brachte die Schamanin schließlich keuchend heraus.

„Dich? Dich kann man nicht vergessen“, antwortete Kim lächelnd, aber völlig atemlos, und als sie sich umsah, waren von der Truppe nur noch vereinzelte Krieger hinter ihnen her, der Rest war stehen geblieben und sah ihnen fluchend nach. Einen Augenblick lang fühlte sie sich unbeschreiblich frei.

Nach einer Weile hatten sie auch diese hinter sich gelassen, sie rannten ewig weit, ewig lange. So erschöpft Kim auch war, sie mussten einen guten Abstand zwischen sich und das Kriegsfeld bringen, um nicht gleich wieder attackiert zu werden.

Schließlich atmete sie erleichtert auf und blieb stehen, als sie sich versicherte, dass sie allein waren.

„Geht es dir gut?“, fragte Kaeli, als sie Kims angespannte Gesichtszüge bemerkte, und stützte sich völlig außer Atem auf die Knie.

„Ich habe Hege getroffen“, antwortete Kim keuchend, und versuchte, sich das Gefühl zu unterdrücken, das ihr beinahe den Magen umdrehte, wenn sie an seinen Tod dachte.

Kaeli sah sie verwundert an. „Das ist überraschend. Ich dachte nicht, dass er sich mit seinen alten Knochen noch einmal aufs Kriegsfeld wagt. Wo ist er?“

Das Mädchen sah zu Boden, und die Alte verstand.

„Armer, alter Hege“, flüsterte sie, und einen Moment lang war sie so überrascht über diese Botschaft, dass sie sich kopfschüttelnd gegen einen Baum lehnen musste.

Kim sah zu ihr hinüber. „Du hast ihn gut gekannt, nicht wahr?“

Die Schamanin atmete tief durch und winkte ab. „Darüber reden wir, wenn wir in Sicherheit sind, mir ist es doch etwas zu gefährlich hier. Wo sind die Zuhure?“

Kim wurde langsamer. „Ich weiß es nicht, ich habe sie einfach fliegen lassen. Ich musste sie fortscheuchen, als mich die Tauruiten angriffen.“

„Dann werden wir sie rufen.“

Das Mädchen nickte. „In Ordnung."

*Schneefeuer. Komm zu mir, Schneefeuer.* Ihre Gedanken riefen, sie schrien und brüllten nach dem Tier, immer wieder.

Kaeli schien das Gleiche zu tun, sie stand neben ihr und hatte die Augen geschlossen, die Stirn in Falten gelegt, und schien sich schwer konzentriert auf den Namen ihres Zuhurs zu konzentrieren. Als Kaeli die Augen öffnete, war es vollkommen still.

Kim sah sie ungeduldig an, dann warf sie einige unsichere Blicke um sich. Warum kamen sie nicht? In Kims Bauchgegend breitete sich ein unerträgliches Gefühl aus. Waren sie zu weit weg? Oder ... waren sie angegriffen worden? Voller Sorge presste sie die Lippen aufeinander. Was würden sie machen, wenn die beiden – ganz hart gesagt – tot waren? Dann müssten sie sich per Fuß hier durchschlagen. Und die Wahrscheinlichkeit, dann noch lebend in dem Dorf, oder besser gesagt dem Haufen, der davon noch übrig geblieben war, anzukommen, war nicht besonders groß.

In diesem Moment brach etwas zwischen den Ästen hindurch. Blätter und Hölzer regneten auf sie herab, und Kim duckte sich erschrocken, rollte sich zur Seite und suchte schützenden Unterstand.

Kaeli hingegen verzog ihre Lippen zu einem breiten Lächeln und blieb genau dort, wo sie gestanden war. „Hallo, ihr beiden. Schön, dass es euch gut geht", sagte sie, als sich ein wenig Ruhe über sie legte.

Ihre Schülerin sah vom Boden auf. Schneefeuers Flügel beschatteten ihr Gesicht, die Stute stieß ein Schnauben aus. Erleichtert erhob sie sich wieder und strich sanft über die Stirn ihres Zuhurs. Wie schön es war, das Tier völlig munter und wohlauf anzutreffen, und wie viel schöner, daran zu denken, diesen Ort des Todes hinter sich lassen zu dürfen!

„Wir müssen gehen, sonst findet uns noch jemand von

den tauruitischen Bodentruppen. Ich weiß, wohin wir müssen." Kaeli sah Kim durchdringend an. Mit einer wegweisenden Geste saß sie auf und trieb ihren Zuhur an, und wenige Momente später befand sich auch das Mädchen auf dem Rücken ihres göttlichen Tieres.

Gerade, als sie nach oben in die Lüfte gelangten, brachen die Wolkentürme auf und ergossen ihre Regenflut wie Tränen über das Land. Kims Kleid war sofort durchnässt, ihre Haare klebten eisig an ihrem Nacken wie ein Schleier.

Kaeli hob sich eine Hand über die Stirn, um klar sehen zu können. Der Regen war so heftig, dass man kaum etwas erkennen konnte. „Es ist genau dasselbe wie gestern. Ein Gewitter", stellte Kaeli laut fest. „Ich weiß nicht, wie das kommt. Heute Morgen war es noch schön Wetter, aber wer weiß. Vielleicht der Wille der Götter."

Nach einiger Zeit war die Silhouette der Wasserfälle zu erkennen. Das reichte fürs Erste, denn genau dorthin mussten sie. Sie trieb ihr Tier an und hörte Schneefeuers Flügelschlag hinter sich.

„Tapferes Mädchen", dachte sie stumm und warf einen Blick über ihre Schulter. Kim krallte sich mit rot gewordenen Knöcheln in der Mähne ihres Tieres fest, ihre blonden Haare klebten nass an ihren Gesichtszügen. Das Mädchen hatte die Augen zusammengekniffen und ließ Schneefeuer fliegen, sie lag beinahe auf dem kräftigen Rücken, völlig müde und erschöpft, den Stoff an der rechten Schulter rot gesäumt.

Die Schamanin sah die Umrisse der Wasserfälle an Konturen gewinnen, und schon bald ragten sie vor ihnen empor. Auf der Kuppe die Diantaron, die im Regen kreischten. Ansonsten waren sie vollkommen allein, was zumindest der dichte Regen annehmen ließ.

„Folg mir!", rief die Schamanin, und Kim sah auf. Sie konnte es nur schemenhaft erkennen. Die alte Dame und ihr Zuhur flogen direkt auf den fallenden Wasserspiegel zu, und ohne sich abzuwenden, glitten sie hinein. Gischt spritzte auf, und als das Mädchen im Regen nach dem Paar suchte, waren sie verschwunden. Sie hatten es tatsächlich getan. Sie waren durch den Wasserfall geflogen. Und sie musste ihnen folgen.

Zögernd schluckte Kim ihre Angst hinunter, ehe sie ihre Stute antrieb. Anfangs scheute der Zuhur vor dem Wasser, doch beim zweiten Versuch flogen sie direkt hinein. Die eiskalte Flüssigkeit klatschte laut auf sie hinunter. Kim hielt den Atem an und schloss die Augen. Es war kalt – noch kälter als der Regen – und prasselte wie zehn Zentner auf sie herab. Schwer und nass. Es raubte ihr beinahe die letzte Kraft und den letzten Funken Verstand.

Als Kim spürte, dass Schneefeuer gelandet war, öffnete sie zögernd die Lider.

Licht.

Überall brannten Kerzen und Fackeln. Es war hell in dem Raum, und er schien riesig zu sein. Noch viel riesiger als der, den sie vorgefunden hatten, als sie die Zuhure gefunden hatten.

Kaeli hatte Ureh vor ihr gelandet und stieg gerade mithilfe eines jungen Mannes ab, welchen das Mädchen als Valirius erkannte. Es war laut in der Grotte, überall waren Menschen.

Nach und nach blieben die Blicke der Jumias an ihr haften, und Kim wäre am liebsten im Erdboden versunken. Kleine Kinder zeigten mit ihren plumpen Zeigefingern auf die Zuhure, sie musterten das Mädchen mit großen Augen, und die Krieger und Mütter sahen auf, sodass es einen Moment lang still war.

Jetzt drehte sich die Schamanin zu ihr um. „Komm schon runter, bevor du da oben festwächst. Du musst Hunger haben!"

Das Mädchen nickte und lächelte verlegen. Dann schwang sie sich vom Rücken ihres Tieres. Schneefeuer prustete durch ihre Nüstern und rieb ihren Kopf an ihrer Seite. Kim lobte und streichelte die Stute zärtlich, ehe sie diese verließ. Sie schluckte und versuchte, das Wasser aus ihrem Gesicht zu wischen, was ihr nicht ganz gelang. Immer wieder tropfte die kalte Flüssigkeit über ihr Gesicht, lief in ihre Augen.

Sie war zu perplex, um alles genau in Augenschein zu nehmen. Noch immer pochte ihr Herz wie wild, ihr Kreislauf spielte verrückt. Einen Moment lang wurde es schwarz vor ihren Augen, und als ihre Knie nachgaben, sprang Valirius auf sie zu und fing sie auf.

Sofort kamen auch Jumias aus der Menge, um Kim zu helfen, jeder wollte verhindern, dass die Weltenreiterin unsanft auf dem Boden aufkam. Doch Valirius war ganz ruhig. Er schickte sie wieder zurück und hievte Kim auf seine starken Arme, wo sie die Augen öffnete.

„Alles in Ordnung", flüsterte er. „Ich bringe dich zu unserem Lager."

Sie sah nicht mehr viel, nur dass zwei junge Männer den Zuhuren Halfter über den Kopf stülpten, ehe sie die Tiere an der rechten Seite neben Wolfskopf und Whisper anbanden. Der Drache hob neugierig den Kopf, als Schneefeuer und Ureh auf ihn zukamen, und stieß ein lautes Schnauben aus. Die Tiere begannen sofort von dem Heu zu fressen, welches man für sie bereitgelegt hatte.

Kim begann zu frösteln. Ihr gesamter Körper begann zu zittern, und ihre Zähne schlugen aufeinander. „Valirius", hauchte sie mit bibbernder Stimme. „Mir ... mir ist kalt."

Er lachte leise. „Man sieht's. Keine Sorge, das kriegen wir hin. Wir gehen jetzt zu Muran und seiner Schwester, Kaeli besorgt uns einen Happen zu essen. Alles wird gut."

Sie war vollkommen nass, die Kleidung klebte wie eine

zweite Haut an ihrem Körper. Trotzdem drückte er sie an sich.

*Alles wird gut.* Seine beruhigenden Worte erwärmten ihr Herz. *Alles wird gut.*

Erleichtert atmete sie auf. Sie lebten.

Noch.

Aslec hatte bereits auf sein Heer gewartet.

Wie es schien, hatten seine Krieger alles andere als gute Nachrichten mitzuteilen. Er saß einsam in seiner Hütte, die etwas abgelegen an der höchsten Stelle des Bergfußes stand. Diese war aus massivem Dunkelholz gebaut, und die Fenster, die ein wenig Licht schenkten, besaßen keine Scheiben. Sein Blick tastete sich immer wieder über den Plan von Tydia, auf dem Aslec kleine Holzfiguren platziert hatte, und er verschob diese hin und wieder.

Manchmal sehnte er sich nach seinem Sohn. Valirius war schon lange fort. Wenn doch wenigstens seine Gattin noch leben würde. Sie war vor langer Zeit in einem Krieg von den Jumias getötet worden. Nun war er einsam. Ja, manchmal machte er sich Gedanken über sein eintöniges Leben, das aus Rache und Hass bestand.

Die Tür zu seinem Wohnraum wurde unsanft aufgestoßen, und zwei Heerführer kamen herein. Aslec erkannte sie, der Große, der sich als Erstes verneigte, war Varion, und der zweite, etwas krummbeinige junge Mann trug den Namen Brutus. Varion führte die Truppen im Westen an, Brutus hingegen war Führer einer Reiterformation, die das Dorf zerstört hatte. Es waren beachtliche Männer, gute Kämpfer. Zwei der besten, die Aslec zu bieten hatte ... außer sich selbst natürlich. Aber er kämpfte nicht. Er hob seine Kraft auf, und zwar für den besten, den bedeutendsten Kampf.

Aslec hatte die beiden bereits kommen hören: Die

scheibenlosen Fenster hatten die Schritte auf dem groben Kies direkt zu ihm vordringen lassen, auch wenn sie ein wenig im Prasseln des Regens untergegangen waren.

Er setzte sich etwas aufrechter in seinen Thron und begutachtete die beiden mit höhnischem Blick.

„Herr, wir sind zurück“, erklärte Brutus ehrerbietig.

„Das ist mir aufgefallen. Wie lief der erste Tag?“ Aslecs Stimme war kratzig, sein Atem ging laut und klang wie das Geräusch eines sterbenden Bimbas. Er hustete, der Regen verschluckte seine Worte.

Eine Motte verschwand lautlos durch die Tür.

Die beiden Männer sahen sich voller Schuldgefühle an, bis Varion schließlich den Mund aufmachte.

„Herr, wir wollen ehrlich sein“, erwiderte er. „Ihr Plan war gut, jedoch scheinen wir sie nicht sehr überrascht zu haben. Sie hatten sich ebenfalls gut vorbereitet.“

„Was meinst du mit gut vorbereitet?“ Der König lehnte sich zu ihm nach vorn und zog überrascht eine Braue hoch.

„Herr, sie haben die Diantaron. Auf deren Rücken haben sie den Nutzen des Feuers, und sie konnten auf derselben Höhe mit uns kämpfen. Außerdem scheint Ihr Sohn einigen anderen eine der Grotten gezeigt zu haben, aus der sie zwei Zuhure entwendet haben. Die Schamanin und ein junger Krieger haben zwei der Tiere“, fuhr Varion fort.

Als Aslec von der Schamanin hörte, ballte er die Faust. Was fiel seinem Sohn nur ein? Das Pergament ... offensichtlich hatte er die Rolle versteckt. Die eine von den fünf Stück, die er besaß, die er schon so lange suchte. Dieser Mistkerl, sobald er ihm in die Finger kommen würde ...

Er würde ihm den Tag des Jüngsten Gerichtes bescheren, vorzeitig!

„Ihr meint ... ihr meint diese Kaeli Neai? Dieses Ekel, das meine Frau getötet hat? Diese Schamanin?“

„Wir hatten keinen schlechten Start. Unsere Männer

waren tapfer und sehr mutig. Sie haben Respekt verdient. Trotzdem gab es viele Tote, auch an der gegnerischen Front", überbrückte Brutus die Frage des Königs.

„Das ist nicht die Antwort auf meine Frage, Brutus. Hat diese Schamanin eines dieser göttlichen Tiere?"

Varion sah zu ihm hinüber und nickte. Bevor Aslec losfluchte, begann er wieder hastig zu sprechen: „Aber das Wichtigste: Ich habe sie gesehen, Herr", sagte er und zog das Pergament unter seinem Mantel hervor.

Sein König biss voller Hass die Zähne aufeinander, sodass es knirschte. „Wen?", grollte er wütend, obwohl er die Antwort bereits kannte.

„Sie!", antwortete der breite Kämpfer. „Ich habe sie kämpfen sehen, und ich muss sagen, sie ist ein Naturtalent. Die Jumias haben mit ihr einen enormen Vorteil. Es heißt, sie hat unseren Heerführer Richow getötet."

„Heißt das etwa, ihr habt Angst vor dieser jungen Amazone?", fragte Aslec lächelnd, und er hielt sich zurück, nicht völlig die Beherrschung zu verlieren. Doch man hörte den unbändigen Zorn in seiner Stimme, dieses Zittern in der unteren Tonlage. „Wegen dieses einen erlegten Kriegers wird sie doch nicht gleich die beste Kämpferin sein. Ich meine, fast jeder tötet hin und wieder einen Gegner. Es ist Krieg! Richow war eben unvorsichtig und somit für das Mädchen ein Glücksgriff. Wenn ihr zu feige seid, werde ich mich wohl darum kümmern müssen. Aber werft schon die Rute aus", er lachte. „Ich ziehe den fetten Fisch dann an Land."

# 2

Kim wurde von Valirius immer tiefer in die Grotte hineingetragen, er folgte Kaeli, die ihnen um einiges voraus war und zielstrebig ihren Weg bahnte.

„Es ist ein großartiges Tunnelsystem. Jeder, der es geschafft hat, hat sich einen Nebenraum belegt. Ich habe uns schon zuvor einen der Räume freigehalten", erklärte Valirius ruhig und bestimmt, als er wieder zu ihr hinuntersah.

„Du kannst mich wieder runterlassen", bibberte Kim, und machte Anstalten, sich aus seinen Armen zu winden, doch er schüttelte den Kopf. „Ich lasse dich nicht bei so einer Verfassung runter. Wir sind gleich da."

„Bitte." Ein neuer kalter Schwall ließ sie zittern, und sie krallte sich in der Jacke fest, die er sich übergezogen hatte. „Mir ist so schrecklich kalt."

Von der Decke tropfte Wasser, und die wenigen Öllampen und Fackeln, die den Weg beleuchteten, warfen flimmernde Schatten an die Wände. Ansonsten war es vollkommen dunkel.

Eine Ratte – oder was auch immer es war – huschte knapp vor Valirius' Füßen vorbei. Das Mädchen erschrak für einen Moment, doch da Kaeli sorglos weitergelaufen war, beruhigte sie sich schnell, während der Krieger weiterlief. Immer weiter.

Ihr wurde immer kälter, ihre Lippen waren bereits blau.

Blau wie der Nachthimmel, der sich allmählich über Tydia verbreitete, den man aber hier, tief im Erdinneren, nicht sehen konnte. Das war ein beklemmendes Gefühl.

Nur Valirius gab ihr ein wenig Wärme, wenn man das, was er ausstrahlte, überhaupt als Wärme bezeichnen konnte. Auch er fror, wenn auch bei Weitem nicht so wie das Mädchen, das er den Gang entlang trug.

Endlich! Kim war sichtlich erleichtert, als die beiden den Raum erreichten. Ein Vorhang versperrte die Sicht, doch Valirius schob ihn, ohne zu zögern, zur Seite.

Kaeli stand mit dem Rücken zu ihnen vor dem Eingang, Muran und Mara saßen gemeinsam auf einem Lager aus dichtem Bimbafell und tauschten sich über die Erlebnisse des Tages aus, das kleine Mädchen jammerte leise.

Es war ein eher kleiner Raum, doch er war gemütlich eingerichtet. Fackeln beleuchteten die wenigen Gegenstände. Es gab nicht viel, nur vier Feldbetten und das Lager, dass Muran wohl kurzfristig für seine Schwester hergerichtet hatte. Eine bedrückende Stimmung hing in der Luft, und die Stille, die nur durch das Gemurmel der beiden Geschwister hin und wieder unterbrochen wurde, schien Kims Verstand zu zermürben. Doch gleichzeitig tat diese Ruhe auch gut ... und die Betten. Das Mädchen konnte sich nur schwer zusammenreißen, um sich nicht sofort aus Valirius Armen zu befreien, sich auf eines zu stürzen und einzuschlafen.

Jetzt sahen Muran und Mara auf. Kim erkannte sofort, dass die beiden Geschwister waren. Sie hatten beide kantige Züge und haselnussbraunes Haar. Die Augen des kleinen Mädchens waren etwas dunkler als Murans und treu und unschuldig wie die eines Hundewelpen. Kim mochte sie sofort, und Mara versuchte, ihr zuzulächeln.

„Hallo“, sprach Kaeli vorsichtig, und er erwiderte ihren Gruß.

Muran stand auf. Er kam sofort zu ihnen und nahm sie in Empfang. „Ich habe mir solche Sorgen um euch gemacht! Wie war's? Geht's dir gut?", wollte er von dem Mädchen wissen und sah eindringlich in ihre Augen.

Kim überlegte. Sie musste sich sehr konzentrieren, um in ihrer Erschöpfung noch klare Sätze zustande zu bringen: „Es ist sehr viel passiert, weißt du. Es geht mir gut, aber ... das ist einfach ein wenig viel für mich", erwiderte sie nach einiger Zeit. Und damit hatte sie glatt untertrieben.

Valirius lächelte Muran träge an. „Sie wäre fast zusammengebrochen. Glaub ihr kein Wort."

Muran nickte – trotz des Kommentars des Schattenprinzen – verständnisvoll. Es war nicht nur zu viel für sie, die sie neu in dieser Welt war. Der Krieg war für jeden zu viel, für jeden Kämpfer, für jeden Mann, für die Frauen und für die Kinder. Diesen Krieg hatte keiner von ihnen gewollt, außer dem einen.

Valirius drängte sich durch die nahe aneinander geschobenen Lager und ließ sie langsam und vorsichtig auf ihr Bett. Das Feldbett war mit einem einfachen Laken aus Leinen bedeckt, und die Kissen bestanden aus Lammfell. Zumindest sah es danach aus.

Die weichen Stoffe ließen sie förmlich in sich versinken, schmeichelten sich an ihre Glieder und sogen sie beinahe in den Schlaf. Sie wollte einfach nur schlafen.

Kaeli rüttelte sie kurz, und als sie aufsah, hielt sie ihr ein trockenes, übergroßes Hemd hin. „Du musst dich umziehen, sonst wirst du krank", flüsterte sie.

Kim sah sie völlig verstört an. Wo sollte sie denn das Kleid ablegen? Falls es Kaeli noch nicht aufgefallen war, hier befanden sich zwei männliche Personen im Raum. Als aber ein neuer kalter Tropfen über ihren Oberschenkel rann, setzte sie sich auf und nahm der alten Schamanin das Kleidungsstück aus der Hand.

Valirius hatte sich auf sein Bett gesetzt und begonnen, mit dem Verbandszeug, dass Muran und Mara besorgt hatten, die Wunde an seiner Schulter zu bedecken. Als er zu Kim hinübersah, hätte er am liebsten auch ihre blutende Verletzung verarztet, doch er wusste, dass sie viel zu erschöpft war, um jetzt auch noch darauf zu warten, dass er sich um sie kümmerte.

Kaeli forderte die Jungen auf, sich umzudrehen, während Kim vollkommen unelegant aus ihrem Kleid schlüpfte und sich das wahnsinnig weite Hemd über die Schultern gleiten ließ. Dann ließ sich das Mädchen einfach nach hinten auf ihr Bett fallen, ihr war egal, was Kaeli jetzt noch wollte. Sie wollte jetzt schlafen. Sie spürte gerade noch, wie sie von der Schamanin zurechtgelegt wurde, und wie eine Decke über ihre Glieder fiel. Dann tauchte sie ein ins Land der Träume.

Kim wurde von Stimmengewirr geweckt.

Als sie die Augen aufschlug, sah sie die anderen auf ihren Betten sitzen. Valirius hatte sich entspannt gegen die Wand gelehnt, Kaeli saß aufrecht in ihrem Bett. Muran lag zwischen den Leinen, er hatte den Kopf auf die Hände gestützt und sah zur Decke hinauf. Mara spielte am Boden mit dem Geisterhund, sie warf immer wieder ein kleines Knäuel durchs Zimmer, auf den sich das Tier verspielt stürzte.

Kim hielt sich den Kopf. Sie musste lange geschlafen haben, doch der Raum hatte keine Fenster, welche ihr die ungefähre Uhrzeit hätte verraten können.

„Kim! Endlich bist du wach. Du hast geschlafen wie ein Stein, dich hat wirklich nichts wecken können! Einen ganzen Tag hast du verschlafen, lagst du immer in derselben Position, ich dachte schon, du lebst nicht mehr“, erklärte Kaeli und schenkte ihr ein warmes Lächeln.

Kim richtete sich ächzend auf und stützte sich auf ihre Handflächen. „Habe ich irgendetwas verpasst?"

Valirius schüttelte den Kopf. „Muran und ich haben noch ein paar Mal ins Dorf geschaut und die umliegenden Wälder verteidigt, aber es war nicht mehr viel los. Scheint so, als würden sie erst einmal wieder zu Kräften kommen wollen. Es bedeutet keinen Stillstand, aber die Anzahl der tauruitischen Bodentruppen ist gering. Die Reiterformationen lassen sich gerade gar nicht blicken. Wie gesagt, es ist eigentlich nichts los. Aber Kaeli hat uns erzählt, was vorgestern alles passiert ist", antwortete er. Ihre Blicke trafen sich, und er lächelte. „Jetzt kann man verstehen, weshalb du so fertig warst."

„Ja. Wirklich beeindruckend, was du geleistet hast", schaltete sich Muran ein, und zum ersten Mal schienen ihr diese Worte ehrlich.

„Das einzige Problem ist, dass dein Kleid wohl nicht mehr reichen wird. Es regnet die ganze Zeit, und draußen hat es winterliche Temperaturen", fügte er noch hinzu.

„Die Götter lassen es darauf ankommen", sagte Kaeli düster. „Es ist völlig unnormal, dass sich die Temperaturen so schnell verändern. Es müsste eigentlich total warm sein, aber es hat schon fast Schnee. Wir haben Mühe, das ganze Volk mit Stoffen, Fellen und Pelzen zu versorgen, damit uns die Menschen nicht wegfrieren."

Kim nickte, und sie merkte, dass sich dort, wo die Decke von ihren Gliedern gerutscht war, wieder Gänsehaut über die Haut kroch. Valirius sah gesund aus, seine Gesichtszüge waren entspannt, er hatte weder Augenringe noch sichtbare Verletzungen im Gesicht. Und er hatte eine wärmende Jacke und eine lange Hose, wie Kim beinahe neidisch bemerkte. Wie froh wäre sie jetzt um lange Kleidung! Als ihr Blick zu Muran hinüberwanderte, erkannte sie einige Schrammen in seinem kantigen Gesicht. Er schien sehr angespannt und erschöpft. Als er Kim ansah, waren seine Augen glasig.

Maras Knäuel fiel vor Kims Bett. Honukk sauste hin wie ein wuscheliger Blitz, und die Siebenjährige robbte näher. Als sie den Geisterhund auf den Arm nahm, lachte sie Kim zu.

„Du musst das Mädchen sein, dem der schöne Zuhur gehört. Muran hat mir viel von dir erzählt. Ich heiße Mara“, erklärte sie eifrig.

Kim musste lächeln. „Ja, Schneefeuer gehört mir. Das heißt, ich gehöre vielmehr ihr“, erwiderte sie freundlich.

„Hast du ein Glück“, meinte Mara verträumt. „Ich will auch einmal mit einem Zuhur fliegen.“

Kim nickte verständnisvoll und sah die Siebenjährige eine Weile lang durchdringend an, dann wandte sie sich Kaeli zu, weil das junge Mädchen wieder begann, mit dem Knäuel zu werfen. „Geht es Schneefeuer gut?“

Kaeli sah sie an. „Natürlich, aber sie frisst uns die Haare vom Kopf. Wachstumsphase.“ Sie lachte.

„Ja, und wie“, kam es jetzt von Muran. „Wenn du sie nicht bald fliegst, verfettet sie völlig.“

„Aber sie braucht erst die richtige Kleidung. In dem kurzen Kleid erfriert sie noch. Ich glaube, ich gehe schon jetzt mit ihr zur Schneiderin. Gestern habe ich uns bereits angekündigt und ihr Kims ungefähre Maße gegeben. Der eigentliche Termin ist später, aber bestimmt macht es nichts, wenn wir jetzt kommen – in diesem dünnen Fetzen kann sie nicht bleiben. Vielleicht ist Baiyle schon fertig, und wenn nicht, können wir sie zumindest genau abmessen lassen“, erklärte Kaeli und stand auf. „Kim, kommst du mit? Erlösen wir dich von deinem windigen Kleid.“

Das Mädchen gähnte noch einmal herzhaft, dann schwang sie ihre langen Beine über die Bettkante und stand langsam auf. Ihre Haare fielen zerzaust über ihre Schultern, doch die Schamanin gab ihr keine Zeit, sie zu ordnen. Die alte Frau war schon aus dem Zimmer verschwunden. Das Mädchen zögerte kurz. Sie hatte immer noch das kratzige Hemd an, das ihr nur knapp über den Oberschenkel reichte. Was, wenn sie dort vorbeikamen, wo sich das Volk aufhielt? Es wäre viel zu peinlich, als Weltenreiterin in einem solchen Aufzug zu erscheinen.

„Los, du bist doch gleich wieder da", versicherte Valirius und machte eine Geste zur Tür.

Kim lächelte ihm zu und lief mit nackten Füßen über das kalte Gestein, blieb aber dann kurz stehen. „Aber das Hemd ...", flüsterte sie ihm verbissen zu.

Er lächelte ihr zu. „Das macht gar nichts. Außer, es ist zu kalt. Dann kannst du meine Jacke haben. Aber glaub mir, das Teil ist auch nicht viel länger als dein Kleid."

Sie presste die Lippen aufeinander und drehte sich zum Gang. „Na gut. Dann passt's schon."

Im Gang flackerten immer noch die Fackeln, und sie konnte am anderen Ende des Flurs Kaelis Silhouette sehen. Nach einem letzten Blick, den sie über ihre Schulter warf, verließ sie den Raum und zog den Vorhang hinter sich zu.

Schon nach kurzer Zeit erreichte sie die Schamanin.

„Bin schon da", gab sie von sich, als sie neben ihr herlief.

„Endlich", entgegnete ihre Lehrerin. „Das hat ja gedauert. Wir müssen da vorne rechts rein, dann sind wir gleich da. Du brauchst dich nicht zu sorgen, Baiyle ist gut in dem, was sie tut, und sie hat eine reine Seele."

Kim sah zu ihr hinüber. „Du hast wirklich von jedem eine Meinung."

Kaeli grinste. „und das ist auch gut so, glaub mir. Ah, da sind wir ja."

Der Raum, in den sie traten, war noch enger als der der kleinen Kriegertruppe. Er war karg, genau wie das Lager, welches Kim mit ihren Freunden teilte. Eine schlichte Koje aus Fellen befand sich ganz hinten im Raum, zusammen mit einer Kommode und unzähligen Stoffen, die fein säuberlich aufeinandergeschichtet darauf lagen. Bestimmt waren es nicht alle, die die Schneiderin besaß. Viele waren sicher in den Gluten des Feuers verbrannt.

Weiter vorn stand eine kleine, stämmige Dame, mit dem Rücken zu ihnen gewandt, und faltete gerade ein langes Stück Stoff, das beinahe seidig schien, so wie es zwischen ihren Fingern hindurchfloss.

Sie trug eine Art Toga, und um ihre Taille hatte sie einen breiten Gürtel um den grünen Stoff befestigt, damit es nicht rutschte. Der Stoff war am Saum gefüttert und eindeutig für kältere Zeiten bedacht, hohe, lederne Stiefel bedeckten ihre Füße.

„Hallo, Baiyle", begrüßte Kaeli die Schneiderin freundlich.

Die kleine Gestalt drehte sich um, und Kim sah in ein breites, stark geschminktes Gesicht.

„Schön euch zu sehen, Kaeli", grüßte sie zurück. „Und du musst Kim sein." Sie kam näher und musterte das Mädchen von oben bis unten. Kim lächelte angestrengt, während die vielen, genauen Blicke über ihren Körper flitzten und die Schneiderin den Kopf schief legte. Plötzlich wandte sich die stark geschminkte Frau von ihr ab.

„Ich habe eigentlich schon alles fertig, und so wie ich das sehe, könnten die Maße, die du mir gestern gegeben hast, Kaeli, stimmen. Sie kann sich da drin umziehen, ich lege es schon mal hinein. Es ist schlicht und einfach, aber einigermaßen wasserfest", sagte Baiyle. Sie hatte ihre dunkelbraunen Haare zu einem Dutt zusammengesteckt und mit Blumen verziert, die aus Stoff genäht waren und mit einem leichten Glitzern versehen waren.

„Gut. Schön, dass du dir die Mühe gemacht hast, Baiyle“, bedankte sich Kaeli aufrichtig und klopfte Kim auf die Schulter. „Kim, ich warte hier und spreche mit Baiyle. Du ziehst dich um, und dann sehen wir, ob es dir passt.“

„Ach, das mit der Mühe ist nicht der Rede wert“, stellte Baiyle fest. „Ich fertige zu gern Kleidungsstücke für bedeutende Personen unseres Volkes an. Das ist eine reine Selbstverständlichkeit.“

Die Schneiderin hatte vor einer dunklen Nische, in der nur Kerzen brannten, einen Vorhang angebracht, der ihre Kunden vor neugierigen Blicken schützen sollte. Sie suchte aus einem Stapel Kleidungsstücken die richtigen heraus, legte sie auf einen kleinen, hölzernen Hocker und machte eine auffordernde Handbewegung in den kleinen Raum.

Langsam schritt Kim in das Loch in der Wand. Es war ziemlich eng und das Licht der Kerzen verbreitete nur schleierhaftes Licht. Kim warf einen letzten Blick zu Kaeli und der Schneiderin und lächelte verlegen, dann zog sie den Vorhang hinter sich zu und atmete geräuschvoll aus.

Nun befreite sie ihren Körper von dem luftigen Hemd, das hart und rau über ihre Glieder kratzte, und legte es sorgfältig zusammen. Der Boden unter ihren noch nackten Füßen war eisig kalt, und sie konnte es kaum erwarten, in die Stiefel zu schlüpfen, die ihr sofort ins Auge gestochen waren. Doch es dauerte eine Weile, bis sie die verschiedenen Kleidungsstücke übereinander gezogen hatte.

Über ihren Oberkörper stülpte sie zunächst ein langärmliges, bräunliches Oberteil. Es war schön leicht, und der Stoff war weich und warm, so wie Baiyles Toga am Saum gefüttert. Er schmiegte sich an sie wie eine zweite Haut. Der Ausschnitt war in der Mitte tiefer, und dort wurde er mit wenigen, dicken Fäden zusammengehalten. Über ihre schlanken Beine zog sie eine dunkelbraune, etwas weitere Hose, die an der Hüfte mit einem reich verzierten, kurzen Gürtel gehalten wurde. Knapp unter den

Knien band sie zwei schwarze Bänder um den Soff, damit es nicht allzu ausladend weit aussah. Das schien aber von der Schneiderin beabsichtigt. Kim wusste nicht, wie es aussehen wurde, aber sie vertraute Kaeli, da sich die alte Dame noch nie eines schlechten Handwerkers angenommen hatte. Über die Hose gehörte ein kurzer, einfacher Rock, der sich den natürlichen Farben der anderen Kleidungsstücke anschloss.

Zuletzt verschwanden ihre Füße in fast kniehohen Stiefeln, die innen so dicht mit Fell gefüttert waren, dass Kims Beine darin beinahe versanken wie in einem weichen Meer. Auch über das Leder außen musste sie am Schuh befestigte Bänder ziehen, damit die Stiefel Form annahmen. Jetzt zog sie sich noch eine dünne Weste aus Bimbaleder über die Schultern, die beinahe federleicht auf ihren Schultern lag und sich eng um ihren Oberkörper schmiegte. Am Ende stülpte sie Stulpen aus starkem Leder über ihre Unterarme, welche mit der samtenen Haut eines Kaninchens unterlegt und mit eingesticktem Farn verziert waren.

Es befand sich kein Spiegel in der engen Nische, was sie störte. Ihr blieb keine andere Möglichkeit, es Kaeli und Baiyle zu zeigen sich auf ihre Meinung ein Bild von sich zu machen. Also atmete sie tief ein und zog den Vorhang zurück.

Kaeli und Baiyle drehten sich sofort zu ihr herum. Ihre Blicke betasteten Kim von oben bis unten, hielten sie gefangen wie mit unsichtbaren Fingern, und so traute sie sich anfangs nicht, etwas zu erwidern.

„Wie gefällt es dir? Es orientiert sich grundlegend an der Kleidung der Krieger, auch wenn ich es ein wenig verändert habe. Ich finde aber, dass es doch schon ziemlich gut an ihr aussieht, und praktisch ist es obendrein. Am Gürtel kann man ganz einfach die Schäfte der Schwerter anbringen, die vielen Kleidungsstücke halten warm und sind leicht zugleich“, kam es schließlich von der Schneiderin selbst. „Was meinst du, Kaeli?“

Kaeli machte einen Schritt auf ihren Schützling zu und lächelte, als Kim ihr in die Augen sah. „Je mehr sie zwischen den Kriegern untergeht, desto besser. Und es sitzt tatsächlich alles dort, wo es hingehört. Wie gefällt es dir selbst, Kim?“

Das Mädchen sah kurz schweigend an sich herunter. Dann begann sie, zu nicken. „Es passt wirklich ziemlich gut. Und ich kann mich trotz der vielen Lagen gut bewegen. Es fühlt sich zumindest so an. Vielen, vielen Dank, Baiyle.“

„Keine Ursache, ich freue mich, dass du es magst“, lachte Baiyle und machte einen kurzen Wink. „Und nun geh, die anderen werden schon auf dich warten. Ich werde dein Kleid waschen und trocknen, in den nächsten Tagen kannst du es dann einmal bei mir abholen. Ich werde solange hier in der Höhle sein, bis der Krieg vorbei ist, und die nächsten Tage wirst du es voraussichtlich nicht brauchen.“

Nachdem Kaeli sich auch noch einmal für die tolle Arbeit bedankt und sich von Baiyle verabschiedet hatte, verließen sie das Zimmer.

„Du – das heißt Baiyle – überrascht mich!“, sagte Kaeli, als sie Kim noch einmal musterte. „Respekt! Die ängstliche Kriegerin ist ja endlich zu einer Kämpferin geworden, zumindest siehst du jetzt so aus.“

Kim lächelte. „Wurde ja auch Zeit, und Baiyle hat wirklich alles genau passend gemacht. Außerdem ist mir jetzt endlich nicht mehr so kalt. Hier, das Hemd.“ Sie reichte ihrer Lehrerin das kratzige Oberteil, doch diese schob es kopfschüttelnd von sich weg. „Es gehört dir. Bestimmt wirst du es noch brauchen.“

Sie liefen nicht direkt zurück zum Lager, sondern holten noch ein wenig Trockenfleisch. Die Gelegenheit, in der Hauptgrotte zu sein, nutzte Kim und besuchte Schneefeuer.

Die junge Stute wieherte ihr leise entgegen, als Kim auf die kleine Gruppe Tiere zukam. Sie versuchte, auf ihre Reiterin zuzukommen, doch das Halfter riss sie zurück, und so blieb Schneefeuer stehen und wartete, bis Kim bei ihr ankam.

„Hey“, murmelte die Weltenreiterin freundlich und strich sanft über das weiche, dichte Fell des wunderschönen Wesens. Die Flügel des Zuhurs waren eng an den Körper gelehnt, sodass sich Ureh, Wolfskopf und die junge Stute nicht gegenseitig anstießen.

Schneefeuer stieß ein lautes Schnauben aus.

„Bald fliegen wir wieder“, beteuerte Kim flüsternd. „Bald segeln wir wieder hoch hinaus, und du kannst deine Freiheit genießen. Hab nur noch ein wenig Geduld, Schneefeuer.“

„Kim!“, hörte sie plötzlich Kaelis Stimme aus der Richtung kommen, wo die Schamanin vorher zurückgeblieben war, um sich an dem Stand für Trockenfleisch und Brot anzustellen.

Kim wirbelte herum, und als Kaeli andeutete, zurückzulaufen, strich sie ein letztes Mal über das samtene Fell, drehte sich um und folgte der Schamanin.

Als sie nach einiger Zeit endlich bei den anderen im Lager ankamen, ruhten auch deren Blicke lange Zeit auf dem Mädchen.

Muran grinste. „Sieht klasse aus. Fast so wie wir. Bis auf den Rock und ... naja, die Weste.“ “

Auch Valirius stimmte ihm zu. „Die Schneiderin hat gute Arbeit verrichtet. Wie hieß sie noch mal? Baiyle?“

Kaeli nickte. „Ja, sie ist eine alte Freundin.“

„Genau wie Hege“, flutschte es aus Kim heraus, und im nächsten Moment presste sie die Hand auf den Mund. „Entschuldigung, Kaeli.“

Die Alte zuckte die Schultern. „Was geschehen ist, ist geschehen.“

„Was uns wohl die nächsten Tage erwartet?“ Das Mädchen ließ sich auf ihrem Bett nieder und lehnte sich an die Wand.

„Das würde ich auch gerne wissen“, schaltete sich die Schamanin ein. „Aber selbst wenn es einer von uns nicht schaffen sollte, wir müssen die Zeit genießen, die uns noch bleibt. Wer Hunger hat, ich lege das Brot und das Räucherfleisch neben den Eingang.“

Ihre drei Schützlinge nickten, Valirius nahm gleich ein Stück trockenes, dunkles Brot und eine Scheibe Fleisch entgegen. Auch Kim nahm sich ein wenig von dem Brot. Insgeheim fragte sie sich, woher die Jumias all das herhatten, genau wie die vielen Felle, die Möbel ... das konnten sie doch eigentlich nicht alle aus dem Dorf mit hierher geschleppt haben. Ihre Frage beantwortete sich beinahe von selbst, als Kaeli begann, zu sprechen. „So. Ich hole vom Lager noch ein paar Felle, heute Nacht wird es noch mehr abkühlen. Will jemand mitkommen? Damit können wir es uns etwas gemütlicher machen“, erklärte die Alte.

„Welches Lager?“, fragte Kim überrascht, und in Hintergedanken hatte sie verstanden.

Die Schamanin lächelte. „Wir haben den Krieg schon mehrmals in diesem Versteck überdauert. Noch bevor der erste Krieg begann, war das hier das Hauptlager von unserem Getreide, dem Trockenfleisch, den Fellen, unserem Horn und Leder. Das ist für uns in Zeiten wie diesen sehr günstig.“

Das Mädchen nickte verständnisvoll und hakte die Frage, die vorher in ihrem Kopf herumgeschwirrt war, ab.

„Ich gehe mit“, kam es auf einmal überraschend von Muran. Der Junge stand bereits auf und trat an Kaelis Seite. „Kommt noch jemand mit zum Lager?“

Mara sprang auf. „Ich!“, rief sie und gesellte sich zu ihrem großen Bruder.

Erwartungsvoll sahen Muran und Kaeli die anderen beiden an, doch Kim schüttelte den Kopf. „Wenn es euch nichts ausmacht, würde ich gerne hierbleiben. Ich habe höllischen Hunger und werde ein wenig essen", erklärte sie, während sie es sich auf ihrem Bett gemütlich machte und ihre kalten Füße unter der Decke vergrub.

Valirius sah zwischen seinen Freunden hin und her. Es dauerte eine Weile, bis er eine Antwort gab. „Ich werde Kim nicht allein lassen, wer weiß, was sie anstellt", lächelte er. „Außerdem kann ich mich dann ein wenig mit ihr unterhalten, es interessiert mich sehr, aus ihrer Sicht zu hören, was vorgestern passiert ist."

Kaeli nickte. „Es ist gut, wenn ihr beiden euch ein wenig austauscht. Braucht ihr Felle, sollen wir euch welche mitbringen?"

Muran stierte wütend zu ihr hinüber. „Sollen sie sich doch selber welche holen", zischte er. Dann machte er kehrt und schlenderte zur Tür hinaus, dicht gefolgt von seiner kleinen Schwester, die sofort Fragen stellte, wieso er das gemacht hatte.

Als die beiden aus dem Zimmer verschwunden waren, zuckte die Schamanin die Schultern. „Ich gehe dann mal. Braucht ihr wirklich keine?"

„Mir kannst du eins mitbringen, wenn es keine Umstände macht", erwiderte Kim die Frage, und Valirius nickte langsam. „Mir auch. Aber ich brauche es nicht unbedingt."

Kaeli lächelte fromm, verschwand durch das Loch in der Wand und zog den Vorhang hinter sich zu.

„Zu schade, dass wir kein Feuer machen können. Sonst hätten wir's jetzt schon richtig warm", stellte Valirius fest und sah zu dem Mädchen hinüber. Wenn er darüber nachdachte, der Grund zu sein, weshalb sie noch hier war, lastete die Verantwortung dafür, dass sie lebend aus dem Krieg herauskam, schwer auf seinen Schultern.

Valirius musterte das Mädchen. Sie sah in diesen Momenten so widersprüchlich aus. Einerseits zart und zerbrechlich, andererseits voller Mut und Hoffnung, dazu verstärkten die Waffen, die neben ihrem Bett lagen, den Anschein, eine Kriegerin vor sich zu haben.

Kurz überlegte er, dann stand er auf und lief zu ihr hinüber. „Hey Kim", raunte er und fuhr sich unruhig durch die Haare, als er sich an die Bettkante setzte. Dann schenkte er ihr ein warmes Lächeln, das sie sofort erwiderte. „Ich bin echt froh, dass dir nichts passiert ist."

Ihre Augen sahen tief in seine hinein, und er erkannte die Angst, die ganz tief hinter dem Mut schlummerte.

„Ich hatte auch die ganze Zeit Sorgen um dich und Muran", sagte sie, und lehnte sich zurück gegen die Wand, um sich die Decke weiter über die Beine zu ziehen.

Valirius lachte kurz, dann sah er verlegen zu Boden. Einige schwarze Haarsträhnen rutschten ihm dabei ins Gedicht. „Versprich mir, dass du das nicht mehr tust. Du brauchst dir keine Sorgen zu machen. Nicht um mich."

„Ich kann nicht. Ich habe gesehen, was da draußen los ist. Das ist für dich vielleicht nur eine Art Spiel, aber es geht hier um Leben und Tod. Ich habe es gesehen", sagte sie, während sie die Beine ans Kinn zog. „Mach dir nichts vor. Es ist Krieg. Und wir sind darin gefangen wie in einem großen Netz, dass man nur zerstören kann, indem man den Gegner umbringt."

„Ich finde es gut, dass du nicht abgehauen bist, du weißt schon, wegen des Krieges", überbrückte er ihre Worte. „Wenn ich es recht überlege, wärst du eigentlich gar nicht mehr hier. Und das ist meine Schuld."

Kim blickte zur Seite. „Ich weiß, aber du hattest recht. Wer weiß, vielleicht wäre es richtig, nach Hause zu fliegen. Mein Vater macht sich bestimmt wahnsinnige Sorgen um mich. Aber andererseits werde ich hier gebraucht."

„Meinst du? Mein Vater hätte nichts dagegen, wenn man ihm sagen würde, dass ich tot im Wald liege“, antwortete Valirius.

„Was ist das denn für ein Vater?“, fragte sie ungläubig, und schüttelte den Kopf.

„Keine Ahnung. Eigentlich ist es ja gar keiner. Ich habe ihn nicht einmal so genannt.“

„Themenwechsel. Was ist mit Muran los?“, wollte Kim wissen, als sie sich an dessen auffälliges Benehmen erinnerte.

„Es ist ein wenig viel für ihn. Der Tod seiner Mutter, der Krieg. Außerdem glaube ich, dass er eifersüchtig ist.“

„Eifersüchtig worauf?“

Seine Lippen waren warm und zart, als sie plötzlich die ihren berührten. Sie hatte die Augen geschlossen, spürte, wie er seine Hand auf ihre legte. Ein Prickeln erfüllte die Luft, Schmetterlinge tanzten in ihrem Bauch, die Stille schien sich beinahe zu überschlagen.

Dieser Moment war kurz, fast nur einen Atemzug lang. Doch selbst dieser eine Atemzug war es wert.

Als er sich wieder zurücklehnte, durchbohrte ihn Kims Blick. Er versuchte ein Lächeln, sah ihr ein letztes Mal tief in die Augen. Dann stand er auf und setzte sich zurück auf sein Feldbett.

Kim berührte ihre Lippen mit ihrem Zeigefinger. Unglaublich. Er hatte es wieder getan. Sie atmete tief ein, als würde der Rest des Momentes noch in der Luft hängen.

Sie saßen lange Zeit schweigend nebeneinander, er auf seinem Lager, sie auf ihrem. Kim aß noch ein wenig von dem Brot, während Valirius stumm vor sich hin stierte. Die Flammen der Fackeln warfen tanzende Schatten, die Felle gaben Wärme.

Dann hörten sie Schritte im Gang. Der Vorhang wurde kraftvoll zur Seite gezogen und die kleine Truppe kam herein. Honukk kam sofort auf Kim zu, kletterte am Bettrand hoch und setzte sich auf ihren Schoß.

Als Kaeli, Muran und seine Schwester den Raum betraten, trugen sie viele Fellknäuel, und warfen diese erschöpft auf den Boden. Es waren viele unterschiedliche Felle, die sie mitgebracht hatten.

„Das hat aber gedauert“, stellte Valirius fest.

„Ja, es haben viele Leute angestanden, um sich Felle zu holen“, erklärte Kaeli, als sie sich die Hände an ihrem Kleid abklopfte. „Wir haben extra zwei Stück mehr mitgenommen, damit sich jeder von euch eins nehmen kann.“

„Danke“, kam es plötzlich von Kim. „Das ist sehr nett von euch.“

Mara grinste freudig. „Das war meine Idee.“

Kaeli zwinkerte den beiden zu. Kim sah fragend zu Muran hinüber, doch dieser war so beschäftigt, seine Felle auf das Lager zu betten, dass er ihre Blicke nicht bemerkte. Als er fertig war, legte er sich auf den Rücken und sah zur Decke hinauf, als suchte er nach dem Himmel.

Zögerlich rutschte sie zur Bettkante und fingerte sich zitternd eine der wärmenden Decken. Dann stand sie auf, legte die Decke zur Seite, zog sie es auf ihr Laken und strich es zurecht.

„Alles in Ordnung, Kim?“, fragte die Schamanin plötzlich, während sie Honukk streichelte.

„Ja, klar. Alles ...“ Sie sah flüchtig zu Valirius hinüber, und er schaute ihr emotionslos ins Gesicht.

„Alles in Ordnung“, bekräftigte sie noch einmal.

„Dann ist gut.“

# 3

Kim konnte in dieser Nacht nicht gut schlafen.

Nicht nur, dass sie andauernd an den Krieg denken musste, nein, auch eine Schar pechschwarzer Fledermäuse hatte sich an der Decke des Raums niedergelassen und konnte sich nicht entscheiden, ob sie nicht doch wieder nach draußen in den Gang umziehen sollten. Sie konnte die Tiere gut erkennen, da Kaeli am Abend beschlossen hatte, eine Kerze brennen zu lassen, falls jemand aufwachte.

Das Flattern der hundert Flügelpaare surrte immer wieder über sie hinweg. Kim schlug die Augen auf und fluchte still in sich hinein. Sie überlegte sich, wie sie das kleine Volk verscheuchen konnte. Außer ihr war niemand wach. Die Ruhe war fast erdrückend, kaum ein Atemzug der anderen war zu hören. Wenn Kim an das Schnarchen ihres Vaters dachte, kam ihr der Vergleich in den Sinn, dass bei den Jumias wohl niemand lauter atmete als eine Fliege und so tief schlief wie ein Stein, da ihnen die Geräusche nicht einmal ansatzweise zu schaffen machten.

Leise ließ sie ihren Arm seitlich an ihrem Bett hinuntergleiten, tastete nach ihrem bereits gespannten Bogen und zog ihn zu sich aufs Bett. Schließlich zog sie auch noch – beinahe geräuschlos – einen Pfeil aus ihrem Köcher und legte ihn an, als das Geflatter noch einmal erklang.

Sie zielte mitten in die schwarze Wolke hinein, die knapp

über der Decke flog, und ließ die Sehne los. Im nächsten Moment stoben die Tiere erschrocken auseinander.

Eine Fledermaus flatterte geschwächt mit den Flügeln, und Kim erkannte im Schein der einzigen Fackel im Raum, dass der Pfeil aus ihrer Brust ragte.

Einen Moment später fiel sie zu Boden und blieb liegen wie ein erschlagener Käfer. Der Rest der Meute floh nach draußen. Ab diesem Augenblick war es still, und Kim konnte die letzten Stunden vor Sonnenaufgang in Ruhe genießen, auch wenn sie nicht mehr schlafen konnte.

Nach einiger Zeit bemerkte sie aus den Augenwinkeln, wie Valirius sich regte. Er setzte sich auf und lehnte sich an die feuchte Felswand, den Kopf in den Nacken gelegt.

Sie beobachtete ihn heimlich, zwischen der Decke und ihrem weichen Kissen hindurch. Musterte seine ebenfalls neu angefertigten Kleider, mit denen an ihm kaum noch etwas von einem Tauruiten an ihm zu erkennen war, sein Schwert, das mit roten Flecken besprenkelt neben ihm lag. Anhand seines groben Aussehens konnte man nicht glauben, dass dieser Mensch überhaupt einen liebevollen Gedanken fassen konnte.

Sein Alter konnte sie schlecht einschätzen. Er könnte siebzehn oder achtzehn sein, so wie Muran, oder doch jünger oder älter. Seine Züge schienen erwachsener als die des jumiatischen Jungen, und auch sein Körperbau war kräftiger und reifer.

Ja. Er war bestimmt älter als Muran.

Als die Kerze erneut aufloderte, zuckte sie kurz zusammen. Es war höllisch kalt, nur die vielen Decken schützten sie vor der Kälte, die Tropfen, die an den steinernen Wänden herunterliefen, beinahe gefrieren ließ.

Jetzt fragte sie sich, wie lange sie sich schon in Tydia befand. Hier spielte es überhaupt keine Rolle, welcher Wochentag es war oder welches konkrete Datum man hatte, niemand fragte nach der Uhrzeit. Also war es wirklich schwer, die Anzahl der Tage, Wochen oder Monate zu schätzen, die sie bereits hier verbracht hatte.

Kim dachte eine Weile über die Unterschiede der beiden Welten nach. Es waren so viele, dass es beinahe unmöglich war, sie alle aufzuzählen. Und sie überlegte auch, wie sie sich entscheiden würde, wenn sie die Wahl hätte: Wenn in Tydia Frieden satt Krieg regieren würde, wäre sie dann auch so lange hier geblieben? Und wenn jetzt der Krieg zugunsten der Jumias ausging, würde sie dann bleiben wollen? Gäbe es eine Möglichkeit, ihren Vater zu Hause davon zu überzeugen, dass sie hier glücklicher wäre? War sie hier glücklicher als zu Hause? Die Fragen prasselten wie ein Platzregen auf sie herab, und Kim war froh, als sich auch die anderen in ihrer Unterkunft regten.

Trotzdem schien es eine Ewigkeit zu dauern, bis alle wach waren. Kaeli verließ das Zimmer gleich, nachdem sie aufgewacht war, um den Anführer nach den Schichten zu fragen, während die anderen ein kurzes Frühstück zu sich nahmen. Es dauerte nicht lange, schon bald erschien sie wieder, und ihre Schüler sahen forschend zu ihr auf.

„Es gibt eine gute und eine schlechte Nachricht. Welche wollt ihr zuerst hören?“, fragte sie, während sie sich langsam auf ihrem Bett niederließ, um ihre Haare zu ordnen.

Prüfend sah Kim zu den anderen hinüber, die gemischter Gefühle zu sein schienen. Ihr Blick traf den von Muran. Der Junge schien interessiert zuzuhören, doch er hielt sich zurück. Valirius hingegen saß vollkommen verschlossen da, die Arme verschränkt, und auf die bevorstehenden Worte wartend. Es war für jeden eine Qual, daran denken zu müssen, wieder zu kämpfen, da war sie sich sicher.

„Na sag schon. Egal, mit was du anfängst“, murmelte der Schattenprinz schließlich, und Kaeli atmete geräuschvoll aus.

„Es ist so: Gestern sind wieder viele Krieger gefallen, und die Truppen brauchen wieder eine Ordnung, eine Hierarchie. Ohne einen Heerführer geht gar nichts. Muran und Valirius, ihr beide müsst wieder ran. Einer von euch beiden wird den Trupp der Reiter anführen, der andere wird als normaler Krieger eingesetzt. Es tut mir leid, ich konnte nur erreichen, dass Kim nicht wieder kämpfen muss."

„Das ist die gute Nachricht", stellte Valirius fest und schüttelte den Kopf. „Kein Problem. Muran wird führen, wenn er will."

Der Junge, der neben ihm saß, sah ihn erschrocken an. „Ich habe so etwas noch nie gemacht, du schon", sagte er ein wenig verkniffen. „Ich sage es nicht gerne, aber das ist eine zu große Aufgabe für mich. Du bist besser, was das angeht."

„Ach was, du hast doch nur Angst!", keifte der Schattenprinz, und Kim sah, wie sich Murans Züge anspannten.

„Ich habe keine Angst! Dann mach ich's eben."

„Muran!", rief die alte Dame jetzt dazwischen. Auch Mara sah auf.

„Du weißt, du bist einer der besten Krieger, und du kannst das. Davon warst du selbst schon immer überzeugt. Wenn du Angst hast, brauchst du es nur zu sagen."

Muran biss sich auf die Unterlippe, und Valirius musste lächeln. Dieses Lächeln war furchtbar kalt.

„Seht ihr? Vor dem Krieg macht er einen auf wichtig, und jetzt auf einmal hat er Angst und will es nicht zugeben! Aber keine Sorge, ich brauche keine jämmerlichen Ausreden. Ich mache das schon."

„Könnt ihr das lassen?", hörte Kim sich auf einmal sagen und war überrascht, dass so etwas aus ihrem Mund gekommen war. „Das Letzte, was wir jetzt brauchen, ist Streit. Der, der es machen will, macht es. Und wenn's keiner macht, gehen ich und Kaeli!"

Stille.

„Ich mach's", sagten die beiden Jungen plötzlich wie aus einem Mund.

„Valirius wird es machen. Muran, du hast gesagt, dass du nicht willst, und wir werden dich nicht zwingen", schlussfolgerte Kaeli jetzt. „Wir haben nicht mehr viel Zeit, bereitet euch vor. In einer Stunde beginnt der Wechsel an der Front."

Also zogen die beiden Krieger wieder los.

Kim begleitete die beiden zu ihren Tieren, und als es soweit war, verabschiedete sie die beiden. Es war schwer, sie gehen zu lassen. Wer konnte schon wissen, was sie erwartete? Was, wenn ihnen etwas passierte?

Doch weder Kaeli noch die beiden Jungen warteten auf ihre Gedanken. Es war jedes Mal das gleiche; sie dachte, andere taten.

„Passt ja auf euch auf!", rief sie ihnen nach, als Whisper vor Wolfskopf durch den Wasserfall glitt. Einen Moment lang spürte sie einen Stich im Herz. Als dann auch der Zuhur durch die Wassermassen verschwand, schloss sie einen Moment lang die Augen.

„Sie werden es schaffen", dachte sie. „Ganz sicher. Sie werden zurückkommen. Heute Abend."

Schneefeuer schnaubte unruhig, auch sie wollte hinaus. Kim ging zu ihrer Stute und fuhr mit den Fingern über die glatte Flughaut ihrer Flügel. Das Tier sah in ihre Richtung und warf ihr einen fordernden Blick zu, doch Kim schüttelte den Kopf. „Wir müssen noch warten." Kurze Zeit ließ sie ihre Blicke über den majestätischen Körper des göttlichen Tieres gleiten.

„Willst du mit mir spielen?", fragte plötzlich eine Stimme von hinten, und jemand zupfte an dem Saum ihrer Weste. Als sie sich umdrehte, stand Mara dort. Sie sah aus wie eine Porzellanpuppe, ihr haselnussbraunes Haar fiel ihr ungeordnet über die Schultern, und über ihre beinahe kalkweißen Wangen zogen sich dunkle Augenringe. In ihren Armen lag Honukk, eingerollt wie ein Baby.

„Ich habe riesige Angst um meinen Bruder", sagte sie schließlich.

Kim legte ihr die Hand auf die Schulter und beugte sich zu ihr hinunter. „Er wird es schaffen. Genau wie Valirius. Sie werden zurückkommen, und es wird ihnen gut gehen. Ich verspreche es dir."

„Versprochen?"

„Versprochen."

„Spielst du mit mir?"

„Natürlich. Was denn?"

„Honukk mag Ballspielen am liebsten. Ich habe einen Knäuel, den können wir werfen."

„Gerne."

Als der Abend einbrach, landete die Formation auf der Kuppe des Wasserfalls. Die Wolken hatten sich verzogen, und die Kälte wurde ein wenig von der sinkenden Sonne gedämpft, die bunte Schatten über die Ebenen des Landes warf.

Kim, Mara und Kaeli warteten dort auf die beiden Krieger. Bei ihnen waren noch viele andere besorgte Mütter und Kinder, die dort auf ihre Freunde und Verwandte warteten. Für alle war es ein angespannter Moment. Jetzt würde sich zeigen, wer überlebt hatte. Viele Helfer standen bereit, um die Verletzten zu versorgen.

Ziemlich spät erschien die riesige Formation der Diantaron am Himmel. Kim hielt den Atem an, musterte jede Bewegung der erschöpften Tiere. Die Reiter auf ihren Rücken machten sich zur Landung fertig, und nacheinander setzten die fliegenden Dämonen auf der Kuppe auf. Sie atmeten schwer, die Reiter waren völlig am Ende. An vielen Stellen ertönten Hilfeschreie, und die Helfer und Frauen eilten zu den Verletzten.

Als Kim die Menge durchkämmte, zog sich ihr Herz zusammen, da sie weder Wolfskopf noch Whisper unter den Diantaron erkannte. „Wo sind sie?", fragte sie nervös. Lange Zeit bekam sie keine Antwort.

„Ich weiß nicht. Irgendetwas stimmt hier nicht", antwortete Kaeli schließlich, die angestrengt mit ihrem Blick die Menge durchkämmte.

„Muran! Wo ist Muran?", wollte Mara wissen und zupfte ungeduldig an Kims Weste. Die Kriegerin legte ihren Arm um ihre Schulter und zog das kleine Mädchen näher an sich.

„Das darf nicht sein! Was, wenn ihnen etwas passiert ist?", fragte Kim vorwurfsvoll und drehte sich zu Kaeli um.

„Bestimmt ist einer von ihnen mal wieder auf eine dumme Idee gekommen. Aber keiner denkt an uns, niemand merkt, dass ich vor Angst um sie verrückt werde!" Kims Stimme bebte, ob nun aus Angst oder Wut.

In diesem Moment kam ein Krieger auf sie zu. Er humpelte, und in seinem Oberschenkel klaffte eine lange Wunde auf, die eindeutig genäht werden musste. Der Jumias war groß und hatte ein kantiges Gesicht, seine Haare fielen ihm tiefbraun über die Schultern. Blut rann von einer Schnittwunde von seiner Braue über die Wange.

„Ich muss euch etwas ausrichten", sagte er hustend, und Kim hielt den Atem an, während Mara ihre dünnen Arme um sie legte.

„Um was geht es?", brachte sie zitternd hervor.

„Es geht um Muran und den neuen Heerführer Valirius, doch auch noch andere sind bei ihnen."

*Oh Gott. Oh Gott. Ich wusste es.* Panik wallte in Kim auf, und sie spürte sofort Tränen in ihren Augen.

„Sie konnten nicht kommen. Sie wurden nahe dem Dorf aufgehalten, etwas westlich. Einer von ihnen ist schwer verletzt."

*Nein. Das darf nicht sein. Das DARF nicht sein!* Sofort schrie Kim nach Schneefeuer. Ihre Gedanken brüllten nach dem Tier, und sie ließ von Mara ab, die erschrocken zurückwich. Irgendetwas in ihrem Körper schien umgeschaltet. Sie wollte jetzt kämpfen. Sie wollte und sie würde es tun.

So sehr Muran sie in letzter Zeit verärgert hatte, jetzt wünschte sie sich nur, der Krieger habe sich mit der Annahme, dass einer von ihnen schwer verletzt sei, vertan. Sie wandte sich von der Gruppe Frauen ab, die ihre Männer begrüßte, und rannte zum Vorsprung. Kaeli drehte sich überrascht um.

„Kim, was machst du denn?"

Kurz blieb das Mädchen stehen, dann rief sie, ohne sich zu der Schamanin zu wenden: „Ich suche die beiden, und ich schwöre, ich werde dafür sorgen, dass sie ihren Weg hierher finden."

Jetzt hörte Kim, wie der Körper der Stute durch das Wasser nach draußen glitt, machte eine Kehrtwende zum Vorsprung und sprang.

Sie konnte beinahe hören, wie alle auf der Kuppe, die das Gespräch mitbekommen hatten, den Atem anhielten.

Etwas unsanft landete sie auf dem nassen Rücken, krallte sich in der Mähne fest und drückte ihre Fersen in den Bauch des Zuhurs. Sofort beschleunigte das Tier, und sie flogen im Eiltempo nach Süden.

Kim legte die Finger um den Griff ihres Schwertes.

*Niemand rührt sie an.*

*Nicht, solange ich lebe.*

Sie nahm Kurs auf und kam ihrem Ziel immer näher. „Westlich des Dorfes", schallten die Worte des Kriegers noch immer in ihren Ohren. Ihr Körper schmiegte sich an Schneefeuer, und die lange Mähne peitschte in ihr Gesicht.

Sie durfte keinen der beiden verlieren. Nicht jetzt, wo sie Muran und Valirius so dringend brauchte. Nicht jetzt, wo das mit Valirius geschehen war.

Sie flog bereits eine Weile, als sie das Geräusch rasselnder Klingen vernahm. Sofort sah sie nach unten und bemühte sich, durch das dichte Blattwerk des Waldes etwas zu erkennen. Sie konnte nur einen kurzen Blick auf die kämpfenden Krieger erhaschen. Aber eindeutig war hier der Kampf im vollen Gange. Also konnten die beiden jungen Krieger nicht weit sein.

Völlig ziellos steuerte sie Schneefeuer auf eine winzige Lichtung nahe der Stelle des Kampfes zu. Noch bevor die Hufe der Stute den Boden berührten, sprang sie ab und zog ihr Schwert.

Kurz schien der Wald den Atem anzuhalten.

„Wo seid ihr?“, schrie sie in den Wald hinein, verdrängte die hier noch herrschende Stille, Vögel flogen auf. Dann rannte sie, ohne auf eine Antwort zu warten, einfach los. Schneefeuers Flügelschlag erklang hinter ihr und das Mädchen wusste, dass sich die Stute in Sicherheit brachte.

Kims Beine trugen sie schneller, als sie sich es je erträumt hatte. Wut loderte in ihr auf und setzte immense Kraft frei, die Kim im Kampf zugutekommen würde. Sie hatte noch nie einen solchen Willen verspürt, etwas zu tun.

Das Geräusch der aufeinanderprallenden Schwerter wurde lauter, und sie biss die Zähne zusammen. Als sie nahe genug herangekommen war, warf sie sich mit dem Rücken gegen einen Baum. Sie zuckte zusammen, als sie hörte, wie sich von der anderen Seite eine Klinge in die Rinde des Baumes bohrte. Ihr blieben nur wenige Momente, um sich zu ordnen und vollends auf den Kampf zu konzentrieren.

*Eins.*

Sie sammelte ihren Mut.

*Zwei.*

Sie brachte ihr Schwert in die richtige Position.

*DREI!*

Ohne auch nur einen Moment lang zu zögern, sprang sie aus ihrem Versteck hervor, die Waffe erhoben. Kaum war sie aus dem schützenden Schatten getreten, kam ein Tauruit von rechts. Nur mit Mühe konnte sie seinen Angriff parieren und kontern.

*Wo sind sie?*

„Na, kleines Mädchen?“, ertönte plötzlich die Stimme eines Tauruiten. Sie war kratzig und passte perfekt zu dem Gesicht des Mannes, in das Kim vernichtend schaute. Er hatte einen Vollbart, dunkle Augen, lange Falten auf der Stirn und zwischen seinen Lippen standen schiefe Zähne hervor. „Überraschend, dass sich jemand wie du hierher wagt. Aber ich kenne dich. Mein Meister hat mir von dir erzählt. Du kommst, um die Jungen zu retten.“ Während er sprach, machte er eine Drehung und stieß nach vorn, und Kim kam es so vor, als würde er absichtlich daneben stechen.

Sie war so wütend. Sie tat so etwas nicht. Mit einem schnellen Schritt geradeaus bohrte Kim die Klinge in seine Brust.

„Woher willst du das wissen?“, zischelte sie.

„Ihr werdet alle sterben, Kim Weltenreiterin!“ keuchte er und bedachte sie mit einem vernichtenden Blick zu. „Aslec wird ...“

Sie zog das Schwert aus ihm heraus und eine große Menge Blut ergoss sich auf den Boden, als er niedersank.

„Nein. Ihr werdet sterben. Ihr alle“, dachte sie hasserfüllt.

Als sie aufsah, suchte ihr Blick unter den Toten, die am

Boden lagen, nach einem bekannten Gesicht. Doch keiner der jungen Krieger war zu entdecken, genauso wenig wie unter den Kämpfenden. Das erleichterte sie ein wenig.

Die meisten waren so beschäftigt, dass sie Kim nicht wirklich beachteten, so hatte sie Zeit, nach den beiden jungen Kriegern Ausschau zu halten.

In diesem Moment erklang ein lauter Schrei und riss sie aus den Gedanken. Sie erkannte die Stimme sofort. Ihr Kopf schnellte nach links. Dort war Valirius aus dem Dickicht gestürzt und hatte den Gegner eines unterlegenen Jumias rücklings erstochen. Als er seine Waffe aus dem leblosen Körper zog und weiterstolperte, erstarrte Kim bei seinen Bewegungen: Sie waren so voller Hass und Rachsucht, ganz anders als sein eigentliches Wesen. Wenn sie überlegte, hatte sie genauso gehandelt.

Jetzt tauchte er wieder in der Menge unter und fuhr mit dem Morden fort, doch das Mädchen konnte ihm mit ihrem Blick folgen. Er machte immer wieder perfekte Schritte, Angriffe und Konter. Fast keiner seiner Gegner entging seiner Klinge. Aber auch er wurde verletzt. Valirius war an vielen Stellen seines Oberkörpers von anderen Waffen erwischt worden, sein Hemd war zerrissen und mit roten Tropfen besprenkelt.

Mühevoll riss sie ihren Blick von ihm los. Jetzt war nicht die Zeit, unbewegt zuzusehen. Es war Zeit zu handeln. Sie fasste all ihren Mut zusammen, dann lief sie mitten in die kämpfende Meute hinein. Kaum hatte sie das Schlachtfeld betreten und war zwischen den feindlichen und eigenen Kämpfern eingepfercht, wurde sie von der blinden Seite angegriffen. Ein beißender Schmerz jagte ihr die Wirbelsäule hinunter. Der Tauruit hatte ihr waagerecht von Schulterblatt zu Schulterblatt die Haut aufgeschnitten. Schon spürte sie das warme Blut, das über ihren Rücken rann. Am liebsten wäre sie in sich zusammengesunken und hätte sich an Ort und Stelle in Luft aufgelöst, doch die Möglichkeit, zu Boden zu sinken, gewährte ihr der Gegner nicht. Ein zweiter Schnitt durchfuhr ihre Haut, doch sie löste sich aus der Starre, fuhr herum und stach zu.

Der Krieger parierte ächzend, dann versuchte er zurückzuweichen. Das war nicht möglich, denn hinter ihm tobte der Kampf, Krieger gegen Krieger, es blieb keine Lücke, durch die er hätte fliehen können. Er prallte gegen einen fremden Jumias und hielt den Atem an, auch wenn sich dieser nicht um ihn kümmerte.

Kims Moment war gekommen. Gerade, als er sich nach dem Krieger umsah, gegen den er gestoßen war, rammte sie ihm das Schwert in den Leib. Er schrie tödlich getroffen auf, sah sie voller Hass an und legte die Hände um die Klinge der Waffe. Kim konnte beobachten, wie alle Farbe aus seinem Gesicht schwand, und wie die Augen, die auf sie gerichtet waren, trüber wurden.

Über seine Finger flossen Blutfäden, und während sie so völlig regungslos vor ihm stand, erkannte sie seine jungen Züge. Er dürfte nicht viel älter sein als sie, doch unter dem Schmerz war das gesamte Gesicht verzogen. Er machte den Mund auf, aber sie konnte nichts hören. Dann sank er in die Knie.

Schon der Anblick ließ Kim frösteln, wenn sie daran dachte, dass sie das getan hatte, hätte sie ihm am liebsten geholfen. Gnade, die sie ihm erweisen konnte, war, sein Leben schnell zu beenden. Sie schloss die Augen, ging einen Schritt auf ihn zu und legte die Finger um den Griff ihres Schwertes. Schließlich zog sie es mit einem unterdrückten Aufschrei aus seinem Körper. Er stöhnte laut, und als das Mädchen die Augen öffnete, waren seine Kleidung und seine Hände mit Blut übergossen.

„Es tut mir so furchtbar leid“, flüsterte sie, auch wenn sie wusste, dass er es nicht hören konnte. Ein riesiger Kloß bildete sich in ihrer Kehle, und Kim spürte die Tränen in den Augen. Erst jetzt wurde ihr wirklich bewusst, was sie getan hatte. Mit ihm sowie mit allen anderen.

Jetzt ließ er sich fallen. Er sank mit dem Rücken auf den moosigen Boden und färbte das tiefe Grün rot. Nun hatte er keine Schmerzen mehr. Er war frei.

Ein anderer Krieger trat ihr auf den Fuß, und sie erwachte. Erwachte aus ihren Gedanken, die sie beinahe verschlungen hätten. Valirius hatte sich inzwischen bis zur anderen Seite durchgekämpft. Es war ihm anzusehen, dass er an Kraft verlor.

Vor ihr tat sich ein breiter Spalt auf. Sofort ergriff das Mädchen die Möglichkeit, hindurchzuschlüpfen. Ihre Stirn war mit Schweißperlen benetzt, ihre Knie waberten weich. Trotzdem stolperte sie tapfer weiter zwischen den anderen Tauruiten und Jumias hindurch, ohne eine Pause zu machen, ohne sich zurückzuziehen. Kurz wurde es schwarz vor ihren Augen und sie wankte. Ihr Rücken schien zu zerspringen vor Schmerz. Doch die Möglichkeit, sich wieder zu erholen, bekam sie nicht. Erneut wurde sie von einem Tauruiten attackiert. Statt zu kämpfen, konterte sie den Schlag und floh durch die Krieger hindurch. Da sie weniger schwer und kleiner war als ihr Angreifer, hatte sie kaum Mühe, ihn abzuschütteln. Endlich war sie bei Valirius. Er war umgeben von Feinden, und als ihm jemand seine Waffe in die Schulter rammen wollte, griff sie ein.

„Kim?“ Seine Stimme ging fast unter, als er sprach. Ohne innezuhalten, kämpfte er weiter, parierte, konterte, versuchte einen Angriff. Schritt nach rechts, Drehung, Schlag.

Kim zuckte unwillkürlich zusammen, als sie Schritte hinter sich hörte. Gerade rechtzeitig wirbelte sie herum. Der Tauruit, der nun vor ihr stand, war größer und kräftiger als die anderen beiden, gegen die sie heute gekämpft hatte, und er griff sie sofort an. Schon als sich ihre Klingen zum ersten Mal kreuzten, spürte Kim, wie kampferfahren er war. Er trieb sie immer weiter zwischen die anderen, bis sie direkt hinter Valirius stand. Der junge Krieger wandte sich kurz zu ihr, war jedoch zu beschäftigt, um etwas erwidern zu können.

Einen Moment lang hielt Kim inne. Das verwirrte den Tauruiten. Dann machte sie einen großen Schritt nach vorn und versenkte die Klinge in dem kräftigen Oberschenkel ihres Gegners. Ohne einen Aufschrei wich er zurück. Die Wut war ihm ins Gesicht geschrieben, er grollte, als er ein zweites Schwert zog. Jetzt war er mit beiden Händen bewaffnet ... darauf war sie nicht vorbereitet.

„Valirius!“, schrie sie schrill, als ihr der tauruitische Krieger mit seiner linken Waffe einen langen Schnitt über die Stirn zufügte. Sie spürte das Blut, das aus der Wunde perlte, und ihr Kopf zerbarst vor Schmerz. Sie keuchte. Das war zu viel. Zu viel für ein Mädchen wie sie. Kim keuchte und presste die Hand auf die offene Wunde. Sie taumelte.

Valirius handelte sofort. Er stieß seinen Gegner von sich fort und tötete ihn, ohne mit der Wimper zu zucken. Dann wandte er sich dem Krieger zu, der Kim verletzt hatte. „Was hast du gemacht, du Idiot?“, brüllte er.

Der Krieger schenkte ihm einen triumphierenden Blick. „Jetzt ist sie nicht mehr ganz so hübsch wie vorher, nicht wahr?“

Valirius hielt sich nur schwer in Zaum. Niemand hatte das Recht, so etwas zu sagen. Niemand. „Das gefällt dir wohl?“, fauchte er aggressiv. „Dann komm her und kämpfe, schauen wir mal, ob dir das auch bei mir gelingt!“

„Valirius! Nein!“, hörte er Kim rufen, doch die Worte trafen auf taube Ohren. Der junge Schattenprinz erhob das Schwert, an dessen beinahe makelloser Klinge Blut entlang rann.

„Wie du willst", sagte sein Gegner mit einem leichten, provozierenden Lächeln.

Das war wie ein Startschuss. Valirius ging auf den Tauruiten los wie ein wildes Tier, während Kim unbewegt neben ihm stand, völlig fassungslos über ihre Lage.

Die Klingen klirrten, der Schweiß tropfte. Valirius war von der Wut getrieben, er wollte diesen Krieger tot sehen. Mausetot, wie all die anderen, gegen die er gekämpft hatte. Er versuchte sofort, mit der Klinge zu dessen Kehle durchzustoßen, doch die doppelte Anzahl der Waffen nutzte der gegnerische Krieger aus. Überkreuzt parierten sie seinen Angriff, der Tauruit machte eine flinke Drehung, schwang beide Schwerter um die eigene Achse und jagte die tödlichen Waffen waagerecht auf den Prinzen zu.

Valirius rollte sich seitlich an den Klingen vorbei, tauchte unter der Rechten seines Gegners hindurch und stand sofort wieder in Kampfstellung, als er sich aufrichtete. Blitzschnell sprang er auf seinen Gegner zu, der gerade überrascht zu ihm herumwirbelte, und warf ihn zu Boden.

Doch der Kampf war noch nicht gewonnen. Der tauruitische Kämpfer riss Valirius zur Seite und drückte ihn zu Boden, nahm dessen Stellung ein. Der junge Krieger biss die Zähne zusammen, bis es knirschte, versuchte mit aller Kraft, den schweren Gegner von sich herunterzubekommen. Doch Kims Angreifer war um einiges schwerer als er selbst. Ächzend drückte er den Oberkörper des Tauruiten von sich, versuchte, nach ihm zu schlagen, doch dieser hielt ihn mit beiden Händen umklammert wie ein Schraubstock.

„Na, gefällt dir das, *Prinz*?", keifte der Krieger, und als er lächelte, entblößte er gelbe Zähne.

Valirius presste die Lippen aufeinander, er hasste es, so hilflos zu sein. Seine Handgelenke liefen blau an, so sehr drückte sein Gegner die Blutbahnen ab. Dabei fiel ihm das Schwert aus der Hand.

Jetzt ließ sein Gegner ihn einen Moment lang los, um mit der Faust auszuholen. Der Schattenprinz hatte keine Möglichkeit, sich von ihm zu befreien. Der Schlag war hart, und Valirius spürte sofort das Rinnsal Blut, das aus seiner Nase quoll.

„Ich wollte schon immer einmal einen Prinzen töten, das muss ich schon sagen.“ Der Tauruit lachte laut auf. „Du kämpft nicht schlecht, aber es reicht nicht aus, um einen Gegner wie mich zu besiegen.“

In diesem Moment löste sich Kim aus ihrer Starre. Dieser Mann wollte Valirius töten. Valirius würde sterben, ihretwegen. Sie hatte sich geschworen, dass ihn niemand anrühren würde, und so sollte es auch sein. Kim hatte ihr Schwert fallen gelassen, und sie hatte keine Zeit, es jetzt vom Boden aufzusammeln. Es zählte jede Sekunde. Sie tastete an ihrem Gürtel nach einem der Dolche und zog das längere, schärfere Exemplar. Der Griff war aus Holz, er war hart und grob gebaut.

Kim rannte los. Die kämpfenden Krieger waren etwa fünf Meter von ihr entfernt. Sie sah, wie der große Mann ein Messer zückte.

„NEIN!“ Mit diesem Schrei stürzte sie sich auf den Tauruiten, grub ihre Waffe bis zum Schaft in seinen Körper. Es ging so leicht, als würde sie die Klinge in Butter stoßen.

Der Mann begann zu husten, er bespritzte Valirius' Gesicht mit Blut. Jetzt schaffte es der junge Krieger, ihn von sich weg zu stoßen, und der tauruitische Krieger fiel zur Seite wie ein nasser Sack.

Valirius schnappte nach Luft, als Kim zu ihm kniete. „Alles in Ordnung?“, fragte sie erschöpft, und er nickte zur Antwort. Dann wischte er sich mit dem Handrücken das Blut und den Schweiß von der Stirn. „Danke“, erwiderte er.

Kims Herz pochte so laut, das er es beinahe hören konnte.

„Gott. Ich zittere immer noch. Ich sollte dir danken." Er richtete sich auf und half ihr auf die Beine.

Kim lächelte bemüht, während sie ihre Hand schmerzerfüllt auf die Wunde presste, um die Blutung zu stoppen. Ihr Blick ruhte auf dem Krieger, der jetzt bewegungslos in den Himmel starrte.

Valirius sah furchtbar aus, sein Gesicht und sein Hemd waren befleckt mit Blut, sein Haar zerzaust und verschwitzt. Er hob das Schwert auf.

„Wir müssen hier weg", rief er, damit sie ihn durch die Geräusche des Kampfes hindurch hören konnte, und fasste sie am Arm. Dann zog er sie ins Dickicht. „Was machst du hier?", fragte er dann mit klarer Stimme.

„Uns wurde die Nachricht überbracht, ihr seid aufgehalten worden. Ich konnte euch nicht im Stich lassen", sagte das Mädchen zögernd, als sie von dichtem Blattwerk umgeben waren.

Er atmete geräuschvoll aus. „Sieh dich an! Kaeli bringt mich um, wenn sie das sieht!"

Sie nahm ihre Hand von der Wunde und sah, dass sie blutverschmiert war. „Ich wollte wirklich nur helfen", erwiderte sie verlegen, ohne ihren Blick von der roten Flüssigkeit zu nehmen.

„Und du hast dich damit in große Gefahr gebracht. Das hättest du nicht machen müssen. Uns ... mir geht es gut."

„Wo ist Muran?" Kim sah ihn mit ihren großen, blauen Augen an.

„Das ist Krieg. Es ist normal, dass man sich schwer verletzen kann. Das gehört dazu."

„Er ist verletzt?", ihre Stimme überschlug sich beinahe. „Wo ist er?"

„Lauf weiter nach Norden, irgendwo dort muss er sein", erklärte Valirius. „Mehr weiß ich nicht. Er hat sich in diese Richtung zurückgezogen."

Kim warf ihm einen letzten Blick über die Schulter zu, und er versuchte ein Lächeln. „Bring ihn zurück."

Damit rannte sie los.

Sie stolperte über die Unebenheiten im moosigen Waldboden, drückte sich durchs Unterholz und stürzte immer weiter, immer tiefer in den Wald hinein, bis sie eine furchtbare Stille umfing.

Nebel trieb langsam vom Gebirge herüber. Seine wabernden Finger krochen über den Boden, webten sich um die Baumstämme und stiegen bis in die Baumwipfel empor. Das Sonnenlicht wurde immer milchiger, wurde verschluckt von der geisterhaften Silhouette des Nebels.

Norden.

Der Nebel war Bote des Nordens.

Sie flog förmlich, so schnell rannte sie. Sie musste Muran finden und ihm helfen. Kim wurde langsamer. Sie verlor die Orientierung. Jetzt, da nicht einmal die Sonne ganz zu sehen war, schien sie verloren wie die berüchtigte Nadel im Heuhaufen. Um sie herum war einzig der Wald. Die stillen Wesen, die darin herumhuschten, scheuten davon, wenn Kim in ihre Nähe kam, und die Äste der Laubbäume griffen nach ihr.

Einsamkeit.

Sie hatte sich noch nie wohlgefühlt, wenn sie einsam war. Angst machte sich in dem Mädchen breit. Wenn sie Muran nun in dem Nebel nicht finden konnte? Wenn sich jemand auf sie stürzte? Sie war wie blind.

Bei jedem Windhauch kroch Kim die Kälte den Rücken hinunter, und die weißen Fäden in der Luft wurden immer schleierhafter. Die Schmerzen machten sie beinahe verrückt, sie versuchte vergeblich, sie zu unterdrücken. Bei jedem Schritt pochte ihre Stirn wie ein Beil. Trotz der Schmerzen suchte sie nach Antworten, doch sie bekam keine Lösungen auf ihre Fragen. Die einzige Möglichkeit war, sie selbst zu finden.

Plötzlich hörte sie ein Bimba pfeifen und schreckte auf.

„Muran?“, rief sie zögerlich und drehte sich um. „Bist du hier?“

Eine Weile war es still, dann glaubte die junge Kriegerin, ein Knacken zu hören.

„Muran? Bist du das? Ich bin hier, um dir zu helfen. Bitte komm raus!“ Vollkommene Stille. „Muran! Bitte!“, rief sie noch einmal, doch sie bekam keine Antwort.

Plötzlich kam ein meckerndes Lachen von rechts, und sie fasste sofort nach dem Griff ihres Schwertes. Das war nicht Muran. Wieder erklang das merkwürdige Gelächter, und sie sah mit Entsetzen, wie eine Gestalt aus den Gefilden des Nebels hervortrat.

„Wen haben wir denn da?“, sagte eine unbekannte Stimme. Der Mann, dem sie gehörte, war in schwarze Kleidung gehüllt und reckte ihr einen Dolch entgegen. Wie eine Raubkatze schlich er um sie herum, umwebt mit den kalten Nebelgespinsten.

Kim versuchte die Angst herunterzuschlucken und zog ihr Schwert. „Ein kleines Mädchen, wie es aussieht. Aber glauben Sie mir, der Schein trügt“, antwortete sie fauchend, bereit zum Angriff. Sie musste jetzt endlich einmal klarmachen, mit wem es die Tauruiten zu tun hatten. Heute war sie zwei Male als „Mädchen“ angesprochen worden. Das genügte.

In diesem Moment legte sich die eiserne Klinge seines Dolches an ihren Hals. „Das glaube ich gerne, Kleine. Trotzdem solltest du nicht frech werden, das hier könnten immerhin deine letzten Worte sein.“ Er hielt sie mit dem linken Arm umschlungen und hielt ihr mit der rechten Hand die Waffe an die Kehle. Kaum drückte er ein wenig fester zu, schnitt die Klinge in die dünne Haut. Ein Faden Blut rann aus der frischen Wunde, und Kim spürte beinahe, dass er lächelte.

„Dieser Hals ist wunderschön. Fast zu schade dafür, dass Aslec ihn verschwenden wird. Du hast wohl gedacht, hier hinten im Wald bist du allein. Das bist du aber definitiv nicht, merk dir das. Wir sind überall, nur, um auf dich zu warten, *Weltenreiterin.*" Das letzte Wort sprach er aus wie einen Fluch. Sein Atem war heiß in ihrem Nacken, sie wagte es kaum, Luft zu holen.

„Jetzt ist es vorbei. Alles vorbei", schoss es ihr durch den Kopf.

Wieder erklang dieses Keckern aus seiner Kehle. „Oh, wie wird Aslec sich freuen! Komm, hier entlang. Unsere Zuhure stehen auf der nächsten Lichtung." Damit zog er sie langsam mit sich.

„Du Schwein! Lass Kim los!"

Das war Murans Stimme.

Kims Herz schien vor Freude zu zerspringen, als er aus dem Nebel auftauchte. Sie erkannte, wie er das linke Bein hinter sich herzog und eine breite Blutspur hinterließ. Der Junge grollte wütend, als er bemerkte, dass der Mann keine Anstalten machte, seine Anweisung zu befolgen.

„Hast du mich nicht gehört? Lass das Mädchen los, oder du bekommst ein ernsthaftes Problem."

Wieder schallte das meckernde Gelächter in Kims Ohr, und sie verzog das Gesicht.

„Mit wem? Mit dir?", fragte der Tauruit spöttisch.

„Oh ja", flüsterte Muran von einer Wut beseelt, die ihn bis zum Ansatz ausfüllte. Am liebsten hätte er den Krieger angefallen wie ein wildes Tier, doch der Dolch an Kims Hals ließ ihn zögern.

Wieder spürte Kim die eiskalte Klinge an ihrem Hals, dann wurde sie plötzlich von dem fremden Krieger zurückgerissen.

„Einen Schritt näher, und der schöne Kopf sitzt nicht mehr auf ihren Schultern", zischte der Tauruit, dessen Gelächter jetzt verstummt war.

Wieder wallte Todesangst in Kim hoch, und sie kniff die Augen zusammen.

*Bitte bleib, wo du bist, Muran!*

Doch er sollte sie enttäuschen.

# 4

Als Muran näher kam, spürte Kim den Schnitt.

Noch hatte der Tauruit nur die Haut durchtrennt, doch das warme Blut, das jetzt aus der Wunde rann, zeugte, dass die Verletzung nicht unerheblich sein konnte. Sie war wie betäubt, wusste sich nicht zu helfen. Hatte sie schon verloren?

„Du … Lass sie LOS!“ Muran brüllte, er war verzweifelt. Er hatte gehofft, der Mann würde davor zurückschrecken, das Mädchen zu töten, doch er hatte sich getäuscht. Ihm fiel keine Möglichkeit ein, wie er Kim retten könnte. Die Gedanken in seinem Kopf waren fast so verschwommen und trüb wie der Nebel. Sein Bein schmerzte stark, und er sank einen Moment lang keuchend in sich zusammen.

Valirius. Wo war er, wenn man ihn brauchte?

Die Lippen des Tauruiten kräuselten sich zu einem perfiden Lächeln, und die Wut in Muran schien förmlich zu explodieren. Nur schwerlich konnte er sich davon abhalten, dem Mann einfach mit einer schnellen Bewegung das Schwert in den Leib zu stoßen. Leider wäre das viel zu riskant. Auch der Nebel konnte ihn täuschen. Er gaukelte ihm eine Stille vor, die trügerisch sein konnte. Er fühlte sich beobachtet. Was, wenn da noch mehr tauruitische Krieger waren?

Kim selbst hing in den Armen ihres Peinigers wie eine

Porzellanpuppe. Ihr Gesicht war kalkweiß vor Schreck, ihre Züge beinahe so angespannt, dass sie jeden Augenblick zerbrechen könnten.

Das Blut tropfte.

„Na, jetzt fällt dir nichts ein, du Taugenichts", stellte der Fremde fest. Er genoss es sichtlich, Muran leiden zu sehen. Vermutlich zog er deshalb auch sein kleines Spielchen so in die Länge.

„Keine Sorge, vorerst wird ihr nichts geschehen", sprach er weiter, mit einem gespielt harmlosen Unterton in der Stimme. „Erst wird sie hungern, in einem wunderschönen Zimmer für sich allein. Dann ..."

„Dann was? Dann wird sie Aslec begegnen und sterben. Glaub mir, ich kenne die Geschichte", fiel der Junge ihm ins Wort.

„Ja. Und deshalb werde ich sie mitnehmen, Junge."

In diesem Moment berührte Kims Unterarm den Griff ihres Schwertes, und sie zuckte zusammen. *Das ist es.*

Sie war es leid, dass andere darüber entschieden, ob sie überlebte oder nicht. Sie würde das jetzt selbst in die Hand nehmen. Das Schwert war zu auffällig und zu lang, aber ihre eigenen Dolche waren perfekt. Zitternd und vorsichtig schloss sie ihre linke Hand um die übrige der kurzen Waffen. Sie war Rechtshänderin, doch ihr blieb keine Wahl. Die andere Hand hatte der Krieger fest im Griff.

„Alle Jumias wissen, was sie bei Aslec erwartet", raunte Murans Gegenüber.

Die Gelegenheit, die der Tauruit ihr bot, ließ Kim sich nicht durch die Lappen gehen. Blitzschnell zog sie den Dolch. Sie spürte den eisernen Griff um ihre Taille, mit dem der Tauruit sie daran hinderte zu fliehen. Er störte sie bei ihrem Vorhaben, trotzdem schaffte sie es, die Waffe unbemerkt in die richtige Position zu bringen. Kim wollte nicht mitzählen, wie viele Menschen sie heute umgebracht hatte. Immer war sie es gewesen, die den Kampf beendet hatte, und jetzt sollte es nicht anders kommen.

*Das ist dafür, dass du mich Aslec ausliefern wolltest.* Damit rammte sie die Klinge nach hinten.

Muran machte ein überraschtes Gesicht, als der Fremde das Mädchen plötzlich losließ, taumelte und mit der Hand nach dem Griff des Dolches fasste, der in seiner linken Seite steckte.

„DU!“, brüllte er aufgebracht, als Kim sich zu ihm umdrehte.

Im nächsten Moment wurde sie von Muran zur Seite gerissen, und ein Dolch flog an den beiden vorbei.

Sie fielen weich ... in ein Bett aus giftgrünem Moos. Am liebsten wäre Kim darin versunken, so erschöpft war sie. Doch Muran ließ ihr keine Zeit. Eilig raffte der Junge sich auf, griff nach ihrem Handgelenk und zog sie auf die Beine. „Los! LAUF!“

Bei ihren ersten Schritten wurde ihr beinahe schwarz vor Augen, ihr Kopf pochte, aber sie rannte einfach weiter.

Muran war neben ihr, versuchte, ihr Tempo zu halten. Sein Bein behinderte ihn stark, und er begann zu zweifeln, ob er es schaffen würde, dem Feind rechtzeitig zu entkommen. Wie viele Tauruiten waren hier im Nebel versteckt? Was würden sie mit ihm machen, wenn er ihnen in die Hände fiel? Töten. Diese Frage konnte er sich selbst beantworten. Muran warf Kim einen Seitenblick zu. Sie war so tapfer, so willensstark. Wie sie rannte, wie sie um ihr Leben kämpfte. Schnell schob er alle dunkeln Gedanken beiseite und biss die Zähne zusammen. Sein Lebenswille siegte, bezwang die Verletzung.

Das Fluchen des Tauruiten ertönte hinter ihren Rücken, doch es war bereits so weit entfernt, dass sie sicher sein konnten, ihm entkommen zu sein. Einen Moment lang glaubte er sogar, die Schmerzen gar nicht mehr zu spüren.

Reines Adrenalin pulsierte durch seine Glieder, gab ihm unwirkliche Kraft.

Beinahe synchron rannten die beiden nebeneinander her, so glücklich, so frei. Tränen des Glücks rannten über ihre Wangen, Kims Haare flogen im Wind. Einige Augenblicke glaubte Muran, zu fliegen.

Dann mündeten alle Augenblicke in einem schwarzen Loch.

Als er die Augen aufschlug, lag er sanft eingehüllt in eine Decke auf hartem Untergrund.

„Muran!“ Eine zarte Hand strich sanft über seine Stirn.

Anfangs erkannte er nur die Umrisse des jungen Gesichts, das ihn eindringlich musterte.

„Muran! Wach endlich auf!“, rief die Stimme der Person, deren Züge langsam klarer wurden. Er blinzelte noch einige Male, dann sah er tief in Maras haselnussbraune Augen. Sie lächelte glücklich, ihre Wangen waren rosig. „Du hast uns Angst gemacht! Ein Glück, dass es dir gut geht. Kaeli hat lange gebraucht, bis sie deine Wunde einigermaßen wieder in Ordnung gebracht hat. Du hast fünf Tage lang geschlafen“, erklärte sie aufgeregt. „Die anderen haben mich mit dir allein gelassen, weil sie auf eine Versammlung mussten, die in der Haupthalle stattfindet. Ich muss da ja nicht hin. Ich lasse meinen Bruder doch nicht allein.“

Er erwiderte ihr Lächeln, während er sich ächzend aufrichtete. Sofort zuckte ein beißender Schmerz durch seine Wade, und er hielt inne.

„Tut es arg weh? Kaeli hat gesagt …“

„Es passt schon. Ich muss dahin.“

„Wohin?“

„Zu dieser Versammlung. Das ist bestimmt wichtig.“

Seine Schwester sah ihn ungläubig an. „Muran. Du bist krank“, sagte sie schließlich streng.

„Ich weiß. Aber hat mich das jemals davon abgehalten, das zu tun, was ich wollte?“ Er sah sie mit einem vielsagenden Blick an, und sie atmete geräuschvoll aus.

„Nein. Leider nicht. Ich bin nicht Mutter, aber ich kann dir sagen, dass du diese Entscheidung noch bereuen wirst. Das Bein ist gebrochen, der komplette Knochen war durchtrennt. Beinahe hätte man dein Bein unterhalb des Knies abnehmen müssen. Kaeli hat Wunder bewirkt, Muran.“

Er sah zu Boden und überlegte kurz. Während er stöhnend vor Schmerz die Beine auf den Boden aufsetzte, erwiderte er: „Ich bleibe trotzdem bei meiner Meinung. Hast du eine Krücke oder etwas Ähnliches?“

„Nicht wirklich. Du kannst dich an mir festhalten“, antwortete sie bedrückt. Er schenkte ihr einen dankbaren Blick, und sie verzog ihre Lippen zu einem verkrampften Lächeln. Dummkopf, das war alles, was sie darüber dachte. Dummkopf.

Der Weg war die reinste Qual.

Muran war zu schwer, um sich nur auf Maras Schulter abzustützen, und so drückte er sich zusätzlich an der feuchten Wand aus Gestein ab, die ihm kaum Halt schenkte.

Einige Male war er kurz davor, in sich zusammenzusacken, doch seine Schwester war immer zur Stelle. Außerdem wurde die Stimme des Redners, die durch die Gänge schallte, immer lauter. Das spornte Muran an, unermüdlich einen Fuß vor den anderen zu setzen. Irgendwann konnte er einen Blick in die Halle werfen.

Valirius stand mit Kim und der alten Schamanin ziemlich weit vorne an dem Vorsprung, auf dem der Redner stand. Der Raum war voll von Kriegern und Familien, die den Atem anhielten. Die Stille war beinahe zum Zerreißen gespannt, allein die kräftige Stimme des Redners durchbrach sie. Doch sobald er eine Pause machte, schien es, als sei die Stille sogar lauter als seine zuvor an den Wänden abprallende Stimme. Muran sah seine Freunde in der Ferne stehen, doch es war schwer, bis zu ihnen nach vorne durchzudringen. Also blieben sie auf halbem Weg stehen und lehnten sich gegen eine Wand, die östlich von dem Vorsprung lag. Das, was ihn etwas überraschte, war, dass es nicht mehr ganz so kalt war wie die Tage vor seiner Verletzung. Es war nicht warm, aber wenn er jetzt ausatmete, stieg keine weiße Wolke mehr in die Luft.

Mara musterte die vielen Menschen, betrachtete die Mädchen, die bei ihren Müttern standen, mit wehmütigen Blicken.

„Ihr wisst, wie dankbar euch ganz Tydia ist. Wir alle kämpfen um das Land, um die Ehre und das Recht. Die Tauruiten sind in der Überzahl, doch das soll uns nicht beeinflussen. Im Gegensatz zu ihnen bieten wir ein reines Herz, eine reine Seele. Die Götter sind auf unserer Seite, so blutig der Krieg auch sein mag. Bald wird Verstärkung aus dem Süden geschickt, diese Männer sind stark und willig, wie jeder Einzelne von uns. Wir werden ihnen keinen glorreichen Empfang bieten können, alles was wir ihnen geben können, ist unseren Respekt. Die Tauruiten haben ihre besten Spione ausgesandt, die nach unserem Standort suchen. Noch haben sie uns nicht entdeckt, und ich hoffe auch, dass das niemals geschehen wird." Der Mann mittleren Alters räusperte sich. „Also sehen wir der Zukunft mit von Hoffnung getragener Erwartung entgegen. Die Geister und Götter werden uns helfen."

Er sah kurz in die Menge, nickte und richtete sich noch einmal auf. „Kaeli Neai, die Schamanin unseres Dorfes, möchte etwas äußern. Geben wir ihr die Möglichkeit und begrüßen wir sie vor dem Volk." Damit verzog er sich weiter nach hinten, dorthin, wo ihm nicht alle Blicke folgen konnten.

Die Schamanin betrat den Vorsprung mit kraftvollen und stolzen Schritten, sie strahlte etwas aus, das Kim bis jetzt nur bei Kaeli gesehen hatte. Eine solche Selbstsicherheit und Klarheit, dass sie selbst die Zweifelnden zur Überzeugung brachte.

Kaum hatte sie ihren Platz erreicht, begann die Alte mit klarer und kräftiger Stimme zu sprechen: „Ich habe euch gesehen, euch alle. Wie ihr um euer Leben gekämpft habt, wie ihr euch für unser Volk geopfert hättet. Ich habe eure Stärke gesehen, eure nicht zu bändigende Kraft. Wir haben unsere Feinde schon einmal besiegt, und glaubt mir, das wird noch einmal geschehen, so gefährlich uns der Feind auch erscheinen mag. Wir haben die Diantaron, wir haben die Weltenreiterin und den Drachen. Wir haben unsere Herzen und unsere Schwerter, und wir werden nicht aufgeben, ehe die Hoffnung des letzten Herzens und die Klinge des letzten Schwertes gebrochen sein werden! Wir werden kämpfen bis zum bitteren Ende. Und die Tauruiten werden sehen, mit wem sie sich angelegt haben, sie werden den Schweiß in unserem Angesicht sehen, sie werden das Klirren unserer Klingen hören und das Zischen der Pfeile. Dann werden sie spüren, aus welchem Holz wir gemacht sind! Die Götter und die Geister sind bei uns!“

Lauter Jubel durchbrach die Stille, wallte in dem großen Raum auf und brachte die Wände zum Beben.

„Der Kampf naht, in dem wir den Krieg beenden werden!“, fügte Kaeli noch laut hinzu und verschwand schließlich von der Tribüne.

Es dauerte lange, bis sich der Jubel legte und sich der Geräuschpegel langsam senkte. Nach und nach gingen alle wieder zu ihren Plätzen und gingen wieder ihrer Arbeit nach.

„Muran!“ Das war Kims Stimme, und er drehte sich sofort um. Sie stand vor ihm, mit geordnetem Haar und wachen Zügen. Von dem völlig kriegsmüden Mädchen war außer an den Verbänden, die sie an Stirn und Hals bedeckten, nichts mehr zu sehen.

„Geht es dir gut? Du kannst dir gar nicht vorstellen, wie schlimm es war, als du einfach umgekippt bist und ich mich ganz alleine im Wald befand, zwischen lauter Feinden, die nach uns gesucht haben. Ich bin so glücklich, dass es dir gut geht! Hast du noch starke Schmerzen?“, wollte sie wissen, als Valirius hinter ihr auftauchte. Dieser grinste ihm freundlich zu, und er erwiderte das Lächeln.

„Es ist nicht der Rede wert“, stellte Muran schließlich fest. „Anfangs war es beinahe unerträglich, aber seit ich hier stehe und das Bein nicht bewege, spüre ich fast gar nichts mehr.“

Kim nickte verständnisvoll. „Ja, Kaeli hat ausdrücklich gesagt, dass du viel ruhen musst. Es wird Wochen oder sogar Monate dauern, bis es wieder verheilt ist.“

Er machte ein verblüfftes Gesicht. „Monate? Ist es wirklich so schlimm?“

Valirius musste lächeln. „Hast du die Wunde schon einmal gesehen? Das ist ein einziger Albtraum. Nach Kaelis Behandlung war es nicht mehr so schlimm, aber davor waren wir wirklich der Meinung, es dir abnehmen lassen zu müssen“, erklärte er eindringlich.

Sein Freund lehnte sich zurück gegen die Wand, die Augen geschlossen. „Monate ... Das überlebe ich nicht.“

Mara kicherte, und er sah vernichtend zu ihr hinüber. „Was denn?“, fragte sie, als sie ihr Gelächter verebben ließ.

Kurz war es still, dann beschloss Kim: „Gehen wir.“

Die anderen nickten zustimmend, nur Muran machte einen unbegeisterten Eindruck, als er sich Gedanken über den Rückweg machte. Mara sah auch nicht allzu glücklich aus, ihn wieder Stützen zu müssen.

„Valirius? Würdest du Muran bitte zurückbegleiten? Er

braucht eine helfende Hand", stellte Kim schließlich fest, und Mara schenkte ihr einen dankbaren Blick.

Valirius mochte Muran zwar nicht besonders, doch das Wort des Mädchens ließ ihn tun, was sie von ihm verlangte. Sofort half der Schattenprinz dem jungen Krieger, sich von der Wand abzustoßen und den anderen zu folgen, die bereits um die nächste Ecke verschwanden.

So vergingen weitere fünf Tage. Die jungen Krieger wurden wenig gebraucht, worüber Muran sehr dankbar war. Kim und Valirius hatten keine Zeit füreinander, es schien, als hätten sie das, was geschehen war, längst vergessen.

Insgesamt herrschte für kurze Zeit Friede.

Doch dann kam der Tag.

Der Tag, an dem all der Friede in Schutt und Asche gelegt wurde.

Es war früher Morgen, als Kim aufwachte. Ihre Decke war vom Bett gerutscht, und als sie die Finger ausstreckte und nach ihr tastete, fand sie nur das raue Leinen des Bettbezuges.

Mühevoll öffnete sie die Augen und versuchte, in der Dunkelheit etwas zu erkennen.

Schon nach kurzer Zeit bemerkte sie im Augenwinkel, dass auch Valirius wach auf seinem Feldbett lag. Die anderen konnte sie nur grob zwischen den dicken Wolldecken und Fellen vermuten, lauter Atem ertönte von allen Seiten.

Gänsehaut kroch über ihre Glieder und sie konnte es sich nur schwer verkneifen, nicht mit den Zähnen zu klappern.

Bemüht kroch sie bis zur Bettkante und sah hinunter, nach dort, wo sie ihre Decken hinuntergestoßen hatte.

Das Knäuel sah aus wie ein totes Tier, als sie es wieder zurück zu sich aufs Bett hievte. Als sie es auf sich fallen ließ, umhüllte sie sofort eindringliche Wärme. Jemand regte sich im Schlaf, und sie zuckte zusammen.

Danach drehte sie sich wieder zur Seite und spürte, wie sich ihre Lieder langsam schlossen. Ein neuer Traum wollte sie gerade in ihren Bann ziehen, als sie bemerkte, dass sich Valirius aufsetzte. Still beobachtete sie ihn von ihrem Kokon aus, ohne, dass er etwas bemerkte.

Er zog sich das Hemd vom Oberkörper, und Kim konnte im Halbdunkel die vielen Schrammen erkennen, die sich über seine Muskeln zogen.

Sie fragte sich, was er jetzt machen würde. Kurz ließ er seine eigenen Blicke über die Verletzungen gleiten, dann lehnte er sich zurück gegen die Wand. Doch anstatt sich zu verarzten, zog er sich schließlich das Hemd wieder über, band den Gürtel um sich herum, an dem die Waffen hingen, und stand auf, so lautlos wie eine Katze auf der Pirsch. Schon nach wenigen Schritten verschwand er in der Dunkelheit. Sie hörte, wie der Vorhang zur Seite geschoben wurde.

Sofort strich Kim die Felle zur Seite und stand auf. Das leichte Hemd, das ihren nackten Körper verdeckte, war viel zu dünn. Gleich begann sie wieder zu frieren. Eilig suchte sie ihre Kleidung zusammen, dann schlüpfte sie in die Hose, zog das Hemd über und darüber die Weste. Auch die Stiefel waren schnell über die Füße gestülpt. Den Überrock ließ sie liegen. Zuletzt legte sie sich den Gürtel mit ihren Schwertern und Dolchen um und griff nach ihrem Bogen. Wer konnte schon wissen, was der junge Krieger vorhatte?

Als Kim loslief, tappte sie mitten ins Ungewisse. Es war so dunkel, dass sie über sämtliche Unebenheiten im Boden stolperte und ungeschickt mit der Schulter gegen die Wand prallte. Sie hatte Glück, dass sie niemanden weckte. Während sie sich unter Schmerzen an die Schulter fasste, tastete sie sich vorsichtig an der Wand weiter. Die Dunkelheit umschloss sie wie ein finsterer Umhang und schien sie gefangen zu halten, es dauerte eine gefühlte Ewigkeit, bis sie endlich einen hellen Schein am Ende des Ganges erkannte. Endlich. Sie war nahe bei der Haupthalle.

Plötzlich rumpelte sie gegen eine kleine Person, und erschrocken wichen beide zurück.

„Hallo?", fragte eine bekannte Stimme.

„Oh, hallo Baiyle. Entschuldige, das gerade war meine Schuld. Ich habe dich wirklich nicht gesehen."

Kim hörte, wie die kleine Dame leise lachte. „Keine Ursache. Guten Morgen, Kim. Ist Kaeli schon wach?"

„Nein, sie schläft tief und fest."

„Und was machst du, hier ganz allein, wenn ich fragen darf?"

Das Mädchen überlegte kurz. „Ich gehe mit Valirius ... Trockenfleisch holen. Für das Frühstück", log sie dann.

„Aha. Da werdet ihr lange brauchen, ich stand vorher fast eine halbe Stunde in der Schlange", stellte Baiyle fest.

Kurzes Schweigen.

„Ich muss los", sagte Kim schließlich.

„Ja, viel Spaß. Wir sehen uns, hoffe ich, bald wieder."

„Auf jeden Fall, Baiyle. Bis bald."

Damit lief sie weiter, in der Hoffnung, Valirius noch nicht verloren zu haben. Als sie die große Grotte erreichte, herrschte dort schon reger Alltag. Tatsächlich, vor dem Fleischlager hatten sich viele Menschen versammelt, um sich ihr Frühstück zu holen. Allein bei der Vorstellung, heute wieder das trockene, labbrige Zeug essen zu müssen, zog sich ihr Magen zusammen. Sie hörte die Kinder spielen, die Hunde bellen und die Tanarjonh, die zweiköpfigen Vögel, singen. Alles schien so trügerisch friedlich.

Jetzt ließ sie ihre Blicke durch die Menge gleiten, immer auf der Suche nach Valirius. Der Drache lag neben den Zuhuren, die zufrieden ihr Heu fraßen, also war er nicht davongeflogen. Schnell drückte sie sich zwischen den Einwohnern hindurch, schob Kinder zur Seite und spürte die vielen Blicke an sich haften. Ja. Es war noch nie ihr Ding gewesen, im Vordergrund zu stehen. Sie hasste es.

Ein kühler Schauder huschte ihr den Rücken hinunter, als sie Valirius auch nicht bei den Tieren finden konnte. Voller Verwirrung trat sie an die Kante, direkt vor das fallende Wasser. Es war wunderschön, wie sich das erste Sonnenlicht in ihm spiegelte wie in einem Glasfenster, wie es die einzelnen Tropfen bemalte. Dazu war das Wasser so klar, dass man eine verwischte Landschaft dahinter erkennen konnte.

Wie sehr sie das an ihre Heimat erinnerte …

Jetzt fiel Kim ein, wie lange sie nicht mehr an ihren Vater gedacht hatte. Gleich spürte sie einen Stich im Herzen. Die Gebirgskette, die Pferde, ihr Vater, ihre Freundinnen. Sie hätte nie gedacht, dass sie all die Dinge, die ihr so viel bedeuteten, so leicht in den Hintergrund stellen konnte.

In diesem Augenblick hörte sie einen Stein rollen, und sah nach rechts. Kim konnte gerade noch erkennen, wie sich Valirius an der Wand entlang um eine Ecke drückte.

„Er geht auf die Jagd!“, schoss es ihr durch den Kopf. Der Gedanke an frisches Wild anstatt Trockenfleisch gefiel ihr. Normalerweise sprach nichts dagegen, wenn sie an dem Fluss, den der Wasserfall speiste, auf die Pirsch ging. Außerdem war Valirius dabei. Was sollte schon passieren?

Wie sie es sich gedacht hatte, hatte sich eine Gesteinsschicht des Berges weiter nach vorn geschoben als die anderen, und ihre beiden Füße hatten darauf problemlos Platz, um unterhalb des Wasserfalls am Berg entlang zu laufen, um irgendwo auf die Kuppe zu gelangen und von dort aus auf den sicheren Boden. Genau dort war Valirius entlanggelaufen.

Was für ein Weg! Sie zögerte. Trockenfleisch. Nein. Kein

Trockenfleisch. Anständiges Wild mit eventuell noch frisch gepflückten Kräutern. Das klang besser.

Schritt für Schritt tappte sie den Vorsprung entlang, unsichtbar, direkt unter dem Schirm des Wassers. Immer wieder bekam sie einige Tropfen ab, die ihr Haar kräuseln ließen.

Immer Valirius hinterher.

Aslec hatte am vorherigen Morgen von seinem besten Spion erfahren, dass sich die Jumias zu den Wasserfällen zurückgezogen hatten. Noch hatte er es nicht nötig gehabt, sich selbst aufs Kriegsfeld zu begeben, und so begnügte er sich damit, zu überlegen, wie er es anstellen sollte, alles so zu bekommen, wie er es wollte.

Er hatte vor, seinen Sohn zu finden. Das sollte nicht allzu schwer sein. Er hatte vor, diese Weltenreiterin gefangen zu nehmen. Auch das stand im Rahmen des Möglichen. Er hatte vor, sich mit dieser Kaeli anzufreunden. Die würde er bekommen, so wahr er Aslec hieß.

Nur einer von den dreien war auserwählt, zu überleben, wenn er sich nicht allzu dumm anstellte.

Und das war sein eigen Fleisch und Blut.

Valirius.

Mittlerweile war Kim am Fuße des Wasserfalls angekommen. Die Sonne strahlte hell und freundlich, bemalte die grünen Blätter der Bäume und küsste das Moos, das sich zwischen den Baumstämmen erstreckte wie ein weicher Teppich. Als sie in das Dickicht der Bäume trat, tanzten die Schatten des Baumwerkes auf dem sanften Grün des Mooses. Vögel zwitscherten in den Astnetzen und flogen auf, Bimbas keckerten im Schatten der Bäume.

Schließlich erkannte sie Valirius im Unterholz sitzen. Er hatte einen Pfeil an seinen Bogen gelegt und verharrte reglos im Schutz der Bäume. Langsam schlich sie näher, beobachtete, was er tat. Als sie nur noch wenige Meter vor ihm stand, erkannte sie das Tier, auf das er zielte. Sie stutzte, es hob den Kopf und sah in ihre Richtung.

Der Hirsch war klein, hatte ein spitzes Geweih und große Augen. Das, was Kim am meisten auffiel, war der beschuppte Körper. Nur an Kopf und Hals spross Fell.

Stumm ließ sie sich neben Valirius nieder, ohne den Blick von dem seltsamen Wesen zu wenden.

„Du brauchst gar nicht zu schleichen, ich habe dich bereits gehört“, flüsterte er lächelnd, und sah zu ihr hinüber.

„Ich bin dir gefolgt“, wisperte Kim leise. „Ich dachte, du könntest du Hilfe gebrauchen.“

Er schüttelte lächelnd den Kopf. „Dich werde ich nie verstehen. Aber was soll's. Ein wenig Hilfe kann nie schaden.“

Sie lehnte sich leicht an seine Seite, während er sich wieder seinem Opfer zuwandte. Auf der Lichtung, auf der sich der Hirsch befand, wuchs kniehohes Gras. Der Wind ließ es tanzen, als das Tier seinen Kopf wieder darin versinken ließ und weitergraste, als hätte es nichts gesehen. Das goldbraune Fell an seinem Hals schimmerte im Morgenlicht, die braun-grünen Schuppen reflektierten die Sonne wie ein Spiegel.

Jetzt bemerkte das Mädchen, wie Valirius die Sehne spannte. Sie spürte seine Bewegungen, seine Wärme. Bei ihm fühlte sie sich geborgen, verspürte keinerlei Angst.

Valirius zuckte keinen Augenblick lang mit der Wimper, als er schoss. Der Pfeil gab ein leises Pfeifen von sich, als er zwischen den Blättern des Busches hindurchschnellte. Für das Tier gab es keine Möglichkeit mehr zu fliehen.

Der junge Bock war sofort tot. Ein glatter Blattschuss.

„Hast du das gesehen?“, fragte er stolz, als er den Bogen zur Seite legte.

„Natürlich“, gab sie zurück. „Bemerkenswerter Schuss.“

Er warf einen Blick über die Schulter, um festzustellen, ob sie allein waren. Dann erhob sich der junge Krieger leise und ging auf das erlegte Tier zu. Kim blieb im Versteck und beobachtete ihn.

Zuerst warf er einen Blick über den Körper des schönen Tieres, dann strich er einmal sanft über die Schuppen. Jetzt versuchte er, es sich über die Schulter zu werfen, was ihm nicht sofort gelang. Als es ihm nach weiteren Versuchen glückte, kam er wieder auf sie zu.

„Das wird ein Frühstück“, stellte er fest.

„Was ist das überhaupt?“

„Ein Lupalis. Es gibt Dutzende hier in den Wäldern von Tydia. Nur im Schattengebirge sind sie nicht besonders häufig. Sie sind dort sehr kostbar“, erklärte er, und sie nickte.

Einen Moment lang sahen sie sich tief in die Augen, dann riss er sich los und wollte gerade einen Schritt vorwärts machen, als plötzlich ein Pfeil anrauschte.

„Valirius!“, schrie das Mädchen erschrocken auf, doch der Pfeil traf.

Der Krieger schloss die Augen, ohne sich zu bewegen.

„Valirius? Oh mein Gott!“ Sofort spürte sie Tränen in den Augen.

„Alles ... in Ordnung. Dieser Idiot hat nur das Lupalis erwischt“, stellte er fest, als er die Lider wieder öffnete.

Sie atmete erleichtert auf. Doch ihr blieb keine Zeit, schon riss er sie zurück und drückte er sie an den Stamm eines Baumes, verborgen vor den feindlichen Blicken. „Beweg dich nicht!“, schärfte er ein, als er das Lupalis unsanft zu Boden legte, und Kim glaubte, den roten Stich ganz deutlich in seinen Pupillen zu sehen.

Schnell rannte er zum nächstliegenden Baum und presste sich selbst ebenfalls dagegen, um nicht getroffen zu werden. Genau zum richtigen Zeitpunkt, denn eine knappe Sekunde später jagten Dutzende Pfeile herüber, die sich zum Glück nur in die Rinde der Bäume bohrten. Kim hielt erschrocken den Atem an, dann warf sie einen Blick zu Valirius hinüber.

Sie sah, wie er ihr kurz zunickte, dann schloss er die Augen und ordnete seine Kraft. Valirius nahm seinen Bogen, legte einen Pfeil an und lehnte sich vorsichtig zur Seite, um seine Gegner sehen zu können.

Es waren Hunderte Männer, die in schwarzer Rüstung den Wald durchkämmten. Ihre Klingen strahlten im Sonnenlicht, das durch das Blattwerk schimmerte, und sie hatten neue Pfeile angelegt.

„Wo ist er hin?", hörte er den Heerführer rufen, und er erkannte die Stimme seines alten Schwertkunstlehrers Brutus. Kim sah zu Valirius hinüber. Sie hatten nur ihn erwähnt. Vielleicht hatten sie sie noch nicht gesehen?

„Weit kann er nicht sein", meinte ein anderer Krieger, und sie lösten die Abteilung auf.

Jetzt war es Zeit zu handeln, wenn sie nicht enden wollten wie all die anderen, die den Krieg verloren hatten.

„Meinst du, du schaffst es unbemerkt nach oben?", flüsterte er zu ihr hinüber.

Kim warf einen Blick an ihrem Baum vorbei und machte ein skeptisches Gesicht. „Ich weiß nicht. Aber warte ..." Schnell huschte sie zu ihm hinüber. Kurz wartete sie ab, dann sprach sie weiter. „Ich werde es versuchen. Aber nur, wenn du es schaffst, hier alleine zurückzubleiben."

Er nickte. „Ich verspreche es dir."

„Gut. Pass auf dich auf." Sie küsste ihn schnell auf die Wange, drehte sich um und rannte los.

„Pass auf dich auf", dachte sie noch einmal voller Sorge, und konnte seine Antwort förmlich hören.

*Natürlich.*

„Kaeli!“ Das war das Einzige, was Kim herausbrachte, als sie schließlich erschöpft in der Hauptgrotte stand und sich die Seite hielt. Sofort wurde es still unter dem Volk, und alle Blicke richteten sich auf das Mädchen.

„Schnell! Es ist sehr wichtig! Holt Kaeli!“, rief sie laut, ehe sie nach Luft schnappen musste. Es dauerte einige Momente, dann wurden ihre Worte von anderen wiederholt wie ein Echo.

Es schien eine gefühlte Ewigkeit zu dauern, bis Kim die Alte auf der anderen Seite erkannte. Kaeli warf ihr verwirrte Blicke zu, doch als sie den Ausdruck erkannte, der auf Kims Zügen lag, kam sie mit hastigen Schritten auf die Kriegerin zu.

„Was ist denn los?“, fragte sie überrascht, und die ganze Grotte schien den Atem anzuhalten.

„Sie haben uns gefunden“, keuchte das Mädchen.

„Nein“, hauchte die Schamanin, ehe sie sich umdrehte und mit zitternder Stimme verkündete: „Es ist soweit. Die Tauruiten haben uns gefunden.“

Valirius war lange unentdeckt geblieben. Er war an dem Baum hochgeklettert und hatte reglos zwischen den Ästen verharrt. Doch jetzt war er umzingelt von den Tauruiten, die ihre Waffen nach ihm reckten und seinen Namen riefen.

Immer wieder schoss er Pfeile ab, um die Gegner von sich fernzuhalten, die es schafften, zu ihm hoch zu klettern, und stieß sie zurück zu den anderen. Es war ein ungleicher Kampf, und er wusste, dass er keine Chance gegen die große Menge hatte. Nicht allein. In diesem Moment wünschte er, Muran wäre an seiner Seite.

Er spürte heißen Atem im Nacken, drehte sich um und stieß dem Angreifer einen Dolch in den Magen.

Immer mehr Krieger schafften es, zu ihm in die Baumkrone zu gelangen, und er wurde nach und nach immer weiter in die Wipfel des Baumes gedrängt.

Plötzlich hörte er Flügelschläge. Es waren Hunderte, die die Luft erbeben ließen, und er spürte einen Hauch von Hoffnung. Kim hatte es also geschafft. Die Jumias waren so gut wie unterwegs.

Kim ordnete ihre Gedanken, während die anderen Jumias auf die Diantaron stiegen. Sie selbst saß auf Schneefeuers Rücken, die es kaum erwarten konnte, wieder fliegen zu dürfen.

Auf der Kruppe des Wasserfalls herrschte Chaos. Jeder versuchte so schnell wie möglich, an einen der Feuer speienden Dämonen zu kommen, da nicht jeder auf dem Rücken eines solch anmutigen Tieres steigen konnte.

Endlich gab der Heerführer das Zeichen zum Aufbruch.

Kaeli lächelte ihr beunruhigt von Ureh aus zu, grub ihre Fersen in die Flanken des Tieres und erhob sich von der Kruppe. Kim folgte ihr, und nach der Weltenreiterin reihten sich Heerführer und Krieger an.

Das Mädchen hielt sich mit den zitternden Fingern an Schneefeuers Mähne fest, und hoffte, dass Valirius unverletzt war. Sie war so unter Hochspannung, dass sie den Flug fast gar nicht registrierte.

Vom nahen Osten waren Wolken hergetrieben, die einen dunklen, trügerischen Schatten über den Wald warfen. Kim sah nach hinten. Die Krieger waren schwer bewaffnet, und die Formation schien gewachsen. Einige der Kämpfer lächelten ihr bemüht zu, und sie atmete tief durch. Es war soweit. Jetzt würde sich entscheiden, welches Volk stärker war.

Gerade, als sie sich wieder nach vorn wandte, hörte sie erschrockene Rufe. Ihre Augen suchten nach der Ursache, und sie erkannte sofort die Reitformation am Himmel.

Schwarze Flaggen, schwarze Rüstung. Die Tauruiten.

Ein vorausgeplanter Anschlag. Tausende Zuhure flogen ihnen entgegen, schwebten in der Luft wie Götter, auf deren Rücken die Satane flogen.

Kim drehte sich zu Kaeli, die langsam ihr Schwert zog.

„Dann wollen wir mal", hörte sie die alte Kriegerin flüstern, ehe diese laut rief: „Für TYDIA!"

Hinter Kims Rücken ertönte lautes Kriegsgebrüll, und das Rasseln der Schwerter, die in die Luft gereckt wurden, begleitete die Stimmen der Jumias. Das Gefühl, vor dem willensstarken Volk zu fliegen, gab Kim Mut. *Dann wollen wir mal.*

Schnell kamen die Tauruiten näher, und als die Völker im nächsten Moment zusammenprallten, schien die Welt den Atem anzuhalten.

Jetzt begann der Kampf des Jahrhunderts.

Klirrende Klingen, Schmerz- und Kampfgebrüll erklangen und ließen die Atmosphäre beben, in der sich Kim plötzlich wiederfand. Um sie herum befanden sich Hunderte Leiber, Zuhure, Krieger und Diantaron, die wild aufeinander losgingen. Feuer, Blut und Eisen vermischten sich.

Kim flog entschlossen. Sie legte ihren ersten Pfeil an, so schnell, dass sie es fast gar nicht bemerkte, spannte sie die Sehne und zielte um sich. Als sie vom ersten Tauruiten attackiert wurde, ließ sie los, und der Pfeil traf mitten in sein Herz. In diesem Moment warf ein Mann von rechts mit einem Speer, und sie konnte sich gerade noch nach vorn lehnen, sodass er hautnah an ihr vorbeiflog. Schnell setzte Kim sich wieder auf, zielte mit dem nächsten Pfeil nach dem Feind und traf ihn.

Es war ein hartes Spiel.

Entweder, man teilte den Tod aus, oder man nahm ihn selbst in Kauf.

Valirius hörte den Kampf über sich und sah die vielen Krieger, die herunterfielen wie Regen. Es waren Boten von all dem, was dort oben in der Luft geschah. Aber warum kam niemand zu ihm?

Aufgeregte Rufe der Tauruiten rissen ihn aus den Gedanken, und als er im nächsten Augenblick den Blicken seines Feindes folgte, erkannte er die Feuerwand, die auf sie zurollte.

*WHISPER.*

Während er beruhigt in der Krone des Baumes sitzen blieb, suchten die Krieger seines Vaters das Weite. Brüllend stolperten sie über Unebenheiten im Boden, jagten davon wie das Getier, das sich vor den Flammen in Sicherheit brachte.

Kaum waren sie zwischen den Baumstämmen verschwunden, tauchte ein Körper durch die gierigen Flammen, ohne dass das Feuer an ihm fraß wie an all den Bäumen, die sich in Stichflammen verwandelten. Der Drache machte einen zufriedenen Eindruck, als er Valirius seinen Rücken anbot.

Als sie sich in die Luft erhoben, stürzte der Baum brennend zu Boden. Das Drachenfeuer wurde mit wenigen Böen verbreitet und schon bald brannte alles, was sich am östlichen Ufer befand. Vögel flogen kreischend auf, Bimbas schrien, während sie sich in Sicherheit brachten. Der Wald schien unter den Flammen ächzend nach Hilfe zu rufen. Ein letztes Mal drehte sich der Junge um, dann trieb er seinen Drachen nach oben. Immer weiter, bis er inmitten des kämpfenden Getümmels verschwand.

Kim kämpfte wacker.

Sie war von einem jungen Krieger angegriffen worden, der sie hartnäckig in die Tiefe trieb. Das Mädchen bemerkte allmählich, dass er sie von den Heeren trennte, mittlerweile hatten sie sich geschätzte hundert Meter weit von den anderen Kämpfern entfernt.

Er ritt geschickt, lenkte seinen Zuhur mit engen Bogen um Schneefeuer herum, um sie in Schach zu halten, was die Stute verwirrte. Verzweifelt versuchte das Mädchen, ihr Tier an ihm vorbeizufliegen, um Abstand zu gewinnen, doch sein Hengst war wendig und hielt sie davon ab.

Der Tauruit hatte frische Züge, schwarze Locken wehten ihm ins Gesicht, wenn er seinem Zuhur Hilfen gab. Seine Augen waren tiefblau, sie erinnerten das Mädchen sehr an die von Valirius. Auf erstem Blick könnte man die beiden beinahe miteinander verwechseln, wäre da nicht die lange Narbe, die sich über seinen Hals zog wie ein Pinselstrich. Sie zerstörte das friedliche Bild, genau wie der mörderische Ausdruck, der sich über seinen Körper legte wie ein Schatten.

„Kannst du schon nicht mehr, Weltenreiterin?“, fragte er lächelnd, als sie innehielt.

„Wie kommst du nur darauf?“, gab sie knapp zurück, und zog ihr Schwert.

„Gut, dann lass uns kämpfen“, beschloss er, und Kim glaubte zu sehen, wie sich seine Züge augenblicklich anspannten. Als er sein Schwert zog, war es ein Gefühl, als würde ihr jemand mit der flachen Hand auf den Brustkorb schlagen.

Es war die monströseste Klinge, die sie je gesehen hatte.

Die Waffe war leicht geschwungen, und sie hatte einen hauchdünnen Rand, an dem getrocknetes Blut klebte. Die Klinge selbst war ebenfalls rot, feuerrot. In sie hinein waren viele Muster eingraviert, noch größer als die, die sich auf ihrem eigenen Schwert zierten.

Sie bemerkte, wie er die Zügel kürzer nahm, so kurz, dass sich der Hals des Zuhurs wölben musste, dass sich das

Tier nicht das Maul aufriss. Er nahm sie in seine freie Hand und lenkte direkt auf sie zu.

Schneefeuer wollte ausweichen, doch Kim hielt sie zurück. In Sekundenschnelle wendete die Stute und flog direkt auf ihn zu. Die Flügel der Tiere griffen ineinander, der Reiter und die Reiterin fielen übereinander her.

Der Reiter des Hengstes war ein geschickter Schwertkämpfer, und er parierte Kims Angriff. Als er konterte, konnte sie seiner Klinge ausweichen, und dann stieß sie in Richtung seines Brustkorbes. Doch er konnte auch diesem Stoß stoppen und nachsetzen. Verbissen versuchte Kim es immer wieder, doch sie konnte sich anstrengen, wie sie wollte. Sie erreichte ihn nicht. Trotzdem war es auch für den jungen Kämpfer eine Herausforderung. Er stellte fest, dass auch sie gut mit der Waffe umgehen konnte, und so schien es lange Zeit unentschieden. Keiner konnte den anderen ernsthaft verletzen.

Plötzlich aber machte er einen überraschenden Schritt. Er warf.

Er warf die tödliche Klinge.

Schneefeuer legte die Ohren an, grollte und stieg schützend in der Luft, sodass sie Kim nicht erreichen konnte. Aber das Schwert traf, wenn auch nicht das geplante Ziel.

Die Stute zuckte zusammen, als es sich in ihre Brust bohrte. Kim schrie auf. Auch sie schien den beißenden Schmerz zu spüren, der durch die Glieder des Tieres fuhr. Als sie aufsah, schien der Junge zu lächeln.

Dann fiel sie.

Es zog sie in die Tiefe, sosehr sie auch verzweifelt schrie und Schneefeuer aufforderte, weiterzufliegen. Die Mähne peitschte in ihr Gesicht, die Flügel hatten jede Spannung verloren und segelten lasch neben dem leblosen Körper hinunter. Todesangst machte sich in ihr breit, sie klammerte sich an den Hals des jungen Tieres wie ein Äffchen. Hilflos.

Ein letzter Schrei, ein letzter Blick nach oben.
Dann brachen sie durch die Äste der Bäume zu Boden.

Valirius hatte einen Schrei gehört, und ihm lief es eiskalt den Rücken hinunter. Eine bekannte Stimme. Das war eine bekannte Stimme. Als er um sich sah, konnte er jedoch nur fremde Gesichter sehen, nicht Kim, nicht Kaeli.

„Kim?“, brüllte er laut, sodass einige ihre Schläge unterbrachen und sich zu ihm umsahen.

Doch er erhielt keine Antwort, nur das Rasseln der Schwerter. Ihm blieb nichts, als weiter zu kämpfen, da ein Tauruit angriff. Doch er war überzeugt ... das war Kims Stimme gewesen.

Kaeli stieß nach rechts und grub ihren knochigen Ellenbogen direkt in die Magengrube des Mannes, der sie fesselte, doch dieser wich nicht einmal zurück. Sie bat nicht darum, losgelassen zu werden. Das brachte ohnehin nichts.

Schnell ordnete sie ihre Gedanken. Die Tauruiten hatten sie plötzlich überfallen und von den anderen entfernt, vor wenigen Minuten. Dann hatten sie die alte Kriegerin von ihrem Zuhur gezogen und mit sich genommen, ohne erklärbaren Grund. Kaeli fragte sich, weshalb sie sie nicht getötet hatten, wo es doch so viel reibungsloser gewesen wäre.

Da trat ein weiterer Mann, schwarz gekleidet, zwischen zwei Bäumen hervor. „Kalei, wir werden dich zu dem Schattenkönig bringen. Er wird sehr erfreut sein, dich näher kennenzulernen. Ich denke, du weißt selbst, weshalb“, lachte er. Breit wie ein Schrank baute er sich vor ihr auf.

„Ja, das weiß ich. Übrigens, ich heiße Kaeli“, verbesserte sie ihn, ohne auch nur ein wenig in der Stimme zu zittern. „Ihr könnt mich meinetwegen mit an das Ende der Welt nehmen, ich habe nichts zu verlieren.“

Das saß, und die beiden Tauruiten ließen sie einen Moment lang in Ruhe, sodass sie sich umsehen konnte.

Zwei graue Zuhure standen auf der Lichtung, die unberührt von dem Feuer vor ihnen lag. Sie sahen erschöpft aus, hatten graues Fell, und Rippen stießen überall dagegen. Der Zaum schien schon ewig auf den Köpfen zu liegen, und ein Tier hatte sich das Maul an dem Trensenring aufgerissen. Blut tropfte aus seinem Mundwinkel.

„Dann wollen wir mal", sagte der Schrank schließlich knapp.

Auf Befehl zog der andere Krieger seinen kurzen Dolch und hielt ihn ihr an die Kehle. Dann schob er sie vorwärts, energisch direkt auf die beiden geflügelten Pferde zu.

Kaeli versuchte nicht zu beachten, wie sehr den seltenen Wesen der Wille gebrochen worden war. Sie wurde auf den Rücken des kräftigeren Tiers gehoben, und der Mann mit dem Dolch platzierte sich hinter ihr. Jetzt verstaute er seine Waffe und griff an ihren Seiten vorbei nach den Zügeln.

Als er einen Stock auf die Kruppe des hilflosen Wesens knallen ließ, galoppierte es los, und der andere Reiter folgte ihnen. Sie erhoben sich erst kurz vor den nächsten Bäumen in die Lüfte, direkt in Richtung Schattengebirge.

Es war still.

Das war das Erste, was Kim feststellte.

Totenstill.

Schmerz war das Zweite, was sie bemerkte. Er fuhr durch ihren Körper wie tausend Nadelstiche. Sie musste husten, und schlug die Augen auf. Über ihr war ein großes Loch zwischen den Bäumen, und sie sah den Himmel. Er war bedeckt von Wolken, und dort wurde gekämpft.

Auch sie hatte gekämpft. Das Loch stammte von ihr. Sie war durch das Blätterwerk gefallen.

Schneefeuer! Sofort setzte sie sich auf, und sie sah den leblosen Körper, der neben ihr lag. Die lange, weiße Mähne bedeckte ihre Finger, der linke Flügel lag unter ihrem Körper.

Langsam, so, wie es ihr der Schmerz erlaubte, kroch sie vor bis zum Rumpf des Tieres und sah über den Rücken hinweg. Der andere Flügel hatte Bauch und Beine verdeckt, doch Brust, Hals und Kopf waren zu sehen. Auch das Blut, in dem sich die Äste der Bäume spiegelten.

Kim spürte, wie die erste Träne an ihrer Wange hinunterrann. „Schneefeuer", hauchte sie tonlos, während sie sich ächzend aufrichtete und um den Körper des Zuhurs herumlief, nach dort, wo der Kopf lag. Sie humpelte, ein geller Schmerz zuckte durch ihren Brustkorb. Doch sie hielt durch, bis sie kurz vor dem Kopf zusammenbrach.

„Nein. Das darf nicht sein", flüsterte sie, während sie sanft über die Stirn des Tieres strich. „Nein!"

Jetzt bemerkte sie, dass sie mit der einen Hand in Schneefeuers Blut gefasst hatte. Erschrocken zog sie sie zurück, und als sie die rote Flüssigkeit an ihren Fingern glitzern sah, trieb es ihr noch mehr Tränen in die Augen.

„Ich wollte das nicht!"

Sie kniete sich hin und legte den Kopf des Zuhurs zärtlich auf ihren Schoß. Er war schwer, doch das beachtete sie gar nicht. Während sie weinte, streichelte sie immer wieder über Schneefeuers Stirn, und ihre Tränen tropften auf das rotbraune Fell.

Vorsichtig fuhren ihre dünnen Finger unter den Schopf der Stute und erspürten etwas Fremdartiges, etwas Heißkaltes.

Der Stein.

Sie strich das Langhaar zur Seite und legte ihn frei, sodass sie einen Blick auf den Saphir werfen konnte. Er war so wunderschön, wie eingesetzt in ein verschnörkeltes Mal.

Zögerlich legte sie ihre Finger darauf, dann schloss sie die Augen.

„Schneefeuer, bitte. Bleib bei mir“, flüsterte sie leise.

In diesem Moment strahlte plötzlich helles Licht aus dem Stein hervor. Es beleuchtete den Wald, ließ Kims Gesicht erstrahlen.

Dann fiel sie in ein gellend heißes Licht.

# 5

Aslec hatte ungeduldig auf dem Festplatz im Schattengebirge gewartet. Seine prüfenden Blicke tasteten das gesamte Gebiet ab. Der Wald lag wie ausgestorben vor ihm, die dunklen Wolken warfen einen dunklen Schatten über das Tal, in dem sich das Dorf befand. Eine Böe jagte trockenes Laub vor seine Füße, und eine Totenstille lag in den engen Gassen der einfachen Hütten. Auf dem Platz vor ihm standen die Galgen, an denen leblose Gefangene hingen, und in Ketten gelegte Jumias in zerfetzter Kleidung. Ein kleines Mädchen mit ihrer Mutter war unter ihnen, sie lag in ihren Armen und weinten. In wenigen Stunden würde auch ihr Leben enden, grausam wie das der anderen, die jetzt leblos auf Schuppen lagen, um am Abend unter der Erde zu liegen. Die Krieger, die gefangen genommen wurden, saßen stumm daneben, ohne auch nur ein einziges Mal die Stimme zu erheben.

Aslec selbst saß auf einem einfachen Thron aus Drachenhorn. Er wartete auf die Rückkehr seiner Heere, auf eine Botschaft aus dem Kampf. Und auf die Wiederkehr seines Sohnes. Sein Blick war starr nach vorn gerichtet, und der rote Stich in den blauen Pupillen verriet seine Aufregung.

Plötzlich erschien ein helles Licht am Horizont, und er sah erschrocken nach Süden, wo er glaubte zu sehen, dass sich der Himmel eine Sekunde lang erhellte. Sofort verebbte das Wimmern der Mutter, und die Krieger sahen auf.

„Die Prophezeiung!“, rief die Frau ungläubig aus, und auch die Männer schienen aufzuatmen.

Aslec drehte sich zähneknirschend zu ihr um, und ihr Glücksgeflüster verebbte. „Welche Prophezeiung, wenn ich fragen darf?“, knurrte er wütend und sah in ihr hübsches, ängstliches Gesicht. Dann zog er sein Schwert.

„Die ... die Weltenreiterin! Sie ... sie hat ... die Göttin ...“, versuchte sie zu erklären, während sie immer näher an die Wand nach hinten rutschte, ihre Tochter auf dem Schoß.

„Es gibt keine Weltenreiter, und es gibt keine Götter“, zischte er kalt, während er die Spitze seines Schwertes an ihre Kehle hielt.

Das kleine Mädchen auf ihren Knien stieß spitze Schreie aus.

„Tun Sie das nicht!“, rief plötzlich ein anderer Krieger in seine Worte.

Er drehte sich um, mit einem mörderischen Gesichtsausdruck. „Du wagst es, mich zu unterbrechen? Du wagst es, mir zu sagen, was ich zu tun habe?“, fragte er mit tiefer Stimme, während er die Klinge von ihrem Hals wegnahm und auf den Jungen richtete. Er hatte blondes Haar, das ihm völlig durcheinander um den schmalen Kopf fiel. Sein Gesicht war voller Schnitte und Kratzer, aus denen Blut sickerte, und sein rechtes Auge war blau angeschwollen.

„Ja, ich wage es. Diese Frau hat Ihnen nichts getan“, sagte er mit zitternder Stimme.

„Jouan haben dich die anderen genannt, so ist es doch?“, hakte Aslec nach, während sich seine Lippen allmählich zu einem Grinsen verzogen. „Ich kannte einmal einen Jouan, der war genau wie du. Und weißt du, was mit ihm geschehen ist?“

Jouan atmete tief durch. Dann schüttelte er den Kopf.

„Er wurde gehängt. Und dasselbe soll mit dir geschehen, noch heute Abend“, beschloss der Schattenkönig, und die anderen Krieger stutzten. „Genau wie all die anderen. Das kleine Mädchen macht keine Ausnahme“, fügte er noch hinzu, und die Kleine begann wieder zu wimmern.

Langsam wandte Aslec sich wieder von seinen Gefangenen ab, und Wind fuhr über sein Gesicht.

„Das können Sie nicht machen!“, schrie Jouan und riss an seinen Ketten. „Nicht das Mädchen!“

„Ganz ruhig, Jouan“, beruhigte ihn plötzlich die Stimme der Frau, und der König drehte sich erneut zu ihnen um. „Vergiss nicht das Lied.“

„Halt den Mund!“, befahl Aslec zornig, doch sie erhob die Stimme und sang.

*Im Nebel eines neuen Morgens,*
*die Macht sie kehrt zurück.*
*Der Weltenreiter wird erkoren,*
*er verhindert das End,*
*ein Wunder wird geschehen im letzten Moment.*

„HALT DEN MUND!“, brüllte Aslec jetzt voller Wut und schlug ihr mit der flachen Hand ins Gesicht, sodass ihre wundervolle Stimme verebbte.

Das Kind schrie, doch der Schattenkönig warf ihm nur einen vernichtenden Blick zu, ehe er sich wieder auf seinem Thron niederließ.

Falls diese Frau recht hatte, muss irgendwo im Süden etwas Bewegendes geschehen sein. Etwas, dass ihn hell interessierte. Oh, wie freute er sich über die Hinrichtung dieser Dummköpfe, dieser Fremdlinge, dieser grässlichen Waldmenschen.

Als der erste Blitz über den Himmel zuckte, erkannte er sie. Die beiden Zuhure seiner Heerführer tauchten beinahe unscheinbar zwischen den Wolkentürmen auf. Während sie näher kamen, bemerkte er, dass sie einen Gefangenen hatten.

Er gab ihnen das Zeichen zur Landung, und die mächtigen Tiere setzten an. Dichter Staub wirbelte vom Boden auf, als die Hufe auf die Erde sanken. Während der Wind durch die langen Mähnen der Zuhure peitschte und der darauf folgende Blitz die Gesichter erhellte, erkannte er das Gesicht der alten Frau.

Kaeli.

Sofort setzte er sich aufrechter in seinen Thron. Ein breites Grinsen zog sich über sein Gesicht. „Was für ein Zufall. Jetzt können wir uns endlich kennenlernen, Kaeli Neai. Ich habe so lange darauf gewartet, glauben Sie mir." Er stieß ein kurzes Lachen aus. „Danke, Brutus. Danke, Varion. Ich kümmere mich ab jetzt selbst um sie." Er winkte die beiden Krieger zu sich. „Bringt sie zu mir."

Varion nickte ehrfürchtig und packte Kaeli an den Fesseln, um sie vorwärts zu schieben.

Sie versuchte, nicht auf die bekannten Gesichter zu achten, die neben dem Thron des Schattenkönigs angekettet waren, doch es gelang ihr nicht. Jouan sah sie durchdringend an, nach Hilfe flehend, und das kleine Mädchen flüsterte aufgeregt etwas zu seiner Mutter.

Kim hielt sich den Kopf. Er brüllte vor Schmerz, und sie verlor fast die Besinnung. Kurz hielt sie inne, dann tastete sie vorsichtig nach Schneefeuers Kopf. Doch da war nichts, sie griff nur in die Luft.

Zögerlich öffnete sie die Augen, um nach der Stute zu sehen, doch der Boden neben ihr war leer. Als sie sich erschrocken aufsetzte, sah sie nur eine große Lache Blut und das Schwert, das von dem fremden Krieger stammte. Ihre Blicke wanderten unruhig umher, ohne eine Spur von dem

Tier zu finden. Doch dann spürte sie, wie ihr etwas auf den Kopf prustete. In Sekundenschnelle drehte sie sich um.

Und dort stand Schneefeuer.

Sie sah so schön aus, als wäre sie noch niemals berührt worden. Ihr fuchsiges Fell glänzte in der Sonne, ihre weiße Mähne fiel ihr in leichten Wellen über den Hals. In aller Makellosigkeit schien sie größer als vorher. Die Flügel erstrahlten in einem gellend hellen Weiß.

Als Kim ihre Blicke über die Brust des Zuhurs streifen ließ, konnte sie nicht einmal Spuren einer Verletzung erkennen, doch als sie sich wieder umdrehte, war dort das Blut. Fassungslos richtete sie sich auf.

Sofort kam das Tier näher und stupste sie sanft mit den Nüstern.

„Was ist nur passiert?“, fragte Kim ungläubig, als sie den Körper der Stute spürte. „Wir waren tot!“

Zögernd berührte sie die Stirn des Pferdes, und der schneeweiße Schopf fiel leicht zur Seite.

Er legte den Stein frei. Der Saphir schien größer geworden. Er glänzte wundervoll in dem Sonnenlicht, dass seine Oberfläche berührte. Die Muster, die ihn umgaben, hatten sich erweitert. Sanft geschwungene, schwarze Schnörkel umrandeten Schneefeuers Augen, wanden sich über die Stirn nach oben zu ihrem Langhaar, wo sie in einer flammenähnlichen Form endeten. Es war wunderschön, und es raubte Kim den Atem.

*Du brauchst keine Angst mehr zu haben,* hörte sie eine Stimme in ihren Gedanken flüstern. *Ich werde immer bei dir sein.*

Sie sah erschrocken auf, und schaute in die hellblauen Augen des Tieres. „Bist du das, Schneefeuer?“, fragte sie vorsichtig.

*Ja, das bin ich.*

Als Kaeli die Hütte betrat, rümpfte sie die Nase. Ein muffig-modriger Geruch hing in der Luft. Der Raum war groß, aber er erschien ihr nicht wie der eines Königs. Im Gegenteil. Ein kunstvoll gewebter Teppich bedeckte den etwas morschen Holzboden, dunkle Holzbalken hielten das einfache Dach und finstere Kommoden und Schränke waren im ganzen Raum verteilt. Keine Bilder an den Wänden, fast keine Lampen. Alles innerhalb der vier Wände erschien der alten Frau kalt. Eiskalt.

Aslec blieb plötzlich stehen und versetzte ihrem Seil einen starken Ruck, was sie auf Knie gehen ließ. Dann band er sie aufwendig an einem bereits verstaubten Eisenring im Boden fest und ließ sich langsam auf seinem Thron nieder. Dieser schien extra für Momente wie diesen gemacht, und sie zweifelte keinen Moment lang daran, dass Aslec ihn in Auftrag gegeben hatte.

„Ich entschuldige mich für den unfreundlichen Empfang, Kaeli Neai“, sagte er ironisch.

„Dafür brauchen Sie sich nicht zu entschuldigen, glauben Sie mir, für Sie hätte ich den Empfang umgekehrt viel schlimmer gestaltet. Ich frage mich nur, weshalb Sie mich nicht töten haben lassen“, erklärte die Alte.

„Na, das habe ich doch bereits versucht. Doch damals ist dieses kleine Mädchen gekommen, und hat es mir verdorben. Aber jetzt, da sie tot ist, habe ich mir die Mühe gemacht, Sie hier herzubringen“, gab er zu, während er sich mit der rechten Hand einen Wein eingoss und gierig trank. Die Flüssigkeit gluckerte leise in das Glas, und Kaeli vernahm den süßen Geruch der Trauben, der sich schnell im Raum verbreitete.

„Sie ist tot?“, fragte sie, wobei sie versuchte, so wenig erschrocken wie nur möglich zu klingen.

„Einer meiner Krieger hat ihren Zuhur im Flug erstochen, und sie stürzte ziemlich weit in die Tiefe. Es würde mich wirklich überraschen, wenn sie diesen Sturz überlebt haben sollte“, erklärte er knapp.

„Ich verstehe.“ Kaeli hielt sich zurück, um nicht besorgt zu klingen. Beinahe hätten ihr seine Worte Tränen in die Augen getrieben. Was, wenn es wirklich so war? Wenn Kim nicht mehr lebte? Allein schon bei dem Gedanken krampfte sich ihr Magen zusammen.

„Sie sind hier, um mir Informationen zu liefern. Ich will wissen, wo sich mein Sohn befindet“

Es wurde still.

„Sie vermissen ihn also?“, fragte Kaeli schließlich.

Er trank wieder einige Schlucke, setzte das Glas ab und wischte sich mit dem Ärmel die roten Tropfen aus seinen Mundwinkeln. „Von Ihnen, Kaeli, brauche ich nichts außer seinem Standort“, erwiderte Aslec und stand auf, ehe er einige Schritte auf sie zuging, um die Alte am Kragen zu packen. „Und ich weiß, den werde ich bekommen.“

Valirius wich erschöpft den Hieben seines Gegners aus. Sein Anblick verriet, dass er nicht mehr konnte. Schweiß perlte von seiner Stirn, sein Hemd war zerschlissen und nur noch ein paar intakte Stoffbahnen verhinderten, dass es nicht von seinem Körper rutschte. Auch seine Züge wirkten nicht mehr frisch und voller Tatendrang wie sonst. Das Leid spiegelte sich in seinen Augen wider. Aus unzähligen Wunden rann Blut, doch sein Vater hatte ihm beigebracht, mit Schmerz umzugehen und Härte nach außen zu zeigen. Die Verletzungen nicht zu beachten. Weiterzukämpfen.

Der junge Krieger erinnerte sich an den grellen Blitz, der den Himmel erleuchtet hatte. Valirius wusste, dass ein Gewitter von Norden nahte, doch das Licht hatte den Himmel in Blau getaucht.

Saphirblau.

Was war das wohl gewesen? Diese Frage ließ ihn einfach nicht los. Was war, wenn es etwas mit dem Schrei zu tun hatte, von dem er immer noch glaubte, dass Kim ihn ausgestoßen hatte?

Ganz unerwartet schoss ihm plötzlich ein Lied durch den Kopf. Er erinnerte sich an ein uraltes Volkslied der Jumias. Seine Mutter hatte es ihm einmal vorgesungen.

*Im Nebel eines neuen Morgens,*
*die Macht sie kehrt zurück.*
*Der Weltenreiter wird erkoren,*
*er verhindert das End,*
*ein Wunder wird geschehen im letzten Moment.*

Ja, er erinnerte sich noch gut daran, ihre Stimme hallte süß in seinen Ohren. Aber weshalb das Lied? Was sollte das mit dem Blitz zu tun haben? Valirius hätte gerne weiter darüber nachgedacht, aber er hatte keine Zeit, seine Gegner warteten nicht.

Kaeli saß stillschweigend auf dem Lager, dass man ihr hastig errichtet hatte. Es war aus aufgeschichtetem Heu, über das man ein kratziges Laken geworfen hatte. Der Raum, in dem sie sich befand, war klein und düster, bis auf einen Schlitz in der Wand hatte er keine Fenster. Der einzige Lichtstrahl fiel auf den kalten Boden.

Kaeli wusste, dass sie Aslec nicht entkommen konnte. Das hatte noch nie jemand geschafft, und es waren bereits sehr viele in seinen Kerkern gelandet. Schon bald würde die Hinrichtung der gefangenen Jumias stattfinden, danach ihr eigenes Verhör. Sie konnte die Grotte nicht preisgeben. Das Versteck wurde seit Jahren geheimgehalten, und wenn sie es verraten würde, wären alle Jumias dem sicheren Tode geweiht. Doch ihr fiel kein anderer, akzeptabler Ort ein, den sie dem Schattenkönig stattdessen servieren könnte.

Nichts, so gut sie Tydia auch kannte. Für Aslec würde sie eine köstliche Unterhaltung sein. Der Höhepunkt einer Gefangenschaft war nämlich der Kampf, der stattfand, wenn Aslec befand, dass er Gefangene nicht mehr brauchte und alle Informationen von ihm oder ihr bekommen hatte, die er haben wollte. Aber natürlich machte er das nur mit denen, die gut genug für ihn waren.

Der Kampf mit dem Tod persönlich. Mit dem Einzigen, den man nicht bezwingen konnte. Das hatte bis jetzt noch nie jemand geschafft.

Kaeli fühlte sich verloren. Warum ausgerechnet sie?

„Weil du sein Leben zerstört hast", hörte sie ihre Gedanken flüstern. Ja, das stimmte. Sie war diejenige gewesen, die seine Frau getötet hatte.

Oranua war wunderhübsch gewesen: tiefschwarzes, lockiges Haar, feine Züge. Das, woran Kaeli sich am meisten erinnerte, waren die roten Augen. Sie hatten gestrahlt wie Rubine, schön und erschreckend zugleich.

Es geschah im letzten Krieg. Oranua war allein mit ihrem Sohn zu der Deersfa Ruine gereist, und die Schamanin hatte dort Zuflucht gesucht. Als die beiden aufeinandergetroffen waren, saß die junge Frau an einem Webstuhl, Valirius, damals noch ein Baby, lag in der Wiege neben ihr, doch Kaeli hatte sich nicht für ihn interessiert.

Beinahe hätten die Jumias den Krieg verloren, die Kampfkraft der Gegner war einfach zu stark, doch Kaeli wusste, dass der Tod der Schattenkönigin Aslec schwächte und ihn dazu bringen würde, den Wald zu verlassen. Sie wusste nicht, ob der Junge es wusste. Er war damals so klein gewesen, dass er es unmöglich mitbekommen haben konnte.

Sie hatte ihr Land vor Jahren gerettet, das andere in die Dunkelheit gestoßen, jetzt musste sie dafür bezahlen. Die Welt und das Leben strebten immer nach Ausgleich.

Plötzlich hörte sie Schritte auf dem Kies und sah durch den Schlitz in der Wand nach draußen. Ein Krieger kam auf die Tür zu, steckte einen rostigen Schlüssel hinein, drehte ihn zweimal um, und sie sprang auf.

Der Mann war breit wie ein Stier, und sein Kopf war so rund wie eine Bratpfanne. „Mitkommen!" Seine Stimme war tief und kratzig.

Kaeli stand auf, ohne sich zu wiedersetzen, wurde an den Händen gefesselt und an einem Strick aus der Tür gezogen.

Der Mann führte sie auf den Festplatz, dorthin, wo der Pranger und die Galgen standen. Der Weg erschien Kaeli unendlich lang. Stillschweigend trottete sie hinter dem Mann her, machte sich Gedanken darüber, was sie sagen würde. Je näher sie dem Festplatz kamen, desto kälter wurde ihr. Dürre Katzen schlichen um die Häuser, tote Ratten lagen in den dunklen Ecken. Sie fragte sich, wie man hier leben konnte.

Es hatten sich nicht allzu viele Männer auf dem Platz versammelt. Kaelis Sandalen fuhren über den feuchten Kies, ein Donnergrollen brummte aus den Wolken. Sie sah den Karren voller lebloser Leiber – er stand direkt neben dem Galgen –, und ihr schossen Tränen in die Augen.

Tot. Alle tot.

Aslec saß auf seinem Thron aus Drachenhorn. Neben ihm stand ein Tisch, welcher mit Früchten und Süßem gespickt war. Kaelis Blick streifte unsicher umher und blieb schließlich an einem großen Mann hängen, der neben dem Pranger stand. Als sie die Peitsche in seinen Händen sah, blieb sie stehen. Was konnte sie nur machen? Aslec würde sie totprügeln lassen, wenn sie keine Informationen von sich gab.

„Los jetzt!", brummte das Bratpfannengesicht, und sie drehte sich zu ihm um. „Ich sagte los!" Mit diesen Worten schlug er ihr in die Magengrube. Sie krümmte sich zusammen, und er schob sie grob vorwärts.

Gelächter erklang von den Zuschauern, die sich um den Pranger versammelt hatten. Niemand machte sich die Mühe, ihr die Kleidung vom Rücken zu ziehen. Der wenige Stoff würde ihr ohnehin kaum Schutz bieten.

Der Mann wich erst zurück, als sie mit den Armen gefesselt war und den Kopf kaum noch bewegen konnte.

Kaeli sah jetzt mitten in die zornig schimmernden Augen von Aslec.

„Nun, ich glaube, jeder hier weiß, welchen Gast wir haben. Kaeli Neai, diejenige, die Oranua getötet hat. Mehr muss ich nicht sagen, um meinen Hass auf sie zu begründen, denke ich“, erklärte er kalt, lehnte sich genüsslich in seinen Sitz zurück und nahm sich einen Apfel.

„Wir wollen den Zufluchtsort deines Volkes wissen“, verkündete er mit vollem Mund, und ein Raunen ging durch die Menge. „Noch gibt es die Möglichkeit, dass du es uns sagst, ohne geschlagen zu werden“, fügte er hinzu. „Also?“

Zu ihrem Entsetzen wollte Kaeli einfach keine schnelle Lüge einfallen. Als sie keine Antwort gab, nickte er dem Henker zu. Jetzt wurde die Zeit knapp. Einen Ort, irgendeinen! Aber wo sollte sie einen Standort nahe des Wasserfalls herbekommen, der ihr Volk nicht verriet?

Der Mann hob die Peitsche.

Der Wald wäre zu auffällig, das würden sie ihr nicht glauben. Eine weitere Höhle gab es nicht. Die Hügel der Deersfa Ruine? Konnte sie vergessen. *Denk nach!*

Der erste Schlag ließ nicht auf sich warten. Hart und heftig zerschnitt er den Stoff ihres Kleides, und ein brennender Schmerz zog sich über ihren alten Rücken.

Vielleicht hatte sich Valirius ein eigenes Lager errichtet? Zu unglaubwürdig. Eine Grube?

Nein. Sie musste sich etwas anderes ausdenken.

Die Wunde brannte wie Feuer. Feuer. Feuer!

Genau! Das Lager könnte verbrannt worden sein, von dem Drachenfeuer. So verriet sie nichts.

Perfekt!

Der zweite Schlag unterbrach ihren Gedanken. Er war noch stärker als der erste, und sofort spürte Kaeli das Blut, das über ihren Rücken rann.

Aslecs höhnischer Blick prüfte sie, und als er den Schmerz in ihren Augen sah, unterbrach er den Henker bei der Arbeit. „Moment, Kavon, ich glaube, sie entscheidet sich gerade, uns den Ort preiszugeben, an dem sich ihr Volk – und somit auch mein Sohn – versteckt hält."

Seine Männer johlten kurz auf.

„Es ..." Kaeli zögerte, als die Tauruiten verstummten.

„Ich kann euch nicht mehr sagen, als ich selbst weiß. Wie ihr bestimmt wisst, ist die östliche Seite des Flusses vollkommen abgebrannt. Dort hatten wir unser Lager aufgestellt, ich hoffe, die anderen sind geflohen. Valirius wird gerade kämpfen, und später wird er die anderen suchen. Aber nicht einmal ich weiß, wo sie sich versteckt haben, jetzt da das eigentliche Lager verbrannt ist", log Kaeli, wobei sie sich selbst nicht sehr überzeugend fand.

Aslec grollte. „Ich weiß selbst, dass er kämpft. Auf der falschen Seite. Das mit dem Lager ist jammerschade, aber keine Sorge, noch bin ich voller Hoffnung, dass dich irgendjemand vermisst und zu mir kommt."

Sie hatte Schneefeuers Gedanken gehört. Aber wieso? Weshalb lebten sie überhaupt noch?

„Hör auf, dir selbst Fragen zu stellen. Du bist die Zukunft der Weltenreiter, Kim. Ich bin für dich bestimmt, und du für mich. Wir sind für immer vereint."

„Kann ich dich deshalb verstehen?", fragte das Mädchen flüsternd, während es fragend in die großen, klaren Augen des Zuhurs sah. Dieser Blick schien Bände zu sprechen.

„Ich weiß nicht. Ich glaube, es hat etwas mit dem Stein zu tun."

Vorsichtig strich Kim die Strähnen von Schneefeuers Stirn, um sich das Mal noch einmal anzusehen.

„Er ist wunderschön", hauchte sie. Die Stute schnaubte und rieb ihren Kopf an Kims Seite.

„Los jetzt", forderte sie das Mädchen auf, sich auf ihren Rücken zu setzen. „Aber weshalb ... weshalb lebst du noch? Was ist geschehen?"

„Wir wurden von der Göttin Zuhra beschenkt, Weltenreiterin."

Zuhra. Die Göttin der Weisheit.

„Warum? Warum sollte uns eine Göttin helfen?", fragte die Kriegerin noch immer verwirrt.

„Du bist zu Großem bestimmt. Die Jumias brauchen dich."

Kim starrte auf ihre Hände. Sie? Warum sie?

„Wir müssen los."

Sie drehte sich noch einmal um und sah das Schwert. Das Schwert mit der roten Klinge, welches dem tauruitischen Krieger gehört hatte. Zuerst zögerte sie, dann machte sie einen Schritt auf es zu und hob es vorsichtig auf. Sie drehte es in der Hand, spürte seine Macht.

„Los jetzt", hörte sie sich selbst sagen. „Wir haben ein Volk zu retten!"

Erleichtert atmete sie aus, während sie losgebunden wurde.

Die alte Schamanin wurde abgeführt. Der Tauruit mit dem breiten Gesicht nahm den Strick in die Hand und zog sie grob mit sich, ungeschickt stolperte sie ihm nach.

Sie wusste, dass sie das Rechte getan hatte, auch wenn es den Tod bedeuten könnte, sobald der Schattenkönig etwas anderes hörte. Doch das Volk war jetzt in Sicherheit. Vorerst.

Kurz hörte sie Aslec Befehle verteilen, ehe sie vom Platz geführt wurde. Kaeli musste wieder in den Kerker. Schon allein der Gedanke an den dunklen Raum ließ sie schaudern.

Der Rückweg erschien Kaeli viel kürzer als der Hinweg. Schon bald verließen sie das Dorf und steuerten auf den abgelegenen Turm zu, in dem sich die Kerker befanden. Der Turm war aus schwarzen Ziegelsteinen gebaut, wie die einfachen Hütten der Tauruiten.

Die Felder, die das Gebäude umfassten wie Teppiche, waren von schmutzigem Ockergelb und kniehoch mit Gras bewachsen. Einige winzige Vögel flogen zwischen den Halmen hervor, als sie den Kiesweg einschlugen, der direkt auf den Turm zuführte. Verdorrter Efeu wuchs an der unebenen Wand entlang und griff tief in die Spalten, die zwischen den schwarzen Steinen lagen.

Das Portal, das in den Turm führte, war einfach. Der Türrahmen war aus Stein, und nur über dem Torbogen hatte man ein grobes Bild hineingemeißelt. Zwei überkreuzte Schwerter: das Zeichen des Todes.

Der Wind fuhr über die Halme, die Schatten der Wolken lagen über dem ockerfarbenen Gras wie schützende Decken.

Trotzdem wäre es kein Ort, an dem Kaeli wohnen wollen würde. Von der Anhöhe aus, auf der das Dorf und der Turm gebaut standen, fiel ein steileres Gelände nach links ab. Kaeli konnte die großen Ställe der Zuhure am anderen Ende des Dorfes erkennen.

Der Mann wühlte fahrig in seiner Hosentasche, suchte anscheinend nach dem Schlüssel für die Gruft, in die er sie zurücksperren wollte. Dies wäre eigentlich der richtige Moment, um davonzulaufen, wenn sie nur einen Gegenstand hätte, mit dem sie das kräftig geflochtene Seil aufschneiden könnte, an das sie gefesselt war.

Kaeli suchte den Weg mit ihrem Blick ab, um nachzusehen, ob sich ein spitzer Gegenstand finden ließ. Doch sie konnte bedauernswerterweise keinen erkennen, und so wandte sie sich wieder ab. Gerade in diesem Moment sah sie einen spitzen Stein ganz rechts von sich, wo der breite Weg in das kniehohe Gestrüpp überging.

Perfekt!

Vorsichtig machte sie einen Schritt in Richtung des Feldes. Als sich ihr Peiniger nicht regte, beugte sie sich ein wenig nach unten, um mit einer der gefesselten Hände unauffällig nach dem flachen Stein zu greifen. Aber als sich das Seil spannte, das in der rechten Hand des Mannes lag, drehte er sich sofort zu ihr um.

„Was ist los?“, fragte er genervt, während er sie durchgehend musterte. „Mein Knie hat gejuckt“, erklärte Kaeli knapp, beugte sich wieder nach unten und kratzte sich scheinheilig an der Kniescheibe. Der Stein lag noch immer vor ihren Füßen. So wenige Meter vor ihr. So nahe.

„Ach so. Ich glaube, ich habe den Schlüssel irgendwo auf dem Weg verloren, also binde ich dich kurz hier fest und bin gleich wieder da. Komm bloß nicht auf dumme Gedanken!“ Er knotete das andere Ende des Seils sorgfältig an eine der Gitterstreben fest und wandte sich zum Gehen. „Ich bin jeden Moment wieder da.“

Doch den dummen Gedanken hatte sie schon.

Muran saß mit seiner Schwester in der Grotte und wartete. Sie hatten sich in der Haupthalle bei den Frauen und Kindern niedergelassen, damit Mara mit anderen Mädchen spielen konnte. Er sah ihr gelangweilt dabei zu, während er überlegte, sich auch in die Schlacht zu wagen. Sein Bein schmerzte, doch der Drang zu kämpfen, ließ einfach nicht nach.

Wolfskopf war der einzige Zuhur, der noch auf seinem Platz stand. Der Hengst war unruhig und hatte den Blick starr zum Grottenausgang gerichtet, in die Richtung, in der der Wasserfall alles verdeckte, was außerhalb geschah.

„Ja, ich will auch da raus", stimmte Muran ihm in Gedanken zu. Der Hengst schnaubte unruhig und sah zu ihm hinüber. Der junge Krieger stand ächzend auf, stützte sich an der Wand ab und ging auf seinen Zuhur zu. Das schwarze Tier wirkte beruhigt, als er näher kam. „Na, Großer?", flüsterte Muran ihm zu.

Dann sah er zu Mara hinüber. Sie spielte glücklich mit einem schwarzhaarigen Mädchen, dessen Namen er nicht kannte. Würde sie gleich bemerken, wenn er weg wäre?

In seinen Gedanken überlegte er, wie er es anstellen sollte. Er konnte nicht hierbleiben und die anderen allein darüber entscheiden lassen, welches Schicksal sie erwartete. Er wollte endlich all die Kraft loswerden, die ihn ausfüllte, er wollte zeigen, was er konnte.

Wofür er ewig trainiert hatte.

Als er Mara lachen hörte, traf er seine Entscheidung.

Er würde erneut in den Krieg ziehen, um sie glücklich zu machen.

Kaeli sah dem Krieger nach. Es dauerte nicht lange, bis er hinter der gebogenen Linie des Hügels verschwand.

Sofort zog sie den Knoten des Seils an der Gitterstrebe hinunter, so tief, bis die Länge ausreichte, um an den Stein zu gelangen. Als sie ihn in den Händen hielt, breitete sich ein freudiges Gefühl in ihrer Magengegend aus. Sie begann, den Stein wie eine Säge einzusetzen. Sie setzte die scharfe Seite an das Seil und begann langsam, mit der Kante über die Faserung des Seils zu fahren. Hin – her – hin – her, immer der Zeit davon. Je schneller sie fertig wurde, desto größer war ihre Chance, entkommen zu können.

Der Tauruit könnte jeden Augenblick zurückkommen, jede Sekunde zählte. Zentimeter für Zentimeter senkte sich der Stein zwischen die Nähte des Seils, und der Funke Hoffnung wurde allmählich zu einer Flamme.

Immer weiter, immer schneller ...

Es wurde immer instabiler. Die Kälte nagte an ihren Fingern wie ein Tier, sie waren schon beinahe taub. Gerade in dem Moment, als sie dachte, sie könne nicht mehr weitermachen, bemerkte sie, dass das Seil nur noch an einem einzigen Faden hing. Sie riss sich los und stolperte davon, einfach irgendwo ins Nirgendwo, hinaus auf das große Feld, zwischen die Hände schützender Berge.

Doch ihr Peiniger hatte sie bereits entdeckt.

Und er war nicht unbewaffnet ...

Sie spürte, wie sich ein Dorn in ihren Rücken grub, und stöhnte auf. Ihre Gedanken erinnerten sich an diese berühmte Waffe: das Betäubungsmittel der Tauruiten.

Die Wirkung setzte sofort ein. Zuerst wurde ihr schwindelig, das Bild vor ihren Augen verschwamm und setzte sich wie ein Fluss in Bewegung. Es zog an ihr vorbei wie ein schneller Strom. Dann fielen ihre Lider zu.

Schließlich fiel sie in ein tiefes, tiefes Loch.

Kim und Schneefeuer glitten mit einer solchen Leichtigkeit durch die Luft, dass man beim Anblick aus weiter Ferne hätte meinen können, sie seien eine Feder. Sie steuerten mitten auf die kämpfenden Völker zu, und Kim zog ihr Schwert.

„Wir schaffen das", hörte sie Schneefeuers Gedanken.

„Ja, das werden wir", murmelte sie sich selbst zu, und die Stute warf einen überraschten Blick nach hinten.

Kim lächelte. „Los jetzt!“ Damit grub sie ihre Fersen in die Flanken des Tieres, und es stürzte nach vorn. Der Wind umschmeichelte das Gesicht des Mädchens, ihre Haare flogen im Wind. Was für ein Gefühl!

Kurz schloss sie die Augen.

„Wir wurden erwählt. Du bist die Zukunft der Weltenreiter, Kim.“ Das hatte Schneefeuer gesagt. Sie waren erwählt worden, das Volk zu retten. Dann musste die Göttin Zuhra jetzt gerade bei ihnen sein. Genau in diesem Moment.

„Wir schaffen das“, flüsterte Kim kurz und streichelte den Hals ihres Reittiers. „Wir zusammen.“

Und es schien, als würde sie eine Antwort bekommen, Schneefeuer flog direkt auf die kämpfende Menge zu und schnaubte.

Kaeli fiel und fiel.

Die unendliche Schwärze zog sie ins Nichts, und sie zappelte hilflos umher, während sie von einem riesigen Sog tiefer gezerrt wurde.

Sie verlor ihren Medizinbeutel, und als sie nach ihm greifen wollte, tauchte Muran plötzlich neben ihr auf. Er schien ebenso zu stürzen wie sie, und er schnappte sich den Beutel im Sturzflug. Dabei grinste er sie schelmisch an.

Da bemerkte Kaeli, dass sich seine Gesichtszüge fortwährend veränderten. Er wurde immer jünger, immer kleiner und zierlicher. Schon bald waren die kräftigen, bemuskelten Glieder verschwunden und ein kleiner Säugling, gewickelt in Tücher, verschwand mit dem Beutel in der Tiefe. Sie wollte nach ihm schreien, doch er war verschluckt worden ... im Nichts. Als wäre er nie geboren worden.

Dann spürte sie einen leisen Druck an ihrem Arm. Kaeli wandte sich zur Seite und sah tief in die blauen Augen von Kim, deren blonde Locken wie wild um ihr Gesicht schlugen. Sie sah die Angst in ihren Augen, während sie immer tiefer in das Jenseits gezogen wurde.

Sie schrie etwas Unverständliches, und ihre Finger glitten von der faltigen Haut der Schamanin. Auch das Mädchen entwickelte sich zurück, und die riesigen blauen Augen starrten Kaeli noch lange an, während das Baby in die Tiefe stürzte.

Als sie wieder aufsah, wurde sie von Valirius angelächelt. Er winkte ihr kurz zu, und noch während er ins Dunkel sprang, entwickelte er sich zurück.

Kaeli zitterte am ganzen Leib. Sie waren alle weg. Muran. Kim. Valirius. Was war das für ein Traum?

Plötzlich spürte sie ihn. Den gewohnten Druck auf ihrer Schulter. Und tatsächlich, als sie nachsah, saß Honukk friedlich auf ihrer Rechten.

Sie strich über sein seidiges Fell, und er wandte sich ihr zu. Doch es war nicht der gewohnte, klare Blick, den er ihr schenkte. Seine kleinen, mandelförmigen Augen funkelten glutrot, und seine Ohren waren dicht an den Kopf gelegt. Dann fauchte er, sprang sie an.

Der Wind um ihre Ohren wurde lauter, schrie, während ihr von ihrem eigenen Geisterhund das Gesicht zerkratzt wurde.

Schließlich wachte sie auf.

# 6

Kaelis Lider flatterten.

Als sie wieder klar sehen konnte, erkannte sie das kalkweiße Gesicht vor sich. Die kurzen, schwarzen Haare und die Narbe an der Stirn hätte sie überall erkannt. Dazu die knochigen Gesichtszüge und die saphirblauen Augen mit einem heißkalten Hauch Blutrot.

Aslec.

Sie richtete sich auf.

„Wie sehr du deinem Sohn ähnelst“, gab sie zu, während sie sich erschöpft an die eiskalte Wand lehnte.

„Danke“, sagte er höhnisch, versuchte zu lachen und verschluckte sich.

Während er hustete, nahm Kaeli den bronzenen Krug entgegen, der ihr von einer Sklavin gereicht wurde. Das Mädchen war wunderschön, hatte kalkweiße Haut und glattes, rabenschwarzes Haar, das ihr bis zu den Ellenbogen reichte. Die Augen, die sie hilflos und zugleich vertrauensvoll anstarrten, waren so grün wie das Moos, das im Wald wuchs. Die alte Dame trank einige Schlucke von dem Tee und reichte den Krug dankend zurück. Die Sklavin lächelte kurz und verbeugte sich, ehe sie sich zur Tür wandte.

„Wie heißt sie?“, wollte die Schamanin schließlich wissen.

Aslec sah sie verwundert an. „Was interessiert dich

das? Noleen, glaube ich. Aber ich nenne sie nie beim Namen, sie sind doch alle gleich, meine Sklavinnen."

„Noleen", flüsterte die Alte. „Schöner Name."

„Rate mal, wo wir hier sind", wurde sie von dem Schattenkönig unterbrochen.

Kaeli sah sich um, überrascht über seine Worte. Dann traf es sie wie tausend Messerstiche. Die Wände des Raumes, in dem sie sich befanden, besaß ockergelbe Kacheln, auf die Muster gezeichnet waren. Kronen. Lauter kleine, hellgelbe Kronen.

Er war beinahe leer. Der Schrank in der rechten Ecke war tiefbraun, fast schwarz, und so verstaubt, dass es schien, er hätte einen Mantel übergezogen. Doch ihr Blick blieb an dem Webstuhl hängen.

Der Webstuhl.

Daneben eine kleine, hübsche Wiege, worin man noch die weiche Daunendecke ausmachen konnte.

Sofort schoss ihr eine Szene in den Kopf.

*Die junge Frau saß an ihrem Webstuhl und sang. Es war ein wundervolles Lied, hell und klar. So schön, dass es schien, als würde die Welt den Atem anhalten, um nichts zu verpassen. Ihr tiefschwarzes Haar fiel ihr wellig um die Schultern, glänzte im Licht des Kronleuchters.*

*Ihr Sohn lag neben ihr in einer Wiege, er lauschte ihrem Gesang. Die Decke, die sie über seinen winzigen Körper gelegt hatte, war aus echten Daunen. Nur für ihn, den kleinen Prinzen.*

*Kaeli Neai hatte die Stimme schon von Weitem gehört, die Melodie schallte durch die Korridore. Die Schamanin hatte nichts als einen Dolch und die Kleider, die ihren Körper bedeckten.*

*Anfangs kauerte sie sich in eine Nische, überlegte, was sie tun würde. Aslec hatte fast all ihre Heere besiegt, der*

*Kampf war so ungleich. Er hatte all ihre Schwächen ausgenutzt, und dem Volk der Jumias stand der Untergang bevor.*

*Auf einmal zuckte etwas durch ihre Gedanken.*

*Der Gesang. Das war der Gesang von Oranua. Die Schönheit der Königin von Aslec war im ganzen Land bekannt.*

*Ihre Hand zuckte zum Dolch. Sollte sie es wagen? Oranuas Tod könnte Aslec so verstören, dass er sich zurückzog.*

*Langsam richtete sie sich auf, sah sich um. Nirgends waren Wachen zu sehen, und so konnte sie der Stimme unbemerkt folgen, bis sie schließlich vor einer reichlich verzierten Tür stand, hinter der dieser wunderbare Gesang erklang. Es dauerte einige Momente, bis sich die Schamanin wieder auf etwas anderes besinnen konnte, so sehr nahm sie die Stimme von Oranua ein. Sie musste ihr Vorhaben in die Tat umsetzen ... für ihr Volk. Oranua war nicht mehr wert als jeder andere Krieger, der unter Aslecs Kämpfern den Tod fand.*

*Langsam drückte sie die Klinke herunter, ohne, dass die junge Königin etwas bemerkte. Kaeli betrachtete Oranua mit gemischten Gefühlen. Sie hatte nie etwas Böses von der jungen Frau gehört, und was würde erst aus dem Kind werden? Aber sie tat es dennoch. Stieß die Tür auf und hielt dem Blick von Oranua stand. Sie stürzte auf das Mädchen zu, mit erhobener Waffe, und die Königin begann zu schreien. Schrill und laut. Schon bald waren die Schritte von Wachen im Gang zu hören. Auch der kleine Prinz begann zu weinen. Jetzt musste sie schnell handeln.*

*Oranua holte ihr Kind aus der Wiege, drängte sich in eine Ecke, immer tiefer hinein, bis es keinen Ausweg mehr für sie gab.*

*„Warum tut ihr das?“, weinte sie. „Warum?“*

*Kaeli hatte Tränen in den Augen, als sie zustach. „Ich tue es für mein Volk“, flüsterte sie.*

*Oranuas Augen weiteten sich. „Das ... das Kind", brachte sie hervor, während sie langsam in die Knie ging, ihren kleinen Sohn noch immer in den Armen.*

*Das Kind.*

*Kaeli schluckte laut, ließ den Dolch fallen und nahm ihr das Kind aus dem Schoß. Als Oranua aufsah, bemerkte die Schamanin all die Tränen, die ihre Wangen fluteten. Die wunderschöne Königin wimmerte ein letztes Mal, ehe sie zu Boden sank. Das weiße Kleid aus Samt wurde mit roten Flecken gesäumt.*

*Die Schamanin hatte keine Zeit mehr, sich um den Jungen zu kümmern, sie stürzte zur Wiege, legte ihn hinein und verschwand aus der Tür, ihr liefen die Tränen über das Gesicht.*

*Sie musste hier weg.*

*Immer weiter fort.*

„Weißt du es noch?", fragte Aslec mit kalter Stimme. „Du hast mir den einzigen Menschen genommen, den ich je liebte."

Kaeli schluckte laut.

„Dafür wirst du büßen, glaub mir", fügte er hinzu.

„Wir sind also in der Ruine", stellte die alte Dame fest. „Ich hätte es wissen müssen. Hier ist es viel günstiger für dich, dich zu verstecken, nicht wahr? Wie viel Zeit hast du gebraucht, um dich in unserem Land einzunisten?"

„Nicht lange. So gut, wie sich dein Volk versteckt, so schlecht entdeckt es uns."

Die ehemalige Deersfa hatte früher als Wohnsitz für den Schattenkönig fungiert. Gleichzeitig war das große Gebäude für seine alte Folter- und Hinrichtungsstätte berühmt. Es war das erste und letzte Gebäude, das die Tauruiten in dem Land der Jumias errichtet hatten, damals im letzten, dreijährigen Krieg.

Nach dem Kampf hatten die Jumias einen Teil der ehemaligen Burg zerstört, doch dieser letzte eine Teil war übrig geblieben. Kaeli musterte die Wände und eine unheilvolle Gewissheit nahm von ihr Besitz:

Hier würde sie nie wieder herauskommen.

Nie wieder.

Muran war stark. Sein Bein machte ihm kaum Schwierigkeiten, er drückte es sanft an Wolfskopfs Flanke. Zum Glück schmerzte es kaum, da er es im Flug nicht bewegen musste.

Das war seine Chance. Die Chance, das zu zeigen, was er in all den Jahren gelernt hatte. Kaeli hatte ihn gut gelehrt, sie wusste mehr als das gesamte Heer, mehr als jeder Führer an der Front. Er konnte sich nur zu gut an den Moment erinnern, als er das erste Mal ein Schwert in der Hand gehalten hatte. Der Griff war aus Holz gewesen, er hatte sich ganz anders angefühlt als das Silber, das jetzt zwischen seinen Fingern lag. Wie Samt schmiegte sich der Knauf an seine Hand. Das Schwert schien zu ihm zu gehören, leicht wie eine Feder ließ es sich wenden und kontern. Jeder seiner Hiebe saß, jede seiner Bewegungen war im Fluss des Geschehens. Er musste nicht mehr darüber nachdenken, sein Körper schien es von selbst zu tun.

Die Atmosphäre um ihn herum bebte, Schweiß, Blut und Eisen vermischten sich. Von allen Seiten flogen die Krieger auf ihren edlen Tieren auf ihn zu. Immer wieder rasten Feuerbälle durch die Luft, setzten Tauruiten und Zuhure in Brand. Das Feuer der Dämonen leuchtete zwischen den kämpfenden Leibern auf wie Sternregen, ehe es sein Ziel traf. Schreiend unter den Qualen machten die Reittiere der Gegner kehrt, schlugen hilflos mit den Flügeln, während sich die Flammen über ihre Körper fraßen. Die Reiter selbst brüllten um Hilfe und versuchten, ihre Tiere zum

Wasserfall zu lenken. Doch spätestens dort war die Flughaut der Zuhurflügel so versengt, dass sich die göttlichen Tiere nicht mehr in der Luft halten konnten.

Sie stürzten ab. Murans Herz zog sich immer wieder zusammen, wenn er die Tiere leiden sah. Sie litten unter der Schuld ihrer Reiter.

Wolfskopf unter ihm folgte jeder seiner Hilfen. Einige Augenblicke lang erschien Muran der Kampf zu einfach. Dieser mühelose Kampf war zu schön, um wahr zu sein. In diesem Moment hörte er die erschrockenen Rufe.

Drachen.

Ihre Körper waren geschmeidig und schlank, die Hälse, auf denen die wunderschönen Köpfe saßen, lang und wendig. Vom Hinterkopf, auf dem je zwei Meter lange Hörner saßen, zog sich eine Reihe weißer Zacken bis zur Schwanzspitze. Die Köpfe hatten eine geschwungene Form, das Maul war spitz. Die kleinen Augen strahlten feuerrot.

Der Größte von allen schwebte voran. Er hatte die Pranken eng an den Körper gelegt, seine schneeweißen Schuppen glänzten im Sonnenlicht. Seine Größe glich der eines Giganten, seine gigantische Spannweite war schwer zu schätzen.

Der Drache, der direkt hinter ihm flog, war pechschwarz. Er war etwas kleiner und feingliedriger gebaut, genau wie der letzte, rote Drache. Ihre Reiter schlugen mit gewaltigen Peitschen auf sie ein, jagten sie direkt auf die Menge zu.

Der weiße Drache stieß eine Rauchwolke aus und brüllte laut. Das Halfter aus Eisenketten, das man ihm über den Kopf gezogen hatte, schnitt ihm in die Schuppen, Blut rann über seine Nüstern. Der Tauruit auf seinem Rücken ließ einen Schlag auf ihn niederbrausen und er beschleunigte, toll vor Schmerz.

Kim sah sie schon von Weitem und hielt inne. Kurz glaubte sie, die Waffen verklingen zu hören. Alle wandten ihre Blicke den Drachen zu.

Die Diantaron scheuten, die Zuhure wichen den Tieren aus. Die Krieger hatten alle Mühe, ihre Reittiere zu beruhigen, während die Gebirgsdrachen begannen, die Heere zu umzingeln.

„Ganz ruhig", versuchte Kim, Schneefeuer stillzuhalten, doch auch sie selbst war verzweifelt. Einem Kampf mit diesen Tieren war niemand unter ihnen gewachsen.

„Kim!", rief in diesem Moment eine vertraute Stimme.

„Valirius?" Ihr Schrei gellte über die Köpfe der anderen Kämpfer hinweg.

„Hau ab! SCHNELL!", kam die Antwort, und sie wusste nicht, wie sie reagieren sollte. Langsam begannen die Tauruiten wieder zu kämpfen. „Ich sagte SCHNELL!", wiederholte der Krieger, und sie sah sich um. Wo war er?

Leider blieb ihr keine Zeit mehr, um ihn zu suchen. Beinahe gleichzeitig schickten die drei Drachen eine Feuerfontäne auf die Heere zu.

Schreie.

Stille.

Kaeli saß vor dem Spiegel, der an der gekachelten Wand hing. An den Ecken hatte er einige Sprünge, doch in der Mitte erkannte sie ihr kalkweißes Selbst. Ihre Haare waren noch mausgrauer, als sie erwartet hatte. Die faltige Haut, die sich über ihre Wangenknochen zog, war trocken und kalt. Ihre Augen lagen tief in den Höhlen. Farblos sahen sie aus. Farblos und glasig, und so leblos, als sei sie bereits tot. Die dunklen Ränder unter ihren Augen wirkten wie mit Tusche gezeichnet.

Die Ketten, die um ihren Hals hingen, die Talismane, Heilsteine und Drachenkrallen erschienen ihr in diesem

Moment lächerlich. Für was sollten sie ihr nun von Nutzen sein? Sollte sie doch hier verenden. Was hat man als alte Frau schon zu verlieren? Sollte sie doch hier verenden. Sie selbst hatte nichts zu verlieren, sie war alt. Aber mit ihr würde all das überlieferte Wissen ihres Volkes verloren gehen. Wissen, dass die vielen Generationen der Schamanen gesammelt und weitergegeben hatten. Noch hatte sie es nicht mit vielen Jumias geteilt. Und was wurde aus dem Wesen, das mit ihrer Seele verschmolzen war?

Honukk.

Auch wenn es nur ein Geisterhund war, er hatte es nicht verdient zu sterben. Ureh wäre wieder ein freies Tier.

Hoffnungslos vergrub sie ihr Gesicht in den Händen und weinte.

In dem Moment, als die Feuerwolken auf die Heere zurollten, erkannte Kim den Drachen von Valirius. Umzingelt von den heißen Flammen erhob er sich in die Luft.

„Los! Folgt mir!“, hörte Kim ihn rufen, seine Stimme ging beinahe in dem Geräusch der herannahenden Flammen unter.

Sofort lösten sich Jumias aus dem Getümmel und flogen zu ihm auf, inmitten des Feuerrings, der die Krieger in Höchstgeschwindigkeit weiter zusammendrängte. Auch die Tauruiten, die begriffen, dass sie in Gefahr schwebten, folgten ihnen. Wie ein großer Vogelschwarm ergriffen die berittenen Krieger die Flucht. Die brennende Gefahr kam immer näher.

Schneefeuer wartete nicht auf Kims Anweisung. Sie machte einen Satz in die Luft und folgte Wolfskopf, der sich wenige Meter vor ihnen erhoben hatte. Wind und Hitze schlugen in das Gesicht ihrer Reiterin, Rauch kratzte in ihrer Kehle.

Kim war so perplex, dass sie ihren Freund, der auf dem

schwarzen Zuhur flog, gar nicht bemerkte. Sie krallte sich in Schneefeuers Mähne fest, grub ihre Fersen in ihre Flanken und brüllte mit ihren Gedanken. Es wurde immer heißer in dem Raum, der in dem Ring aus Flammen blieb. Der dichte Rauch benebelte Kims Gedanken, sie atmete kurz, schnappte nach Luft.

Die vielen Flügelschläge ließen die Atmosphäre erbeben, die Flammen grollten laut. Einen Moment lang glaubte Kim, dass sich das Feuer in den Drachen verkörperte.

In diesem Augenblick erreichte die Feuerwand die außen fliegenden Reiter und Tiere. Schmerzensschreie ertönten, gleich lag der Geruch von versengtem Fleisch in der Luft. Spätestens jetzt strebten alle Reiter dem Loch im Himmel entgegen, jeder versuchte voller Panik, sein Tier so schnell anzutreiben, wie er konnte. Für jeden Krieger, egal ob Tauruit oder Jumias, galt es nun, zu überleben.

Kim wurde von anderen Kriegern überholt. Sie presste die Lippen aufeinander, um der Hitze standzuhalten, Tränen rannen über ihr Gesicht. Ihr Lebenswille schrie, mit ihrem Körper drückte sich Kim eng an ihren Zuhur, der fast senkrecht nach oben strebte.

Schneefeuers Schweif fing Feuer, und auch ihre Flügel wurden von den Flammen berührt. Das Mädchen spürte, wie die Stute gegen den Schmerz ankämpfte, sah, wie sie die Ohren anlegte.

Kurz glaubte sie, den Schmerzensschrei ihres Zuhurs zu hören. Doch sie war sich nicht sicher, ob er von ihrem Tier kam, denn unter ihr flogen andere Kämpfer, getrieben von der Angst.

Jetzt hörte sie, wie die ersten Fontänen aufeinandertrafen. Ein großer Knall ertönte, gefolgt von einer Explosion. Als sie sich umblickte, wurden die Krieger hinter ihr von den Flammen verschlungen. Ein Kreischen war das Letzte, das sie von ihnen hörte.

SCHNELLER! WEITER!

Das durfte nicht das Ende sein. Nicht hier, nicht jetzt. Sie mussten es schaffen.

Das kleine Loch, das in die Sicherheit führte, kam näher. Sie streckte die rechte Hand aus, schloss die Augen.

Kim spürte einen beißenden Schmerz an der Wade, merkte, wie die Flammen Besitz von Schneefeuers Kruppe nahmen.

Feuer, Tränen.

Ein letztes Mal schlug Schneefeuer mit den Flügeln, ein Ruck ging durch den mächtigen Körper. Dann, beinahe zu sanft, strich ein Windhauch über ihre Glieder. Es war ein wunderbares Gefühl, sie konnte atmen. Tief einatmen, ohne den Rauch zu spüren, der sie in den Wahnsinn trieb.

Vorsichtig öffnete sie die Augen, und sie sah den blauen Himmel vor sich. Die Wolken, die an ihr vorüberschwebten, schienen ihr beinahe unglaubwürdig, und das Rauschen des Wasserfalls betörte ihre Ohren.

Gerade, als sie nach unten sah, fassten die Flammen der Feuerwände ineinander und vollendeten den großen Feuerball. Die Drachen, die das Feuer losgeschickt hatten, öffneten ihr Maul, und wie in einem Sog flossen die Flammen zurück dorthin, wo sie vor wenigen Augenblicken herausgekommen waren. Es blieb nichts übrig, nicht einmal ein Anzeichen von den Menschen, die in den Flammen untergegangen waren.

Das war Drachenfeuer. Unzähmbar und magisch zugleich.

Aber sie ... sie hatten es geschafft! Kim fiel ihrer Stute um den Hals, Freudentränen rannen über ihre Wangen. „Danke, Schneefeuer“, hauchte sie.

*Nichts zu danken, Weltenreiterin.* Schneefeuers Kruppe hob und senkte sich schnell, erschöpft prustete sie durch ihre Nüstern.

Das Feuer, das an dem Tier gezehrt hatte, schien wie vom Winde verweht. Nur der brennende Schmerz an Kims Wade war nicht zurückgegangen, er wütete noch immer. Nur kurz hatte sie ihn vergessen, überwältigt von ihrer Rettung. Kim riskierte einen Blick auf ihre Verwundung. Das Brandloch in ihrer Hose brachte die Realität sofort zurück. Darunter lag ihre hochrote Haut, bezeugte das Inferno, dem sie entkommen war.

Kim konnte nicht anders, sie brach in Tränen aus. Die Bilder der letzten Momente wichen nicht aus ihren Gedanken. Der Ausdruck auf den Gesichtern derer, die unter ihr verschlungen worden waren, ließ sie nicht los. Doch sie hatte es geschafft. Vielleicht hatte Schneefeuer recht. Vielleicht war es ein Geschenk der Göttin, überlebt zu haben. Sie schluchzte, wischte ihre Tränen weg. Jetzt war nicht der Zeitpunkt, um zu weinen. Sie sollte sich freuen, es geschafft zu haben. Auch die anderen Krieger, die in ihrer Nähe flogen und sich selbst beruhigten, waren außer Atem.

Kim hörte Flügelschläge. Als sie aufsah, bemerkte sie, dass die Tauruiten davonflogen. Die Krieger folgten den Drachen in Richtung Süden, das Sonnenlicht tauchte sie in ein helles Strahlen.

Aber weshalb flogen sie nach Süden? Das Mädchen sah sich um. Bemerkte es denn niemand außer ihr selbst?

„Kim?“ Das war Valirius’ Stimme. Er flog jetzt neben ihr, und sie konnte sein Gesicht sehen. Es war vom Feuer gezeichnet, verbrannte Haut zog sich über seine Wange, Asche lag wie feiner Puder über seinen Zügen.

„Valirius!“, rief sie glücklich, wäre ihm am liebsten um den Hals gefallen.

Er kräuselte die Lippen zu einem Lächeln und der Wind fuhr sachte durch seine schwarzen Haare. „Geht es dir gut?“, fragte er sanft.

Kim schluckte, dann nickte sie. „Ich glaube schon“,

antwortete sie mit zitternder Stimme. Als sie in seine Augen sah, bemerkte sie den verwunderten Blick, den er ihr schenkte. „Doch wirklich, mir geht es gut!“, bekräftigte sie ihre Worte. Und es stimmte ja auch beinahe. Bis auf die Wunde am Bein war sie glimpflich davon gekommen.

Valirius musterte sie immer noch mit einem ungläubigen Blick. „Das ist es nicht“, sagte er leise und flog ein Stück näher zu ihr hinüber. Er deutete auf ihre Stirn. „Du hast ein Mal“, flüsterte er dann beinahe tonlos.

„Ein Mal? Was meinst du damit?“, fragte Kim ungläubig.

„Ich weiß nicht. Es ist wunderschön“, flüsterte er. „Wir müssen Kaeli suchen. Sie weiß bestimmt, was das ist.“

Kim nickte zustimmend, während sie die Menge mit ihrem Blick durchkämmte.

Sie hatte ein Mal.

Was sollte das bedeuten? Etwa so etwas, was Schneefeuer auf der Stirn hatte?

Valirius stieg kurz ein wenig in die Luft auf und setze sich an die Spitze der Krieger. Dann wendete er und rief den Jumias zu: „Fliegt zurück zur Grotte und gebt den Frauen Auskunft. Sie werden schon auf uns warten.“

„Valirius?“, hörte Kim plötzlich jemanden rufen. Sie blickte nach rechts und sah Muran, der sich aus einer Kriegertraube löste.

„Muran“, rief sie erfreut auf, und erst jetzt entdeckte der junge Krieger auch seine Gefährtin.

„Ich habe euch die ganze Zeit gesucht!“, rief er ihnen zu, und sie und Valirius flogen zu ihm hinüber. „Wow, Kim, was hast du da auf deiner Stirn?“, platzte es aus dem Rotschopf heraus, und sie sah hilflos zu Valirius hinüber.

„Ich weiß nicht einmal, wovon ihr redet. Aber Valirius meint, Kaeli müsste es wissen. Hast du sie gesehen?“, fragte sie dann.

Valirius nickte. „Hast du Kaeli gesehen?“

„Ich habe die Schamanin nicht kämpfen sehen, nein", stellte Muran fest.

„Oh Gott! Was ist, wenn sie tot ist?", befürchtete Kim voller Sorge, und die Krieger sahen einen Moment lang bedrückt in die Tiefe.

Valirius blickte als Erster wieder auf. „Nein. Das kann ich mir nicht vorstellen."

*Kim*, rief Schneefeuer in diesem Moment. *Dort, am Wasserfall.*

Sofort schnellte der Blick des Mädchens in die vorgegebene Richtung. Die beiden Jungen schienen die Stimme der Stute nicht zu hören, was ein weiterer Beweis dafür war, dass Schneefeuers Worte in ihrem Kopf widerhallten. „Ureh", stieß sie überrascht aus. Die weiße Stute schwebte mit wallender Mähne auf sie zu, doch sie trug keine Reiterin auf dem Rücken.

„Seht!", rief sie Muran und Valirius zu und zeigte zu der Stute der Schamanin. Die Blicke der Jungen folgten ihrem Finger und blieben an dem Zuhur hängen, der sich schnell näherte. Das schöne Tier flog an ihnen vorbei in Richtung Süden. Die Sonne blendete, und Kim musste ihre Augen mit der rechten Hand abschirmen, um klar sehen zu können. „Wieso fliegt sie nach Süden?", fragte Muran schließlich verwirrt.

In Kims Kopf erschien ein Bild. „Die Tauruiten! Sie folgt den Tauruiten!", verkündete sie aufgeregt. „Ich habe die Krieger gesehen, sie sind den Drachen nach Süden gefolgt. Bestimmt möchte Ureh uns zu Kaeli führen!"

In Valirius' Gesicht machte sich Erkenntnis breit. Er wusste genau, welchen Weg sein Volk einschlug, und jetzt hatte er einen Verdacht, wo sich die alte Dame befinden konnte. „Muran, flieg du zurück in die Grotte und versuche, die Jumias vorzubereiten. Sag ihnen, der finale Kampf dieses Krieges naht", erklärte er hastig, bereit, seinen Drachen sofort losfliegen zu lassen. „Ich und Kim fliegen der Stute nach. Wenn uns etwas passieren sollte, werde ich Whisper schicken. Er wird dich finden, und sobald du ihn kommen siehst, rücke mit den stärksten Kriegern zur Deersfa Ruine aus. Dort werden wir in der Haupthalle auf dich warten." Damit jagte er den Faläon los, direkt dem Zuhur hinterher.

Kim warf Muran einen dankbaren Blick zu, ehe sie sich eilig von ihm verabschiedete. Der junge Mann machte ein verwirrtes Gesicht, doch Kim wusste, dass er auf Valirius' Worte hören würde.

Die letzten Sonnenstrahlen des Tages strichen sanft über Wälder und Wiesen, brachten die Wellen des Flusses zum Schimmern. Vögel flogen auf, als sie dicht über dem Wald in Richtung Deersfa Ruine glitten. Kims Herz pochte laut, ihre Gedanken standen Kopf. Was hatte Valirius vor? Und, was hatte die Deersfa Ruine damit zu tun?

„Das ist der Anfang", rief Valirius ihr plötzlich zu. „Der Anfang vom Ende."

Die Deersfa Ruine lag still auf dem Hügel, auf dem sie vor Jahrhunderten erbaut worden war. Ihre Mauern waren alt und efeubewachsen, von den Wasserspeiern, die an den Wänden hingen, waren nur noch wenige erhalten. Das große Haupttor lag Richtung Norden, zur Ehre des Gebirgsgottes Tenn. Das Portal war mit kunstvollen Figuren geschmückt und lag oberhalb einiger gewaltiger Stufen. Der Stein war trotz seines hohen Alters noch glatt und weiß wie Schnee. Von außen wirkte es ein wenig wie ein überdachtes Amphitheater, wenngleich die mysteriöse Stille nicht so recht zu dem Vergleich passte.

Vor dem Portal standen vier große Krieger Wache, auf jeder Seite des Tores zwei Mann. Sie waren in Begleitung von zwei Shoutees, den zweiköpfigen Kampfhunden der Tauruiten. Jeder der Hunde war so groß wie ein Kalb, wenn nicht sogar größer, und ihre Zähne hatten die Länge eines Zeigefingers. Alle Tiere waren schwarz oder braun, standen auf langen Beinen und besaßen eine lange Rute, die unaufhaltsam hin und her schlug.

Kim und Valirius waren auf einer Lichtung nahe der Ruine zu Boden gegangen, um zu Fuß weiterzugehen. Ureh war aus ihrem Blickfeld verschwunden. Jetzt saßen sie im Schutz der Bäume am Fuße des Hügels und überlegten, wie es weitergehen sollte.

„Hast du deinen Bogen?“, flüsterte Valirius und sah zu ihr hinüber.

„Ja. Schwert, Bogen, Pfeile und Dolche. Alles da“, stellte sie fest. „Und du?“

„Ich habe auch alles“, antwortete er, während er sich wieder dem Hügel zuwandte.

„Darf ich fragen, was wir hier überhaupt machen?“, fragte sie schließlich.

Er schaute sie an. Atmete tief durch. „Die Tauruiten haben sich hier niedergelassen. Sie haben Kaeli als Gefangene, und wir werden sie da rausholen“, erklärte der junge Mann entschlossen.

„Dann werden wir Muran rufen und diesen Krieg ein für alle Mal beenden“, fügte Kim noch hinzu. „Ich glaube, ich habe deinen Plan verstanden.“

Ein Lächeln huschte über seine Lippen, ehe er sein Schwert zog.

„Warte“, hielt sie ihn zurück, und sah ihm tief in die Augen. „Was ist wenn ... wenn einer von uns getötet wird?“

Er sah in den Himmel und schien nach einer Antwort zu suchen, dann wandte er ihr sein Gesicht wieder zu. Kim versank in seinen blauen Augen, in seinem sanften Blick.

„Dann soll es wohl so sein“, lächelte Valirius schließlich angestrengt.

„Ich will dich aber nicht verlieren“, hauchte sie leise.

Er sah ihr tief in die Augen. Dann strich er ihr einmal zärtlich über die Wange, wickelte vorsichtig eine ihrer Strähnen um seinen Finger. „Ich dich doch auch nicht", sagte er dann.

Ihre großen Augen sahen ihn forschend an, suchten nach dem Valirius, der nicht nur ein großer Krieger war. Nach dem, den sie … liebte.

Er beugte sich zu ihr vor, sein Gesicht kam immer näher. Als seine Lippen Kims Mund berührten, musste sie die Augen schließen. Sie dachte nichts mehr. Ihr Kopf war leer. Sie wollte nur noch hierbleiben, hier mit Valirius. Mit ihm allein. Das Gefühl in ihrer Magengegend, dieses Kribbeln, war Zeuge davon, dass es wirklich geschah, so unglaublich es ihr auch vorkam.

„Ich liebe dich", dachte sie und wusste, dass Valirius genau in diesem Moment denselben Gedanken hatte.

Kim wünschte, er würde sie nie wieder loslassen, doch das war unmöglich.

Sanft löste er sich von ihr, und Kim schlug widerwillig die Augen auf. Beinahe hätte sie die Kämpfe, Tydia, ihr Zuhause, die Tauruiten und alles, alles um sich herum vergessen. Am liebsten wäre sie mit Valirius für immer hier am Rande des Hügels geblieben, fern ab von der Gefahr, fern von dem Tod, der hinter jeder Ecke und in jeder Klinge lauern konnte.

„Wir müssen los", stellte Valirius schließlich fest. Dann lächelte er.

„Gut."

Langsam standen sie auf, brachten ihre Waffen in die richtige Position.

„Hast du Angst?", fragte Valirius, als er sich ihr das letzte Mal zuwandte.

„Nein", flüsterte sie. „Nicht, wenn du bei mir bist."

Einen Moment lang standen sie schweigend nebeneinander, dann ging ein Ruck durch den Körper des Kriegers und er rannte los.

Kim folgte ihm und hatte dabei nur noch einen einzigen Gedanken: „Der Anfang vom Ende. Lasst ihn beginnen."

Die Stille vor dem Portal wurde nur von dem Hecheln der Shoutees unterbrochen. Unbeweglich standen die Krieger davor und bewachten das Gemäuer.

Valirius und Kim lehnten hinter der Ecke zum Portal, bereit anzugreifen. Es war beinahe gespenstisch still, wenn Kim daran dachte, wie viele Krieger im Inneren dieses Gebäudes sein mussten. Auch die Wächter waren in eine solche Starre verfallen, dass keiner von ihnen auch nur ein Wort verlor.

Der Krieger drehte sich ein letztes Mal zu den Mädchen um und nickte ihr zu. Dann sprang er hinter der Ecke hervor.

Einen Augenblick lang konnte Kim die überraschen Gesichter der Tauruiten belächeln, dann lösten sich die Krieger aus ihrer Starre und ließen ihre Hunde los. Die Shoutees gingen sofort zum Angriff über, und so hatten die Tauruiten Zeit, sich bereit zu machen. Jedoch hatten sie nicht mit Kim gerechnet, die nun ebenfalls hinter der Ecke hervorschoss, den Pfeil bereits im Bogen und schussbereit.

Sie traf einen braunen Shoutee, der gerade kurz davor war, Valirius zu Fall zu bringen. Das Tier war sehr zäh, und der erste Pfeil machte ihm kaum Schwierigkeiten. Er jaulte kurz auf, riss sich mit dem linken Kopf die Waffe aus der Wunde, ließ von dem jungen Krieger ab und rannte auf sie zu. Schnell legte Kim den zweiten Pfeil an und zielte erneut auf den Hund, während sich ein schwarzes der Tiere näherte. Sie konnte den Pfeil gerade noch loslassen, ehe sie von dem Shoutee angefallen und zu Boden gedrückt wurde. Sie hörte den braunen Hund winseln und war sich sicher, ihn dieses Mal besser getroffen zu haben. Doch das Wesen, das sich über sie beugte, wartete nicht. Es schnappte mit offenem Maul nach ihr, und seine Krallen bohrten sich tief in ihr Hemd.

Mit der linken Hand hielt sie die beiden Köpfe auf Abstand, während sie mit der rechten versuchte, an ihren Dolch zu kommen. Zitternd umfasste sie den Griff und zog die gefährliche Waffe aus dem Schaft, als der rechte Kopf des Shoutees in ihren Unterarm schnappte.

Eine Schmerzwelle durchströmte ihren Arm, und sie sah, wie sich ihr Ärmel rot färbte. Die Zähne des Hundes waren tief in ihr Fleisch eingedrungen, und der Schmerz ließ ihren Arm nachgeben. Mit eisernem Willen biss sie sich auf die Lippe, um die Schmerzen zu unterdrücken, und grub voller Wut ihr Knie in die Magengrube des Tieres.

Der Hund wich kurz zurück, und in diesem Moment bekam Kim die Chance, den Dolch in seine Brust zu stoßen. Er knurrte laut, hatte aber keine Möglichkeit mehr, sich dem entgegenzusetzen. Der Shoutee sank auf sie nieder. Kim konnte ihn nur mit Mühe von ihrem Körper hieven, um aufzustehen.

Als sie wieder schwer atmend auf beiden Beinen stand, bemerkte die Kämpferin, dass ihr zweiter Pfeil tief in die Stirn des braunen Tieres eingedrungen war. Der Shoutee war einen grausamen Tod gestorben.

Von ihrem linken Arm tropfte Blut, und ihr Hemd war am Bauch vollkommen zerrissen. Doch sie hielt nicht inne, um sich die Verletzungen anzusehen. Kim zog ihr Langschwert und rannte auf die Tauruiten zu, die gegen Valirius kämpften. Gerade tauchte er unter einer Klinge hindurch, parierte einen weiteren Schlag und setzte den Hieb nach.

Die Weltenreiterin kam von der blinden Seite, sodass die Krieger sie nicht kommen hörten. Sie bemerkten ihre Anwesenheit erst, als sie das Schwert zwischen die Schulterblätter eines Kriegers bohrte. Es geschah beinahe lautlos. Wie ein Fisch durchs Wasser glitt die Klinge in den fremden Körper hinein, und als sie ihr Schwert wieder herauszog, begann der große Mann zu röcheln. Er ging langsam in die Knie und ließ sein eigenes Schwert fallen. Als er zu Boden sank, sahen die anderen auf.

Valirius nutzte die Gelegenheit, um einen anderen Mann zu überwältigen. Erst, als dieser bereits am Boden lag, zog er seine Waffe aus dem leblosen Körper. Die beiden übrigen Tauruiten kämpften verbissen, doch Kim und Valirius boten ihnen die Stirn.

Valirius wechselte mitten im Kampf das Schwert von einer Hand in die andere. Dann machte er einen Ausfallschritt mit Hieb nach vorn, wich nach rechts dem Konter seines Gegners aus und stieß sein Schwert in die Schulter des Kriegers. Brüllend vor Schmerz presste sich dieser jetzt die Hand auf die Wunde und gab dem Schattenprinzen die Möglichkeit, das Spiel zu beenden. Mit einem letzten Stoß versengte er die Klinge in der Brust des Tauruiten und nahm ihm das Leben.

Kim hielt den anderen Wächter in Atem. Sie kämpfte hart und verbissen, der Kampf erschien ihr wie ein einstudiertes Ballett. Parade, Ausfallschritt und Konter ... sie konnte es auswendig. Die Kraft des Tauruiten machte ihr am meisten zu schaffen: Wenn ihre Klingen aufeinandertrafen, drohte er, ihre Waffe zu zerbrechen.

Nach einiger Zeit wendete sie das Blatt mit einem überraschenden Schritt, den sie selbst erfahren hatte: Sie zog mit der linken, verletzten Hand den Dolch und warf ihn, während sie mit der rechten kämpfte. Die Waffe traf den Gegner unerwartet, und er ging sofort in die Knie. Der verzierte Griff ragte ihm aus dem Oberschenkel.

Kalt kam die Kriegerin näher und zog ihn heraus. Der Tauruit schrie auf und drückte mit seiner linken Hand auf die Wunde, um das Blut zu stoppen, das aus der Verletzung quoll.

„Los!", rief Valirius leise und öffnete das Haupttor. Es war so schwer, dass er es nur einen Spaltbreit aufziehen konnte. Seine Knöchel wurden sofort rot vor Anstrengung.

Wie eine Katze drückte Kim sich durch den Spalt, den er ihr geöffnet hatte. Als er ihr gefolgt war, fiel die Tür mit einem leisen Knall wieder ins Schloss und sie standen in einem langen Korridor.

Gut konnte man die Reste eines einst prächtigen Bauwerks erkennen. Noch immer bedeckten Perlmuttfliesen den Boden, die Wände waren hell gekachelt, in Rahmen gefasste Gemälde hingen an den Fassaden. Fackeln waren an den Wänden angebracht und erhellten den breiten Gang, in dem sie standen. Die kleinen Flammen warfen große, flimmernde Schatten an die Mauern, die über und über mit Dreck besprenkelt waren. Säulen säumten den Korridor wie Bäume eine Allee, viele von ihnen waren gebrochen. Kim kam sich verloren darin vor. Die Stille schien trügerisch, kein einziges Lebewesen ließ sich blicken.

„Das ist sie also, die Deersfa", stellte Kim fest.

„Ja. In voller Pracht. Besser erhalten, als ich sie in Erinnerung hatte", sagte Valirius im selben Ton. Auch er musterte den Gang, der vor ihnen lag.

„Kennst du dich hier aus?", wollte sie leise wissen und sah zu ihm hinüber. Sein Blick verriet trotz der Anspannung Neugier und eine beinahe verheißungsvolle Erwartung.

„Natürlich. Ich bin hier geboren worden, und auch nachdem meine Mutter getötet wurde, bin ich öfter hierhergekommen", erklärte er, während er langsam loslief.

Sie blieb neben ihm. Ihre Schritte hallten laut zwischen den Wänden umher. „Deine Mutter ist getötet worden?", fragte sie vorsichtig.

„Ja. Ich weiß nicht von wem. Das war damals im letzten

Krieg. Ich war noch ein Baby, aber ich meinte immer, mich daran erinnern zu können, dass sie gesungen hat, ehe sie starb“, erzählte er Kim.

„Meine Mutter ist auch gestorben. Sie starb an Krebs.“ Kim senkte den Blick. Es war schmerzhaft, daran zu denken.

„Was ist das, Krebs?“ Valirius sah sie fragend an.

„Eine schwere Krankheit“, sagte sie bemüht.

Er nahm ihre Hand. „Haben wir noch etwas gemeinsam.“

Schweigend liefen sie lange Zeit nebeneinander her. Dann, plötzlich, wie aus dem nichts, ertönten Schritte.

Valirius sah sich hastig um, dann drückte er sie in einen Spalt in der Wand. „Nicht bewegen!“, befahl er ihr nur, und sie nickte tonlos.

Die Wand an Kims Rücken war kalt, eiskalt.

Die Schritte wurden lauter, und dann konnte Valirius die Männer erkennen, die den Korridor entlangkamen. Es waren zwei alte Bekannte. Brutus und Leander waren Brüder. Brutus war der ältere, er war Meister der Schwertkunst und einst Valirius’ Lehrer. Leander war in Valirius’ Alter, die beiden hatten gemeinsam trainiert. Valirius versetzte es einen Stich ins Herz, wenn er daran dachte, dass sie sich jetzt als Feinde gegenüberstanden, nicht mehr als Freunde.

Als er erkannt wurde, beschleunigten sich die Schritte. Valirius’ Ausdruck wurde kalt, schien zu gefrieren. Er war bereit, sie zu töten, wenn es nötig war, um sich und Kim zu retten.

„Wen haben wir denn da?“, durchschnitt Leanders Stimme die Stille. „Ich glaub’s nicht!“

Der Schattenprinz hörte Brutus erschrocken nach Luft schnappen. Dabei legte er seine Finger schon um den Griff seines Schwertes, bereit zum Kampf.

„Valirius!“, rief Brutus laut, und Leander warf seinem früheren Kumpel einen vernichtenden Blick zu.

„Nicht so laut! “, feixte sein Bruder. „Wir sollten das erst einmal mit ihm persönlich klären, bevor wir ihm Aslec ausliefern.“

Jetzt waren sie ganz nah. Sehr nah. Valirius hatte Glück, dass sie das Mädchen noch nicht gesehen hatten.

„Wie lange ist es her?“, fragte Valirius’ ehemaliger Schwertkunstlehrer kühl.

„Nicht allzu lange, Brutus“, gab der Prinz zurück.

„Du kleiner Verräter! Wieso bist du hier?“, zischte Leander auf einmal.

Valirius zog sein Schwert mit einem metallenen Geräusch aus dem Schaft. „Werde bloß nicht unfreundlich, Leander“, grollte er zornig.

Jetzt zogen auch die beiden anderen ihre Waffen, und Leander biss sich auf die Unterlippe. „Ich wiederhole mich nur ungern. Was machst du hier?“

„Das geht dich gar nichts an“, fauchte Valirius.

Als die beiden Brüder einen Schritt auf ihn zumachten, stellte er sich schützend vor die Nische, in der sich Kim versteckte. Sie wagte kaum, zu atmen. Valirius Schatten fiel auf ihr Gesicht, sie passte gerade so zwischen die eiskalten, bröckelnden Wände.

„Was sollen wir mit ihm machen?“, wollte Brutus wissen und sah seinen Bruder fragend an. „Wir bringen ihn zu Aslec, der wird sich freuen“, bestimmte Leander, und die beiden lachten kurz. „Natürlich, nachdem wir ihn uns vorgeknöpft haben.“

„Vielleicht kassieren wir sogar eine Belohnung dafür.“

„Ihr bringt mich nirgends hin!“, knurrte Valirius. Seine Stimme schallte laut im Raum umher.

„Und ob wir das tun“, antwortete Brutus aalglatt, dann machte er einen Schritt auf Valirius zu. Unbewusst bewegte sich dieser zur Seite, und legte damit Kims Versteck frei. Sie schloss erschrocken die Augen.

„Wer ist das denn?“ Der große Mann packte sie am Armgelenk und zog sie aus dem Spalt. Dabei lächelte er gehässig.

„Lass sie los!“, rief Valirius wutentbrannt und wollte auf ihn losgehen. Doch ehe er sich versah, hielt ihm Leander von hinten das Schwert an die Kehle.

„So schnell kann's gehen“, flüsterte er ihm ins Ohr. „Ein unvorsichtiger Schritt und die Kehle ist durch.“ Dann trat er mit seinem Fuß gegen die Hand des Schattenprinzen, und voller Schmerz ließ der junge Krieger das Schwert fallen. Er war unbewaffnet.

Brutus hielt Kims verletzten Arm so fest, dass das Blut wieder floss. „Valirius, wo hast du die denn aufgegabelt?“, wollte er jetzt wissen.

„Er hat mich nicht aufgegabelt!“, fauchte Kim jetzt und trat ihm gegen das Schienbein.

Der Mann lachte kurz auf, dann nahm er sie in den Schwitzkasten. „Pass auf, wie du mit mir redest, kleine Dame! Wenn ich jetzt eine Armbewegung nach rechts machen würde, könnte ich dir das Genick brechen. Das willst du doch sicher nicht, oder?“

Die Farbe wich aus ihrem Gesicht, sie schnappte nach Luft. Er drückte ihr die Kehle zu, sie konnte kaum atmen. Brutus lachte laut auf.

„Du ... du Idiot! Lass sie los!“, brüllte Valirius jetzt, kämpfte mit sich selbst, um nicht die Beherrschung zu verlieren.

„Aha! Unser Valirius ist verliebt!“, trompetete Leander geringschätzig, und er und sein Bruder lachten laut auf.

Brutus nahm eines der Seile, die an seinem Gürtel befestigt waren, und fesselte sie an den Händen. Dann drehte er sie zu sich um.

„Hübsch ist sie ja“, stellte er fest, dann sah er wieder zu Valirius herüber. „Dein Vater wird sich freuen, von euch beiden zu hören. Dann weiß er, wie er dir wehtun kann, ohne dich zu verletzen.“

Valirius presste die Lippen aufeinander. „Du Schwein“, flüsterte er, worauf er von Leander einen Schlag auf den Hinterkopf bekam.

„Verlieren wir keine Zeit. Brutus, lass sie uns zu Aslec bringen“, beschloss Valirius' Peiniger und begann, auch den Schattenprinzen zu fesseln. Dabei nahm er kein einziges Mal die Klinge von dessen Hals.

Es dauerte eine Weile, doch dann wurden sie energisch vorwärts geschoben. Kim kämpfte mit ihren Schmerzen, das Blut rann ununterbrochen über ihren Unterarm, lief über die Fesseln und hinterließ eine Spur am Boden.

Am liebsten hätte sie geweint. Sich einfach fallen lassen.

Als sie vor der Haupthalle der Deersfa ankamen, stockte Kim der Atem. Es war das größte Tor, das sie je gesehen hatte. Steinerne Engel umschwebten den Spitzbogen, dessen höchste Stelle die Decke küsste. Auf dem Weg waren sie niemandem begegnet. Die Ruine schien wie ausgestorben.

Leander klopfte dreimal, und kurz, nachdem eine Glocke erklang, wurde ihnen die Tür geöffnet.

Kims Erwartungen von dem Raum waren weit untertrieben gewesen. Der Saal war sicher hundert Meter lang. Der Boden war mit glänzenden Perlmuttfliesen bedeckt, die noch viel erhaltener waren als die, die den Korridor bedeckten. Kerzenständer aus Gold standen in jeder Ecke, die bunten Flammen, die daraus hervorschnellten, warfen flimmernde Schatten an die reich verzierten Wände.

Das Atemberaubendste aber war die Kuppel, die das

Gemäuer zwanzig Meter über ihnen krönte. In sie waren Drachen, Diantaron und andere Wesen gemeißelt, die Kim nicht kannte. Sie bildeten einen großen Ring, der immer weiter nach oben führte. Ganz oben, an der höchsten Stelle, prangte eine goldene Platte. Auf ihr war ein großer, prächtiger Zuhur zu sehen, mit ausgebreiteten Flügeln und wehender Mähne. Auf seinem Rücken ein Mensch, der fast genauso aussah wie Aslec. Unterhalb standen vier prächtige Säulen, in die ebenfalls Muster und Körper eingemeißelt waren.

Von der Decke hing ein Kronleuchter ganz aus Glas, in der Mitte des Saales, direkt unter dem Leuchter, stand die Tafel. Mindestens fünfzig Stühle standen um den goldenen Tisch herum, ohne, dass ein einziger besetzt war.

Nur eine leise, besänftigende Flötenmelodie durchbrach die Stille, und Kim sah das Mädchen, das neben dem Thron stand und eine Flöte an die Lippen hielt.

Eine Reihe Sklavinnen, wunderschön bekleidet, standen an der linken Wand. Alle sahen fast identisch aus, waren je die Spiegelbilder ihrer Nachbarinnen. Gleiche Frisuren, gleiche Kleider, gleiches Make-up. Die Arme eng an den Körper gelegt. Ohne jegliche Bewegungen.

Sie wurde unsanft weitergezogen. Der Geruch von süßem Wein stieg ihr in die Nase, und sie hörte gerade noch die Flötenmelodie verklingen, als Aslec seiner Sklavin zuwinkte.

Seine Züge waren mächtig und stark, seine Augen schimmerten bedrohlich. Sein Thron war aus Marmor erbaut und mit Gold verziert. Ein langer Teppich führte über zwei Treppen zu seinem Sitz. Auf der unteren Treppe saßen zwei Shoutees mit goldenen Halsbändern.

Jetzt blieben die Brüder stehen. Sie sah, wie sich Brutus und Leander verbeugten, furchtbar tief, furchtbar ehrfürchtig. Sie wusste nicht, was sie davon halten sollte, oder was das für sie hieß. Eines war klar: Aslec war die gefürchtetste Person im ganzen Land. Aber sie wollte sich nicht unterwerfen. Sie wollte nach Hause. Und sie schwor sich, sie würde bekommen, was sie wollte, koste es, was es wolle.

„Herr, wir haben jemanden im Eingangsbereich gefunden", schallte die Stimme des großen Bruders durch den Raum. Dann traten die Geschwister zur Seite und gaben den Blick auf ihre Gefangenen frei.

Aslecs Blick verfinsterte sich, als er seinen Sohn erkannte. „Valirius, wie schön, dass du den Weg hierher gefunden hast", sagte er kalt. „Dir ist bestimmt klar, weshalb ich dich nicht mit offenen Armen begrüße. Ich bin nicht länger dein Vater, du Verräter."

Valirius verzog keine Miene. Es war ihm egal, was sein *Vater* von ihm hielt.

Jetzt wanderte der Blick des Schattenkönigs zu Kim hinüber, und er machte ein bestürztes Gesicht. „Man sagte mir, die Weltenreiterin sei tot", hauchte Aslec, während er aufstand.

Kim versuchte, seinem beinahe tötenden Blick standzuhalten. Die kaltblauen Augen starrten tief in sie hinein, wühlten in ihren Gedanken und versuchten, ihr jeglichen Mut zu nehmen. Doch sie sah nicht zu Boden. Nein. Sie richtete ihre Augen starr auf seine, versuchte, ihren Hass auszustrahlen, der sie völlig benebelte.

„Wie hast du es geschafft zu überleben, frage ich mich?", fragte er laut, seine tiefe Stimme hallte zwischen den Wänden umher, und mit einem Mal gingen alle Fackeln aus. Es schien wie ein leiser Wind, doch es genügte, um alle Flammen zu löschen. Nun brannte nur noch der Kronleuchter über ihren Häuptern und tauchte die Szene in ein milchiges Licht. „Einer meiner besten Krieger hat deinen Zuhur in der Luft erstochen, und mit eigenen Augen gesehen, wie du gestürzt bist."

Kim spürte die Blicke an sich haften. Sie war sich sicher, dass jeder, der sich gerade mit ihr in diesem Raum befand, die Augen auf sie gerichtet hatte. Sie würde sich nicht ergeben. Sie würde Aslec zeigen, dass sie mehr war als irgendeine Kriegerin. Zuhra hatte in ihr etwas ausgelöst. Eine unscheinbare Kraft, eine Gewissheit.

Kim war die Erwählte. Sie würde die Jumias retten.

Sie sah zu Valirius hinüber. Der Krieger presste die Lippen aufeinander, schnellte zu Leander herum, als dieser am Seil rüttelte.

„Sieh mich an!“, rief Aslec und schlug ihr mit der flachen Hand ins Gesicht, sodass sich ihre Züge anspannten, als sie sich zu ihm wandte. Die saphirblauen Augen starrten wie gebannt auf das, was schon die Krieger fasziniert hatte: das Mal.

Valirius musste schlucken und sich stark zusammenreißen, um seinen Vater nicht anzubrüllen. Er wollte sich freikämpfen, er wollte ihm das Schwert bis zum Heft in die Brust jagen. Aber was konnte er schon tun, so hilflos, wie er war?

Der Schattenkönig musterte das Mal. Er strich ihr grob die Strähnen aus der Stirn, um es ganz betrachten zu können, fuhr mit seinem rauen Zeigefinger über die Linien, die sich auf ihrer Stirn wanden. Kim bebte, als er es berührte. Sie zog den Kopf zurück.

„Fass mich nicht an“, zischte sie, worauf Brutus ihren Haarschopf nahm und sie zurückzog, damit sie den Kopf stillhalten musste. Sie biss die Zähne zusammen, sodass es knirschte.

„Was ist das, Weltenreiterin?“, fragte Aslec forschend, und einen Moment lang war es vollkommen still. „SPRICH!“ Der Schattenkönig legte seine große Hand um ihren Hals. „Sprich oder stirb“, knurrte er dann.

Kims Atem ging schnell, sie suchte lange nach den richtigen Worten. „Zuhra hat mich erwählt, Aslec. Ich bin die Erwählte, und du kannst nichts dagegen tun. Ihr Wille hat mich auserkoren, um dich und dein jämmerliches Volk zu stürzen. Wir werden dich töten. Dich und jeden einzelnen Krieger. Mann für Mann."

Die Stille, die sich ihren Worten anschloss, hinterließ ein unheilvolles Prickeln auf Kims Haut. Alle Anwesenden hielten fast hörbar den Atem an.

Aus Aslecs Gesicht wich schlagartig alle Farbe. Er machte einen Schritt zurück und schluckte laut, dann lächelte er krampfhaft. „Die Göttin Zuhra wird sich wohl kaum mit einer niederen Person wie dir verbinden. Das sind Ammenmärchen, Schätzchen, die sich die Jumias erzählen."

Muran machte sich allmählich Gedanken darüber, wo Valirius und Kim geblieben waren. Unruhig humpelte er hinter dem Schleier des Wassers umher und suchte am verschwommenen Horizont nach irgendwelchen Anzeichen des Drachens. Doch da war nichts. Er hatte den Kriegern verkündet, was Valirius gesagt hatte. Es war eine wunderbare Nachricht gewesen, der Wille hatte in der Menge aufgelodert wie eine unzähmbare Flamme.

Muran wusste, dass sie es schaffen konnten. Wenn es funktionieren würde, könnten die Jumias die Tauruiten so schnell überrumpeln, dass diese nicht einmal die geringste Chance hätten, sich zu wehren.

Ein schönes Ende, wenn es so werden würde, wie er es sich ausmalte. Er wollte derjenige sein, der Aslec die Klinge in die Kehle rammte. Doch er wusste nichts. Ahnte nichts von seinem Schicksal.

„Sind es nicht!", setzte Kim sich zur Wehr, und Aslec lachte gekünstelt, während er sich umdrehte.

„Zuhra hat mich gewählt und nicht dich, du niederes Kind. Ich habe die Macht über all ihre Tiere. Ich habe die Macht über ein Volk. Ich habe die Macht über Tydia. Was hast du all dem entgegenzusetzen? Ich habe auch die Macht über dich. Das klingt nicht gerade nach dem Ende, das du für uns vorgesehen hast, Weltenreiterin."

„Wie sollte ich sonst noch leben? Ihr selbst fandet es verwunderlich, dass ich noch lebe. Gebt es zu, es ist wahr", setzte sie nach, und er blieb stehen. „Ihr verratet euch. Ihr wärt es selbst gerne gewesen, hättet selbst gerne die Stimme der Göttin in euren Ohren gehört. Doch ihr seid es nicht. Das erfüllt euch mit Wut."

Er machte auf dem Absatz kehrt. Dann zückte er den Dolch. „Ich sagte bereits, sie hat mich für etwas viel Höheres bestimmt, als du es je sein wirst. Halt deinen vorlauten Mund im Zaum, denn solange du unter meinem Dach bist, kann ich mit dir machen, was ich will. Und das Erste und Beste, was mir einfällt, wäre, dich zu töten."

Als er sich wieder von ihr abwandte, schnalzte er mit der Zunge, und die Shoutees kamen zu seinen Seiten. So stieg er die Empore hinauf zu seinem Sitz und ließ sich dann königlich in den Thron sinken.

„Euer Schicksal ist besiegelt, Weltenreiterin. Und auch deines, Valirius. Du bist das schlechteste Beispiel an Sohn, eine abgrundtiefe Widerlichkeit. Ein Abschaum. Brutus, Leander, ich danke euch für eure Dienste. Kommt bei Sonnenuntergang zu mir, euch wird eine Belohnung überreicht. Eine solche Gefangennahme bleibt nicht unbelohnt. Doch jetzt bringt sie in den Keller, bietet ihnen unser Bestes! Zwei Zellen nebeneinander, nicht gemeinsam in eine. Kein Brot. Kein Wasser", befahl der König, und Leander und Brutus verneigten sich wieder ehrfürchtig, ehe sie die Gefangenen zur Tür hinaus stießen.

Nachdem die Flügeltür hinter ihnen zugefallen war, bogen sie nach links ab, in den Westflügel. Dort wurde vor ihnen eine weitere Tür aufgeschlossen, und sie wurden eine steile, enge Treppe hinuntergeführt. Hier beim besten Willen nichts mehr von der Schönheit des Gebäudes zu sehen. Je weiter sie in die Tiefe stiegen, desto stärker wurde der Geruch von verwesenden Körpern. Kim hätte sich am liebsten die Nase zugehalten, doch die Fesseln hielten sie davon ab.

Kim wusste nicht, was sie nun denken sollte. Aslec wollte sie töten und wahrscheinlich würde er es auch tun. Was konnte sie dagegen ausrichten?

Nichts.

Valirius, derjenige, der sie immer vor allem und jedem beschützt hatte, war in derselben misslichen Lage. In diesem Moment schien die gesamte Situation um die beiden aussichtslos, und so herrschte bedrückte Stimmung, keiner sprach ein Wort, während Leander und Brutus von ihrem Lohn sprachen.

„Willkommen im Hotel Deersfa!", lachte Brutus schließlich, als sie endlich unten angekommen waren. Jetzt standen sie vor einer dicken Eisentür, die mit mindestens fünf Schlössern versehen war.

Die Tür zum Kerker des Schattenkönigs.

Valirius selbst wusste, wie gut befestigt das Gefängnis war. In seiner Zeit war es niemandem gelungen auszubrechen, und es hieß, dass es auch in früheren Zeiten nie einem Einzigen geglückt wäre.

Der Schlüssel wurde herumgedreht, mit einem klackenden Geräusch sprang das Schloss auf. Noch ein Schlüssel, noch ein Riegel. Es dauerte eine Weile, bis alle Schlösser offen waren. Brutus drückte die Klinke herunter und stieß die Tür auf. Es war ein großer, halbdunkler Raum. Das wenige Licht kam von den großen Fackeln, die neben der Tür hingen, und so schien schon die Präsenz des Raumes beinahe erdrückend. Es war nicht warm, es war nicht kalt. Es war einfach ekelhaft. Die Wände waren aus grauem Stein, fensterlos und meterdick, und nach links führte ein runder Bogen in einen weiteren Raum, wobei Kim nicht wusste, um welches Zimmer es sich handeln mochte. Sie sah nur, dass darin viele Schränke standen, und an der Mauer lehnte eine lange Peitsche. Bei dem Gedanken, für was sie zu Nutzen war, drehte es Kim den Magen um.

Der Wachmann, der auf dem steinernen Sessel vor dem Bogen saß, sah auf. Er war breit wie ein Schrank, und was Kim sofort auffiel: Er hatte ein Gesicht, breit wie eine Bratpfanne. Als er sich ächzend aufrichtete, erkannte Kim die schwere Rüstung, die er trug, und auch die vielen Waffen, die sich um seinen Gürtel befanden, waren ziemlich einschüchternd. Von Dolchen bis zu gewundenen Schwertern war alles dabei, was man sich vorstellen konnte ... oder besser, was Kim bekannt war. Er kam auf sie zu, bei jedem seiner Schritte bebte der Raum bis auf seine Grundfeste. Seine Hautfarbe war etwas dunkler, und Kim sah die Schweißperlen, die auf seiner Stirn standen.

„Der Schattenprinz?“, fragte er ungläubig, dann sah er zu dem Mädchen hinüber. „Und die Weltenreiterin? Schöner Besuch. Mal ein wenig Abwechslung zu den alltäglichen Gefangenen.“ Dann drehte er sich um und verschwand durch den Bogen in den zweiten Raum. Als er herauskam, hatte er schwere Handschellen, einen Schlüssel und eine Schere dabei.

Mit der Schere schnitt er Kims Fesseln durch. Die Kriegerin atmete erleichtert auf, als sich das Seil von ihren Handgelenken löste. Brutus hielt sie trotzdem noch so fest, dass ihre Handgelenke blau anliefen, doch das störte sie weniger. Letztlich nahm er ihr noch den Gürtel mit den Waffen ab – es tat beinahe körperlich weh – und brachte sie in den anderen Raum hinüber.

Dann sah sie, wie er ein Fläschchen unter seiner Jacke hervorholte. „Drachensäure", lächelte er, während er das Etikett musterte. „Das brennt schön, gerade, wenn man sich die Gelenke aufgescheuert hat. Bekommen alle heute als Begrüßung vom König. Halt sie fest, richtig schön fest, Brutus."

*Nicht noch mehr Schmerzen!* Schon der erste Tropfen fühlte sich an, als würde man ihre Arme übers Feuer halten. Kim wollte schreien. Brüllen. Das Feuer schien sich ihre Gelenke hinauf bis zur Schulter zu ziehen, einen Moment lang war ihr gesamter Arm wie betäubt. Doch vor Schmerz versagte ihr die Stimme, sodass sie nur die Augen zusammenpresste. Dann spürte das Mädchen, wie sich die Handschellen um ihre Gelenke schlossen, jede Hand einzeln. Das Eisen war beruhigend kühl, doch es konnte den Schmerz nur ein wenig lindern. Danach wurde sie vorwärts gestoßen.

Gut die Hälfte der Zellen war nicht besetzt. Die kleinen Räume waren umkränzt mit dicht beieinanderliegenden Gitterstäben, so dick wie Kims Unterarm und so nahe beieinander, dass vielleicht ihre Hand hindurchpassen würde, wenn sie es versuchte.

Sie wurde ganz nach hinten geführt, wo eine Tür aufgesperrt wurde. Anschließend wurde sie unsanft durch die offene Tür gestoßen. Der Raum war leer, nicht einmal ein Bett oder eine Matratze war darin zu finden. Der Boden war eisig kalt, mit dunklem, groben Stein bedeckt und mit Kadavern von toten Ratten und krustigem, alten Blut gesäumt.

Sie stolperte über die Schwelle und fiel auf die Knie.

Das Bratpfannengesicht lachte leise und lief an ihr vorbei an die Wand. Dort nahm er eine lange Eisenkette, kam zu ihr zurück und klickte sie in ihre Handschellen. Nachdem er einen Schlüssel in dem Schloss der Kette umgedreht hatte, hing sie daran wie ein Hund an der Leine. Kurz zog sie daran ... nichts. Sie kam nicht einmal bis zur Tür, so kurz, wie die Kette war.

Als die Gittertür ins Schloss fiel, fielen die Schatten der Gitterstäbe auf Kims Gesicht. „Schönen Aufenthalt“, sagte der Wächter, ehe er das Schloss verriegelte.

Sie dachte an zu Hause, an ihren Vater. Würde sie ihn je wiedersehen? Jetzt noch zu überleben, das schien ihr nahezu unmöglich. Was war wohl das Schicksal, das sie ereilen würde?

Zum Schluss wurde Valirius in die benachbarte Zelle gebracht, angekettet und zurückgelassen. Dann konnte Kim hören, wie sich Brutus und Leander von dem Kerkermeister verabschiedeten und die Tür ins Schloss fiel.

Stille.

„Kim?“, flüsterte plötzlich eine Stimme, und sie sah auf.

„Wer ist da?“, fragte sie leise. Ihr Herz schlug schneller. Diese Stimme war so vertraut. Sie blinzelte durch das Dämmerlicht, bis sie eine Gestalt unter einem alten Spiegel in der benachbarten Zelle sitzen sah.

„Kaeli!“ Kims Gesicht erhellte sich, als sie das Gesicht der Schamanin erkannte. Sie rutschte zu ihr hinüber und streckte ihre Hand durch die Gitterstäbe, was ihr mit den Handschellen sehr schwer fiel.

Kaeli nahm die junge Hand schützend in ihre zitternden Finger, Tränen rannen über ihre Wangen. „Kim“, schluchzte sie.

„Nicht weinen“, versuchte, Kim sie zu beruhigen, ihre Augen lächelten der alten Dame zu. „Es geht mir gut. Uns geht es gut. Muran ist in der Grotte, Valirius und ich sind beide hier. Alles wird gut.“

„Valirius ist hier?“, hauchte Kaeli tonlos, und Kim nickte. Zur Antwort rückte sie ein wenig zur Seite, sodass sie den

Blick auf den Jungen, der in der benachbarten Zelle zur anderen Seite am Boden kauerte, freigab.

Kaeli schluckte ihre Tränen herunter. „Mir bleibt nicht mehr viel Zeit, Kim“, flüsterte sie schließlich.

Kim sah sie ungläubig an. „Was meinst du damit?“, fragte sie. „Wieso sollte dir nicht mehr viel Zeit bleiben?“

Die Schamanin beugte sich vor, bis kurz vor das Gitter, und zog sie nach vorn, bis sich beinahe ihre Nasenspitzen berührten. „Aslec wird mich herausfordern. Noch heute Abend. Ich werde sterben, Mädchen“, hauchte sie. „Niemand hat ihn jemals besiegt. Und ich, eine alte Schamanin, werde nichts daran ändern.“

Es war wie ein Schlag auf die Brust. Kim sank zurück, hielt die Tränen zurück, die in ihre Augen schossen.

„Bleib ... bleib bei mir“, sagte Kaeli leise.

Sofort wandte sich die junge Kriegerin wieder ihr zu. Als sich das Mädchen wieder zu ihr vorbeugte, strich die Schamanin mit ihren dürren Fingern über ihr lockiges Haar. Als sie Kims Schopf zur Seite schob, stutzte sie.

*„Afila matali“*, brachte sie heraus. „Die Erwählte. Du ... aber wie ... Kim!“ Ihre Augen glänzten aufgeregt wie die eines Kindes, als sie das Mal in Augenschein nahm, und für einen Augenblick schien ihre Traurigkeit wie weggeblasen. „Zuhra hat dich erwählt, Kim. Das ist eine alte Prophezeiung. Schon seit langer Zeit singt das Volk ein Lied. Es ist einfach, und die wenigen Zeilen verraten nicht viel. Aber man muss das hören und verstehen, was zwischen den Zeilen liegt. Die Göttin hat nach jemandem gesucht, der uns rettet. Sie hat dich erwählt. Weißt du, was das bedeutet?“ Kaeli redete fast zu schnell, als hätte sie Angst davor, nicht aussprechen zu dürfen.

Die Weltenreiterin schüttelte langsam den Kopf.

*Im Nebel eines neuen Morgens,*
*die Macht sie kehrt zurück.*
*Der Weltenreiter wird erkoren,*
*er verhindert das End,*
*ein Wunder wird geschehen im letzten Moment.*

Kaelis Stimme war hell und klar. Sie sang ganz leise, damit der Wächter nicht hörte, welche Worte sie aussprach.

Das Lied heftete sich an Kims Seele. Sie hatte es nie zuvor gehört, trotzdem schien es auf eine gewisse Art und Weise zu ihr zu gehören. Die Schamanin hatte recht. Die Zeilen verrieten nicht viel. Doch wenn man das spürte, was zwischen den Worten war, lag es klar auf der Hand.

„Von wem ist das Lied?“, fragte Kim leise.

„Es heißt, es wurde von Zuhra auf einen Stein geschrieben. Ein junger Mann hat ihn gefunden und aus den Worten ein Lied gemacht. Jeder Jumias kennt die Geschichte.“

Kim schwieg.

„Kim, du bist unsere Zukunft. Irgendetwas, ich kann dir nicht sagen was, wird ganz entscheidend passieren. Es wird uns verändern ... Es wird dich verändern“, flüsterte Kaeli.

Kim überlegte einen Moment. „Die Frage ist nur, was dieser letzte Moment ist. Was, wenn es nicht der ist, dich zu retten? Kaeli, ich werde nicht zusehen, wie du stirbst.“

„Ich weiß es nicht, mein Kind. Aber in meinen Augen sieht es so aus, als würde das in deinen Händen liegen, *Afila matali*. Allein die Tatsache, dass du jetzt ...“

In diesem Moment flog die Tür auf. Aslec kam herein, gefolgt von zwei großen Kriegern. Sie waren bewaffnet, sahen jedoch nicht so aus, als ob sie jemanden umbringen wollten. Einer von den Kriegern hielt eine lange Peitsche in der Hand.

„Hallo, Kaeli Neai, gegrüßt seid ihr, Weltenreiterin und Valirius. Ich hoffe, euch hat der Aufenthalt hier gefallen, auch wenn er nach meinem Geschmack etwas zu kurz für Personen wie euch scheint", sagte der Schattenkönig gehässig lächelnd, während er den Befehl gab, die Türen aufzuschließen.

„Wir wollten heute ein Fest feiern, dass ihr auf keinen Fall verpassen sollt", erklärte er, als plötzlich noch mehr Krieger in den Raum quollen.

Kim drückte Kaelis Hand, und diese atmete tief durch, ehe sie das Mädchen noch einmal ganz nahe an sich zog.

„Egal was passiert, es war mir eine Ehre, dich kennenzulernen", wisperte die Schamanin leise. „Ich glaube an dich."

Die Worte der Alten trieben Kim Tränen in die Augen. „Sag das nicht, Kaeli. Es wird alles wieder gut. Ich verspreche es dir."

„Die junge Frau soll zu den Sklavinnen gebracht werden. Sie soll hübsch aussehen, wenn es losgeht. Mein Sohn soll auch gewaschen werden, vielleicht besorgt ihr ihm noch etwas neue Kleidung. Die Alte lasst erst einmal hier, die holen wir, wenn es soweit ist", sagte Aslec aalglatt.

Die Krieger antworteten mit einem kurzen nicken, und der König drängte sich mit seinen beiden Begleitern zurück zur Tür.

„Beeilt euch, es bleibt nicht mehr viel Zeit", fügte er hinzu, ehe er den Raum verließ.

Ein Krieger kam in Kims Zelle, schritt auf sie zu und öffnete das Schloss der Eisenkette. Dann band er ein Seil in die Schlaufe, in der zuvor die Kette geklinkt wurde, und zog sie zur Tür hinaus. Das Mädchen leistete keinen Widerstand. Zumindest noch nicht jetzt.

„Kim!", hörte sie Valirius sagen, doch sie drehte sich nicht um.

Also ging es jetzt los. Das war also der Anfang.

Der Anfang vom Ende.

Kim wurde zu den Sklavinnen gebracht.

Die Tür zum Zimmer der Leibeigenen war aus Holz, und als sie geöffnet wurde, kreischten die alten Scharniere.

Die Frau, die die Tür öffnete, war wunderschön, glatte Haut, schwarz geschminkte, grüne Augen und volle Lippen. „Was wünscht ihr?", fragte sie den Mann, der Kim hergebracht hatte, mit ehrfürchtiger Stimme, und ihre überraschten Blicke musterten Kim ausgiebig und flink.

„Der König befiehlt, dass ihr das Mädchen einkleiden und waschen sollt", brummte der Tauruit, und sie nickte kurz.

„Von dieser Aufgabe haben wir Nachricht erhalten. Überlassen Sie sie uns", erwiderte sie darauf, und er nickte.

„Aber ich werde euer Zimmer absperren. Sie darf nicht entkommen", warnte er.

Wieder ein kurzes Nicken von der Sklavin, und Kim wurde in das große Zimmer geschoben. Dann knallte die Tür hinter ihnen zu, und sie hörte das Klicken des Schlosses. Wie merkwürdig es war, jedes Mal eingesperrt zu werden.

„Ich bin Noleen, du brauchst nicht schüchtern zu sein", erklärte die junge Frau freundlich und zog sie mit sich. Während sie sie in ein großes Bad zog, bemerkte Kim die langen Ohrringe, die sie trug.

Die anderen Sklavinnen folgten ihnen mit ihren Blicken. Kim hörte aufgeregtes Flüstern hinter ihrem Rücken. Sie konnte ihnen nicht viele Blicke schenken, aber sie hatte sofort gemerkt: Alle von ihnen hatten schwarze Haare.

Als sie festgestellt hatte, dass sie allein waren, schloss Noleen die Tür ab.

„Keine Angst. Ich habe nichts Böses im Sinn", erklärte sie hastig. „Ich weiß genau, was Aslec vorhat, und ich werde alles Nötige tun, um dir, der Schamanin und dem Jungen zu helfen." Sie schob einen Hocker vor den rissigen Spiegel an der Wand und bat Kim, sich darauf niederzulassen.

„Wieso willst du uns helfen?“, entschlüpfte Kims Lippen.

Die Sklavin lächelte. „Du weißt nicht, wie schlimm es ist, als Leibeigene zu leben. Jetzt habe ich die Chance, etwas zu bewirken“, erklärte sie sanft. Sie goss Wasser in einen großen Behälter und setzte es auf Flammen, damit es heiß wurde.

„Zuerst werden wir dich baden, danach suche ich dir ein schönes Kleid aus“, gab Noleen zu wissen.

Kim sah in den Spiegel. Sie war fassungslos, als sie ihren Anblick in Augenschein nahm. Zu lange hatte sie ihr eigenes Aussehen nicht mehr vor sich gehabt. Jetzt aber fragte sie sich, was an der Person, der sie ins Gesicht sah, noch die alte, die normale Kim war.

Ihr Haar fiel wild über ihre Schultern, die Locken kräuselten sich an den Spitzen und Dreck flocht sich zwischen die einzelnen Strähnen, sodass ihr das vorher so reine blond beinahe bräunlich erschien. Ihr Gesicht war beschmutzt, eine kleine Narbe zog sich über ihren Hals und getrocknetes Blut klebte an ihrer rechten Wange. Ihre Augen waren unterstrichen von einem dunklen Schatten.

Das Mal erschien ihr wie ein großes Tattoo von schwarzen, schillernden Linien. Über ihre Stirn und um ihre Augen wand sich ein zartes, verschnörkeltes Muster, es griff zwischen ihren Augen ineinander und wandte sich in geschwungenen Linien hinauf bis zu ihrem Haaransatz, wo es wie bei Schneefeuer in einer flammenähnlichen Form endete. Sie fuhr die Linien mit ihren Fingern nach.

„Das bin nicht ich“, hauchte sie tonlos.

Noleen kam näher. „Dann holen wir dich eben wieder heraus. Gegen das Mal kann ich nichts machen, aber ...“

Das Mädchen musste lächeln. „Wir werden sehen, ob dir das gelingt“

Das Bad hatte Kim richtig gut getan. Noleen hatte ihre Haare und ihren Körper gewaschen, und nachdem sie sich in ein Handtuch gewickelt und ihre Haare trocknen gelassen hatte, saß sie nun wieder auf dem Hocker vor dem Spiegel.

Die Sklavin kämmte ihr sanft über die Locken und löste die letzten Knoten aus dem Haar, sodass die blonden Wellen wieder geordnet und lang über ihre Schultern fielen, es schien beinahe, als seien sie flüssiges Gold. Ihre Haut war sauber und rein, die hübsche Leibeigene salbte sie mit einem kostbaren Öl, sodass es schien, als würde ihre Haut glänzen. Ihre Augen waren betont mit einem schwarzen Lidstrich, der das Blau ihrer Iris noch mehr hervorhob, und ihre Lippen wurden mit einer tiefroten Blüte nachgefahren, sodass sie danach so rot waren wie frisches Blut.

„Siehst du, sie ist doch noch zum Vorschein gekommen“, stellte Noleen fest und lächelte. Dann stand die schwarzhaarige Frau auf und drehte sich zu der großen Kommode um, die im Bad stand. Sie suchte lange, bis sie ein Kleidungsstück in den Händen hielt, das ihrer Meinung nach passen müsste. Es waren so viele Kleider zur Auswahl, doch dieses rote schien nach ihrer Meinung perfekt zu Kims Lippen und dem Anlass zu passen.

„Du kannst dieses Kleid einmal anprobieren“, schlug sie der Weltenreiterin vor, und Kim nickte begeistert. Der Stoff war rot, genau wie die Farbe der Blüte, die Kims Lippen gerötet hatte. Das Kleid war lang, hinten war es so geschnitten, dass es wie eine Schleppe schien.

„Es ist wunderschön, Noleen.“

„Nicht nur das“, gab die Sklavin zu und schenkte ihr ein warmes Lächeln.

„Es hat den Vorteil, dass es lang ist. Unter dem Rock kannst du Waffen verstecken.“

Darauf wäre Kim nicht gekommen. Sie lächelte Noleen

dankbar zu, schüttelte den Kopf und nahm das Kleid entgegen. „Du bist genial", sagte sie glücklich.

Als sie den samtenen Stoff über ihren Körper gleiten ließ, schmiegte er sich an sie wie eine zweite Haut. An ihrem Oberkörper erschien es ein wenig eng, doch das störte sie nur wenig. Kim ging zum Spiegel. Das Mädchen, das sie darin sah, schien nicht sie selbst zu sein. Ihre Kurven wurden umschmeichelt von der roten Seide. Das Kleid hatte einen weiten Ausschnitt, die unscheinbaren Träger lagen auf ihren Schultern wie Schmetterlingsflügel, leicht und wunderschön geformt. Ab ihrer Hüfte wurde das Kleid etwas weiter, floss an ihren Beinen herab wie rotes Wasser. Kim vermied es, das Kleid mit Blut zu vergleichen, es war zu schön.

„Es steht dir", betonte Noleen. „Du siehst tatsächlich aus wie die Erwählte. Du kannst dir gar nicht vorstellen, wie viele Menschen auf dich gewartet haben. Du bist ... so bedeutend."

Kim drehte sich zu ihr um. Noleen legte ihr eine Hand auf die Schulter. „Du musst das heute schaffen. Ich und meine Schwestern vertrauen dir voll und ganz."

„Ich danke dir, Noleen. Ich hoffe, ich kann all euren Hoffnungen gerecht werden. Es wird nicht leicht."

„Nein. Aber du kannst es schaffen. Es ist nicht unmöglich", sagte die Sklavin. „Denk an all die, die erlöst wären, wenn dieser Krieg so enden würde, dass Aslec stirbt. Denk an all die, die frei wären. Du musst es versuchen."

Kim lächelte. „Glaub mir, ich versuche es auf jeden Fall."

Kurz waren die beiden in Ruhe gehüllt, dann ging ein Ruck durch Noleens Körper. „Aber jetzt kommen wir zum Wichtigsten. Ich habe hier irgendwo ...", sie tauchte in der Kommode unter, „... ein Kurzschwert versteckt. Ich könnte dir einen Gürtel geben, an den du den Schaft binden kannst. Ah ... hier ist es." Sie richtete sich wieder auf und streckte ihr eine Waffe entgegen. „Ich weiß, es ist alt, aber vielleicht bringt es noch etwas“, hoffte sie, als sie es ihr entgegenreckte.

Das Schwert war nicht zu vergleichen mit dem, das Hege geschmiedet hatte. Es war klein, der Griff war aus Holz und die Klinge fast nur so lang wie ihr Unterarm. Auf dem Schaft, in dem die Klinge steckte, lag dichter Staub.

„Wieso habt ihr es nie benutzt?“, fragte Kim leise, während sie den Griff umfasste und die Klinge langsam aus der Scheide zog.

„Ich kann nicht mit Waffen umgehen“, stellte Noleen fest. „Eine von uns, Sarà, hat es hier reingeschmuggelt. Sie war auch einmal so etwas wie eine Kriegerin, glaube ich. Sie wurde getötet, weil sie des Diebstahls verdächtigt wurde. Davor hat Sarà gesagt, jede, die es braucht, kann es haben. Aber es hat sich nie jemand getraut.“

Kim nickte verständnisvoll. Die Klinge war etwas stumpf, wenn sie auch nicht so aussah, als wäre sie viel im Dienst gewesen. „Aber wie sollen wir das so unter dem Kleid verstecken, dass ich noch hinkomme, wenn ich es brauche?“, wollte Kim wissen, als sie die Klinge zurück in den Schaft schob.

Dann klopfte es an die Tür. „Noleen, der Krieger möchte die Weltenreiterin abholen“, ertönte eine helle Stimme von draußen.

„Wir sind gleich fertig, Jael“, rief Noleen zurück, und sie hörten die Schritte, die sich wieder von der Tür zum Bad entfernten.

„Schnell. Das Kleid hat eine doppelte Stoffschicht angenäht, wenn wir den Gürtel um deine Hüfte binden ...“, Noleen stülpte die obere Stoffschicht hoch und gurtete die Waffe an dem Mädchen fest, „... und die zweite Schicht darüber fallen lassen, könnte es vielleicht so verdeckt sein, dass man es nicht sieht.“

Als sie die obere Stofflage über den Gürtel fallen ließ, verschwand er beinahe vollkommen unter der wallenden Seide. Nur der Griff der Waffe war noch zu erkennen.

„Jetzt leg deinen rechten Arm so an deinen Körper, dass er den Griff verschwinden lässt“, sagte die junge Sklavin. „Dann sind wir fertig.“

# 7

Als sie die Haupthalle betraten, schlug Kim der Geruch von Bier und Wein in die Nase. Überall waren Bänke aufgestellt, auf denen Krieger saßen. Die gesamte Halle war gesäumt von Menschen, Sklavinnen teilten Brot und Getränke aus. Große Fackeln erhellten den Raum in einem trügerischen Schein, fröhliche Musik wurde gespielt.

Sie spürte etliche Blicke, die an ihr hängen blieben. Nur die beiden Krieger, die zu ihren Seiten liefen, schützten sie ein wenig vor den vielen Augenpaaren, die ihr folgten. Die meisten konnten nicht sehen, dass sie gefesselt war.

Die Krieger hatten ihr an der linken Hand einen Eisenring angebracht, von dem eine dünne Eisenkette zum Arm eines Mannes führte. Zum Glück hatten sie die linke Hand genommen, sodass sie den rechten Arm weiterhin eng an ihren Körper legen konnte, um das Schwert zu verdecken.

Das Mädchen sprach kein Wort. Angst schnürte ihr die Kehle zu. Was sollte das alles? Fragen brauten sich in ihr zusammen.

Die beiden Männer, die zu ihren Seiten liefen, zogen sie immer tiefer ins Zentrum der Halle, ohne etwas zu erwidern. Schließlich erkannte Kim den Korral, der direkt unter der Kuppel aufgebaut worden war, zwischen den vier Säulen.

Er war von großen Gitterstäben umkränzt, genau wie

die Zellen, in die sie gesperrt worden waren. Auf den ersten Blick erinnerte er an ein Raubtiergehege, wären da nicht die Waffen, die am Rande der Umzäunung lagen.

Sie schauderte bei dem Anblick.

„Für was ist ... dieser Korral?“, fragte Kim vorsichtig, während sie versuchte, in der Stimme so wenig zu zittern wie nur möglich. Lange erhielt sie keine Antwort.

„Darin wird König Aslec gegen die Schamanin kämpfen“, erwiderte der Krieger, der rechts von ihr lief schließlich kalt.

Also war es wahr. Aslec würde noch in dieser Nacht gegen Kaeli antreten.

Sie wurde weitergezogen, immer weiter auf den Korral zu. Wo war Valirius? Ihre Frage beantwortete sich von selbst.

Der ehemalige Schattenprinz stand an einer der Säulen direkt vor dem Schauplatz, hilflos angekettet wie ein Bluthund.

Ihre Blicke trafen sich, er schien überrascht. Kim spürte, wie er sie musterte. Valirius war ebenfalls neu eingekleidet, er trug ein neues, weißes Hemd und eine dunkle Hose aus Leinen. Sein Haar war gekämmt, glänzend fiel es um seine Wangen.

Schließlich kamen sie bei ihm an, und Kim sah, das Valirius Handschellen an eine Kette verbunden war, die an einem Ring hing, der aus dem linken Auge eines Raubtieres ragte, das in den weißen Stein gemeißelt war. Aus dem Rechten ragte ebenfalls ein Ring mit eiserner Kette.

„Stehen bleiben“, brummte einer der Krieger, und sie blieb neben Valirius stehen. Dann wurden die neuen Ketten an ihre Schelle gehakt.„Viel Spaß“, lachte der andere leise, dann drehten sich die beiden um und liefen guter Laune nach dort zurück, wo sie Kim hergeführt hatten.

„Valirius. Wir sind hier hergebracht worden, um zu sehen, wie Kaeli umgebracht wird", brachte Kim heraus, sobald die Wächter außer Reichweite waren.

„Was?", fragte Valirius fassungslos.

„Kaeli wird von Aslec herausgefordert. Du musst Whisper rufen und ihn zu Muran schicken, wenn du deinen Plan noch ausführen willst", sagte Kim ernst, schaute tief in seine Augen. Sie konnte die Angst darin sehen. Die Angst, hilflos dabei zusehen zu müssen, wie eine Freundin starb. Hilflos, was für ein Wort. Kim hätte nie erwartet, so etwas einmal in seiner Gegenwart gebrauchen zu müssen. Valirius schien so unverletzlich, so kämpferisch. Doch jetzt hatten ihn die Tauruiten in der Falle.

„Das ... deshalb der ganze Aufstand", stellte er fest, während seine Blicke auf den Korral fielen. Dann begann er, zu nicken. „Jetzt ergibt alles einen Sinn." Dann drehte er sich wieder zu Kim hinüber. „Leider gibt es ein Problem. Ich kann Whisper nicht rufen. Das goldene Horn hängt an meinem Gürtel ... und der liegt irgendwo in dem Zimmer meines Vaters."

Kim stöhnte und schloss die Augen. „Wir sind verloren."

Er bemerkte, wie immer mehr Krieger Platz auf den aufgestellten Bänken nahmen. „Es geht bald los", stellte Valirius fest. „Wir müssen uns beeilen, wenn wir eine Lösung finden wollen"

In diesem Moment schnellte Kim hoch. „Schneefeuer!", sagte sie. „Sie kann mich hören. Vielleicht versteht Muran unsere Nachricht auch, wenn es nicht der Drache ist, der sie überbringt!"

Valirius überlegte nicht lange. „Ruf sie. Zeig uns die Gabe, die dir Zuhra verliehen hat."

Damit versank Kim in sich selbst. In ihren Gedanken herrschte Stille. Ein großes Nichts.

*Schneefeuer. Ich rufe dich. Kannst du mich hören?*, fragte sie leise, ihre Gedanken waren fast nur ein Hauch.

*Weltenreiterin, ich höre dich.*

Kims Herz setzte vor Freude einen Moment lang aus, als sie die sanfte Stimme in ihrem Unterbewusstsein vernahm.

*Flieg zur Grotte. Gib Muran ein Zeichen, dass er kommen soll. Wir brauchen Hilfe, so schnell wie möglich.* Kim konnte sich nur schwer konzentrieren, es wurde immer lauter im Saal. Nachdem sie den letzten Satz gesprochen hatte, verebbte ihre Verbindung zu Schneefeuer.

„Kim! Hat sie dich gehört?“ Das war Valirius’ Stimme. Sie riss sie vollkommen wieder aus der Trance.

Jetzt schlug Kim die Augen auf. „Sie ist so gut wie auf dem Weg“, lächelte sie voller Hoffnung.

Es dauerte eine gefühlte Ewigkeit, bis sich alle Tauruiten in den Sitzreihen niedergelassen hatten. Kim und Valirius schwiegen sich an. Jeder von ihnen war angespannt bis in jeden Winkel seines Körpers.

Plötzlich ertönte ein Gong, und die Gespräche der Krieger verstummten. Eine trügerische Stille legte sich über den Saal, jeder richtete seine Blicke voller neugieriger Erwartung in die Mitte des Korrals.

Es war soweit.

Die östliche Gittertür flog auf, und der Schattenkönig trat in den Ring. Sofort brachen seine Krieger in lauten Jubel aus, begleitet von Pfiffen gellte er durch den Raum wie ein Strahl von hellem Licht. Aslec trug ein Kettenhemd, das ihn vor ernsthaften Verletzungen schützen sollte, man hatte ihm Armschützer über den Unterarm geschnallt. Sein schwarzes Haar war kurz geschnitten, ein mörderischer Ausdruck lag über seinen Zügen.

Kim biss sich auf die Unterlippe. Schon sein bloßer Anblick wirkte einschüchternd. Der Mann war mindestens zwei Köpfe größer als die Schamanin, seine stark bemuskelten Glieder ließen ihn breit wie einen Schrank wirken. Er hatte nur ein kurzärmliges Hemd unter das Kettenhemd gezogen, und so konnte man das Muskelspiel seiner Arme betrachten. Auf seiner rechten Schulter zierte sich ein großes, rundes Tattoo.

Kim sah zu Valirius hinüber. „Im Ring sieht er noch viel gefährlicher aus, als ich dachte!", flüsterte sie ihm zu.

Er schaute ihr verbissen in die Augen. „Ich weiß. Du willst nicht wissen, wie viele Stunden er täglich trainiert. Arme Kaeli. Sie hat kaum eine Chance."

Der Jubel verebbte, sie sahen auf.

Aslec erhob die Stimme: „Heute lassen wir es uns einmal gut gehen, Krieger! Wir haben einige Gäste zu uns eingeladen, und ich finde, unsere Gastfreundschaft sollte nicht zu kurz kommen. Ich bitte Kaeli Neai in den Ring, um sich ihrem Schicksal zu stellen!"

Jubel. Die Flügeltür wurde aufgeschlagen, und eine Kriegertraube kam herein. Kim konnte grob erkennen, dass Kaeli in ihrer Mitte lief. Bei Erkenntnis der Tatsache, dass sie dieser nicht helfen konnte, zog sich ihr Herz zusammen. Sie zerrte an der Handschelle, und das Eisen schnitt ihr in die Haut, genau dort, wo der Biss des Shoutees eine Wunde hinterlassen hatte. Es floss wieder, das Blut.

Kim wollte nach der Schamanin rufen, ihren Namen brüllen. Doch es kam nur ein leises Krächzen zwischen ihren Lippen hervor. Valirius legte seine freie Hand auf ihre Schulter.

„Das darf nicht passieren", hauchte Kim, ohne den Blick von Kaeli loszureißen, und rüttelte an der Kette. „Sie können uns doch einfach nicht hier festketten und verlangen, dass wir da zusehen!"

Jetzt wurde die Gittertür geöffnet, die fast direkt vor den ihnen lag, und Kaeli wurde grob hineingestoßen, direkt in Aslecs Hände. Kim wollte weg. Weg von hier, weg von der Welt. Im Erdboden versinken. Um nichts auf der Welt wollte sie dabei zusehen, wie sich Kaeli dem Tod stellte.

Die Schamanin war innen angekommen, sie stand beinahe mickrig neben dem groß gebauten, kräftigen Mann.

„Diese Frau", erhob Aslec nun erneut die Stimme. „Ist eine Schwerverbrecherin. Es wird Zeit, dass auch mein Sohn erfährt, zu welcher Tat sie fähig war."

Kims Kopf flog zu Valirius herum. „Was meint er damit?", fragte sie verwirrt.

Valirius' Züge spannten sich an. Wut wallte in ihm auf, wieder verspürte er den ungezügelten Willen, seinen Vater zu töten.

„Kaeli Neai, sag es ihm. Sag ihm, was du getan hast", forderte er die Schamanin auf.

Die alte Dame schluckte, ihr Blick verweilte hilflos auf dem jungen Krieger. Nichts könnte schrecklicher sein, als dass Valirius die Wahrheit erfuhr.

„Jetzt hat es ihr die Sprache verschlagen!", lachte Aslec. Sein gespieltes Lachen hallte durch den Raum, brachte die Fassaden zum Bröckeln.

Als er verstummte, drohte die Stille zu zerreißen. „Gut, dann werde ich es tun", beschloss er schließlich. „Kaeli ist die Mörderin deiner Mutter, Valirius."

Valirius hatte das Gefühl, als ob ihm jemand den Dolch bis zum Heft in die Brust gebohrt hätte. Er konnte kaum atmen, sein Herz hatte sich mit einem stechenden Schmerz zusammengezogen.

Nein. Das konnte nicht sein. Nicht Kaeli. In diesem Moment kam er sich untröstlich vor. So belogen. Kaeli hatte ihn so belogen.

„Was ist jetzt?", hörte er seinen Vater fragen. „Willst du es selbst tun? Willst du sie rächen? Ich gebe dir die Möglichkeit mit Vergnügen, Valirius."

Kaeli sagte kein Wort. Sie stand stumm neben Aslec und musste mit ansehen, wie sich Valirius' Züge verfinsterten. Sie fühlte sich wie ein Schwein beim Schlachter. Ausgeliefert. Was hatte sie getan?

All die Zeit – den gesamten Sommer über – hätte sie es ihm sagen müssen.

Kim sah fassungslos, wie Valirius nickte.

„Ich werde es tun", rief er entschlossen aus.

Was? Nein, das war falsch! Valirius durfte das nicht tun!

„Valirius!", schrie sie, und sein Blick schnellte zu ihr herum.

Dieses Mal war es Kälte, die seine Augen ausstrahlte.

„Wer bist du?", brüllte sie ihn an. „Wer bist du? Wieso tust du so etwas?"

Er reagierte nicht.

Ein Krieger kam auf Valirius zu. Er entfernte die Ketten von seinem Handgelenk. Jetzt ging der Schattenprinz auf die Tür zu, die Menge tobte.

„Valirius!", rief Kim noch einmal, griff nach seinem Ärmel. Doch er riss sich los, taumelte hinter dem Krieger her, der ihm das Gatter zum Ring öffnete.

Dann betrat er den Korral.

Kim riss an ihrer Handschelle, versuchte, die Kette zu lösen. Tränen der Fassungslosigkeit rannen über ihre Wangen, Schmerz zuckte durch ihren Körper, wenn sie ihr Handgelenk bewegte. Mittlerweile floss das Blut über den Eisenring, der ihr Gelenk umschloss, und tropfte auf den blanken Boden. Ihre Bewegungen wurden immer hastiger, immer verzweifelter. „Nein!", schrie sie. „Nicht, Valirius!"

Der junge Krieger drehte sich nicht einmal zu ihr um.

Es wurde Zeit, dass Muran mit den Heeren aufkreuzte. Irgendetwas musste jetzt passieren, irgendetwas musste Valirius daran hindern, die Schamanin zu töten. Aber warum war er zu so etwas fähig? Das konnte nicht die Wahrheit sein, dass Kaeli die Mörderin seiner Mutter war! Weshalb sollte sie so etwas getan haben?

„Ruhe!", rief ihr ein Krieger zu, und sie musste stumm mit ansehen, wie Valirius bestimmt auf die Mitte des Rings zuging.

Sein Vater reichte ihm ein Schwert.

Er legte die Finger um den Griff. Wechselte die Waffe von der einen Hand in die andere.

Aslec stieß Kaeli nach vorn, und sie fiel auf die Knie.

„Töte", befahl der König, und sein Sohn machte einen Schritt auf die Schamanin zu. „Alle sollen es sehen! Töte sie!"

Valirius hob das Schwert.

Kaeli schloss die Augen.

Eine Träne tropfte auf den trockenen Sand.

Die Spannung drohte, die Luft zu zerreißen. Die Stille lastete auf dem Raum wie ein Schatten.

Valirius schwang das Schwert nach hinten, drehte sich einmal ganz um die Waffe herum, rollte sich hinter Kaeli vorbei über den Boden und stand schnell wieder auf den Beinen. Vor dem König.

Aslecs Blicke verfinsterten sich.

Sein Sohn hielt ihm die Klinge an den Hals.

„Wie gefällt dir das?", fauchte Valirius. „Wie gefällt es dir, überrascht zu werden?"

Der Schattenkönig versuchte, zu lächeln. Dann machte er einen Ausfallschritt nach links, beugte sich und hob ein weiteres Schwert vom Boden auf. So schnell, dass sein Sohn gar nicht reagieren konnte.

Jetzt kreuzten sie ihre Klingen. Alle im Hauptsaal hielten den Atem an.

Kim riss an ihrer Kette. Verbissen versuchte sie noch einmal, ihr Handgelenk aus der Schelle zu winden. Das Blut ließ nicht nach, genauso wenig wie der Schmerz, der ihren

Unterarm durchzog. Doch sie hatte keine Zeit, auf ihn zu achten. Immer mehr konnte sie ihre Hand bewegen, das schmierige Blut machte die Oberfläche der Schelle rutschig.

Mit einem letzten Ruck schnellte ihre Hand aus der Handschelle. Kurz hielt sie inne, betrachtete das Blut, das aus der Wunde schoss.

Sie war frei!

Nach einem Moment der Besinnung schob Kim die zweite Stofflage des Kleides zur Seite und zog das Schwert, dass Noleen ihr überlassen hatte. Sie konnte hören, wie die Zuschauer erschrocken aufatmeten. Das Mädchen wartete nicht länger, es stürzte auf den Ring zu und riss das Gatter auf.

Innen klirrten die Waffen der beiden Krieger, Schweiß rann über ihr Angesicht und Blut tropfte aus den Wunden, die sie sich zufügten. Valirius' Ausdruck war geradezu von tödlicher Wirkung, die Entschlossenheit war in sein Gesicht eingraviert.

Aslec wurde immer weiter von ihm zurückgedrängt, die Menge tobte. Der König versuchte über die Linke durchzustoßen, und als sein Angriff pariert wurde, versuchte er es auf der anderen Seite.

Valirius ließ seinen Vater nicht einmal in die Nähe der Schamanin kommen. Er ließ Kaeli keinen einzigen Moment außer Deckung.

Den Tauruiten gefiel das Spiel, sie strömten herbei wie vom Fluss getrieben, schlugen und rüttelten an den Gitterstäben, die sie davon abhielten, selbst in den Ring zu steigen. Ihre lauten Stimmen spornten den König an.

Kim stolperte über den Saum ihres Kleides. Es war zu lang, um sich gut darin bewegen zu können, und die schmalen Schuhe gaben ihr nur wenig Halt. Sie rannte auf Kaeli zu, um sie aus dem Ring zu holen.

Die Alte lag zusammengekauert am Boden.

„Kaeli! Ich hole dich hier raus! Schnell!", rief sie außer Atem.

Die Schamanin sah zu ihr auf. „Kim!", rief sie glücklich, doch als sie versuchte aufzustehen, versagten ihre Knie. „Meine alten Knochen ... du musst weg! Ich bin nicht wichtig."

„Los jetzt!", unterbrach Kim sie. „Jetzt bleibt uns keine Zeit, über so etwas zu diskutieren!"

In diesem Moment bemerkte sie aus den Augenwinkeln, wie Valirius über seine eigenen Füße stolperte und auf den Rücken fiel.

„Valirius!", schrie das Mädchen auf, als sie sah, wie sein Vater die Waffe hob, um ihm den Todesstoß zu geben.

Sie richtete sich in Sekundenschnelle auf und sprang dazwischen. Bereit zu töten. Und wenn es das Letzte war, das sie tat.

Man merkte Aslec an, das er überrascht war. „Die Weltenreiterin!", rief er verächtlich, und sie hörte, wie seine Männer auflachten. „Schön, dass du mir die Ehre gibst, mit dir die Klinge zu kreuzen."

„Die Ehre ist ganz meinerseits", fauchte Kim, bereit, sich auf ihn zu stürzen wie ein Raubtier. Sie hatte keine Angst. In diesem Augenblick hätte sie behaupten können, sie kannte so etwas nicht.

Aslec tat den ersten Schritt. Er stieß mit der Klinge direkt auf ihre Magengrube zu.

Sie passte den Schlag ab und lenkte die Waffe zur Seite, ehe sie den Konter gab, der ihm eine Schnittwunde unter der Schulter versetzte. Er schrie nicht auf, Kim konnte nicht einmal ein Anzeichen von Schmerz in seinen blauen Augen erkennen. Das Blut schoss sofort aus der Verletzung, floss über seinen Oberarm und versenkte das Tattoo in rote Farbe.

„Wie ist das?“, fragte das Mädchen zischelnd. „Wie ist es für dich, einmal nicht der Beste zu sein?“ Sie machte eine schnelle Umdrehung, parierte seinen Schlag und stieß nach rechts.

Auch ihr Schlag wurde abgelenkt, doch sie setzte sofort nach.

Schweiß, Eisen, Blut.

Sie wusste nicht, wie viel Zeit verging, doch plötzlich wurde der Kampf zwischen ihr und Aslec von einem lauten Grollen unterbrochen.

Die Wand, die nach Süden gewandt lag, begann zu brechen. Große Steine lösten sich von der schützenden Mauer und rollten über den Boden.

Alle Blicke waren auf einmal dorthin gerichtet, alle sahen, wie die einst so schützende Wand in sich zusammenfiel.

Anfangs war es nur ein kleines Loch, dann brachen immer mehr Gesteinsbrocken ab, bis eine klaffende Öffnung zur Außenwelt bestand.

Schließlich herrschte einen Moment lang Stille.

Kim hörte, wie nach und nach alle Tauruiten ihre Schwerter zogen, auch wenn sie nicht aufhörte, Aslec aus den Augen zu lassen.

Plötzlich schoss das erste Wesen in die festlich erhellte Halle. Wolfskopfs schwarze Gestalt fegte durch den Raum wie ein Schatten, der Krieger, der auf seinem Rücken saß, stieß einen Kampfschrei aus. Muran hatte den Bogen gespannt, bereit, jeden Augenblick loszulassen.

Nach dem Zuhur flog eine ganze Schar Diantaron in den Raum, allesamt mit Bogenschützen auf dem Rücken, die einen Pfeilregen auf ihre Gegner losschickten. Gleichzeitig stürmte ein Teil der jumiasischen Bodentruppe herein, und stürzte sich auf die völlig überraschten Tauruiten.

Kim konnte einen Freudenschrei nicht unterdrücken,

als sie Muran und das Heer erkannte. Tatsächlich. Der Plan ging auf. Jetzt begann der Kampf. Und zweifellos waren die anwesenden Krieger nur ein kleiner Vorgeschmack auf die Übermacht, die bereits kampfbereit vor den Toren Deersfas warteten.

Valirius stand schnell wieder auf den Beinen. Er versuchte jetzt mit aller Kraft, die Umzäunung des Rings zu stürzen. Immer wieder rammte er die in den Boden geschlagenen Gitterstäbe, während die Luft von dem Klirren der Klingen und dem Zischen der Pfeile erfüllt war.

Es war ein schönes Gefühl. Fast zu gut, um wahr zu sein.

Valirius nahm ein letztes Mal Anlauf, rammte mit seiner Schulter gegen den Zaun, und endlich ging er zu Boden. „Kaeli! Los! Bring dich in Sicherheit!“, schrie er laut, damit sie ihn hören konnte.

Doch sie stand bereits hinter ihm und hatte ein Schwert vom Boden aufgehoben. „Nichts da. Ich bleibe hier und kämpfe“, sagte sie entschlossen. Dann lief sie los, mitten in die kämpfende Menge hinein, und ließ Valirius verwirrt stehen.

Kim wartete nicht länger. Die Klingen rasselten, als sie aufeinandertrafen, Schweiß benetzte Kims Stirn. Mit der linken Hand hob sie den Stoff ihres Kleides an, damit sie nicht darin verfing, und mit der Rechten setzte sie seine Hiebe nach. Kim bemerkte, dass die Kraft des großen Kriegers allmählich nachließ. Auch sie war erschöpft, doch noch hatte sie nicht vor, sich zurückzuziehen. Noch lange nicht.

Doch dann drehte sich der Schattenkönig plötzlich um. Ohne ein Wort nahm er sich ein weiteres Schwert vom Boden, warf ihr einen letzten, vernichtenden Blick zu und verschwand in der Menge, um seinen Kriegern zu helfen.

Kim sah ihm ein wenig verwundert nach, folgte ihm aber nicht.

„Feigling“, dachte sie triumphierend.

„Kim?", hörte sie Valirius rufen, und als sie nach rechts sah, erkannte sie ihn am Rande des Rings stehen. „Nimm dir ein paar Waffen und folg mir!", waren seine Worte.

Sie nickte hastig und ließ ihre Blicke über die vielen Waffen streichen, die vor ihr am Boden lagen. Das Schwert von Noleen ließ sie fallen. Zu ihrer Enttäuschung konnte sie keinen Bogen oder Pfeile finden, also nahm sie sich ein Langschwert und einen kurzen, zierlichen Dolch mit gewundener Klinge.

Als sie aufsah, konnte sie gerade noch erkennen, wie Valirius in der Masse untertauchte. Kim rannte ihm nach, während sie versuchte, Verbindung mit Schneefeuer aufzunehmen.

*Danke, Schneefeuer. Sie sind hier. Wo bist du?*, fragte sie die Stute. Sie wartete lange Zeit auf eine Antwort.

*Ich warte auf dem Dach auf dich. Wenn du Hilfe brauchst, rufe meinen Namen*, hörte sie schließlich die vertraute Stimme in ihren Gedanken.

Als sie Valirius aufholte, nickte er ihr zu. „Los bringen wir es zu Ende."

Muran flog wie ein Schatten über den Tauruiten. Er war der fliegende Tod, beinahe jeder seiner Pfeile traf. Wolfskopf ließ sich ganz leicht lenken, er gehorchte schon bei dem leichtesten Schenkeldruck. Muran hatte das Gefühl, er und sein Zuhur wären zu einem einzigen Wesen verschmolzen.

Er ertappte sich dabei, wie seine Augen die Menge nach Kim durchkämmten. Es war schwer, in der kämpfenden Masse überhaupt eine Person zu erkennen, also gab er schon schnell auf. Er hatte sich auf andere Dinge zu konzentrieren.

Doch da geschah etwas Unerwartetes.

Plötzlich ging ein Ruck durch Wolfskopfs Körper. Das

Tier schlug panisch mit den Flügeln, und noch bevor Muran erkannte, dass in der Brust des Zuhurs ein Speer steckte, gingen sie in die Tiefe. Der Boden kam näher, Muran klammerte sich mit großer Mühe an Wolfskopfs Körper fest.

Als sie aufschlugen, hörte er nur die Knochen brechen. Das Tier landete auf der rechten Seite, er konnte sein Bein gerade noch hochziehen, sodass es nicht unter dem großen Körper begraben wurde.

Wolfskopf war sofort tot.

Vollkommen außer Atem öffnete der Krieger die Augen.

Sein Herz schien einen Moment lang auszusetzen, als er aufstand und bemerkte, dass sein Zuhur nicht mehr lebte. Er konnte nicht warten. Jetzt war kein Zeitpunkt, um zu trauern. Kurz strich er über den Hals seines einstigen Begleiters, dann zog er sein Schwert, um am Boden weiterzukämpfen.

Kim und Valirius verfolgten ein Ziel: Aslec zu finden und ihn zu töten. Kim wusste, wenn er tot war, wären die Kämpfe beendet.

Sie kämpften sich durch die Menge, immer auf Ausschau nach dem Schattenkönig. Viele Tauruiten fielen, als sie auf die beiden trafen, doch meist versuchten sie nur, ungeschoren davonzukommen. Schließlich bekamen die beiden ernsthafte Gegner. Kim ballte die freie Faust, als sie Leander gegenüberstand.

„Das tragische Liebespaar!", lachte Brutus höhnisch. „Jetzt habt ihr die Möglichkeit, euch zu beweisen. Gerade von dir, Valirius, erwarte ich mir viel. Leander, schnapp dir die Kleine!"

Zu Leanders Verwunderung ging Kim mit erhobenem Schwert auf ihn zu.

Valirius nickte ihr kurz zu, ehe er sich auf Brutus stürzte.

Leander hatte ein langes Schwert mit gewundener Klinge. Sie war verziert mit verschnörkelten Mustern, doch das, was Kim am meisten stresste, war die Schärfe. Es genügte, dass die Klinge sie streifte, schon war sie verletzt.

Kim machte einen Ausfallschritt nach rechts und stieß ihr Schwert auf ihn zu, er parierte und setzte dem nach. Leanders Klinge streifte ihre linke Schulter, sofort rann ein Faden Blut aus der Wunde. Wut machte sich in ihr breit, und ihre Hiebe wurden stärker. Schritt um Schritt, Schlag um Schlag. Es war wie ein vorbereitetes Spiel.

Jetzt machte Kim eine schnelle Umdrehung, tauchte unter seiner Klinge hindurch und stieß die Spitze ihres Schwertes in seine Brust als sei es ein Leichtes.

Leander schrie laut auf, und als sie die Klinge wieder aus seinem Körper zog, ging er auf die Knie. Er presste seine Finger auf die Wunde, und sofort war seine Hand voller Blut. Auf einmal war alles voller Blut. Aus Leanders Gesicht wich alle Farbe, seine Augen starrten sie hasserfüllt an.

„Leander!" Sein Bruder hörte sofort auf, zu kämpfen. Er kniete zu ihm nieder, nahm ihn in die Arme. Valirius und Kim sahen zu, wie Leanders Hände langsam von der Wunde glitten und der Atem des jungen Kriegers versagte.

Brutus weinte nicht. Er war ein Krieger, und Krieger durften nicht weinen. Nur Frauen taten so etwas. Kurz bevor er aufstand, verschwanden Kim und Valirius in der Menge. Einen Augenblick tat es weh, daran zu denken, zwei Geschwister auseinandergerissen zu haben.

Doch es war besser so. Sie wollten nicht diejenigen sein, die auch Brutus das Leben nahmen.

Die beiden drückten sich zwischen den kämpfenden Leibern hindurch, immer tiefer ins Zentrum des Kampfes.

Kim unterdrückte einen Aufschrei, als sie plötzlich vor dem toten Körper von Wolfskopf standen. Das Tier hatte die Flügel ausgebreitet, die Mähne fiel wallend über seinen Hals.

„Wo ist Muran?“, fragte Kim Valirius, der das Tier genau musterte.

„Ich weiß nicht. Der Zuhur wurde von einem Speer getroffen, wahrscheinlich sind sie gestürzt. Muran muss irgendwo hier sein“, stellte der Krieger fest.

„VALIRIUS? KIM?“, hörten sie plötzlich jemanden schreien.

Ihre Köpfe flogen herum. Muran stand wenige Meter von ihnen entfernt zwischen kämpfenden Kriegern. Er hatte eine lange Wunde an der rechten Schläfe, Blut rann seine Wange hinunter.

„Muran!“ Valirius lief sofort auf ihn zu.

Kim wollte ihm gerade folgen, als sie von der Wucht eines fallenden Körpers umgerissen wurde. Sie stieß einen Schrei aus, Valirius und Muran drehten sich gleichzeitig zu ihr um. Mit aller Kraft versuchte sie, den toten Krieger von ihrem Körper zu stoßen, doch es gelang ihr nicht, so sehr sie sich auch anstrengte.

„Warte, ich helfe dir!“ Muran kam näher, fasste unter die Arme des toten Kriegers und zog ihn von ihrem Rücken. Dann streckte er ihr die Hand hin, um sie auf die Beine zu ziehen. Kim schenkte ihm einen dankbaren Blick, legte ihre Hand in seine und ließ sich aufhelfen. Dann fiel sie ihm um den Hals.

„Ich bin so glücklich, dass es dir gut geht“, murmelte sie in der Umarmung, und er lächelte.

„Ich bin auch glücklich, euch lebend zu sehen“, sagte er leise.

Murans Körper war warm. Es fühlte sich so schön geborgen an, in seinen Armen zu liegen. Kim wollte ihn nicht loslassen, doch er machte unerwartet einen Schritt zurück. Ihre Hände glitten von seinen Schultern.

„Rührend, wirklich rührend“, hörten sie plötzlich eine bekannte Stimme spotten.

Kim drehte sich mit einem unguten Gefühl in der Magengegend herum ... sie hatte die Stimme sofort erkannt: Aslec.

Der König stand wenige Meter von ihnen entfernt, er hatte einen kurzen Dolch in der Hand. An der Klinge klebte frisches Blut. Es glänzte in dem Licht der Fackeln, tropfte auf den Boden. Kim war sofort klar, dass er den Mann getötet hatte, der jetzt neben ihr auf dem Boden lag, das Gesicht dem Boden zugewandt. Aslecs Kettenhemd war zerrissen, rote Flüssigkeit floss aus einer Wunde an seiner Seite. Kim sah aus den Augenwinkeln, wie er die Faust ballte. Dann lächelte er.

„Wozu trage ich dieses Ding eigentlich noch?", überlegte er, als er erkannte, dass ihr Blick auf dem Kettenhemd weilte. „Es ist ohnehin nur eine zusätzliche Last!" Er hob den rechten Arm und öffnete mit der linken Hand die Schnallen an seiner rechten Seite, die den Körperschutz hielten. Dann riss er es sich mit einer einzigen Armbewegung vom Körper. Das Hemd, das er darunter trug, war vollkommen zerfetzt. Zwischen dem größten Riss in der Mitte des Kleidungsstücks quoll Blut hervor und färbte den Stoff rot. Blutrot.

Es war keine lebensgefährliche Verletzung, also störte sie den Schattenkönig kaum. Er empfand keinen Schmerz. Der einzige Schmerz, den er je gehabt hatte, war der seelische gewesen, als man ihm sagte, dass seine Frau getötet wurde.

„Jetzt habe ich dich, du kleine Kröte", knurrte er mit dunkler Stimme. „Jetzt habe ich euch alle." Mit diesen Worten ging er auf sie zu.

Muran ballte die Fäuste, und auch Valirius war bereit, über seinen Vater herzufallen, sobald dieser eine falsche Bewegung tat.

Kim war nicht schnell genug. Als Aslec den Dolch hob,

griff sie nach ihrem Schwert, doch es steckte so fest im Schaft, dass sie es nicht schaffte, die Waffe herauszuziehen. Die Klinge senkte sich in ihre Schulter, und ihr Arm zerbarst vor Schmerz. Kim taumelte, griff instinktiv sofort an die Wunde, um das Blut zu stoppen, das sich aus der Verletzung über ihren Ellenbogen ergoss. Der Schmerz ließ sie zu Boden sinken, sie keuchte.

Muran und Valirius stürzten auf den Schattenkönig zu wie dessen eigene Shoutees, sie achteten nicht auf die Gefahr, die von den anderen Tauruiten ausging, was Valirius zum Verhängnis wurde. Er wurde von einem anderen Krieger attackiert, und so erreichte der Rotschopf Aslec zuerst. Er schlug ihm mit der Faust in die Magengrube. Voller Schmerz krümmte sich der König nach vorn, und Muran hielt triumphierend inne. Doch ehe sich Aslec wieder aufrichtete, stieß er den Dolch völlig unerwartet bis zum Heft in Murans Brust.

Kim schrie auf.

Muran stöhnte und fasste mit zitternden Fingern nach der Waffe, um sie sich aus dem Körper zu ziehen. Er taumelte, voller Panik betrachtete er den Griff, der aus seinem Körper ragte. Einen Moment lang wollte er es nicht glauben, aber dann kam der Schmerz. Er lähmte seinen Körper, und sosehr Muran dagegen ankämpfte, er ging in die Knie. Das Atmen fiel ihm schwer, er spürte einen metallischen Geschmack in seinem Mund.

War das sein Ende?

In diesem Moment kam Valirius bei seinem Vater an. Aslec war so damit beschäftigt, sich an dem Leid seines Opfers zu weiden, dass er ihn kaum bemerkte. Er registrierte ihn erst, als ihn das Schwert durchbohrte.

Der Schattenprinz zog es mit einem Ruck wieder heraus. Ein Schwall tiefroten Blutes ergoss sich über den Boden.

„Du sagtest doch, ich bin nicht länger dein Sohn. Dann bist du auch nicht länger mein Vater, Aslec!“ Den Namen seines Vaters sprach der junge Mann aus, als sei er pures Gift.

Aslec sah ihn mit schreckgeweiteten Augen an, ein Rinnsal Blut rann ihm aus dem Mundwinkel. Und jetzt er spürte ihn. Den Schmerz. Im nächsten Augenblick kippte er nach hinten um und knallte hart auf den Boden. Tot.

„Muran!“ Kims Schrei ging Valirius durch Mark und Bein. Sie war am Boden zu dem sterbenden Krieger hinübergerutscht und beugte sich nun über ihn. Tränen rannen über ihre Wangen, fielen auf das Gesicht ihres Freundes. „Muran.“ Ihre Stimme versank in Tränen.

Valirius wandte sich sofort von der Leiche seines Vaters ab, drehte sich um und kniete sich neben seinen Gefährten. Kim hatte ihn vorsichtig auf den Rücken gedreht und ihre verletzte Hand unter seinen Kopf geschoben.

Valirius sah Murans kalkweißes Gesicht, den matten Schimmer in seinen glasigen Augen. Er wusste sofort, dass man dem jungen Krieger keine Hilfe mehr leisten konnte.

Kim weinte, ihre gesunde Hand lag auf Murans Brust, die sich rasch hob und senkte. Für sie erschien dieser Augenblick, als ob die gesamte Welt aufhören würde zu existieren.

Muran keuchte, er rang nach Atem. Blut benetzte seine Lippen, es lief warm über sein Kinn. Kim wischte es mit ihrer hastig weg, als könne sie so alles ungeschehen machen, als wolle sie nicht sehen, wie schlimm seine Verletzung tatsächlich war.

„Muran ... nein.“ Ein neuer Wall Tränen erstickte ihre Worte.

So vielen hatten sie den Tod gebracht, nun hatte der Tod einen von ihnen erwählt. Kim hätte alles dafür gegeben, an seiner Stelle zu sterben, selbst dort zu liegen an

Murans Platz. Sie war die Weltenreiterin, wäre sie nicht in seine Welt gekommen, würde er dann jetzt noch leben? Schuld lastete auf ihren Schultern. So schwer, dass sie das Gefühl hatte, durch das Gewicht auf den Boden gedrückt zu werden.

Murans haselnussbraune Augen suchten ihren Blick. Es war erschreckend, in seine Pupillen zu sehen, zu sehen, dass das innere Leuchten aus ihnen verschwunden war. Da war nicht diese übermütige Flamme, die sie so sehr an ihm geliebt hatte. Da war überhaupt nichts.

„Es ist zu Ende", hauchte Muran tonlos.

Kim wischte das neue Rinnsal Blut weg, das über sein wachsbleiches Gesicht rann. „Nein. Du musst es schaffen! Wir müssen Kaeli finden, sie ... sie wird ... sie kann ..."

Das Mädchen spürte Valirius' Hand auf ihrem Rücken, und als sie aufsah, schaute sie mitten in seine blauen, warmen Augen. „Wir können ihm nicht mehr helfen", flüsterte er, kämpfte selbst mit den Tränen.

„Nein. Valirius, wir müssen ihm helfen! Muran!"

„Geht nicht weg", flüsterte Muran flehentlich, und er fasste nach Kims Hand. „Bleibt bei mir."

„Nein. Wir gehen nicht", versprach Kim mit zitternder Stimme und versuchte für ihn, die Tränen zu stoppen, die nicht aufhören wollten, zu fließen, versuchte für ihn, tapfer zu sein.

„Tröstet Mara. Sie wird auch um mich weinen. Gebt ihr meinen Bogen. Sie soll das Schießen und Jagen lernen", bat er sie keuchend und hob die andere Hand, in der er den Bogen umklammert hielt, schwach in die Luft. Kim nahm ihm sanft die Waffe aus den Fingern.

„Und Kaeli ... sagt ihr ..." Jetzt drückte er ihre Hand fest, klammerte sich beinahe an ihre Finger und röchelte nach Luft. Doch er konnte es nicht mehr. Es schien, als hätte er das Atmen verlernt.

Dann senkten sich seine bereits bleischweren Lider.

Muran würde die beiden immer so in Erinnerung haben. Dieses Bild – wie sie vor ihm saßen und um ihn weinten – er würde es nie vergessen. Niemals. Nicht einmal im Tod.

Der Druck seiner Hand wurde immer schwächer, bis er sich ganz löste und seine Hand zur Seite glitt.

Jetzt wurde er eingesogen ... eingesogen ins tiefe Herz des Nichts.

Schwärze. Schwärze vor dem ewigen Licht.

„Muran? Muran!" Kims Stimme klang verzweifelt, als sie die kalte Wange des jungen Mannes tätschelte. Er regte sich nicht.

„Nein. Nein, nein! NEIN!" Wieder liefen neue Tränen über ihr Gesicht, sie kniff die Augen zusammen. Dann fiel sie in Valirius' Arme.

# 8

Kim schlug die Augen auf.

Sie lag eingehüllt in viele Schichten Decken auf einem Feldbett, doch es war nicht das Bett, auf dem sie die letzten Nächte verbracht hatte. Der Raum, in dem sie lag, war kreisrund. Außer dem Bett war das Zimmer leer. Sie hörte viele Stimmen von draußen. Sie setzte sich auf.

Das war ein Zelt! Sie lag in einem Zelt!

Licht strahlte durch die Plane aus Tierhaut und beleuchtete den Innenraum.

Aber weshalb war sie hier? Und wo genau befand sie sich? Und was war in den letzten Stunden oder Tagen geschehen?

Vorsichtig schälte sie sich aus den Decken und rutschte zur Kante. Als sie sich am Bettrand abstützte, bemerkte sie den Druckverband, der ihren linken Unterarm bedeckte. Sie berührte mit den Zehenspitzen den Boden. Er war nicht kalt, aber sandig.

Sandig? Kim machte ein überraschtes Gesicht. Sie war in einem Zelt, das auf sandigem Untergrund stand.

Vorsichtig stand sie auf, sah an sich herunter. Ein viel zu weites Hemd bedeckte ihren Körper, es reichte ihr fast bis zu den Knien. Da bemerkte sie das weiße Kleidungsstück, das neben dem Bett lag. Sie überlegte nicht lange. Das war ihr Kleid. Ohne zu zögern, zog sie das Hemd aus und schlüpfte hinein. Der Arm machte ein wenig Schwierigkeiten, bei jeder Bewegung zuckte ein wahnsinniger Schmerz durch ihre Schulter.

Der Stoff aber lenkte sie ab. Es fühlte sich so gut an, das Kleid zu tragen ... so vertraut. Wie sehr hatte sie den sanften Stoff vermisst.

Mit nackten Füßen lief sie auf die Zeltluke zu, der Sand kitzelte ihre Zehen. Dann schlug sie die Luke zur Seite und warf einen Blick nach draußen.

Ein zweiköpfiger Tanarjonh flog vorbei, Kinder spielten mit einer Katze fangen. Mütter liefen mit vollen Wasserkrügen an ihrem Zelt vorbei, Männer bauten ihre Zelte auf und riefen sich unverständliche Worte zu.

Kim bemerkte, dass überall Zelte aufgeschlagen wurden. Sie kannte diesen Ort. Die Asche, die am Boden lag, überzeugte sie ganz. Das war die Lichtung. Die Lichtung, auf der die Wohnzelte der Jumias gestanden hatten. Das Volk erbaute sich offensichtlich wieder ein neues Dorf.

Sie zuckte zusammen, als etwas um ihre Beine huschte. Als das Mädchen zu ihren Füßen hinuntersah, streifte Honukk um ihre Waden. Sie lachte leise und hob ihn hoch, er kuschelte sich in ihre Arme und stieß ein zufriedenes Grummeln aus.

Was war passiert? Die Menschen wirkten so zufrieden, so glücklich. Einen Moment lang fragte sie sich, wie lange sie geschlafen hatte.

„Honukk? Honukk!“, hörte sie plötzlich Kaelis Stimme rufen, und trat überrascht aus dem Zelt. Die alte Dame stand wenige Meter entfernt und sah in die entgegengesetzte Richtung.

„Kaeli?“, fragte Kim laut, und der Kopf der Schamanin wirbelte zu ihr herum.

„Kim! Wie schön, dass du aufgewacht bist!“, rief Kaeli freudig.

Die Sonne strahlte hell, keine einzige Wolke hing am Himmel. Als Kim aus dem Schatten des Zeltes trat, schirmte sie mit der freien Hand ihre Augen ab, um die alte Dame besser sehen zu können.

„Da ist er ja!“ Kaeli klatschte in die Hände, und ihr Hund sprang aus Kims Armen. Dann lief er auf sie zu, und Kaeli nahm ihn freudig in Empfang. „Ich habe ihn schon lange gesucht, weißt du?“, erklärte sie dem Mädchen. Als sie bemerkte, wie erstaunt Kim sich umsah, hob sie Honukk hoch und setzte ihn auf ihre rechte Schulter. „Ja, Kim, wir sind wieder hier“, riss sie die junge Kriegerin aus ihren Gedanken. „Ich glaube, wir sollten einmal über das reden, was geschehen ist. Komm, wir gehen in den Wald.“

Kim sah sie überrascht an. Kaeli wollte in den Wald?

Einen Moment über war sie so überrumpelt, dass sie nur die Schultern zuckte, doch Kaeli war bereits losgelaufen. Weshalb konnte sie sich nur an so wenige Dinge erinnern?

Sie legte einen Schritt zu, als die Schamanin um eine Ecke bog. Als sie von den Jumias erkannt wurde, neigten sich alle, die in der Nähe waren, vor ihr nieder und begrüßten sie glücklich. Völlig verwirrt brachte sie es überhaupt nicht fertig, allen einen Gegengruß zuzuwerfen.

Schließlich traten sie zwischen den wenigen bereits aufgebauten Zelten auf das Feld. Es war noch dunkel, das Feuer hatte eine schwarze Narbe hinterlassen. Doch zwischen den abgesengten Halmen wuchs neues Leben. Blattgrün schob sich aus der Erde, junge Blumen standen in voller Blüte. Singende Vögel flogen über Kim hinweg, versüßten die Luft mit ihren Stimmen.

Kim war vollkommen überwältigt. Über ganz Tydia schwebte keine einzige Wolke, die Sonne schenkte ein fröhliches Licht und die Farben der Pflanzen bemalten die weiten Ebenen des Landes. Sie hörte die Stimmen der Bewohner des Dorfes, hörte Kinder lachen, Hunde bellen. Sie hörte singende Vögel, hörte das sanfte Rascheln der Blätter, wenn ein zögerlicher Wind über das Blattwerk strich.

All das schien so unbeschreiblich schön, so unberührt.

Jetzt tauchten sie zwischen den Baumstämmen hinein in den Wald, wo das helle Grün leuchtete, Hunderte Blumen Farben schenkten und das gewöhnliche Pfeifen eines Bimbas im Unterholz ertönte.

Plötzlich erkannte Kim den Weg, den die Schamanin eingeschlagen hatte. Die Alte bahnte sich hin zu ihren Übungsplätzen, dem Anfang von all dem, was in der letzten Zeit geschehen war.

Wie vor vielen Wochen ließ sie sich am Ende ihres Marschs auf dem Baumstumpf nieder, der völlig unversehrt und unverändert dort war, wo er hingehörte. Wenn Kim sich anstrengte, konnte sie noch immer das Bild der kämpfenden Krieger ausmalen. Sie sah sich alles genau an. Die hohen Grashalme, die sich in den Böen wogen, die bunten Insekten, die durch die Luft schwebten wie Hunderte Farbtupfen und die Vögel, die in den Bäumen nisteten.

Erst, als sich Kaeli räusperte, war sie bereit, all das zu hören, was ihre Fragen beantworten sollte. Die Fragen, die sich wie von selbst stellten, die Fragen, die durch ihren Kopf pulsierten, und die Fragen, die sie schon seit Anfang dieses Abenteuers durchspukten. Langsam ließ sie sich auf dem sandigen Boden vor der Schamanin in die Knie gehen und sah zu Kaeli auf.

„Du warst lange ohnmächtig. Du wirst vieles wissen wollen“, begann die weise Schamanin schließlich.

Kim sah zu Boden. „Wie ... wie kommt es zu alldem? Wie kann es sein, dass ihr wieder ganz normal lebt? So ... als sei nie etwas geschehen?“

Kaeli atmete tief durch. „Es gibt so viel zu erzählen. Du musst wissen, dass die Tauruiten einst einmal zu uns gehörten. Erst der Wille von Aslecs Vorfahren brachte einen Teil von uns dazu, sich abzusondern. Wie Valirius schon sagte, es war nie ein schönes Leben, zu Aslecs Volk zu gehören. Also ist das Ende des Krieges ziemlich schnell gekommen, Kim. Unerwartet schnell."

Kim sah ihr tief in die Augen. So erzählte sie weiter.

„Als ihr Aslec getötet habt, war der Krieg vorbei. Es hat zwar seine Zeit gedauert, bis die Verbreitung der Nachricht, dass der Schattenkönig nicht mehr lebt, zu jedem durchgedrungen ist, aber ab da ging alles ganz schnell. Die Tauruiten haben aufgegeben, und wir haben ihnen vorgeschlagen, sich uns anzuschließen. Die übrigen tauruitischen Familien haben uns vertraut und sind uns gefolgt, ihre Krieger werden von unseren Helfern verarztet. Erst nachdem wir beschlossen hatten, den Krieg für allemal zu beenden, habe ich erfahren, was mit dir und Muran geschehen ist. Valirius war völlig außer sich, er dachte, auch du wärst tot."

Kim schluckte. „Der letzte Moment ... Murans Tod war der letzte Moment, Kaeli. Das Ende des Krieges ist das Wunder."

Kaeli atmete geräuschvoll aus. „Es war nicht leicht für mich, Muran und dich so zu sehen. Ich habe ihn mit aufgezogen, weißt du? Seine Mutter war eine Freundin von mir, sie bat mich schon in seinem Kindesalter, ihn auszubilden. Ich habe ihn sehr in mein Herz geschlossen."

Kim nickte, während sie schon wieder mit den Tränen kämpfte. „Ich auch. Auch wenn er manchmal merkwürdig war. Ich meine, er hat mich zu euch gebracht. Durch ihn habe ich Valirius kennengelernt. Er war ... er war der Anfang von dem, was ich jetzt bin."

„Er war ein guter Mann. Aber du musst wissen, Krieger sind mit dem Tod durch die Klinge vertraut. Sie sind darauf vorbereitet, und ich glaube, Muran wusste, dass es so kommen würde. Wenn auch nicht schon jetzt. Es war sein

Wille, dich zu retten, und damit hat er auch sein Volk gerettet. Wir sollten ihm dankbar sein, aber wir sollten nicht trauern. Muran mochte es nie, wenn jemand wegen ihm trauerte."

Kim wischte sich mit dem Handrücken eine Träne von der Wange. „Dann sollte ich nicht weinen", lachte sie schluchzend.

„Nein", erwiderte Kaeli freundlich und schenkte ihr ein warmes Lächeln. „Es gibt keinen Grund mehr, weitere Tränen zu vergießen. Wir haben vor zwei Tagen begonnen, unser Dorf wieder aufzubauen, und wie du siehst, kommen wir schnell voran. Etwa die Hälfte unseres Volkes ist bereits wieder angesiedelt worden."

Kim schüttelte den Kopf. „Ich hätte nie erwartet, dass ein Krieg so schnell zu Ende gehen kann. Das verwundert mich."

Kaeli trat einen Schritt näher. „Es ist noch nicht ganz vorbei. Heute Nachmittag findet eine Zeremonie zu Ehren der gefallenen Krieger statt. Die Deersfa Ruine wird endgültig verbrannt."

Kim nickte. „Ich vermisse ihn", flüsterte sie.

„Wir vermissen ihn alle."

Kim sah ihn am Brunnen lehnen.

Das schwarze Haar umkränzte sein schmales Gesicht, der Blick seiner blauen Augen tastete über den Platz. Seine Wangen waren rosig, er lächelte. Er trug neue Kleidung, ein weißes Hemd und eine schwarze Hose. An dem Gürtel hingen seine alten Waffen. Als ihre Blicke sich trafen, stieß er sich von der Brunnenmauer ab und kam auf sie zu. Schon von Weitem sah sie fest in seine saphirblauen Augen.

Valirius.

Als sie sich begegneten, strich seine rechte Hand über ihre Haare, über ihr Gesicht. Sie wäre am liebsten versunken in seinen Augen, genau wie damals, als sie sich das erste Mal gesehen hatten.

Seine Lippen berührten ihre, sie fiel in seine Arme.

Kim schloss die Augen.

„Das ist der Anfang", dachte sie. „Das ist der Anfang. Aber nicht der Anfang vom Ende, sondern der des Neubeginns."

Am Nachmittag begann die Zeremonie.

Das Volk hatte sich im Kreis um die Ruine versammelt, Kim stand neben Valirius und hielt seine Hand.

Die Diantaron saßen bei den Menschen, sie sangen in hohen Tönen ein wunderschönes Lied. Wieder war es Kim zum Weinen zumute, aber sie dachte ganz fest an die Worte der weisen Schamanin. Das Lied war fröhlich, alle Jumias summten mit.

Dann kam der Drache. Valirius nickte Whisper zu, und das Tier spie eine große Feuerfontäne auf die Ruine.

Kim bemerkte, wie es Stein, Holz und Gras versengte. Das Feuer ließ nichts übrig. Drachenfeuer, so stellte Kim fest, konnte alles verbrennen. Sie sah zu, wie die Flammen an dem Gebäude fraßen. Wie alles zu Asche zerfiel, was einst die Fassade einer wunderschönen Burg dargestellt hatte.

Die Deersfa würde verbrennen, mit all denen, die in ihr gestorben waren. Doch die Asche würde bleiben. Sie würde allen ins Gedächtnis eingravieren, was damals in der Deersfa Ruine geschah. Und niemand würde es jemals vergessen.

Als sie zurück ins Dorf kehrten, herrschte unter dem Volk bedrücktes Schweigen.

Kaeli forderte Kim auf, ihr in ihr Zelt zu folgen, und auch Valirius kam mit ihnen. Er wusste, was die alte Schamanin vorhatte, und sein Herz zog sich bei den Gedanken zusammen.

Nachdem die Zeltluke hinter ihnen zugefallen war, ließen sie sich um die Feuerstelle nieder. Nach einiger Weile unterbrach Kim das Schweigen: „Warst du es wirklich, die die Schattenkönigin getötet hat?", fragte sie Kaeli vorsichtig.

Die alte Dame sah zu Valirius hinüber. „Ich habe mit Valirius geredet, und er hat mich verstanden. Die Geschichte war sehr ... wie soll ich es sagen ... schwierig. Ich musste die Königin töten, um mein Volk zu retten", erklärte sie. „Aber deshalb habe ich dich nicht zu mir gerufen. Warte ..." Sie stand auf, ging zu ihrer Kommode und zog eine Schublade auf. Es dauerte einige Momente, dann kam sie mit einem Bündel auf das Mädchen zu.

Kim nahm es entgegen. Es waren ihre alten Sachen. Ihre Jeans, der Pullover. Sogar die alten, zerfledderten Chaps waren dabei. Sie konnte es sich nur schwer vorstellen, so etwas je wieder zu tragen.

„Wir alle wissen, dass du zurück musst, Kim", stellte Kaeli schließlich fest.

Kim sah sie erschrocken an. „Ich muss ... zurück?"

Bei den Gedanken, zurück in ihre eigene Welt zu kehren, hatte sie gemischte Gefühle. Einerseits sehnte sie sich nach ihrem Vater. Er machte sich bestimmt große Sorgen. Andererseits würde sie sich wohl kaum noch in der normalen Welt zurechtfinden. Sie war kein gewöhnliches Mädchen mehr.

Sie spürte die beiden Augenpaare auf sich lasten und sah in die Runde.

„Wann muss ich gehen?", fragte sie langsam.

„Kim, dein Vater macht sich bestimmt wahnsinnige Sorgen um dich. Er ist deine Familie", schaltete sich Valirius ein. „Und du bist seine."

Kim schluckte. „Aber ihr … ich kann Tydia doch nicht einfach verlassen!“

„Du solltest heute gehen. Nicht, weil wir dich nicht hier haben wollen, verstehe mich nicht falsch. Aber was Valirius sagt, ist richtig“, stimmte Kaeli zu.

„Was? Heute?“ Kim war fassungslos. Sie fühlte sich verstoßen, es hörte sich wirklich so an, als ob sie hier nicht mehr gewollt war.

Doch die Gedanken an ihren leidenden Vater nagten an ihr. Was wäre, wenn er sie wirklich so vermisste?

„Gut. Kim, zieh dich hier um. Ich warte mit Valirius vor dem Dorf.“ Damit riss Kaeli das Mädchen aus ihren Gedanken und stand auf. Als sie aus dem Zelt verschwunden waren, versank Kim in Tränen.

Als sie das letzte Mal durch das Dorf lief, in Richtung Feld, beobachtete sie alles ganz genau. Sie wollte Erinnerungen mit nach Kanada nehmen, und zwar so viele wie nur möglich. Jetzt blieben wieder die Blicke der Jumias an ihr hängen. Ihr Pulli ließ sie aus der Menge hervorstechen wie eine Rose zwischen Gänseblümchen.

Sie sah Mara vor einem Zelt mit zwei anderen Mädchen spielen. Sie hatten selbstgenähte Puppen in der Hand, und Murans Schwester lachte. Kim wüsste nur zu gern, was jetzt alles mit dem Mädchen geschah. Ob sie den Schmerz verkraftete? Aber ihr blieb nicht genügend Zeit, diese Dinge zu klären.

Kaeli hatte ihr den Tod ihres Bruders mitgeteilt, Kim und Valirius waren dazu nicht imstande gewesen. Doch das Mädchen hatte es überraschend ruhig aufgefasst. Sie war noch immer voller Drang und Leben, mit der Hoffnung auf eine neue Familie. Bei Kaeli. Die alte Dame würde sich um sie kümmern, sie großziehen und ausbilden, so, wie sie es auch mit Muran getan hatte.

In der nächsten Gasse stand Kim vor einem Poem. Der Wiederkäuer sah sie erschrocken mit seinen kastaniengroßen Augen an, ehe er sich umdrehte und zwischen den nächsten Zelten verschwand. Hühner und Tanarjonh begegneten ihr auf diesen letzten Metern, Krieger häuteten ein Lupalis.

Ihr Magen zog sich zusammen bei dem Gedanken, dass sie all dies verlassen musste. Natürlich, sie würde wiederkehren, aber wie lange würde das wohl dauern?

Als sie zwischen den letzten Zelten hervortrat, strahlte die Sonne so hell, dass die Gestalten, die auf dem Feld standen, beinahe vollkommen in ihrem Licht untergingen. Schneefeuer graste nicht, sie hatte den Kopf gehoben und wieherte Kim zu. Ihre lange Mähne flog im Wind, sie hatte ihre Flügel eng an ihren Körper gelehnt.

Valirius lächelte ihr angestrengt zu. Er wusste nicht, wie es sein würde, ohne sie und Muran im Dorf zu leben. Er hatte noch nie für einen Menschen so viel empfunden wie für Kim.

„Es ist Zeit", rief Kaeli ihr zu, und Kim nickte. Es war bereits Abend.

Geschickt stieg sie auf Schneefeuers Rücken. Endlich traute sie sich, in Valirius' Augen zu versinken.

„Ich liebe dich." Sie sprach es aus. Sie sprach es tatsächlich aus. Dann streckte sie ihre Finger zu ihm nach unten, und er nahm ihre Hand.

„Ich dich auch", erwiderte er, und sie lächelten sich an.

Das war das Happy End. Kim wusste es.

Sie warf Kaeli einen letzten Blick zu, atmete die Welt ein letztes Mal ein und trieb die Stute in die Luft.

„Flieg immer weiter hoch, dann findet sie den Weg", rief die Schamanin ihr nach.

Kim antwortete nicht, doch sie hörte auf ihre Worte. Sie flogen immer höher, immer weiter in das unendliche

Blau des Himmels. Kim warf einen letzten Blick über ihre Schulter, sah die kleinen Gestalten, die vor dem Dorf standen. Dann wurde sie von einem grellen Blitz verschlungen.

Kim Allans vernahm die Windböe, die über ihr Gesicht strich, und öffnete die Augen. Sie saß unter einer der Fichten hinter dem Wohnhaus. Sie spürte den Sommer, das Gras wucherte kniehoch und überall standen Blumen.

Neben ihr schnaubte Schneefeuer. Als sie zu der kleinen Stute hinübersah, lag anstelle des riesenhaften, geflügelten Tieres ein gewöhnliches Pferd. Wie sehr sie es vergessen hatte. Schneefeuer war ein Pferd.

Sie strich sanft über die Stirn des Tieres.

*Jetzt sind wir wieder zu Hause*, flüsterte sie ihm mit den Gedanken zu.

Schneefeuer schnaubte genüsslich.

*Ja, das sind wir.*

Kim stand auf, und das Pferd folgte ihr. Sie lief um die dunkle Fassade des alten Hauses herum zum Hof. Das Mädchen erkannte die Stuten auf den Weiden, bei ihnen die jungen Frühjahrsfohlen. Schneefeuer spitzte die Ohren.

Das Tor zum Stall war offen, und als Kim in die Stallgasse trat, sah sie ihren Vater. Er hatte Sir Damon gesattelt und trug seine alte Reitjeans. Sein Ausdruck wirkte angestrengt, wie immer, und das Mädchen erkannte, dass er eine Pfeife rauchte.

„Dad?“

Valirius starrte von einem fernen Ort in den Himmel, fuhr mit seinen Fingern über die Stirn seines Faläons und lächelte.

„Schön, dass du wiederkommen wirst.“

Er wusste es genau.

Er konnte es genau jetzt schon spüren.

# Danksagung

Ich danke zuerst allen, die mir das hier ermöglicht haben. Meiner Mutter, die immer an meiner Seite war, die mir gute Ideen lieferte und meistens sogar aufgeregter war als ich.

Danke auch an meine Tante Ursel, die bei der Entstehung der *Chroniken von Tydia* so sehr mitgefiebert hat.

Ein dickes, dickes Dankeschön an all meine Freundinnen, die sich die Geschichte hundertmal angehört haben und mich ermutigt haben, weiterzumachen. Wirklich, ihr seid super!

Und natürlich an alle, die mich sonst noch bei der Veröffentlichung unterstützt haben, sowie die, denen das Buch in die Hand gefallen ist und die es gelesen haben.

Eure Nina

# Die Autorin

Nina Maruhn ist am 13. Februar 1998 geboren. Sie lebt mit ihrer Familie im wunderschönen Allgäu und besucht erfolgreich die Marienrealschule in Kaufbeuren.

Schon in der ersten Klasse begann ihre Leidenschaft Geschichten zu schreiben. Sie liebte es, ihrer Fantasie freien Lauf zu lassen und eigene Figuren oder Welten zu erfinden. Von Klasse zu Klasse wurden ihre Geschichten länger, und ab der dritten Klasse stand für Nina fest, dass sie den Traum, Autorin zu werden, unbedingt erreichen wollte. Bücher waren und sind ihr Ein und Alles.

Wenn sie sich nicht gerade neue Geschichten ausdenkt, liest sie Bücher, macht Taekwondo, steht auf der Theaterbühne, trifft sich mit Freundinnen und reitet leidenschaftlich gerne.

# Papierfresserchens MTM-Verlag

## Die Bücher mit dem Drachen

**Laura Schmolke**
***Aviranes - Das Licht der Elfen***
**ISBN: 978-3-86196-075-1, 16,40 Euro**

Als die fünfzehnjährige Alisha erfährt, dass sie aus einer magischen Parallelwelt namens Aviranes stammt und die Enkelin des dort herrschenden grausamen Tyrannen ist, ändert sich ihr Leben grundlegend.

Gemeinsam mit ihrer Mutter Celia begibt sie sich auf den Weg nach Aviranes. Dort will sie die sechs versprengten Widerstandsgruppen einen und für den Frieden kämpfen. Doch schnell erkennt sie, dass nicht alles so einfach ist, wie es auf den ersten Blick scheinen mag ...

**Bastien Anderie-Meyer**
***Die Legende von Marana***
**ISBN: 978-3-86196-072-0, 17,90 Euro**

In einer geheimnisvollen Welt voller Magie, Piraten und Tiermenschen gibt es einen Jungen, der nicht weiß, wohin er gehört: Zezaya. In ihm ruhen zerstörerische Kräfte, die immer häufiger ausbrechen und es für jeden lebensbedrohlich machen, sich in seiner Nähe aufzuhalten.

Auf einer Reise zum magischen Zentrum der Welt erhofft er sich, herauszufinden, wie er sie kontrollieren kann, bevor sie beginnen, ihn gänzlich zu beherrschen. Doch das Schicksal führt ihn gewaltsam von seinem Weg ab, in die alles entscheidende Schlacht zwischen den blutrünstigsten Piraten der Welt, der durch Spione infiltrierten Marine, den sagenumwobenen Elementschwertkämpfern und den mächtigsten Magiern, die allesamt den Fortgang der Welt entscheiden werden